L'ÉPREUVE DES SEPT

Les rêves ne se réalisent pas tout seuls.
Il faut de la volonté, du courage, des échecs aussi.
Et un beau jour, ils se réalisent...

I.

Je n'en crois pas mes yeux. Est-ce que c'est une mésange ? Je croyais qu'elles avaient disparu en même temps que les abeilles. Dommage que Matt ne soit pas là pour voir ça, il ne devrait plus tarder à prendre ma relève.

Derrière les rayonnages, un grincement me fait sursauter. C'est un officiel qui pousse vers moi un chariot plein de documents anciens. L'homme cligne plusieurs fois des paupières comme s'il avait du mal à y croire lui aussi. Son regard se perd vers l'oiseau qui s'élance au-dessus des rayonnages pour disparaître un instant.

Il s'adresse à son Hexapod :

— Message à l'Unité de Biologie, je demande une intervention au Département d'Archivage pour l'extraction d'un spécimen de... de perroquet.

Je soupire.

— C'est une mésange. Et ce sera inutile, je vous remercie.

Je sais le sort qu'on réserve aux espèces qu'on croit disparues, je ne peux me résoudre à ce qu'elle passe le reste de l'éternité pétrifiée dans un tube réfrigérant.

— Quelle chaleur aujourd'hui, vous ne trouvez pas ? dis-je en feignant l'innocence. L'incinérateur d'archivage doit encore être encrassé.

Ma main essuie sur mon front des gouttes de sueur imaginaires.

— Que faites-vous, Citoyenne ? Laissez cette fenêtre fermée !

Une veine pulse sur sa tempe.

7

— Désolée, mais il me semble que nous aurons tous les deux des problèmes si le système d'archivage surchauffe ! L'officiel m'assassine du regard alors que je fais basculer le panneau qui ouvre vers l'extérieur. La mésange s'y engouffre, un panache de couleurs passe juste devant mes yeux. Ses ailes lui offrent cette liberté qu'il me manque. Sans qu'on ne l'enferme jamais dans une cage, ou dans un tube réfrigérant. Je me penche par la fenêtre du hangar d'archivage, le volatile vient de passer au-dessus de la muraille de béton qui nous encercle.

— Vous n'avez pas été affectée à la conservation des espèces, alors remettez-vous au travail ! vocifère-t-il pour me rappeler à mon devoir, tout en pointant du doigt les étagères qui croulent du plafond. Il y en a qu'on a envoyé croupir dans les Bas Quartiers pour moins que ça !

Il fait référence à celle qui était là avant moi. Matt m'a expliqué qu'on l'a déclassée parce qu'ils l'ont soi-disant trouvée le nez dans des écrits officiels, couverts par le secret de l'Union, même si lui ne l'a jamais vu faire autre chose que son travail. Pendant un instant j'avais oublié que nous n'étions que des pions interchangeables, assignés à un poste qu'un autre Citoyen pourrait tout aussi bien occuper. J'envie soudain la mésange que j'ai aperçue un peu plus tôt. Au moins, elle est libre maintenant.

— Vous n'êtes pas la seule à avoir des responsabilités ici, renifle-t-il de mépris. Votre productivité est loin de faire honneur à l'Union !

L'officiel m'observe sans ciller et je commence à me dire qu'il a peut-être dénoncé celle qui était là avant moi, au seul motif qu'elle faisait baisser ses statistiques. Heureusement, Matt m'a appris l'art qui consiste à faire enrager les officiels sans s'attirer de problème. Le secret, m'a-t-il dit, c'est d'invoquer des détails techniques auxquels ils ne pigent rien.

À la réflexion, il faudra que je trouve un autre prétexte que la surchauffe du système, car j'ai déjà utilisé cette excuse deux fois ce mois-ci. Matt a même réussi à faire croire à un officiel que le système ne pouvait gérer qu'un document à la fois. Lorsqu'il a consulté son bracelet magnétique, celui-ci était consterné de voir ses scores de productivités s'effondrer. Ses piètres performances y resteront conservées jusqu'à la fin de sa carrière. Les officiels sont comme nous, ils ne font qu'exécuter les ordres qui viennent d'en haut. Alors que je me dirige vers le Grand-numériseur, je me demande s'il existe quelque part une société où on pourrait être libres. Se passer de ce bracelet magnétique qui se referme autour de notre poignet à notre douzième anniversaire.

Je n'ai peut-être pas d'ailes, mais ce qui m'a permis de m'en sortir ce sont les 799 points que j'ai obtenus à l'examen d'affectation. Je suis ce qu'on appelle une 750, car les Juges arrondissent notre rang à la cinquantaine inférieure, de manière à ne nous faire aucun cadeau. Avec ce score, ils m'ont nommée Archiviste. Je pense que c'est la meilleure chose qui me soit arrivée. Au moins maintenant, j'ai le droit à une tenue complète par an, dix-sept secondes d'eau potable et 2300 calories de rations conditionnées.

Mon frère William est un 800. Avec ses 801 points, il a été orienté vers une carrière d'officiel. La force vive de l'Union. Là-bas, on vous apprend à devenir un dur à cuire. D'ailleurs, qui aurait pu croire qu'une différence de deux points nous mènerait vers deux carrières diamétralement opposées ? Pendant que j'apporte la connaissance à la Juge-mère, lui contrôle les marchandises qui se vendent sous le manteau au marché noir.

Alors qu'un laser termine de parcourir le vieil ouvrage que je numérise, je me dis que personne n'en tournera plus les pages. Je soulève une large trappe, laisse tomber l'épais volume à l'intérieur. Il est ancien, datant d'une époque où l'encre et le papier circulaient librement de main en main. Je l'entends glisser le long du conduit métallique, lourd de ses siècles d'existence. Il terminera sa course comme tous les autres dans l'incinérateur d'archivage. À travers le hublot, le papier jaunit au contact des flammes. Les lettres se détachent des pages et dansent une dernière fois. Avant de se changer en cendres pour disparaître. Disparaître.

Est-ce mal ? Si ce n'est pas moi qui le fais, alors c'est Matt qui le fera. Et si aucun de nous deux ne le fait, alors je sais qu'on affectera deux autres Citoyens ici pour le faire à notre place.

Si les livres partent en fumée dans les turbines de l'incinérateur, le savoir qu'ils renferment ne disparaît pas. Il ne disparaîtra jamais. Il est intégré à la conscience de la Juge-mère pour être utilisé à bon escient, réservé au strict usage des Juges.

Mais les Juges ne peuvent pas faire disparaître mes pensées comme on fait brûler le papier. La fumée s'infiltre partout, mais eux ne peuvent s'infiltrer dans ma tête. Ils peuvent peut-être me dire ce que je dois faire, mais ne peuvent contrôler mes pensées. Et je ne cesse de penser à un monde où tout serait différent. Un monde où, pour commencer, les sélections n'existeraient plus.

L'officiel a le dos tourné, alors j'en profite pour jeter un œil dehors, tournant le dos aux ouvrages qui se serrent les uns contre les autres sur les étagères interminables, jusqu'à occuper le moindre espace disponible. À l'extérieur, pas l'ombre d'une mésange. Les murs de bétons qui entourent le Département d'Archivage m'étouffent. Mon bracelet magnétique m'indique qu'il est 13 heures. Dehors, une sirène retentit. Celle qu'on entend trois fois par jour. Aux quatre coins de l'Union, une voix de synthèse diffuse depuis bientôt un an le même message sur les écrans géants. Le classement des Unions, à l'issue de l'Épreuve des Sept :

« PREMIÈRE : UNION PREMIÈRE
DEUXIÈME : UNION DE VÉRITÉ
TROISIÈME : UNION FRATERNELLE
QUATRIÈME : UNION DE LIBERTÉ
CINQUIÈME : UNION DE SAGESSE
SIXIÈME : UNION JUSTE
SEPTIÈME : DERNIÈRE UNION.

LES SÉLECTIONS DE L'UNION JUSTE AURONT LIEU
DANS 19 JOURS.

L'UNION EST JUSTE, L'UNION EST NOTRE JUSTICE. »

La voix de synthèse cesse aussi vite qu'elle s'est mise à retentir, et j'imagine les deux hexagones, symbole de l'Union, disparaître au même moment des écrans géants. Les sélections… Si ça ne tenait qu'à moi, je devrais en être dispensée. Pourquoi faut-il que j'y participe une troisième fois ? Pourquoi un tel acharnement ? S'ils ne sont pas complètement idiots, les Juges n'ont pu passer à côté de mes performances désastreuses.

— Encore dix-neuf jours d'archivage en ma charmante compagnie, on dirait. Mais si tu tires une tronche pareille, je vais le prendre personnellement !

C'est Matt que je n'ai pas entendu arriver.

— Facile pour toi, tu as passé l'âge des sélections !

— Je suis toujours moins vieux que l'officiel qui nous surveille ! J'ai l'impression qu'il a pris cinq ans depuis hier. Tu n'y serais pas pour quelque chose par hasard ?

Matt m'adresse un clin d'œil.

— Tais-toi, il va t'entendre ! dis-je en me mordant les lèvres pour me retenir de rire.

— Et tu peux m'expliquer pourquoi cette fenêtre est ouverte ? Car j'imagine que ce n'était pas pour entendre le classement des Unions.

— Tu ne me croirais pas.

— Essaie toujours.

— Il y avait une mésange dans le hangar.

— Tu veux dire, sur la couverture d'un bouquin ?

— Je savais que tu ne me croirais pas. Mais j'ai un témoin, dis-je en montrant l'officiel. Enfin, s'il te parle d'un perroquet, considère que c'est normal.

Matt arque un sourcil :

— Tout le monde sait pourtant que les perroquets ont disparu ! relève-t-il judicieusement.

Derrière nous, un raclement de gorge nous surprend :

— Au travail, vous deux ! gronde l'officiel d'une voix à faire trembler les cloisons métalliques du hangar.

11

— Et voilà ce qu'il se passe quand on numérise trop de documents d'un coup ! Alors là, bravo, c'est du grand art ! s'exclame Matt, d'un air théâtral.

L'officiel écarquille les yeux, inquiet :

— Un problème ?

— Écoutez, je ne sais pas ce qu'il s'est passé, mais vous avez encore donné trop de travail à cette Citoyenne.

Il me désigne, en m'adressant un nouveau clin d'œil :

— J'ai vérifié et à ce rythme, le système va finir par lâcher !

Je fais tous les efforts du monde pour ne pas exploser de rire.

— Réparez ça ! ordonne l'officiel.

Mais le chevrotement qu'il y a dans sa voix le trahit.

— Vous rigolez, on ne peut pas toucher au Grand-numériseur comme ça. Il n'y a rien d'autre à faire que de ralentir le rythme, insiste Matt.

L'officiel grince des dents. Il jette un coup d'œil obsessionnel à son bracelet magnétique, des tas de chiffres y apparaissent. Il maudit ses scores de productivité, avant de repartir vers son chariot vide.

2.

DIX-HUIT JOURS PLUS TARD...

— Enfin le début des sélections ! lance William.

L'étincelle qui brille dans les yeux de mon frère m'exaspère.

— Hâte d'en terminer... dis-je.

Je préfère arrêter là la conversation, autrement dans trente secondes il me ressert son discours moralisateur. Du réchauffé, du moisi.

Tous les ans, les Juges organisent des sélections afin d'envoyer les meilleurs d'entre nous à l'Épreuve des Sept. À deux reprises, William a échoué après avoir franchi quelques étapes du processus de sélection. Je sais combien il s'en veut, il donnerait tout pour incarner l'un des sept postes tant convoités.

Quant à moi, les Juges ont rapidement fait le tour de mon potentiel, en m'écartant à chaque fois dès la première simulation.

Je me revois lors de mes toutes premières sélections. Les Juges nous ont fait entrer, deux par deux, dans une minuscule cabine plongée dans l'obscurité. Quand la porte s'est refermée derrière moi, j'ai reconnu au satin impeccable de sa tenue que la candidate qui me faisait face venait des Hauts Quartiers. Je l'ai avisée longuement, sous l'œil scrutateur du drone-caméra qui ne voulait pas en rater une miette. Une détermination sans borne brillait dans son regard. Celle-là voulait un poste au moins autant que mon frère. J'ai levé les yeux vers le milieu de la cabine. Il m'était impossible de rater l'hexagone taillé dans un morceau de cuivre étincelant, qui patientait sur son présentoir sous l'éclairage zénithal d'un projecteur. Une voix de synthèse a retenti, pour nous expliquer les règles. Il fallait avoir en sa possession le bout de métal à l'issue du temps imparti pour se qualifier à la deuxième épreuve. Nul besoin d'être un génie pour comprendre qu'une seule d'entre nous poursuivrait les sélections. Pendant quelques secondes de flottement, j'ai passé en revue les valeurs fondatrices de l'Épreuve des Sept, les cinq qualités mises à l'honneur par les Juges dans cette première épreuve. Fallait-il faire preuve de persuasion pour convaincre son adversaire de nous laisser l'hexagone, ou bien était-ce la résilience qui en était la clef ? J'ai su plus tard que certains s'étaient battus pour ce petit morceau de cuivre. Si les Juges s'attendaient à nous voir nous écharper, dans ce cas, je parie que ma réaction les a fait tomber de leurs fauteuils à capitons.

Dès que le compte à rebours s'est lancé, j'ai saisi l'hexagone rutilant sous le regard préoccupé de l'autre candidate. J'ai vu l'œil du drone se dévisser, comme pour s'assurer qu'il s'agissait là d'une ruse de ma part. Je me suis avancée vers la candidate, j'ai ouvert son poing, compact comme une pierre prête à me briser les côtes, et j'y ai calmement laissé tomber la pièce de métal.

— Tu en feras meilleur usage, ai-je dit, avant de quitter la cabine.

Quand j'ai retrouvé William et qu'il s'est rendu compte du soulagement que ça a été pour moi, il a levé les yeux au ciel. Il faut dire que le score de zéro sur vingt-cinq que j'ai reçu des Juges en disait beaucoup sur mes ambitions. William m'écorcherait vive s'il savait que cette année je comptais en faire autant.

Heureusement, après trois longues années, ce cycle interminable s'achève enfin pour nous. Trois tentatives après lesquelles les Juges nous estimeront indignes de représenter l'Union à l'Epreuve des Sept. Mais William ne s'avouera pas vaincu si facilement. Il fera tout ce qui est en son pouvoir pour profiter de la dernière chance que l'Union lui offre.

Quelle idée ! Avant de donner à notre Union une chance de remonter dans le classement des Unions, il faudrait déjà réussir à s'en sortir soi-même. Je passe machinalement les doigts dans les trous de mon vieux tee-shirt qui n'en finissent pas de s'élargir. La faim qui me tenaille est là aussi pour me rappeler à quel point l'Union se fiche bien de nous. Je tâte mon sac pour vérifier qu'il reste assez de rations alimentaires à l'intérieur pour aborder l'épreuve le ventre plein. William lui, ne s'embarrasse pas de ces questions-là. Depuis quelques jours, il est comme transformé.

Il tourne encore une fois son regard vers moi. Comme je le connais par cœur, je devine le sermon qui est sur le point de franchir ses lèvres :

— Tu es obligée d'y participer, alors autant y mettre de la bonne volonté cette fois…

Il m'examine comme s'il cherchait par quel moyen il arriverait à me ramener à la raison, avant de poursuivre :

— Quand les examinateurs nous ont fait passer le test de personnalité avec les taches de couleurs et qu'on devait expliquer les formes qu'on y voyait… Qu'est-ce qui t'a pris de parler de Juges qui faisaient… quoi déjà ? Qui se baignaient avec une loutre ? Sérieusement, Pia !

Il secoue la tête d'exaspération.

— C'est vraiment ce que je voyais.

Ses yeux bleu nuit me lancent des éclairs.

— Il faut être fou pour…

— Vouloir participer à l'Épreuve des Sept ? le coupé-je. Tu sais quoi, la prochaine fois qu'on me présentera ces fameuses tâches de couleurs, je dirais que je me vois en train d'étrangler mon frère jumeau ! Peut-être que là, ils me jugeront vraiment inapte !

Une grimace se dessine sur son visage et nous partons d'un grand éclat de rire ensemble. Il l'ignore, mais ça me fait tellement de bien de l'entendre rire. J'ai l'impression que chacun de mes muscles se décrispe, qu'une vague de bonheur me submerge, que nos problèmes n'en sont plus. La dernière fois que je l'ai entendu rire comme ça, c'était… En réalité, je ne m'en souviens pas.

— Tu sais Will, ça te fait une concurrente de moins, si je me surpasse comme l'année dernière.

Je me demande si Nina, notre petite sœur, suivra ma route, parsemée de performances plus déplorables les unes que les autres, ou bien celle de William. Elle n'a que treize ans, alors elle ne sera tenue de se présenter aux sélections que dans deux ans. En attendant, elle a voulu se rendre jusqu'au Quartier des Juges avec nous, pour voir comment se déroulent les sélections. Il a fallu qu'elle supplie William pour qu'il accepte enfin de la laisser monter avec nous dans l'aérotrain.

Pour la troisième fois de ma vie, j'ai longé le mur inter-Union. Pour Nina, c'était une première, elle qui n'est encore jamais allée dans le Quartier des Juges, et ça a été un choc. Le mur est une frontière en béton armé, longue de sept cents kilomètres, haute comme un immeuble, qui nous sépare de l'Union de Vérité. Sur toute sa hauteur, les noms des espèces disparues y sont inscrits en lettres de lumière. Matt m'a dit un jour qu'après l'extinction d'*Apis mellifera*, l'abeille domestique, les autres espèces sont tombées comme des mouches. Et c'est le cas de le dire. D'abord les insectes, puis les grands mammifères et enfin les oiseaux.

C'est ainsi que 99 % des espèces animales et végétales ont été rayées de la surface de la Terre. Le seul souvenir qu'il nous en reste brille en gros pixels sur le mur inter-Union.

Grâce à William, nous trouvons refuge dans la gare désaffectée qui surplombe les Hauts Quartiers. En tant qu'apprenti-officiel, il a pu jouer des coudes pour nous réserver un compartiment, sans quoi nous aurions probablement dormi à la belle étoile.

À peine nous pénétrons sous les hauteurs du bâtiment éventré, encore soutenu par une solide armature de piliers en fonte, qu'un garçon que je ne connais pas vient à notre rencontre :

— Le vôtre, c'est celui-ci, lance-t-il en pointant du doigt un compartiment qui m'a l'air acceptable.

William le gratifie d'une tape sur l'épaule. Sûrement un apprenti-officiel, comme mon frère. Tous deux vont un peu plus loin aider de nouveaux venus qui cherchent où passer la nuit.

— Plus de places dans les trains, mais il y en a encore sur la passerelle, dit le garçon au groupe qui vient d'arriver.

Le train me fait l'effet d'un serpent d'acier qui a lentement succombé à la corrosion. Pourtant je sais que c'est l'obsolescence technologique qui lui a été fatale. À défaut d'avoir été recyclé en drones ou en Hexapod dans les Bas Quartiers, il sert maintenant d'abri à des squatters comme nous. Ses compartiments se contorsionnent à travers la gare délabrée. Celui que le garçon nous a assigné est presque couché sur le côté, comme si le train avait déraillé. Je passe ma main sur la tôle cabossée. Le métal glacial répond au contact de ma peau. La peinture écaillée s'enlève aussi facilement qu'un voile de poussière. Par endroit, des inscriptions qui ont échappé à l'action combinée du temps et de la rouille sont encore lisibles. Ça me fait un drôle d'effet de ne pas y lire la devise de l'Union. Aujourd'hui, tous les aérotrains en service portent le symbole de l'Union : deux hexagones incarnats qui se recoupent, avec le U de l'Union en lettre d'or.

Les autres compartiments sont tous occupés par d'autres candidats, venus eux aussi pour les sélections. Certains ont moins de chance que nous, car leurs wagons sont éventrés et leurs fenêtres explosées.

William est le premier à entrer dans le nôtre. Sur le sol en acier criblé de trous devraient être fixés des sièges et des couchettes. Des pilleurs ont dû les arracher il y a des années de cela, en espérant en tirer un bon prix au marché noir.

— Il faudra dormir par terre, déclare William.

Peu importe, je suis rassurée de constater qu'un verrou ferme la porte. L'Union a beau avoir déployé des quantités d'officiels, on n'est jamais à l'abri d'une frappe de l'Essor. Surtout par les temps qui courent. Même si je n'aspire qu'à une chose, rentrer chez nous, au moins je pourrai dormir sur mes deux oreilles cette nuit.

À l'extérieur, le soleil décline, passe derrière les gratte-ciels des Hauts Quartiers. Le mur inter-Union devient une bande lumineuse dont les millions de noms d'espèces soulignent l'horizon. Je devine les étendues d'herbes noires ondoyer à perte de vue sous la caresse du vent. Je songe à ce que mon père m'a dit au sujet de cette monoculture opportuniste qui a colonisé chaque parcelle de terre où le béton n'a pas coulé. Nul ne sait si elles ont précipité la disparition des abeilles, ou si elles en sont le résultat.

Depuis le promontoire, nous sommes aux premières loges pour contempler les Hauts Quartiers en pleine effervescence. Noir de monde.

La cérémonie d'ouverture a commencé. Une ferveur populaire s'est emparée des avenues, et déjà des drones d'apparat projettent sur le sol ou sur les tours les portraits des champions qui ont concouru les années précédentes. Un vent frais fait battre les drapeaux aux couleurs de l'Union, sur fond d'acclamations incessantes et d'explosions de pétards.

Je vois ces jeunes en contrebas. Ça pourrait être William, ça pourrait être moi. Leur énergie est communicative, leur passion contagieuse. Ils scandent d'une même voix les cinq qualités que les Juges recherchent chez nous lors des sélections, pour trouver ceux qui incarneront l'Équipe de l'Union.

Discipline,
Résilience,
Survivance,
Abnégation,
Persuasion.

Un frisson me parcourt alors et je sens chacun de mes poils se dresser. Pendant quelques secondes, j'ai le sentiment de faire corps avec eux. Le sentiment de ressentir chacune de ses qualités au plus profond de ma chair, comme des forces mystérieuses qui s'animent en moi. J'en viendrais presque à être fière de notre Union, à vouloir me battre pour elle demain. À me dépasser lors de ces maudites sélections.

La musique triomphale parvient jusqu'à mes tympans, chargée d'espoir. L'espoir d'une victoire cette année. Mais je sais au fond de moi qu'il n'y aura pas de victoire cette année, pas plus qu'il n'y en a eu les années précédentes. J'ai cessé de compter sur l'Union le jour où j'ai compris que je ne pouvais compter que sur moi-même.

Alors, à quoi bon nous abreuver de discours patriotes qui valorisent l'effort et le travail, si nous ne faisons que perdre année après année ?

Je suis particulièrement étonnée que William ne soit pas à applaudir haut et fort les ex-champions de l'Union. Je me rappelle aussitôt la rigueur à laquelle il s'est astreint pendant toute sa préparation. À l'heure qu'il est, il doit certainement avoir besoin de faire le vide, pour mieux briller demain.

Les années remontent sur les écrans géants, et les portraits projetés sur les façades et dans le ciel se succèdent. Des visages de jeunes hommes et de jeunes femmes. Des Capitaines, des Ailiers, des Protecteurs… Tous sont entrés dans l'histoire, peu l'ont changée. Malgré tout ce que je pense de l'Épreuve des Sept, je ne raterais le portrait de notre grand-mère pour rien au monde.

Il y a une cinquantaine d'années de cela, elle a décroché le poste de Protectrice, faisant arriver l'Union Juste au milieu du classement. À l'heure actuelle, l'Union n'a jamais fait mieux.

La voilà qui apparaît, accompagnée d'un déluge de violons qui sort tout droit des haut-parleurs. Elle était jeune, elle était magnifique. Elle semble si forte, si courageuse et pourtant je sais que sa qualité première était l'Abnégation. C'est ce qui a fait d'elle une Protectrice.

Grand-mère.

Son visage de lumière a la clarté de la lune. Elle incline la tête, contemple la foule qui l'applaudit en retour. Pour la remercier. Pour lui rendre hommage. Ses yeux scintillent comme les étoiles du ciel qui s'obscurcit peu à peu. J'entends à ma droite des applaudissements plus forts que les autres. C'est William qui est sorti du compartiment pour ne pas rater ce moment. Évidemment.

— Tu te rends compte de ce qu'elle a accompli avec son Équipe. Une grande femme… me glisse-t-il à l'oreille.

Je lis de l'admiration sous les airs combatifs qu'il se donne. Ses pupilles capturent l'instant. Puis la seconde d'après un autre portrait de femme chasse celui de notre grand-mère. Une évidence me traverse et je me sens stupide de ne jamais y avoir pensé. Alors voilà, d'où William tire toute sa volonté. Voilà le moteur qui le pousse à se dépasser aux sélections. Il se moque bien de ce que l'Union a fait subir à notre famille. Il veut seulement rendre honneur à la mémoire de notre grand-mère. Il veut faire comme elle, et peut-être laisser à son tour son nom dans l'Histoire.

Je l'observe. Sur son front, le vent soulève d'impétueuses mèches brunes. Même si mon frère est paré à toute épreuve grâce à son entraînement d'officiel, je me rassure en me disant que la sélection est trop rude pour qu'il puisse prétendre à un poste. La concurrence des autres quartiers sera écrasante, car l'Union mise toute sa réussite sur les jeunes Citoyens des Hauts Quartiers qui suivent un enseignement sur mesure, en fonction de la qualité dominante que les Juges dégagent de leur personnalité. Il y a des classes entières de Citoyens chez qui l'Union cherche à développer la Survivance, l'Abnégation ou la Persuasion. Nous qui sommes du Quartier du Milieu, n'avons guère ce privilège réservé à l'élite. Pour nous laisser une chance de remporter l'un des postes d'Ailiers, les Juges nous obligent à courir tous les jours, au nom de la Résilience. Une peine, plus qu'une chance.

William n'a jamais attendu que son bracelet magnétique lui rappelle d'aller s'entraîner. Je l'entends me redire ce qu'il m'a trop souvent répété : *« Tu ferais mieux d'y aller aussi. De toute façon, tu vas devoir courir que tu le veuilles ou non. »*

C'est vrai que j'ai toujours eu tendance à attendre les premiers picotements que produit le bracelet. Un jour de plus et c'est une petite décharge électrique. Généralement, je n'attends pas la vraie décharge qui apparaît au bout du troisième jour. Quand on reçoit une joute de soixante volts, on apprend à faire de l'entraînement une priorité.

Je ne me fais pas d'illusions. Comme d'habitude, les sept postes seront occupés par des candidats issus des Hauts Quartiers. Un mal pour un bien, à mon avis. Entrer dans la lumière n'apporte jamais rien de bon, je l'ai appris de mon père, et William aurait dû en tirer le même enseignement. Qui sait ce qu'il pourrait lui arriver si par malheur il devenait champion ? La fréquence des attaques de l'Essor a redoublé au cours des derniers mois. Et pour eux, un champion n'est rien d'autre qu'une cible de choix.

— Cette année, je laisse tomber le poste de Capitaine, je vise un poste d'Ailiers, me lance-t-il.

— Pourtant, la Discipline ça te connaît.

— Oui, mais il n'y a qu'un poste de Capitaine, contre trois postes d'Ailiers.

Pragmatique, du William tout craché.

— Si tu es sélectionné, l'Équipe pourra s'estimer chanceuse de t'avoir.

Pourvu que tu ne sois pas choisi…

Il me gratifie d'un sourire, puis avise le cortège qui défile dans les artères bouillantes en contrebas.

Son regard plus combatif que jamais se perd dans le lointain.

Des pas pressés claquent sur le parvis de la gare et viennent arracher mon frère à ses rêveries. C'est Nina qui court vers nous.

Je me jure d'arrêter immédiatement de me faire du souci pour les sélections de Nina qui n'auront lieu que dans deux ans. Si mes souvenirs sont bons, jamais un champion n'a été recruté l'année de ses quinze ans, et cette pensée me rassure aussitôt. Si pour William l'épreuve des Sept se révèle dangereuse, pour Nina c'est une mission suicide. De l'inconscience à l'état pur. Avec un peu de chance, William ne parviendra pas à se qualifier cette année et Nina en fera bientôt tout autant.

Je retournerai au Département d'Archivage, William a son poste d'officiel. Après tout, on ne peut pas prétendre changer le cours de l'Histoire tous les jours.

— Je crois que notre petite sœur a quelque chose à nous dire, dit William en s'amusant de voir Nina trépigner d'impatience.

— J'ai parlé à un gars, qui a parlé à un autre gars qui est l'ami du fils d'un Juge… commence-t-elle, le cœur léger.

— Mais c'est du solide cette info, se moque-t-il. Continue comme ça et les Juges vont t'affecter aux informations des écrans géants.

— Très drôle… Tiens-toi bien, car tu vas moins rire. Apparemment, demain il faut obtenir un score minimum de douze sur vingt-cinq pour se qualifier pour la suite des sélections.

— Douze ? s'indigne-t-il, une ride s'esquisse sur son front. Mais l'année dernière, il fallait juste dix ! Est-ce que tu as plus d'infos sur la première épreuve ?

— Je croyais que mes infos ne valaient rien !

Elle feint d'être vexée.

— Allez, tu dois bien ça à ton grand frère. Sans mon autorisation, tu serais encore au Quartier du Milieu, à défricher de l'herbe noire.

Des claques. Voilà ce que tu mérites, Will.

— Oh oui, j'ai bien une info pour toi, dit-elle comme si elle préparait quelque chose. Il y a des douches réservées aux filles au fond de la gare. Les garçons doivent se laver dehors. Il y a de vieux barils remplis d'eau de pluie.

Mon frère lève un sourcil.

— C'est une blague ?

— Pas du tout. Fais gaffe, l'eau est un peu trouble à cause de la rouille et des sangsues à l'intérieur.

— Des sangsues… murmure-t-il comme pour se faire à l'idée.

— Allez Will. Tu peux le faire, au nom de la Résilience ! me moqué-je, pour offrir un peu de soutien à ma sœur.

Il lui adresse un regard inquiet, à la recherche d'une réponse rassurante.

— Interdit de squatter les douches des filles et mes douze secondes d'eau courante ! Mais compte sur moi pour te dire si tu as une sangsue derrière l'oreille, lui répond-elle en se tordant de rire.

Je l'accompagne de bon cœur, quand une violente détonation nous ramène à la réalité. Bien trop puissante pour n'être qu'un simple pétard. Comme par réflexe, Nina porte les mains à son visage et William se redresse en jetant des regards circulaires partout autour de nous. Puis un inquiétant silence plonge d'un coup la ville dans le noir complet. Autour de moi, le sol tremble au rythme des bousculades. Je n'entends que mon pouls dans ma boîte crânienne. Les portraits des champions ont disparu, les écrans géants se sont éteints. La musique triomphale n'est plus qu'un lointain souvenir. Je cherche désespérément à comprendre ce qui est en train de se passer, mais je ne vois rien. Je plisse les yeux autant que possible pour sonder l'obscurité qui m'environne, le temps que ma vision s'adapte à l'absence de lumière.

Une seconde détonation me fait sursauter. Différente de la première, crépitante. L'onde de choc qui en émane m'atteint plus vite que je ne l'aurais cru. Un souffle de particules semblables à du gravier brûlant me cingle le visage. Autour de moi, j'entends des hurlements qui se répandent en écho. Dans la panique, j'agrippe quelqu'un par la manche, sans même savoir s'il s'agit de Nina, de William ou d'un inconnu.

À ce moment précis, tout le quartier grésille comme une vieille ampoule. Puis après un temps qui me paraît infini, la lumière revient enfin. C'est bien Nina que j'ai attrapée sauvagement. Ses grands yeux vert olive n'affichent rien d'autre qu'un mélange de peur et de soulagement. Le soulagement que tout ceci est terminé et que nous allons bien.

Pourtant, dans les rues, quelque chose ne va pas. Les portraits des ex-champions changent de teinte. Ils se chargent de rouge tandis que l'expression de leurs visages me donne envie de détourner le regard. Ils semblent silencieusement hurler à la mort. Les portraits défilent de nouveau, mais à l'envers cette fois, comme si quelqu'un avait remonté le temps à toute vitesse. Je vois repasser le visage de grand-mère en quelques secondes. Quelle horreur ! Ses joues sont décharnées. Ses lèvres inexistantes se tordent dans un rictus épouvantable. Ses yeux injectés de sang me supplient de douleur. Une vision qui me brise le cœur, mais je suis bien trop paniquée pour fondre en larmes. Pendant une seconde, je me demande qui a pu ainsi bafouer sa mémoire, quand un sifflement interminable me déchire les tympans. S'en suit une explosion dans le ciel qui éclaire la ville comme en plein jour. Tous les regards convergent vers cette étoile naissante, quand une vague de chaleur me réchauffe instantanément l'épiderme. Puis un grand BOUM me scie les jambes. Une tête s'écrase contre mon épaule. J'ai bien l'impression que je vais une nouvelle fois m'écrouler, mais je tiens bon. Dans le ciel, l'explosion cède place à deux immenses hexagones rouge sang qui se dessinent en une seconde. En leur centre, une forme de feu se déploie. Les deux ailes d'une abeille. L'image incandescente se désagrège en retombant avec légèreté sur le quartier.

Je sens les larmes monter, mais je me rappelle qu'il faut que je sois forte pour ma sœur.

— Ce n'est rien d'autre qu'un feu d'artifice, ce n'est rien d'autre qu'un feu d'artifice ! crié-je à toute vitesse à ma sœur, sans savoir laquelle d'entre nous j'essaie de rassurer.

— L'emblème de l'Essor, dit William d'une voix blanche. Comment ont-ils pu…

Nina bafouille quelque chose puis vient se lover dans le creux de mon épaule.

— L'abeille, Will ! Tu as vu l'abeille ? dis-je, en ravalant mes larmes.

— Oui.

Malgré son calme apparent, je sais qu'au fond de lui il est aussi bouleversé que moi. Je me rends compte que son visage est noir de poussières. Mon regard descend machinalement sur mes mains, couvertes de suie également.

— C'est un message que l'Essor adresse aux Juges, dit-il le souffle court.

— Que dit ce message ? lui demandé-je, la voix chevrotante.

— Qu'il s'oppose aux sélections.

3.

SOUVENIR

J'ai onze ans.

Mon cœur se fait de plus en plus léger à mesure que s'écoulent les minutes qui me séparent de grand-mère.

L'aérotrain freine enfin, ce qui ne signifie qu'une chose : nous sommes bientôt arrivés au Mémoriel de la Juge-mère. C'est là que se trouve grand-mère. William et Nina ne peuvent contenir leur joie et bondissent hors du compartiment. Comme moi, ils ont hâte que grand-mère termine de nous raconter sa participation à l'Épreuve des Sept. Seulement, avant cela, nous devrons une fois de plus affronter la misère des Bas Quartiers.

Quand je sors à mon tour de l'aérotrain, une chaleur étouffante s'abat sur moi. Je me rappelle alors à quel point l'air est irrespirable ici, tant il est chargé de poussières et saturé en humidité. J'en avais oublié que les Bas Quartiers de l'Union étaient tout juste habitables. Des 100 et des 200 se relaient nuit et jour pour découper le métal de nos vieilles installations qu'ils forgent en des appareils technologiques flambant neufs. Une fois opérationnels, ils iront inonder les beaux quartiers de l'Union Première. Autrement dit, pas ici, ni chez nous.

Avant de connaître cet endroit, j'étais convaincue que notre quartier battait des records de pauvreté. Je me trompais.

Mon frère et ma sœur déchiffrent les visages des citoyens, enfouis sous des couches et des couches de suie. Certains ont d'épouvantables marques de brûlure sur les bras. Voilà comment leur travail les récompense.

Voilà ce qui arrive, quand on échoue à l'Examen. On vous réduit au simple chiffre de votre matricule, tout juste humain.

— Si le diable existe, je suis sûr qu'il prend des notes, dit mon père pour plaindre la marée humaine qui nous engloutit soudain.

Sa remarque fait mouche chez Nina :

— Pourquoi on est obligés d'aller ici ? Je voulais aller dans les Quartiers des Juges au moins une fois, moi ! Ils ont bien un Mémoriel eux aussi ?

— Le seul de l'Union est ici, lui répond William en essayant de couvrir le fracas assourdissant dans lequel nous sommes plongés.

Je sais pourquoi, car j'ai posé la même question que ma sœur lorsque j'avais son âge. Le Mémoriel est ici pour que les Citoyens gardent la foi, foi en la Juge-mère, foi en l'Épreuve des Sept, foi en ce système qui se prétend juste, m'avait dit mon père.

— Sans compter que la loi de rang nous interdit de passer la frontière des Hauts Quartiers et du Quartier des Juges, complète mon père en passant devant William. Bon, ne me perdez pas de vue à travers cette fumée ! William, toi tu fermes la marche.

Les Citoyens tentent comme nous de se frayer un chemin dans le peu d'espace qu'il subsiste au sol. Les Casiers empilés les uns sur les autres ressemblent à ceux de notre quartier, mais en plus délabrés. Ils forment d'écrasantes tours de métal qui ont précipité la ville dans une semi-obscurité permanente.

— Il paraît que la Juge-mère a le visage d'une des Fondatrices, c'est vrai ? demande ma sœur qui toussote. Est-ce que c'est vrai ?

— Nina, fais attention aux herbes noires tu vas glisser ! lui lance mon frère quand nous traversons les épaisses volutes de fumée que recrachent des souterrains.

Après un millier de coups d'épaules, je reconnais sur une façade crasseuse les deux hexagones qui s'entrecroisent.

Le Mémoriel de la Juge-mère.

Un officiel nous fait signe de dégager le passage afin de laisser circuler les travailleurs affectés à la fonderie trop proche.

— Scannez votre bracelet magnétique ! postillonne-t-il pour couvrir le raffut.

Son front dégouline de sueur.

Mon père s'exécute tandis qu'une voix de synthèse répète son matricule. Au même moment, une porte blindée disparaît dans le plafond pour nous laisser entrer.

— Vous avez une demi-heure, crache l'officiel qui éponge une pommette ruisselante d'un revers de manche.

Un large corridor s'ouvre devant nous. Une fois la porte refermée derrière nous, je suis comme d'habitude surprise par le silence et la fraîcheur qui règne dans le Mémoriel. Au plafond, des rails fuient jusqu'à l'autre bout du corridor. Le projecteur qui y est fixé s'approche dans un petit roulis mécanique. Il projette un puissant faisceau lumineux qui matérialise la silhouette d'une femme dont les cheveux blancs volettent dans un courant d'air imaginaire.

La Juge-mère.

Son apparition déclenche les exclamations de Nina :

— Je peux la toucher pour voir si elle est bien réelle ? demande Nina en avançant une main dans les airs.

— Nina ! la reprend immédiatement mon père. Tu veux être convoquée dans le Grand Bureau des Juges ?

Ma sœur contemple honteusement ses chaussures, mais la Juge-mère se contente de lui adresser un sourire bienveillant.

Mon père s'incline en posant un genou au sol, William et moi l'imitons. Je donne un bref coup de coude à Nina qui semble tellement fascinée par l'apparition de la Juge-mère qu'elle en oublie le protocole.

— Bonjour Juge-mère, nous voudrions voir Sofia Lormerot, dit mon père. L'Union est juste, l'Union est notre justice.

Elle nous étudie étrangement, puis tourne les talons :

— Suivez-moi, tous les quatre, répond-elle d'une voix emplie de sagesse.

Le projecteur glisse le long du rail, emportant avec lui la silhouette de la Juge-mère qui lévite déjà à l'autre bout du couloir.

— Je t'avais bien dit que ses jambes ne touchaient pas le sol, souffle Nina à l'adresse de William. Elle ne peut pas être réelle !

— Parce que tu crois que quelqu'un d'aussi important va perdre son temps à se déplacer en personne ? lui rétorque-t-il en secouant la tête.

D'aussi loin que je me souvienne, William a toujours cherché à faire croire à Nina que la Juge-mère était une personne de chair et de sang. Depuis quelques semaines Nina commence à en douter.

— C'est un hologramme Nina, elle n'a pas de support biologique, dis-je, dans le seul but de mettre un terme à leurs vieilles chamailleries. Elle écarquille les yeux comme si je parlais une langue inconnue.

— Hein ? Ça veut dire quoi, un holo-truc ?

— Ça veut juste dire que la Juge-mère n'a pas de corps, glousse William.

— Je le savais.

Elle prend un air supérieur et foudroie mon frère du regard. Je me mords la lèvre pour ne pas exploser de rire.

Nous arpentons les couloirs, passant devant d'innombrables panneaux de verre donnant inlassablement sur un étrange paysage obscur. La Juge-mère s'arrête enfin et ouvre le bras vers l'un des panneaux.

— Nous y voici, dit-elle aimablement. Sofia est occupée à mettre de l'ordre dans ses vieux souvenirs, elle ne devrait pas tarder.

Puis le projecteur s'éteint et la Juge-mère disparaît en un battement de cil.

— Comment j'ai pu croire tout ce temps qu'elle était réelle… bougonne Nina.

— Comment j'ai réussi à te faire croire ça tout ce temps ? pouffe William.

Nina et moi levons les yeux au ciel en soupirant.

Dans la profondeur bleu nuit du paysage qui s'étend à perte de vue de l'autre côté de la vitre, un halo éblouissant remonte jusqu'à nous, comme s'il progressait le long d'un chemin bleuté. C'est une silhouette de lumière qui zigzague dans notre direction. Je plaque la paume de ma main contre le verre teinté et j'attends. Comme pour me répondre, une main spectrale vient bientôt se placer de l'autre côté du verre. Juste en face de la mienne. Je pourrais presque la toucher. Quand mes yeux rencontrent ses pupilles de lumière, une onde bienfaisante se répand en moi et je ne peux m'empêcher de sourire bêtement.

— Grand-mère ! s'exclament Nina et William à l'unisson.

Un millier de flocons lumineux gravitent autour d'elle, comme par enchantement.

4.

Un quart d'heure plus tard, le quartier est une vraie poudrière. Des drones-militaires constellent le ciel pour foncer droit vers l'épicentre de l'explosion. Ils sont bientôt rejoints par des escadrons d'officiels, appelés au devoir dans la nuit noire.

Je redoute une énième secousse. Elle pourrait bien arriver à tout instant. Maintenant ? Mon corps est une feuille qui tremble quand je me demande combien de personnes ont perdu la vie ce soir. D'accord, je souhaitais l'annulation pure et simple des sélections, mais pas de cette manière. Le mouvement de panique dans l'enceinte de la gare me rappelle à la réalité. Mon cœur se serre dans ma poitrine. Je repense aux portraits des champions. Leurs traits déformés par une folie dangereuse.

— Will, le visage de grand-mère… et comment ont-ils osé faire de l'abeille leur emblème ? dis-je le souffle court.

Les yeux de Nina sont embués de larmes :

— Vous pensez que ça veut dire que papa…

— Je ne sais pas, l'interrompt-il froidement. Mais là on n'a pas le temps. Je descends prêter main-forte !

Il fonce rejoindre un groupe d'apprenti-officiels.

Je jette un œil en contrebas, d'épaisses fumées s'échappent des rues bordées de gratte-ciels. C'est suffisant pour que mes jambes flageolantes me portent à sa hauteur. Il me toise d'un air impatient et je me rends compte que je suis plantée devant lui pour lui faire barrage.

— Ce n'est vraiment pas le moment, Pia.

— D'abord grand-mère, ensuite papa et maintenant, *toi* ? Tu n'as pas le droit de nous faire ça, William Lormerot !

Je déteste le ton suppliant de ma voix. Mon frère s'écarte et poursuit d'un pas assuré vers le groupe de garçons. J'ai envie de crier à l'aide, d'implorer la Juge-mère pour que quelqu'un le ramène à la raison.

— Pas le temps d'ouvrir les négociations, lâche-t-il au comble de l'agacement.

Nina s'approche et lève les yeux vers lui :

— Qu'est-ce qu'on va devenir s'il t'arrive quelque chose ? demande-t-elle.

Notre frère se fige soudain, le regard perdu dans le vague. *Merci Nina… Tu as visé juste.*

— William ! lui crie l'un des garçons. Ils ont besoin de nous en bas. Dépêche, ça peut encore péter !

Ma mâchoire est suspendue dans le vide au point qu'elle pourrait se décrocher. S'il pense qu'il peut faire de mon frère de la bouillie humaine, il se trompe. Une colère froide m'envahit, et malheureusement pour ce garçon mon regard croise le sien :

— Toi, là ! Qu'est-ce qu'il y a dans ta cervelle, au juste ? Remarque, on le saura bien assez tôt, une fois que ça aura *encore pété* !

Le garçon paraît un instant décontenancé, avant que ses camarades ne l'encouragent à battre en retraite. Il bredouille quelque chose. Je crois bien qu'il me traite de folle, avant de disparaître avec sa bande dans les fumées en contrebas.

— C'est ça ! ajouté-je. Allez vous faire démembrer si ça vous dit, mais n'obligez pas les autres à vous suivre !

Mon frère me considère, consterné :

— Aussi sympa qu'une porte de prison, soupire-t-il.

Alors qu'il lève les yeux au ciel, son Hexapod se met soudain à retentir. Non, des dizaines d'Hexapods sonnent à l'unisson dans les quatre coins de la gare désaffectée, ce qui a pour effet de calmer l'agitation.

Mon frère saisit alors la tablette hexagonale au symbole de l'Union.

— C'est le communiqué officiel, s'empresse-t-il de dire.

Je fixe l'Hexapod par-dessus son épaule. Sur l'écran, des oscillations s'agitent selon les inflexions d'une voix de synthèse :

« CITOYENNES, CITOYENS…

Puis un grésillement. Je frémis tant la voix robotique me semble désincarnée. Sinistre même, comme le sifflement glacé d'un courant d'air. Je retiens mon souffle en entendant les mots répétés en écho me traverser.

L'Union est juste, L'Union est notre justice.

Je m'efforce, comme tous les autres, à répéter en chœur la devise de l'Union.

Encore un grésillement.

L'HEURE EST GRAVE…

FRAPPE DE L'ESSOR DANS LE QUARTIER DES JUGES…

TROIS EXPLOSIONS SUCCESSIVES…

SYMBOLES DE L'UNION BAFOUES…

MEMOIRE DES CHAMPIONS PROFANEE…

PAS DE VICTIME DEPLOREE POUR L'HEURE…

MENACE IMMINENTE POUR LES SELECTIONS…

DRONES ET OFFICIELS DEPLOYES…

TROUVER LES AUTEURS DE LA TRAHISON… L'ESSOR…

PUNIR…

JUGES FERONT REGNER L'ORDRE QUOI QU'IL EN COUTE…

SELECTIONS MAINTENUES…

PROTOCOLE DE SELECTION DURCI…

TOUT ACTE SUSPECT SERA PUNI…

TOUTE COLLABORATION AVEC L'ENNEMI SERA PUNIE…

PARTICIPATION DE L'UNION A L'ÉPREUVE DES SEPT AURA LIEU…

POSSIBILITE D'UNE VICTOIRE DEMEURE INCHANGEE…

JUGES APPELLENT AU CALME…

JUGES FERONT REGNER L'ORDRE…

…

L'UNION EST JUSTE, L'UNION EST NOTRE JUSTICE. »

La voix de synthèse s'évanouit dans les hauteurs de la gare. Il faut bien une minute avant que quelqu'un n'ose rompre le silence.

— Ça fait quand même froid dans le dos… balbutie Nina.

Sa tête pivote vers William, puis vers moi. Elle cherche à ce qu'on la rassure. C'est sa première expérience des sélections après tout.

Allez, Will, à toi de trouver les mots. Tu ne l'as pas appris chez les officiels, ça ? Et même si ce n'est pas le cas, fais-le pour ta petite sœur.

Seulement, il garde le silence alors que Nina perd ses couleurs. Alors, je comprends que c'est à moi qu'il revient d'agir :

— Tu as entendu, les Juges vont être particulièrement vigilants, dis-je.

Elle s'accroche à chacun de mes mots comme à une bouée dans une mer déchaînée. Alors je continue :

— Ils ne laisseront rien passer. Tu peux être sûre qu'à partir de maintenant on est en sécurité. Je te le promets.

Elle acquiesce. Ses grands yeux verts me font confiance. Un sourire tout juste perceptible illumine son visage couvert de suie.

— Dès que le trafic aura repris, on te met dans un aéro-train, direction le Quartier du Milieu, lance mon frère à Nina. C'est trop dangereux pour toi ici. En attendant, on va se mettre à l'abri dans le compartiment. C'est peut-être l'endroit le plus sûr pour l'instant.

Une fois à l'intérieur, je prends le plus grand soin de verrouiller la porte derrière nous. Nous déroulons les couvertures de fortune que nous avons emportées et nous nous allongeons à même le sol, dans un silence pesant. William nous exhorte une fois de plus à trouver le sommeil, mais ni Nina ni moi n'arrivons à nous endormir. Dès que je ferme les yeux, l'abeille de feu se dessine sous mes paupières. La même que celle qui a embrasé le ciel quelques heures plus tôt. Une abeille, comme celle que mon père m'a montré un jour, tout au creux de sa main.

J'entends Nina remuer sous ses couvertures, comme les pensées remuent sous mon crâne.

— Ça veut dire que papa est encore en vie ? murmure ma sœur, la voix étouffée sous les couches de couvertures.

Dans l'urgence de trouver une réponse réconfortante, je fouille dans ma tête comme je défricherais une forêt. Cette fois, les mots restent coincés sur ma langue. Car aucune réponse ne me convainc moi-même. Ma main rampe sous les couvertures jusqu'à ce que je trouve son épaule que je me mets à caresser compulsivement.

C'est William qui finit par lui répondre :

— Papa n'était pas aux côtés de grand-mère la dernière fois que je suis allé au Mémoriel de la Juge-mère. Normalement quand quelqu'un meurt, sa conscience est intégrée à la Juge-mère par son bracelet magnétique.

Nina roule sur le côté pour se tourner vers William :

— S'il n'est pas au Mémoriel, alors ça veut dire qu'il va bien ? se réjouit-elle, avec un entrain qui me brise le cœur.

— Sauf si ceux de l'Essor lui ont retiré son bracelet… soupire mon frère. Ils ont très bien pu le lui retirer avant de se débarrasser de lui. Dans ce cas, sa conscience n'a pas pu rejoindre la Juge-mère…

Sa réponse terrasse l'élan de joie de Nina et j'en veux soudain à mon frère de manquer de tact à ce point.

— Tu me fais mal ! crie Nina.

Pendant une seconde je pense que sa protestation est pour mon frère jusqu'à ce que je remarque que je suis en train de lui broyer l'épaule. C'est à ce moment-là que je trouve enfin les mots :

— L'Essor nous rendra papa sain et sauf. S'ils le gardent enfermé quelque part, c'est uniquement pour s'opposer aux Juges. C'est comme ça qu'ils ont toujours procédé, dis-je comme une évidence.

Je donnerais tout pour croire ce que je suis en train de dire.

Je remercie silencieusement William de ne pas avoir bondi de ses couvertures pour me dire de ravaler mon tissu de mensonges.

5.

Le lendemain, les quelques secondes d'une douche chaude suffisent à débarrasser ma peau des marques de l'explosion. Une fois revenue au compartiment, je distribue une ration alimentaire à mon frère et à ma sœur. Les évènements de la veille n'ont pas eu raison de notre appétit. Nous avons si faim que nous les dévorons sans être rassasiés. Pourtant une masse grossit au creux de mon estomac quand William nous annonce qu'il est l'heure de descendre vers le Bâtiment Administratif.

— Ça devrait aller, nous assure-t-il. La nuit a dû ramener le calme sur le Quartier des Juges. Tenez, en voilà la preuve.

Il désigne un groupe d'apprentis officiels, parmi lequel le garçon qui l'a enjoint à se mêler à eux la veille.

— Eh ! Pia devine quoi ? Il a même survécu à ton agression verbale.

Je serre les dents.

Il se tourne vers Nina en reprenant son air sérieux que je lui connais et lui explique le déroulement des sélections, à commencer par l'Inspection dans le Bâtiment Administratif :

— Quand ce sera à ton tour de passer les sélections, dit-il, un officiel va commencer par te poser des questions. C'est l'Inspection. Il faudra que tu répondes le plus sincèrement possible. Pas de pression, c'est juste pour être sûr que tu n'es pas inapte aux sélections ou... une partisane de l'Essor. Donc vois ça comme une formalité.

— Elle a encore le temps de s'y faire, dis-je.

Il braque ses yeux sur moi.

— Le temps passe trop vite. Plus on s'entraîne tôt, mieux c'est. Moi j'aurais voulu que quelqu'un me dise à quoi m'attendre.

Je sais tous les sacrifices que ces sélections représentent pour lui.

Nous marchons à travers les larges avenues du Quartier des Juges. Le soleil s'y engouffre pour révéler au grand jour les dégâts de la veille. Au cœur du quartier, des graviers criblent les façades de verre des gratte-ciels, épicentre de l'explosion. Derrière des vitres blindées, des Administrateurs, crème de la crème de l'Examen, arrangent des formes de couleurs sur leurs écrans verticaux. Nina est tout aussi intriguée que moi et se demande sûrement si leur travail sert véritablement à quelque chose.

William termine de briefer notre sœur sur ce qui l'attend dans deux ans, au moment où un officiel m'appelle.

J'avance sagement dans sa direction quand mon frère me rattrape par le poignet. Il me tire vers lui et je croise son regard sévère :

— Cette fois, ne joue pas celle qui se fiche de tout. Compris ?

— Will… bredouillé-je, alors que la pression de sa main se fait plus forte encore.

Puis, je comprends pourquoi il m'a attrapé au niveau de mon bracelet magnétique.

— Promets-moi de faire bonne figure. Ils recherchent des partisans de l'Essor, des gens contre le système et ce qui est arrivé à *tu vois de quoi je parle*…

Son index tapote fébrilement mon bracelet.

— Enfin, tu sais que ça ne va pas jouer en ta faveur, termine-t-il.

J'acquiesce docilement en me rappelant la voix glacée du communiqué de l'Union. Il relâche son étreinte, tandis que mes jambes m'emmènent dans le Bâtiment Administratif en mode pilotage automatique. Je masse mon poignet encore douloureux en mesurant l'avertissement de mon frère.

Même s'il y avait un million d'autres façons de procéder, je sais qu'il a raison. Il faut que j'évite de m'attirer des ennuis. Je reconnais que les années précédentes, je n'ai pas été très coopérative. Je répondais le strict minimum, et si mes réponses étaient parfois limites, elles ont toujours été acceptées par les officiels. Ce qui ne changera jamais en revanche, c'est que je n'ai jamais été la championne que les Juges recherchent et que je ne le serai jamais.

Sur les écrans géants, un bandeau fait défiler les cinq qualités que défend l'Union. Je ne suis ni persuasive, ni disciplinée, ni rien du tout d'ailleurs. J'aurais aimé dire que je suis altruiste, tout comme l'était ma grand-mère, mais je suis forcée de reconnaître que la seule personne à qui je pense c'est moi-même.

Ça n'empêche que cette année sera différente, car cette année je serai une candidate modèle, celle qui aura au moins eu quelques points avant de rentrer chez elle. Et pour ce faire, il faut à tout prix que je dissimule ce que cache mon bracelet. Le communiqué officiel qui tourne en boucle dans ma tête finit de me convaincre.

J'emboîte le pas à l'officiel qui me guide, tandis qu'un autre appelle mon frère. Des bruits de portes qui s'ouvrent et se ferment résonnent dans l'espace immaculé du Bâtiment Administratif. La vitre interminable qui sépare les candidats de leurs examinateurs s'étend à perte de vue. À ma grande surprise, les uniformes blancs que je discerne ne sont pas ceux des officiels, mais ceux de Juges. Des robes, des combinaisons, selon le cas, rehaussées d'un col mao ou d'une cape légère.

Je me dirige vers la place qu'on m'assigne.

— Scannez votre bracelet, je vous prie, me demande la Juge, sans même me regarder.

— Ce ne sont pas des officiels qui font passer l'Inspection cette année ? demandé-je.

— Scannez votre bracelet.

Allez, Pia, discipline-toi.

Je dois absolument lutter contre ma tendance naturelle à la provocation. Alors je m'exécute en passant le poignet sur le port magnétique. Un millier de points lumineux jaillissent sur son écran. Numéro M-0204-888 ? demande-t-elle en m'étudiant par-dessus les verres ronds de ses lunettes.

— En général on m'appelle par mon nom, Pia Lormerot. C'est ridicule d'appeler les candidats par leur matricule. Encore une façon de nous déshumaniser. Je songe à ce que ces caractères signifient.

M, comme le Quartier du Milieu où je suis née.

02-04, car je suis née un 2 avril.

888, pour avoir été la 888e à naître dans l'Union cette année-là.

Je pense immédiatement à William, dont le matricule est en tout point identique au mien, à une exception près. Le sien se termine par 887, car il est né à peine trois minutes avant moi, ce qui lui a donné plus d'une fois l'occasion de se conduire en frère aîné.

— Vous êtes la Citoyenne M-0204-888 ? répète-t-elle.

— Oui.

— Le matricule sert à anonymiser les sélections. Vous avez entendu le communiqué de l'Union ? Vous comprendrez alors pourquoi désormais ce sont les Juges qui font passer l'Inspection. Déjà vos troisièmes sélections ? remarque-t-elle sur son écran.

Je m'apprête à répondre, mais elle ne m'en laisse pas le temps :

— C'est donc votre dernière chance de prouver que vous êtes digne de représenter l'Union. Je lis aussi que vous avez été en contact avec un spécimen sauvage de… *parus major*, c'est bien ça ?

— Major… quoi, pardon ?

Elle ne décroche pas les yeux de son écran.

— *Parus major*, plus connue sous le nom de mésange charbonnière. C'est une chance d'avoir pu en observer une de votre vivant. Le Département de Biologie se félicite d'avoir pu reproduire quelques clones en captivité. Avez-vous pris le traitement préventif contre les infections aviaires ?

demande-t-elle, comme si elle me proposait du sucre à mettre dans mon thé.

— J'en ai fait la demande, mais le médecin de l'Union m'a répondu que les stocks étaient épuisés et…

— Ça ira comme ça, m'interrompt-elle, sans cesser de regarder son écran. Prenez-les.

— Pardon, que je prenne quoi ?

Elle tapote quelque chose sur son écran. Une seconde plus tard, deux gélules dégringolent d'un tuyau chromé.

Elle lève enfin les yeux vers moi pour s'assurer que je les avale.

— Bien, à présent que voyez-vous ?

À peine ai-je le temps de déglutir les comprimés que des taches d'encre s'étendent sur la vitre qui nous sépare. Une effusion indéchiffrable de couleurs, à la fois complexe et enfantine. Exactement la même image que l'année précédente. Je me rappelle aussitôt la consternation de mon frère quand il a appris ce que je voyais réellement, et cherche à toute vitesse une réponse acceptable.

— Je vois des… enfants qui se tiennent la main, inventé-je, en me disant que ça devrait faire l'affaire.

Je remarque soudain que par ce mensonge, je viens de manquer à la promesse que j'ai faite à William.

La Juge se racle la gorge en consultant son écran :

— Pourtant l'année dernière votre réponse était différente, *deux Juges qui se baignent avec une loutre*, lit-elle.

Elle aurait pu exploser de rire en récitant une réponse aussi saugrenue, mais non. Au contraire, elle paraît encore plus sévère :

— Vous vous rappelez avoir donné cette réponse ?

— Non, fais-je distraitement, en me maudissant d'avoir pris à la légère l'Inspection de l'officiel l'année passée.

Deuxième mensonge, Pia.

— Allons, allons, est-ce vraiment ce que vous voyez ? Je suis sûr que vous pouvez faire mieux que ça.

Je convoque de toute urgence mon imagination, qui n'a jamais été qu'un désert stérile où aucune idée n'a jamais voulu voir le jour. J'écarquille les yeux devant ces fichues projections abstraites en essayant d'y lire quelque chose qui lui permettra de passer à la question suivante.

Allez, creuse-toi la cervelle.

— Ce que je vois… Un Juge et un enfant qui donnent la main… euh la patte à une loutre, bredouillé-je.

Je déglutis ma salive avec autant de naturel que si j'avalais du verre pilé.

L'examinatrice me dévisage avec des yeux ronds de chouette.

On dit que les Juges ont cette faculté de lire en nous comme dans un livre ouvert. Je regrette aussitôt ce que j'ai dit, ouvre la bouche pour rétablir la vérité quand elle me devance :

— Intéressant.

Je reste plantée devant elle, suspendue à ses lèvres, avec l'impression de m'enfoncer graduellement dans le sol.

— Voyez-vous, dit-elle, ce qui est passionnant dans tout ça, outre l'étrangeté de votre interprétation de l'année dernière que vous confirmez aujourd'hui d'ailleurs, c'est que seule une poignée d'Administrateurs des Hauts Quartiers ont connaissance de l'existence de *lutra lutra*… Ce que vous appelé vulgairement une loutre… étant donné que son extinction remonte à plusieurs centaines d'années. Vous devinerez donc ma prochaine question : où avez-vous appris l'existence de cette espèce ?

Sa voix n'aurait pas sonné différemment si elle exigeait que je lui rende des excuses sur-le-champ. Je me revois au Département d'Archivage, porter une monstrueuse pile d'ouvrages, quand le plus gros volume m'échappe des mains. Une encyclopédie. Le souffle tiède et ronronnant de l'incinérateur fait tourner les pages à toute vitesse, pour s'arrêter sur une image de loutre. Aucun officiel à l'horizon. Mon devoir me retient de lire le descriptif, mais trop tard, mes yeux ont déjà parcouru le paragraphe. Je trouve immédiatement l'animal attachant, au point de le deviner plus tard dans ces maudites taches de couleurs.

— Dois-je répéter ma question ? s'impatiente la Juge.

Impossible de lui dire que j'ai un jour fouiné dans un livre que l'Union a interdit. On me retirerait mon affectation d'Archiviste pour avoir manqué à mon devoir, pour ensuite me déclasser dans les Bas Quartiers. Je pourrais tenter un énième mensonge et dire que j'ai lu le nom de cet animal sur le mur Inter-Union qui recense les espèces disparues, mais ça reste peu probable et ça n'expliquerait pas comment je sais à quoi il ressemble.

— Vous devez avoir entendu parler de mon père, Félix Lormerot. Il a longtemps travaillé sur les espèces disparues.

— Le Citoyen qui a travaillé sur les abeilles ? demande-t-elle, dubitative.

Elle finit par me gratifier d'un sourire de compassion qui m'indique qu'elle connaît la suite de l'histoire :

— Je comprends mieux pourquoi vos scores se sont avérés désastreux les années précédentes... Zéro sur vingt-cinq... C'est soit un acte grave de rébellion envers l'Union, soit une incapacité majeure.

— Une incapacité majeure ! dis-je à toute vitesse pour ne laisser aucune chance à sa première théorie, tout en me demandant si c'est vraiment à mon avantage.

— Et vous avez réussi à devenir Archiviste avec 799 points ?

Elle ne cache pas sa surprise, déchiffre attentivement mon visage, comme si j'étais une anomalie dans ses colonnes de statistiques.

J'acquiesce.

Elle me regarde une nouvelle fois sans ciller pendant un moment qui me paraît interminable.

— Bien, finit-elle par dire en remontant ses lunettes sur son nez. Tendez le bras, je vais jeter un œil à votre bracelet magnétique. Ensuite, j'effacerai tout ce qu'il sait de vous en n'y laissant rien d'autre que votre matricule.

Elle accole son Hexapod à mon bracelet pour en lire les données. Ma main droite vient recouvrir tant bien que mal le bracelet. Par bonheur, la Juge est de nouveau absorbée par son écran et ne remarque pas ce que je m'obstine à lui cacher.

— Temps de sommeil moyen, 6 h 23. C'est un peu juste, vous devriez dormir davantage.

Vraiment ? Avec des nuits comme celles qu'on vient de passer ? Mais je préfère ne rien dire. Des voyants clignotent sur son Hexapod et je crois lire : *Carence en vitamines* A, B, C, D…

À croire que tout l'alphabet va défiler.

— Votre poids est en chute libre. Regardez, c'est tout juste si le bracelet tient à votre bras…

J'envoie aussitôt ma main dans mon dos à une vitesse fulgurante.

Elle me sourit d'un air entendu, prenant peut-être mes problèmes de poids pour de la gêne.

— Prenez-vous les compléments alimentaires recommandés par l'Union ? demande-t-elle.

Avant de prendre des compléments, il faudrait peut-être parvenir à se nourrir avec de vrais aliments…

Elle ne me laisse pas le temps de répondre et poursuit :

— Je capte un pic d'adrénaline ainsi qu'un pic de votre fréquence cardiaque tous les jours aux alentours de 13 heures. Identifiez-vous un déclencheur émotionnel qui pourrait en être la cause ?

— Je… Je ne vois pas, bredouillé-je, tout en réfléchissant.

C'est l'heure où Matt prend ma relève. Cela correspond aux moments où on se croise et je comprends seulement ce que ça signifie. *Par la Juge-mère…* Je sens le rouge empourprer mes joues.

— Si vous entretenez une quelconque relation avec un Citoyen, permettez-moi de vous rappeler que vous devez être du même rang pour que cette union soit légale. Vous me confirmez que ce garçon est un 750, lui aussi ?

Ses phrases sont comme un enchaînement de coups qui me déstabilisent.

— Je n'entretiens aucune relation…

— Bien sûr. Par ailleurs votre bracelet m'informe que vous n'êtes pas enceinte. Montrez-le-moi de plus près, je dois effacer son contenu.

Elle tend une main pour que je lui donne mon bras. J'ai un mouvement de recul qui l'interpelle.

— C'est vraiment nécessaire ? demandé-je.

Je fais de mon mieux pour masquer ma gêne, car je devine ce qui va suivre.

— Évidemment, dit-elle d'un ton sans réplique. Les bracelets en savent beaucoup trop sur vous et nous tenons à l'impartialité. Notre Union est juste, l'avez-vous oublié ? N'imaginez pas une seconde qu'être une 750 vous avantagera. Seul votre matricule servira à votre identification. Une façon d'anonymiser les sélections, comme je vous le disais.

Comme je le craignais, ses doigts forment une pince qui se referme sur mon bras. Je ne peux plus le retirer. Je sens le bracelet tourner autour de mon poignet, dévoiler chacune de ses faces. Je me sens nue, comme si les guenilles qui me servent de vêtements venaient de disparaître. Et là se produit ce que je redoutais.

Je m'empresse de plaquer mon autre main sur mon bracelet afin de cacher ce qu'elle vient d'y découvrir. La pulpe de mes doigts parcourt les rugosités gravées dans l'acier. Ce que j'essaie de cacher apparaît au grand jour, sous la lumière d'un blanc chirurgical du Bâtiment Administratif.

Sous l'œil autoritaire de la Juge. Cinq lettres gravées à la hâte, avec force pour imprimer le métal. Pour le marquer. Cinq lettres, à peine lisibles pourtant, mais qu'on sent facilement au toucher : T.I.T.U.S.

La Juge réagit aussitôt.

— Vous avez vandalisé votre bracelet ? s'écrie-t-elle. C'est lui qui vous lie à l'Union toute votre vie ! Vous devriez avoir honte ! Pourquoi avoir fait une telle chose ?

— C'est… C'est une erreur.

— L'Union ne fait jamais d'erreur, réplique-t-elle.

— Ce… Ce que je veux dire, c'est que ce n'est pas moi qui ai fait ça, bredouillé-je en passant et repassant mes doigts sur l'inscription.

43

Elle ne semble pas plus convaincue. Une grimace passe sur son visage puis elle penche la tête en plissant des yeux pour y lire ce qui y est gravé.

— Et, qu'est-ce que ça veut dire ? C'est une sorte de... code ?

Elle ne m'aurait pas regardé différemment si je faisais partie de l'Essor, alors je secoue furieusement la tête en guise de réponse. Soudain, son regard s'illumine comme si elle venait de me percer à jour :

— C'est avec ce... Titus que vous entretenez une relation illégale ?

— Non ! Et je n'entretiens pas de relation ! aboyé-je, en attirant l'attention des autres candidats qui passent eux aussi l'Inspection.

William m'aurait tuée pour moins que ça.

Je ne peux plus échapper au regard perçant de la Juge. Elle ne me croit pas une seconde. Elle ne me croirait pas davantage si je lui disais la vérité. Elle préfère me prendre pour une délinquante, c'est plus facile à avaler. Accepterait-elle d'entendre que ce qu'elle vient de découvrir, moi je l'ai découvert il y a des mois en prenant ma douche ? Non, elle s'étoufferait de rire avant de m'accuser de menteuse née. Pourtant, je me rappelle ce jour comme si c'était hier.

Le vieux robinet qui grince, dans la pièce unique du Casier. L'eau glaciale qui ruisselle pour quelques secondes, pas plus, dans mes cheveux avant de me transir de froid. La texture râpeuse du savon de l'Union qui me décape l'épiderme. Quand tout à coup quelque chose me griffe. Une fine entaille rougeoyante se dessine sur ma hanche. Je finis par comprendre que mon bracelet est abîmé. C'est le métal irrégulier qui m'a griffé. Mais je me décompose en me rendant compte que des lettres y sont gravées. Qui a pu faire une telle chose alors que mon bracelet ne m'a jamais quitté ? Là, juste sous mes yeux, pas plus loin qu'au bout de mon bras. Et depuis combien de temps porte-t-il cette inscription ? Je n'en ai pas la moindre idée. La disparition de mon père m'a rendue incapable de réfléchir, incapable de voir quelque chose qui crève les yeux pourtant. Ce qui me terrifie le plus, c'est de ne pas savoir. Ne pas savoir qui m'a fait ça, ni pourquoi. J'ai cette affreuse sensation qu'on s'en est pris à mon intégrité. Que celui qui m'a fait ça me voulait tout, sauf du bien.

— De toute évidence il n'est plus en état. Je dois vous le retirer, c'est le protocole.

Si j'avais pu le faire moi-même, je l'aurais déjà jeté dans l'incinérateur d'archivage.

Elle tape mon matricule, ce qui a pour effet d'ouvrir le bracelet que je pensais inviolable. Il tombe devant moi, avec une facilité qui me déconcerte. Pour la première fois depuis mes douze ans, mon bras est libéré de cette entrave.

Les deux centimètres de peau constamment recouverts par la bande d'acier sont maintenant à l'air libre. Par pur réflexe, je frictionne la zone qui m'apparaît étrangement molle en plus d'être blafarde.

Je savoure ces quelques secondes de liberté, en passant et repassant mes doigts sur la bande de peau qui n'a plus vu la lumière du jour depuis mes douze ans. Pendant un instant, j'ai le sentiment de ne plus appartenir à l'Union. Seulement, je sais que cette sensation sera de courte durée.

— Ne vous y habituez pas trop vite, dit-elle en me voyant faire.

Comme les comprimés tout à l'heure, un nouveau bruit métallique résonne dans le tuyau avant d'atterrir dans la main de la Juge. Elle me confie mon nouveau bracelet.

Je me dis qu'elle va vouloir le refermer elle-même autour de mon poignet, mais il n'en est rien. Elle sait qu'il est dans mon intérêt de le porter avant le début des épreuves. Elle se tourne vers un officiel auquel elle m'intime de m'escorter jusqu'à un rang de candidats.

— Prenez-en soin cette fois, dit-elle simplement.

Puis elle récite la devise de l'Union afin de mieux me congédier.

En m'apprêtant à quitter les lieux, j'éprouve un grand soulagement d'avoir passé l'Inspection. Je repense alors à la promesse que j'ai faite un peu plus tôt à Nina. Comment être sûre que je ne lui ai pas servi un abominable mensonge ? Elle qui me fait confiance…

Si je veux en avoir le cœur net, c'est maintenant ou jamais.

— Vous savez avec ce qui s'est passé cette nuit… osé-je, tout en me poussant pour laisser de la place à la candidate qui est sur le point d'arriver.

La Juge serre aussitôt les mâchoires, mais je me lance malgré tout :

— En tant que Juge, vous êtes certaine que les sélections vont se dérouler normalement ?

— Scannez votre bracelet magnétique, ordonne-t-elle à la candidate qui affiche un drôle d'air en constatant que je suis encore là.

Alors que je croyais qu'elle m'ignorait, la Juge plante son regard dans le mien :

— Nous ne laisserons personne perturber les sélections. Si c'est votre question, jamais l'Essor n'infiltrera le processus. Les candidats suspects seront immédiatement interpellés. Notre système de sélection est l'un des plus justes au monde, et il le restera. Officiel ! dit-elle en s'adressant à un homme, veuillez raccompagner cette candidate dans son rang, je vous prie.

6.

Devant le bâtiment, je retrouve Nina et William. Apparemment, ce dernier a fait grande impression à son examinateur. Il s'empresse de me demander comment s'est passée mon Inspection. Je refuse de lui annoncer que j'ai servi un tissu de mensonges à la Juge. Je n'ai pas le temps de finir de lui répondre qu'il m'attrape une nouvelle fois le bras. J'éprouve la sévérité de son regard bleu nuit :

— Le Juge a remarqué l'inscription qu'il y avait dessus ?

— Oui.

— Qu'est-ce que tu lui as dit ?

— Simplement la vérité, Will. C'est bon, tu as fini de jouer les officiels ?

Il relâche enfin mon bras.

Ma réponse le surprend et il fait claquer sa langue d'un air agacé. Je le sens incroyablement plus à cran depuis l'attaque de la veille. À moins que ça ne soit l'approche des épreuves. Mes yeux descendent le long de son bras. Il a la même bande de peau blanche que moi au poignet. Ses doigts crispés tiennent un bracelet magnétique flambant neuf.

Devant mon air interrogateur, il anticipe ma question :

— Le Juge me l'a changé aussi. Un dysfonctionnement électrique, apparemment. C'est sûrement pour ça que je ne recevais pas de joutes.

Moi qui pensais qu'il s'entraînait trop pour se faire rappeler à l'ordre par son bracelet.

— Je me serai bien passée de quelques décharges aussi, dis-je presque jalouse.

Je m'apprête à verrouiller mon bracelet autour de mon poignet, craignant qu'il me sermonne de ne pas l'avoir déjà fait.

— Arrête, dit-il tout en chassant ma main. Le Juge m'a dit d'attendre impérativement la première épreuve pour le mettre.

— Mais pourquoi ?

Mes yeux croisent son regard sévère.

— Pourquoi ? s'indigne-t-il en répétant mes paroles. Pourquoi ? C'est trop compliqué d'appliquer les ordres d'un Juge, une fois dans ta vie ?

Sa remarque me fait renoncer à sceller mon bracelet. Pour autant, je ne réplique pas. Je le connais suffisamment pour savoir qu'il cherche uniquement à me protéger. Depuis la disparition de notre père, William se sent investi d'une mission, celle de veiller sur les membres de notre famille. C'est peut-être même ce qui lui a donné la force de devenir officiel.

Il me jauge, avant de se remettre à expliquer à Nina comment fonctionne le Quartier des Juges. Je les suis distraitement, en faisant courir machinalement mes doigts le long de mon poignet. Je m'attends à y trouver les contours rugueux des lettres incrustées, en oubliant que ma peau est à nu.

J'ai peut-être laissé l'inscription derrière moi, mais pas les questions qu'elles soulèvent. L'Inspection avec la Juge n'a fait que les remuer. Il n'y a rien de plus personnel qu'un bracelet magnétique. Alors, qui a bien pu écrire ça ?

Je ferme les yeux, fouille une nouvelle fois ma mémoire, à la recherche du moindre souvenir, de la moindre piste. Il suffirait que je me rappelle un endroit, une impression, une odeur.

Rien.

Tout ce que je sais, c'est que la personne qui l'a fait voulait m'attirer des problèmes avec les Juges. Par bonheur, ces problèmes sont derrière moi maintenant que j'ai passé l'étape de l'Inspection.

Onze heures. À mesure que nous avançons, l'Auditorium se dresse face à nous. La colonne vertébrale du Quartier des Juges. Une tour si haute qu'elle crève les nuages. Mes vieilles baskets pataugent dans de la cendre visqueuse. Je comprends alors que les explosions de la veille ont éclaté à deux pas de là. La tour a commencé à se débarrasser de la couche de suie qui l'enveloppe. À moins que des 200 et des 300 n'aient été amenés ici pour la faire briller. Le lieu emblématique des sélections, saccagé par l'Essor et retransmis en l'état sur tous les écrans géants partout à travers l'Union, il faut bien reconnaître que ça aurait été un aveu de faiblesse de la part des Juges.

Nous passons à côté d'un groupe de candidats des Hauts Quartiers. J'envie la chaleur de leurs manteaux impeccables. Leurs bottes et leurs tenues, comme neuves, me font croire qu'ils étaient parfaitement à l'abri lors de l'explosion.

Autour de nous, les esprits s'échauffent, les langues se délient et j'entends résonner les sonorités sèches et sifflantes du mot *Essor* un peu partout.

Les rangs de candidats se font plus serrés à mesure que nous approchons de l'Auditorium. Nous sommes plusieurs milliers, tous âgés de quinze à dix-huit ans. Dans la foule, j'ai l'impression d'étouffer. Je me demande combien ils étaient du temps de grand-mère, avant que les Juges n'interdisent les naissances chez les familles d'un rang inférieur à 600. J'observe Nina et William. Si nos parents n'étaient pas des 850, aucun de nous ne serait là aujourd'hui.

Un déluge de violon joue l'hymne de l'Union alors que la toile des drapeaux claque dans le vent.

Les hexagones, symboles de l'Union, sont répliqués des dizaines de fois sur les écrans géants. Dans l'air sec et frais du Quartier des Juges, une voix retentit dans les haut-parleurs. C'est l'un des Juges des sélections, dont l'intervention réduit la foule au silence :

— Cinquante ans, prononce la voix. Citoyennes, Citoyens, voilà cinquante longues années que l'Union Juste a plongé à l'avant-dernière place du classement des Unions. Une humiliation longue d'un demi-siècle, qui nous saigne année après année.

Ces derniers mots se répandent dans un écho inquiétant :

— Vous le savez, à l'issue de l'Épreuve des Sept, les Unions mieux classées, modifieront nos lois, feront mainbasse sur nos ressources, qu'elles soient matérielles ou humaines.

Sur les écrans géants, des visages de jeunes Citoyens remplacent soudain le symbole de l'Union. Le corps des uns s'appuie sur celui des autres, comme enfermés dans une grosse boîte.

— À ce titre, poursuit la voix, l'année dernière L'Union Première a demandé en récompense près de mille Citoyens de notre Union. Mille transfuges, partis pour l'Union Première. Combien y seront encore envoyés, dans leurs camps de travail, dans leurs mines de lithium, sur leurs chaînes de production ? Les plus chanceux servent de domestiques dans des familles fortunées. Aucun n'est jamais revenu. Si nous ne gagnons pas l'Épreuve des Sept, aucun ne reviendra jamais.

La caméra dézoome et on se rend compte que les Citoyens sont en réalité enfermés dans un container, comme de la vulgaire marchandise. La caméra dézoome encore, les containers s'empilent sur un porte-container qui fend les eaux noires de l'océan, avant de disparaître de l'écran.

Une phrase se forme sur l'écran principal : *ils étaient mille, envoyés pour un aller sans retour vers l'Union Première.*

Autour de moi, la foule reste silencieuse, frappée par la gravité des images. Je sens de nouveau les ondes des haut-parleurs vibrer dans mon abdomen :

— Voilà cinquante ans que l'Union Juste n'a pas réussi à se hisser à la place qu'elle mérite. Sa juste place. Le Grand Bureau des Juges a décidé de durcir exceptionnellement le processus de sélection, afin d'offrir toutes les chances à notre Union de reprendre la place qui lui revient.

Cette annonce ne m'évoque rien de bon. J'échange brièvement un regard avec William, je vois qu'il pense la même chose que moi. Apparemment il faut s'attendre à des épreuves d'un genre nouveau.

Les vibrations qui me parcourent redoublent d'intensité :

— Demain, commencera la première épreuve des sélections. Au terme de laquelle sera désigné le Capitaine d'Équipe. Je rappelle que les concurrents qui n'auront pas obtenu le score minimum de 12 devront quitter le processus de sélection sur-le-champ. Les candidats dont la qualité première est la Discipline devraient nous étonner.

La Discipline a toujours été associée au poste de Capitaine, une qualité inexistante chez moi.

La voix reprend, plus sonore que jamais :

— Vous êtes des enfants de l'Union. Je veux que chacun d'entre vous se rappelle qu'il a en lui, la Discipline, la Résilience, la Survivance, l'Abnégation et la Persuasion, que requièrent nos sélections. Qu'il vienne des Bas Quartiers, ou qu'il vienne du Quartier des Juges. Personne ne doit baisser les bras ! Abandonner, c'est abandonner l'Union à l'avant-dernière place.

Une salve d'applaudissements se propage partout autour de moi.

— Compte tenu des évènements exceptionnels qui nous ont secoués hier, reprend le Juge, le Grand Bureau des Juges se montrera intraitable envers tout manquement au règlement. Parce que notre Union est juste, aucun candidat digne ne sera envoyé en récompense dans les Unions victorieuses. Seuls seront envoyés les candidats qui auront déshonoré l'Union en obtenant le score minimum à la première épreuve. Et maintenant, place aux sélections ! L'Union est juste, L'Union est notre justice.

Cette fois personne n'applaudit. L'hymne de l'Union inonde l'esplanade et résonne dans un silence glacial.

William, Nina et moi échangeons des regards, ne sachant quoi dire.

Le score minimum...

Qu'arriverait-il si je m'applique encore une fois à saboter mon score ? Je deviendrai une transfuge ? Je m'imagine soudain au fin fond d'une mine de l'Union Première. Ceci ne fait pas partie de mes projets de vie. Hors de question de décrocher un zéro cette fois, car ça signifierait être arrachée à ma famille.

William a compris la sévérité des sélections de cette année. Il est apprenti-officiel, il sait comment fonctionne le système mieux que personne.

Je dois faire en sorte d'obtenir au moins quelques points. Oui, pour éviter les ennuis, je dois faire preuve de bonne volonté, et cela passe par le respect du règlement.

Je devrais pouvoir y arriver, maintenant que l'Inspection est passée, maintenant que j'ai rattrapé mes erreurs des années précédentes. Au diable les loutres qui nagent avec les Juges ! J'aborderai ces sélections sans faire le moindre faux pas. Je montrerai aux Juges que je suis autre chose que la calamité qui plombe leurs statistiques, si c'est la condition pour rester près de ma famille, dans le Quartier du Milieu.

Après un long moment, William prend enfin la parole :

— Tu as compris où un zéro t'emmènerait cette année ?

Ma gorge se serre quand j'entends la pointe d'inquiétude qu'il y a dans sa voix.

17 h 30, le soleil passe déjà de l'autre côté du mur Inter-Union.

Nous regagnons la gare désaffectée, devenue le refuge des Citoyens de notre Quartier. Ceux des Hauts Quartiers sont sûrement logés sur place, dans un confort qui n'a rien à voir avec celui des compartiments gelés de la gare.

La chaleur n'y est peut-être pas, mais je renoue avec la convivialité du Quartier du Milieu. William, Nina et moi trouvons une place autour d'un baril d'où s'échappent de longues flammes capables de nous faire oublier le froid saisissant de l'hiver. Le rayonnement du feu éclaire le visage d'un candidat que je connais. C'est Swan, un garçon du Quartier du Milieu avec qui j'ai l'habitude de courir lorsque mon bracelet m'y oblige.

Swan a été nommé Accoucheur, le jour où les Juges m'ont nommée Archiviste et je sais que ce sont aussi ses dernières sélections.

— Je ne pensais pas qu'on se reverrait si vite, me sourit-il.

— Tu sais bien qu'on ne se débarrasse pas de moi comme ça !

C'est vrai que nous ne sommes plus censés courir ensemble. Une fois notre troisième sélection passée, nos bracelets nous dispensent d'entraînement. Terminées les décharges électriques intempestives.

Puis, Swan se tourne vers mon frère :

— William, toujours un plaisir, dit-il.

Ils ne s'apprécient pas beaucoup, tous les deux. Je me souviens du jour où j'ai rencontré Swan, et à quel point ça aurait pu mal tourner pour moi. Ce soir-là, je suis tombée au beau milieu d'un combat clandestin, au cours duquel deux bandes se disputaient une flasque. L'alcool est un produit devenu si rare que certains sont prêts à le payer de leur vie. Ils ont vu mon visage et j'ai vu le leur. Il se sont lancés à ma poursuite de peur que je les dénonce aux officiels. J'ai voulu faire demi-tour pour rentrer au Casier, seulement deux décharges m'ont ordonné de poursuivre mon entraînement. Je les ai ignorées, mais la troisième, plus violente, m'a convaincue de continuer. Alors, je n'ai pas eu d'autre choix que de prendre mon courage à deux mains en me dirigeant dans le seul endroit où ils ne me suivraient pas : les souterrains du quartier. Au bout d'un moment, j'ai aperçu au loin la tête blonde de Swan. Tout essoufflée que j'étais, il a voulu savoir ce qui venait de m'arriver. Il était hors de question pour lui de me laisser seule, avec cette bande de fauteurs de troubles qui en avait après moi. Nous avons accordé nos foulées et avons rapidement sympathisé. Il m'a expliqué qu'il courait nulle part ailleurs que dans les tunnels, pour éviter de tomber sur le fourgon des Contrôleurs des naissances. J'ai immédiatement compris pourquoi.

En vertu de la loi de rang, les Contrôleurs de naissances descendent des Hauts Quartiers pour retirer aux familles de 550 et moins, leurs enfants que l'Union interdit. Le plus souvent, ce sont les Accoucheurs qui dénoncent ces naissances interdites, mais Swan lui, s'y refuse. Certaines familles parviennent à cacher un enfant interdit pendant plusieurs années. C'est à ce moment-là que les Contrôleurs de naissances entrent en scène. Leur fourgon blanc, floqué des hexagones de l'Union traverse au pas notre Quartier, pour que les enfants qui y sont attachés puissent suivre l'allure.

Je me souviens avoir croisé le regard d'une petite fille qui devait avoir six ans, maximum. J'ai supplié intérieurement les Citoyens qui passaient par là de lui venir en aide. Ils l'ont ignorée, de crainte que l'Union les punisse à leur tour. Dans les yeux de cette petite fille, j'ai vu que je ne valais pas mieux que les Contrôleurs de naissances qui l'avaient emportée. En restant là, les bras croisés, je faisais comme tous les autres, je leur donnais raison.

Voilà pourquoi Swan préférait courir dans le réseau de tunnels, plutôt qu'à la surface. Pour ne plus jamais avoir à croiser le regard d'un enfant attaché à l'un de ces fourgons.

Soudain, j'ai la crainte que William et Swan abordent le sujet des Contrôleurs de naissances. Ils pourraient facilement en venir aux mains tous les deux. William a été tout aussi frappé d'horreur que moi, la première fois qu'il les a vus à l'œuvre. Seulement, il considère le contrôle des naissances comme un mal nécessaire pour éviter la famine générale. D'après lui, c'est mathématique : plus nous sommes nombreux, plus nous devons partager les ressources restantes. Non seulement avec les Unions victorieuses, mais également entre nous.

Heureusement, autour du feu, personne n'aborde le sujet. La discussion en vient rapidement à l'avertissement du Juge et à la première épreuve. Ceux qui connaissent mon frère, lui disent qu'il est taillé pour le poste de Capitaine.

Au bout d'un moment, William nous annonce qu'il part se doucher. Compte tenu de l'explosion, les apprentis officiels ont décidé que les douches des filles serviraient à tout le monde.

Mon frère entre dans le compartiment, en ressort quelques secondes plus tard, débarrassé de son tee-shirt. Une longue tâche de suie lui coule dans le dos, et je me rappelle qu'il n'a fait que se débarbouiller le visage depuis l'explosion de la veille.

Nina se moque gentiment de lui, puis l'accompagne pour chercher de l'eau à faire bouillir, dans l'espoir d'y diluer l'une de nos rations alimentaires.

J'enjambe le marchepied qui a souffert tant il est tordu et entre dans notre compartiment. J'ouvre mon sac à la recherche des précieuses rations alimentaires. Il n'en reste que deux pour nous trois. D'un geste vif, je soulève les couvertures pour y cacher mon sac, quand je découvre l'Hexapod et le bracelet magnétique de mon frère, posés sur un tee-shirt maculé de suie. Une imprudence qui ne lui ressemble pas. À la réflexion, il ne pouvait pas non plus prendre le risque de perdre son bracelet dans l'obscurité des douches. Une chance que je l'aie vu, car je n'ose pas imaginer ce qu'il se serait passé s'il se l'était fait voler. J'attrape le bracelet de mon frère, en me disant qu'il sera davantage en lieu sûr entre mes mains plutôt qu'abandonné sur un maillot crasseux.

Par la fenêtre, j'entends Swan et d'autres candidats évoquer l'attaque de l'Essor.

J'examine le bracelet à la lueur rougeoyante du feu qui brûle dehors. Je le compare au mien, en tout point identique. Leurs différences se trouvent à l'intérieur.

Je repense aux informations qui leur seront restituées, une fois que nous en aurons terminé avec ces maudites sélections. Parmi elles, nos prénoms et nos scores à l'Examen. À deux points près, c'est moi qui serais devenue officielle, et lui qui aurait été nommé Archiviste. Est-ce que j'aurais été aussi autoritaire que lui ? En même temps que je songe à cette idée, je tourne et retourne le bracelet au creux de ma main. Je secoue la tête. Si je ne suis pas devenue officielle, c'est parce que c'est contraire à ma nature profonde, parce que je rejette tout ce qui a trait aux valeurs de l'Union. Ils s'en sont forcément rendu compte à l'Examen. En plus, je serais incapable d'obéir aux ordres des Juges. Quand on vous ordonne de prendre une direction, comment aller à droite quand votre cœur vous dit d'aller à gauche ?

Je m'interroge. À quel moment avons-nous commencé à être différents William et moi ? Enfants, nous étions inséparables. Je me souviens que l'un terminait les phrases de l'autre et que nous voulions tous deux devenir chefs de l'Union. Ce qui n'existe évidemment pas, et qui a longtemps amusé nos parents. Alors comment se fait-il que nous soyons devenus si différents ? Je suis convaincue que tout est parti des problèmes qu'a rencontrés notre père. Oui, c'est à ce moment-là que nous avons commencé à agir et à penser différemment. William a voulu respecter le secret dans lequel s'est drapé notre père. Puis il s'est mis à suivre à la lettre les règles de l'Union, persuadé qu'elles assurent notre sécurité à tous, là où pour moi elles ne sont qu'un ramassis d'injustices. *Ouvre les yeux, Will, et vois où tes règles nous ont menés.*

Je regrette le temps où nous nous comprenions sans même avoir à nous parler. Lorsque nous étions tout petits, nous avions même inventé notre propre langue, nous avait dit ma mère ; il paraît que c'est courant chez les jumeaux. À cette pensée, une tristesse inattendue s'abat sur moi et je me rends compte que je n'ai toujours pas préparé le repas.

Ne sachant finalement quoi faire du bracelet de mon frère, je me dis qu'il vaut mieux le reposer à sa place, en gardant un œil sur les allées et venues devant le compartiment. Je le replace avec le plus grand soin, car William me tuerait s'il apprenait que j'y ai touché. Je ressors du compartiment avec deux pochettes alimentaires dont je fais tomber le contenu au fond d'une vieille marmite.

Nina est la première à revenir, elle me rejoint au coin du feu. William n'arrive qu'une fois le repas servi, en marchant d'un pas pressé vers le compartiment.

— C'est bon, j'ai monté la garde. Tes affaires sont toujours là, dis-je dans le seul but de le rassurer.

Mon frère se fige sur place :

— Ne me dis pas que tu as touché à quelque chose ?

Dans sa bouche, ça ressemble davantage à une accusation qu'à une question.

— Non, réponds-je, en me disant que je n'ai pas d'autre choix que de mentir. Mais un simple *merci* aurait suffi !

À l'approche des épreuves, son stress m'est de plus en plus difficile à supporter. Vivement qu'on en ait enfin terminé avec les sélections.

— C'est encore moins bon que d'habitude, dit William en enfournant une cuillérée dans sa bouche.

— Tu n'as qu'à manger de l'herbe noire, si tu préfères.

Je lui désigne la touffe spongieuse sur laquelle il est assis, ce qui a le mérite de lui clouer le bec quelques minutes. Le reste du repas se fait dans un climat plus serein. Nous parlons des différents postes et William me dit qu'il me verrait bien Protectrice, comme grand-mère. Je manque de m'étouffer entre deux gorgées, mais mon frère est plus sérieux que jamais.

Ma sœur s'intéresse aux épreuves des sélections et demande si elle peut nous attendre, le temps que les Juges nous éliminent. Agacé, William tourne un regard déterminé vers elle :

— Merci de croire en nous. Un aérotrain part demain à la première heure. Je veux que tu le prennes pour rentrer au Quartier du Milieu, toi et tes mauvaises ondes. De toute façon, c'est devenu trop dangereux ici.

Ma sœur objecte qu'elle ne voulait pas le décourager pour la première épreuve, seulement William ne veut rien savoir et conclut que la faire venir était la pire idée qu'il n'ait jamais eue.

7.

À l'heure qu'il est, Nina doit déjà avoir retrouvé notre mère au Quartier du Milieu. Devant l'Auditorium, les écrans géants sonnent le coup d'envoi des sélections. William me signifie que c'est le moment de mettre nos bracelets magnétiques. Je l'enroule aussitôt autour de mon poignet, un cliquetis m'indique que le verrou inviolable vient d'être scellé.

Les premiers candidats s'authentifient auprès des officiels, avant de disparaître dans l'Auditorium pour en découdre avec cette maudite épreuve. William et moi surveillons l'ordre de passage sur les écrans. J'entends derrière moi une jeune fille de mon âge se répéter des choses à voix basse. Qu'est-ce qui peut bien lui paraître aussi indispensable à savoir ? S'il fallait réviser quelque chose, je le saurais. William le saurait. Elle a dû confondre les sélections avec l'Examen d'affectation.

Les écrans géants continuent d'appeler les candidats vers les panneaux d'identification. Tout semble suivre son cours quand je remarque que la file d'à côté cesse d'avancer. Une alarme me vrille soudain les tympans. Je comprends alors qu'une des entrées est bloquée par un candidat.

Mon expérience des sélections m'incite à croire qu'il se passe quelque chose d'anormal.

« AUTHENTIFICATION INCORRECTE. AUTHENTIFICATION INCORRECTE », répète en boucle une voix de synthèse. Un garçon de mon âge tente de s'exprimer, mais une officielle l'empoigne déjà pour le faire évacuer.

— C'est une erreur ! implore-t-il.

L'Union ne fait jamais d'erreur.

Les écrans géants oublient un instant les symboles de l'Union pour retransmettre la scène en direct, dans tout le Quartier des Juges. Un drone qui survole la foule zoome encore davantage sur lui. Ce garçon sort brutalement de l'anonymat, son visage grossi au centuple. Veste en denim déchiré, cheveux en bataille. L'air rebelle qui étincelle dans son regard ébène répond au tatouage qui lui remonte sur le haut de la nuque. Ses traits fins et ses épaules sculptées sont maintenant connus de tous. Il se dévisse la tête en regardant dans toutes les directions, à la recherche d'une échappatoire. Ses yeux lancent des appels au secours. Une succession d'expressions défile en huit mètres par douze sur les écrans géants, tandis qu'un cordon d'officiels fonce droit sur lui. Il est pris au piège.

— C'est une erreur ! répète-t-il.

La voix du Juge que nous avons entendu la veille jaillit de nulle part :

— L'Union ne fait jamais d'erreur. Ce qui veut dire que l'erreur, c'est *vous*.

— Je ferai de mon mieux pour représenter l'Union ! hurle le garçon, en ne sachant à quel haut-parleur il est censé s'adresser.

Il cherche à se dégager de l'étreinte des officiels. La voix du Juge, amplifiée, recouvre ses protestations :

— Comment vous appelez-vous, Citoyen ?

— Jonas. Jonas Solt.

Les épreuves sont anonymisées. Si le Juge lui demande son prénom, c'est qu'il n'a plus l'intention de le laisser participer aux sélections.

— Hélas, Jonas, il est trop tard maintenant. Notre système a détecté une quatrième présentation aux épreuves, alors que vous avez été jugé indigne de représenter l'Union au terme de votre troisième et dernière tentative, rappelez-vous. J'aurais aimé qu'il en soit autrement, mais vous avez violé le règlement et vous serez jugé en conséquence, comme tous ceux qui comptent empêcher le déroulement des sélections.

— Non, vous vous trompez… hurle le garçon, tandis qu'un larsen insupportable retentit pour couvrir ses paroles.

— Ce message s'adresse à l'Essor, dit lentement le Juge. Je vous fais une promesse : l'Union vous traquera jusqu'au dernier.

— Attendez, écoutez ! Écoutez-moi ! Vous vous trompez, je ne soutiens pas l'Essor ! Je n'ai pas l'intention d'empêcher les sélections ! C'est mon frère… C'est lui qui devait participer aux sélections, mais avec l'explosion il a paniqué et il s'est enfui. Il faut me croire, je ne sais pas où il est passé depuis ! D'accord, je ne suis peut-être plus en âge de participer, mais tout ce que j'ai voulu faire, c'est prendre sa place pour éviter qu'il ne soit condamné pour avoir déserté les sélections ! Si vous me laissez prendre sa place, je promets d'honorer l'Union ! hurle-t-il, en secouant les bras vers les haut-parleurs dans un geste désespéré.

Le Juge éclate d'un rire argentin :

— Voilà un serment d'allégeance envers l'Union qui aurait été convaincant s'il ne sortait pas de la bouche d'un rebelle ! Vous avez peut-être réussi à émouvoir certains candidats, mais rappelez-vous, les Juges sont impartiaux. Vous pensiez que nous allions nous laisser attendrir par votre scénario larmoyant, préparé sur mesure et répété encore et encore dans l'éventualité où nous déjouerions vos plans ? Que nous avons déjoués.

Mes yeux ne peuvent plus lâcher l'écran géant. Je déchiffre le visage du garçon. Ses pupilles sont comme des vitres sans tain au travers desquelles je ne peux rien voir. Je ne sais que penser de ses explications. Est-il sincère ou est-ce une manœuvre pour attirer la pitié des Juges ? Pendant un instant je me demande si ce garçon fait partie de ceux qui ont profané la mémoire de notre grand-mère. De ceux qui retiennent peut-être mon père quelque part.

Je n'ai jamais vu aucun partisan de l'Essor. Je m'étais imaginé des types malveillants, bardés de cicatrices, incapables d'aligner deux mots sans proférer une menace de mort. Pas un garçon de mon âge qui prétend protéger son frère.

J'ai déjà réfléchi à ce cas de figure, en me demandant comment je réagirais le jour où l'un d'entre eux me ferait face. J'étais persuadée que je deviendrais hors de contrôle, folle de rage, à réclamer que justice soit rendue, pour qu'on me livre enfin la vérité au sujet de mon père. Pourtant, je ne parviens pas à vouloir du mal à ce garçon. Est-ce parce que je commence à douter qu'il soit l'un d'entre eux ?

Le garçon fait rouler ses épaules musclées, flanque un coup de coude impressionnant à l'un des officiels pour se dégager. Il se fraie un chemin parmi les candidats et s'enfuit comme si sa vie en dépendait.

Car sa vie en dépend.

— Abattez-le, ordonne le Juge, avec une froideur qui me déconcerte.

Trois drones militaires surgissent de nulle part, plongent sur la foule de candidats qu'ils rasent pour mieux filer vers le garçon. Chacun d'eux ouvre une minuscule trappe, révélant deux faisceaux rougeoyants. Des yeux de monstre, prêts à faire feu. Le dos et le visage du garçon sont bientôt maculés de points lumineux tandis que ses jambes avalent les mètres en direction de l'artère centrale du quartier. Mais il est encore loin de quitter l'enceinte de l'Auditorium, terriblement loin.

Ne t'enfuis pas… Arrête-toi… C'est la seule issue…

Je me rappelle aussitôt un épisode de mon enfance. Un épisode que j'aurais préféré oublier. Je sais ce qu'il arrivera dans quelques secondes. J'entends déjà les fléchettes des drones, lancées à la vitesse du son, siffler au-dessus de ma tête.

Je t'en supplie, arrête de courir… Tu ne leur échapperas pas.

Qu'il soutienne la cause de l'Essor, ou non, personne ne mérite le sort que les Juges lui réservent. Une énergie incompréhensible s'empare de moi. Je me sens dans l'obligation de l'aider, mais comment ? Je ne suis qu'une Archiviste, qu'une 750. J'ai l'impression de me retrouver encore une fois, face à cette petite fille que je n'ai pas su aider quand les Contrôleurs des naissances ont passé le quartier au peigne fin.

Cette fois, je refuse de me sentir coupable de n'avoir rien fait. Je pousse les autres candidats qui me gênent pour tenter de me rapprocher du garçon. La foule, trop compacte, m'empêche de progresser. Résignée, je comprends que la seule arme dont je dispose, ce sont les mots. Alors, sans bien mesurer la portée de mon acte, je joins mes mains en porte-voix et je crie de toutes mes forces dans sa direction :

— ARRETE-TOI OU LES DRONES VONT TE TUER !

Un millier d'yeux se tournent vers moi, y compris l'œil bionique du drone caméra. Quand mon visage apparaît sur les écrans géants, c'est comme si on m'avait flanqué un coup derrière la tête. À mon tour de sortir de l'anonymat.

Le garçon se fige instantanément et je ne sais lequel de nous deux est le plus surpris. Son regard se plante dans le mien. Sa détresse me traverse comme une flèche.

— JE ME RENDS, JE ME RENDS ! s'époumone-t-il, en comprenant enfin que c'est la meilleure solution.

Il agite désespérément les bras, sans cesser de me regarder. Son visage ruisselle d'un mélange visqueux de larmes et de transpiration.

Un dernier point lumineux cible son front luisant, avant de disparaître. Je présume que les Juges ont ordonné aux drones militaires de cesser le feu.

Le garçon cherche de l'aide dans les rangs resserrés de la foule. Mais dès qu'il s'approche, les autres candidats reculent. Une phrase du communiqué de l'Union se rejoue dans ma tête : *toute collaboration avec l'ennemi sera punie…*

Personne n'a le droit d'aider un ennemi de l'Union. Par la Juge-mère, qu'ai-je fait ?

Le garçon s'effondre à genoux, prostré.

Une horde d'officiels fend la foule, m'arrache à son regard en le forçant à se remettre debout. Ils l'escortent finalement vers le Bâtiment Administratif. Que va-t-il lui arriver maintenant ? Je crois le savoir et j'espère de tout cœur me tromper. Il a l'air si *normal*.

Son regard ébène, empreint de désespoir, est fixé sur ma rétine comme un tatouage à l'encre indélébile.

Une vague de sidération parcourt la foule de candidats. Bientôt, des officiels appellent au calme et les écrans géants se remettent à diffuser les numéros de passage, par série de quatre. Je scrute les rangées de candidats, tous me regardent du coin de l'œil. Quelques-uns me montrent du doigt. William reste inexpressif, aussi raide que s'il avait été taillé dans un bloc de granit.

— Qu'est-ce qui t'a pris de te mêler de ça! explose-t-il enfin, les poings serrés.

— Mais il allait se faire tuer! me révolté-je.

Son sourcil tressaute tant il est fou de rage.

— Tu aurais dû laisser les Juges en décider. Tu voulais quoi, Pia? Tu voulais qu'un rebelle se retrouve à saboter les sélections de l'intérieur? Ce n'était pas suffisant qu'ils s'en prennent à papa? Dis-moi ce que tu voulais, car là je ne te comprends pas…

Sa remarque me touche en plein cœur et je sens mes yeux se gonfler de larmes potentielles.

— Papa ne serait pas resté les bras croisés!

— Papa n'est malheureusement pas là pour te donner raison, tranche-t-il. Mais il aurait sûrement fait profil bas pour qu'il ne nous arrive rien. Et toi tu viens de faire tout le contraire, en attirant l'attention sur toi, regarde!

Je balaie les files de candidats d'un coup d'œil, tous les regards sont rivés sur moi.

Derrière ses yeux bleus, l'esprit de William tourne à plein régime. Il se met à chuchoter pour que je sois la seule à l'attendre :

— Maintenant, ce qui est sûr, c'est que les Juge vont chercher à comprendre ce qui t'est passé par la tête. S'ils t'interrogent, dis-leur simplement que tu voulais convaincre ce garçon de se rendre.

J'ouvre la bouche pour répondre que non, je voulais uniquement éviter que les drones ne trouent son corps de fléchettes mortelles, mais il ne m'en laisse pas le temps.

— Ça aussi c'est au-dessus de tes forces, c'est ça? dit-il.

Je ne lis rien d'autre que de la déception dans son regard. Son visage se ferme, comme pour me rappeler à quel point nous sommes devenus si différents tous les deux. Peut-être qu'il a raison. Peut-être que si j'avais été un peu plus comme lui, je ne me serais jamais fourrée dans une telle galère.

Alors que William et moi tentons une percée dans la foule pour nous rapprocher des panneaux d'identification, un garçon qui me dépasse de deux têtes me tape affectueusement l'épaule en me félicitant. Je ne comprends pas ce qu'il veut dire ni cette sympathie gratuite. De toute évidence, il s'est trompé de personne. À mon passage, une autre candidate se plante devant moi en me gratifiant d'un sourire solaire. Est-ce qu'elle est sur le point de me serrer dans ses bras ? Je l'évite, sans bien mesurer ce qu'il se passe. Je continue ma progression, avec en ligne de mire le panneau d'identification qui affiche nos matricules.

887 pour William.

888 pour moi.

Quelques-uns me témoignent encore de leur reconnaissance.

Taisez-vous. Taisez-vous.

Qu'on me prenne pour une sorte d'héroïne a au moins pour effet de détendre un peu mon frère. Encore des encouragements.

Si seulement vous saviez…

Maintenant que les écrans géants se sont éteints, maintenant que le garçon a disparu, tous me regardent avec déférence, comme si j'étais la personne la plus importante au monde.

— Fais-toi à l'idée, me dit William. Tu es celle qui a crié à un partisan de l'Essor de se rendre.

Une façon de me dire que je l'ai bien cherché.

Je rejette ce rôle qu'ils veulent bien tous me prêter. Ce rôle, qui me rend complice de l'arrestation de ce garçon. Je franchis les barrières de sécurité, dégoûtée de moi-même.

Mon frère m'adresse ses derniers encouragements, qui glissent sur moi comme de l'eau de pluie. Je lis dans son regard qu'il me fait confiance pour décrocher au moins quelques points, j'ai parfaitement conscience que ce n'est plus une option. C'est une nécessité.

Deux officiels nous prennent en charge et nous demandent de nous poster devant les panneaux d'authentification. William se tourne vers celui qui doit relever son identité.

Le panneau qu'on m'a assigné clignote paresseusement, la voix de synthèse procède à la lecture de mon bracelet :

— NUMERO M-0204-887. BIENVENUE A VOTRE TROISIEME SELECTION.

Je reconnais immédiatement le matricule de mon frère. Il a dû me devancer en s'authentifiant le premier.

— Par tous les Fondateurs… souffle William, frappé de stupeur.

Aucun autre mot ne sort de sa bouche.

Je remarque aussitôt que quelque chose ne va pas. William est seulement en train de se présenter devant le panneau. La voix de synthèse retentit à la lecture de son bracelet.

— NUMERO M-0204-888. BIENVENUE A VOTRE TROISIEME SELECTION.

En entendant mon matricule, le visage de mon frère se décompose.

C'est comme si un aérotrain lancé à pleine vitesse venait de me percuter. Le choc m'empêche de réfléchir normalement. L'espace d'un battement de cil, je me demande si le 888 peut être son matricule. Impossible, William est né quelques minutes avant moi.

Le 887, c'est lui.

Le 888, c'est moi.

Il doit y avoir une erreur. C'est forcément une erreur. Ses yeux me lancent des éclairs d'incrédulité, comme pour me confirmer la gravité de la situation. Dans mes veines, mon sang se glace plus vite que de l'azote liquide.

Il me faut trois interminables secondes pour comprendre ce qu'il se passe. Mon regard tombe fatalement sur mon bracelet magnétique. Celui que j'ai scellé autour de mon poignet n'est pas le mien. C'est celui de William.

Mes pensées filent à toute vitesse, s'écrasent les unes contre les autres. La vérité éclate en ricochets sous mon crâne. Je refuse de l'admettre. Pourtant, je ne vois pas d'autres explications. Je suis forcée de le reconnaître : c'est moi qui ai échangé les bracelets par inadvertance. Je me revois les manipuler dans le compartiment, m'entendre dire à quel point ils sont identiques en apparence. Ça aurait dû m'alerter. Comment ai-je pu me tromper ? Comment ai-je pu commettre une erreur aussi grossière ? Je ne vois pas à quel moment j'aurais pu les confondre, mais la réalité me rattrape.

Certains candidats continuent de me regarder avec cette drôle d'admiration. Une chape de plomb dont je voudrais me débarrasser, car il m'est impossible de dire quoi que ce soit à mon frère sans éveiller les soupçons.

Un pic d'adrénaline afflue dans mon cerveau, déferle dans chaque parcelle de mon corps. Je veux crier quelque chose, que tout ceci n'est qu'une erreur, mais impossible, je ne peux rien dire. Je ne dois rien dire. Alors les mots restent collés sur ma langue.

Comment refaire l'échange ? Le verrou de nos bracelets est inviolable. Je réfléchis à toute vitesse, forcée de conclure que nous avons franchi le point de non-retour au moment où nous avons scellé nos bracelets autour de nos poignets.

Mes os se changent en glaçons qui s'entrechoquent au rythme fracassant de mon cœur. Mes oreilles attendent avec résignation l'alarme. Celle qui a retenti tout à l'heure pour ce garçon. Qu'est-ce que les Juges vont lui faire ? Qu'est-ce que les Juges vont *nous* faire, à moi et à mon frère ?

Je guette le moindre officiel prêt à jaillir pour m'emmener, pour emmener William. Je surveille avec obsession les écrans géants. Je refuse d'assister au même spectacle que tout à l'heure.

Avant que tout ne se termine, je tente de déchiffrer le masque qu'affiche mon frère. Je ne l'ai encore jamais vu dans cet état. Même lui ne sait quoi faire. Parce qu'il n'y a rien à faire pour réparer mon erreur. À part attendre que le système ne détecte l'échange. Attendre que ne rugisse cette satanée alarme.

Je ferme les yeux un instant, en implorant la Juge-mère… Faites que tout ceci ne soit rien d'autre qu'un cauchemar. Les images du garçon de tout à l'heure défilent sous mes paupières. D'une seconde à l'autre, tous les candidats reculeront comme si nous étions des pestiférés. Ensuite, nous disparaîtrons sous une mêlée d'officiels. La suite, je la connais. Mais les écrans sont éteints. Ils restent éteints.

Je fais de mon mieux pour réfléchir malgré la culpabilité qui me ronge. Je retourne la question dans tous les sens, je ne vois décidément aucune solution. William ne détache pas son regard du mien. J'y lis un mélange de déception et de trahison. *Comment as-tu pu me faire ça ?* Voilà, ce que disent ses yeux. Non seulement il a compris que je lui ai menti quand il m'a demandé si j'avais touché à ses affaires, mais en plus j'ai gâché ses dernières sélections. Je le revois admirer le visage de grand-mère en espérant un jour marcher dans ses pas. J'ai ruiné ses rêves, le temps d'une seconde où j'ai perdu des yeux son bracelet. Peut-être même, pense-t-il que je l'ai fait exprès ? Je me répugne.

Je voudrais remonter le temps, pour ne jamais être retournée seule dans le compartiment, pour ne jamais avoir eu en main son bracelet. Je serais restée sagement autour du feu avec Swan.

Je regrette tellement mon erreur. Y a-t-il encore une chance pour que je l'avoue aux Juges ? Après tout, l'alarme ne se s'est pas encore déclenchée. Peut-être qu'ils me croiront ? Mais j'ai la certitude qu'on ne me traitera pas différemment de ce garçon. Personne ne l'a écouté tout à l'heure. Personne. Parce que l'Union ne fait jamais d'erreur. Alors pourquoi m'écouteraient-ils ?

Je ferme les yeux, prends une profonde respiration. Quand je les rouvre, les officiels s'occupent déjà du candidat suivant. À croire qu'ils ne se sont rendu compte de rien. Sur les écrans géants, mon matricule et celui de William ont été chassés par d'autres. Lorsque l'un des officiels comprend que je veux dire quelque chose, il me considère avec impatience.

Mes lèvres s'entrouvrent, se tordent pour former des mots qui meurent étranglés au fond de mon larynx. William fronce soudain les sourcils avec autorité. Son regard alarmé me supplie de me taire. C'est un apprenti officiel, il sait comment fonctionnent les Juges. Ses lèvres exsangues s'agitent. Sa voix est contenue, alors qu'il m'en veut à un point que je n'ose pas imaginer :

— Discipline, Résilience, Survivance, Abnégation, Persuasion.

Les valeurs de l'Épreuve des Sept. Est-ce là une façon de me dire que tout n'est peut-être pas perdu ? Je réprime un rire nerveux tant j'ai le sentiment de nager en plein délire. Tant je n'y crois plus. Pourtant à cet instant précis, je prends la décision de garder le silence. Si je dis quoi que ce soit, je prends le risque que les drones se lancent à ma poursuite. À notre poursuite. Je refuse de voir le visage de William sur les écrans géants se faire décortiquer par tous les Citoyens du quartier. Je refuse d'envisager une seconde que mon frère s'écroule sous les tirs des drones. Je lui ai déjà fait suffisamment de tort comme ça.

Une autre officielle me presse d'avancer dans le hall de l'Auditorium où l'hexagone de l'Union est omniprésent. J'adresse un dernier regard à William, avant de disparaître au cœur de l'Auditorium. Il secoue la tête de dépit. Je me demande encore par quel miracle l'alarme ne s'est pas déclenchée.

Et maintenant ? Je vais disputer mes dernières sélections. Ou devrais-je plutôt dire que je vais disputer celles de William ? À l'idée d'une telle responsabilité, je sens ma gorge se nouer un peu plus chaque seconde.

J'arrive à un ascenseur où m'attend une femme aux traits sévères. Combinaison de flanelle immaculée, sourire d'une blancheur artificielle. Elle m'examine de pied en cap. Ses longs cheveux blonds encadrent un visage d'une beauté indéchiffrable.

— Numéro M-0204-887 ? me demande-t-elle, en consultant son Hexapod.

— Oui.

Je déglutis péniblement ma salive, en priant au plus profond de ma chair pour qu'elle n'y voie que du feu. De ses longs doigts agiles, elle tapote quelque chose sur son Hexapod, puis m'inspecte avec méfiance. Un mauvais pressentiment grandit en moi.

Quelque chose ne doit pas coller avec les informations qu'elle a sous les yeux. À commencer par une évidence affligeante : je suis une fille et William, un garçon. Je tente de me rassurer, en me rappelant ce que m'a dit la Juge de l'Inspection. Toutes les informations de nos bracelets ont été effacées et leur seront restituées au terme des sélections. Je souris bêtement, en essayant tant bien que mal de paraître naturelle.

Pendant un instant, je me demande si elle a vu clair dans mon jeu, si elle vient d'écrire un message pour que des officiels m'embarquent. Dans l'attente, je reste suspendue à ses lèvres. Mon cœur rate un battement.

— Suivez-moi.

D'un signe, elle m'intime d'emprunter l'ascenseur :

— Je suis Perpétua Cromber. C'est moi la Juge qui vais vous évaluer.

J'exhale un soupir de soulagement, en comprenant que ce n'est ni plus ni moins que la procédure habituelle. Je retrouve l'espoir de disputer ces sélections à peu près normalement.

8.

SOUVENIR

Dans le mémoriel, ma sœur sourit à notre grand-mère qui lui sourit en retour.

— *Grand-mère, tu penses que la Juge-mère est réelle, mais non. Elle a la tête de la première Fondatrice, mais c'est juste un ho-lo-gramme,* claironne Nina en faisant tous les efforts du monde pour prononcer correctement le mot.

— *Je crois que grand-mère est déjà au courant,* ricane William en secouant la tête.

— *Oh, je peux t'assurer qu'elle est bien plus que ça, ma chérie, dit* grand-mère. *Sinon, je ne serais pas là pour te répondre.*

Elle nous adresse un large sourire. Les filaments de lumière qui composent son visage s'entrelacent à l'infini. Je plisse des paupières, tant sa clarté m'éblouit.

— *Grand-mère, raconte-nous encore la fois où ton équipe a battu l'Union Première !* la supplie Nina, bientôt rejointe par William.

Même si je connais chaque détail de l'histoire, je sens mon cœur s'emballer dans ma poitrine à l'idée d'entendre la suite.

— *Plus tard peut-être,* arbitre mon père dans un pincement de lèvres.

— *Allons Félix, je crois que ces jeunes gens sont impatients d'entendre comment l'Union Juste a battu l'Union Première. Ça n'arrive pas tous les jours après tout.*

— *Ça, c'est sûr, pas depuis plus de… commence Nina en comptant* sur ses doigts.

— *Plus de quarante ans !* complète William qui bombe le torse.

— *Alors, où m'étais-je arrêtée la dernière fois ? réfléchit grand-mère.*

— *Cette année-là, vous étiez tous des chasseurs d'aurores boréales.*

Et les aurores boréales sont un phénomène atmosphérique qui provient d'un conflit entre le vent solaire et le champ magnétique terrestre, récite Nina dans un élan de joie.

— *On aurait un petit génie dans la famille ? lui lance mon frère. Dommage que tu n'aies pas compris un mot de ce que tu viens de dire ! Grand-mère, rappelle William, tu nous avais dit que l'Union de Vérité et l'Union de Sagesse avaient déjà atteint la station terminale, en détenant chacune trois aurores ! Et notre Union était au coude à coude avec l'Union Première avec seulement deux aurores !*

— *Merci, mon grand.*

Elle le gratifie d'un aimable sourire avant de poursuivre son récit à l'endroit exact où elle l'avait arrêté la dernière fois. Sa voix change comme pour mieux nous immerger dans l'aventure :

— *Dès lors, nous savions tous que l'Union Première perdrait sa place dans le classement et qu'elle serait ensuite obligée de changer de nom.*

— *Oui, parce qu'elle n'était plus première ! précise Nina.*

— *Laisse grand-mère raconter ! rouspète William.*

Malgré la remarque de mon frère, Nina demeure exaltée par cette histoire qu'elle connaît pourtant par cœur.

Grand-mère marque un silence puis reprend son récit :

— *Voilà trois jours que nous marchions sur le sol gelé d'une terre de glace que la Juge-mère appelait Islandsis. Un vent glacial comme vous ne pouvez l'imaginer nous transperçait malgré nos combinaisons pourtant à l'épreuve du froid.*

Nina se met à imiter le sifflement du vent, tout en agitant les bras, mais grand-mère n'y prête pas attention :

— *Et nous ne pouvions compter sur le soleil qui n'était plus qu'un disque pâle, incapable de nous réchauffer. Nous savions que l'Union Première avait tout comme nous capturé deux aurores boréales, ce qui nous rendait ex æquo dans le classement final. C'était donc l'ordre d'arrivée à la station terminale qui nous départagerait. Notre Ailier nous disait qu'il ne nous restait plus qu'un col à franchir pour enfin y être. Le plus dur était donc fait. Nous nous doutions que l'Union Première* était tout près. *Mais ce que nous ignorions, c'est qu'elle s'était déjà établie dans les hauteurs pour nous tendre une embuscade.*

Nina ne peut réprimer un petit cri de surprise.

Grand-mère marque une pause, des volutes de lumière s'échappent de son corps éthéré. Un silence religieux s'étend dans le corridor.

— *Malgré le blizzard… continué-je,* ce qui me vaut un froncement de sourcils de la part de mon frère.

— *Malgré le blizzard qui hurlait dans nos oreilles,* poursuit grand-mère, *nous avons tous entendu une puissante détonation et la montagne s'est mise à trembler sous nos pieds. « Une avalanche, une avalanche ! a crié notre Capitaine d'Équipe. Ils ont déclenché une avalanche pour nous ensevelir sous des tonnes de neige ! »*

— *Mais comment c'est possible ?* proteste ma sœur qui est toujours scandalisée par ce passage.

— *C'est où le bouton pour te mettre sur pause, Nina ?* s'agace William.

— *Un drone militaire, ma chérie,* répond grand-mère d'un air dramatique. *Chaque champion a le droit à un Attribut lorsqu'il participe à l'Épreuve des Sept. J'ignore lequel, mais l'un d'eux a choisi d'emporter un drone militaire plein de charges explosives. Et ils lui ont demandé de faire feu.*

Ma sœur lâche un petit cri, William souffle d'impatience.

— *Sauf que… dis-je,* juste pour l'agacer.

Il me jette un regard noir avant de se remettre à boire les paroles de grand-mère.

— *Sauf qu'au lieu de dévaster le versant de la montagne que nous traversions, l'avalanche a rasé l'autre côté, emportant avec elle l'Union Première.*

— *Bien fait pour eux !* exulte Nina, tandis que William brandit le poing d'un air rageur.

— *Tu parles d'une embuscade !* raille-t-il.

— *Mais ce n'est pas tout, car quelques minutes plus tard, alors que la nuit tombait, le ciel a commencé à se parer de lueurs émeraude qui semblaient danser au-dessus de nos têtes comme pour célébrer notre arrivée à la station terminale…*

— *Une aurore boréale !* crions-nous en chœur.

— Jessie, notre Ailier a immédiatement brandi une capsule magnétique en direction du ciel. Alors que nous étions en train d'extraire l'Équipe ennemie de la neige, pour la troisième fois au cours de l'Épreuve des Sept, j'ai vu le ciel se vider de ses couleurs. Quand je me suis tourné vers Jessie, la capsule magnétique qu'il brandissait à bout de bras brillait si vivement que le sommet semblait couvert d'une neige d'émeraudes. Mais ça voulait surtout dire que notre Union avait trois aurores boréales en sa possession ! Et que nous figurions troisièmes dans le classement des Unions.

Nina se mordille la lèvre dans un trop-plein d'émotion.

Vous n'imaginez pas à quel point la vie est devenue différente l'année suivante. Imaginez un peu… On avait des vêtements neufs, du parfum, de véritables plats à nos tables, comme de la ratatouille et des sorbets de mangues. Des domestiques venaient des autres Unions rien que pour nous faire couler le bain.

— Des mangues et de la rata… quoi ? s'écrie Nina qui n'a jamais rien entendu de tel.

— il y avait des baignoires ? m'exclamé-je, en repensant à nos douches chronométrées à la seconde près.

Je crois bien que nous sommes tous en train de saliver, car la dernière chose que nous ayons avalée est une gelée translucide.

William arque un sourcil :

— Grand-mère, tu n'as pas dit ce qu'il est arrivé au Capitaine de l'Équipe Première, lui fait-il remarquer.

— Nina, bouche-toi les oreilles ! dis-je, en me rappelant qu'elle n'avait jamais eu le fin mot de l'histoire.

Mais elle semble au contraire plus captivée que jamais, et grand-mère poursuit :

— Après avoir retourné des tonnes et des tonnes de neige, je l'ai enfin trouvé. Il était en vie. Le malheureux a refusé la main que je lui tendais. Il s'est redressé sans m'adresser un regard pour disparaître d'un pas tranquille dans le blizzard, sans jamais rejoindre la station terminale. À vrai dire, on ignore ce qu'il est devenu, mais il est sûrement mort de froid.

Nina plaque ses mains sur la bouche :
— Par la Juge-mère…

— *Pendant longtemps je m'en suis terriblement voulu, de ne pas l'avoir retenu. Mais aujourd'hui, je me dis que c'était son choix, ma chérie. Il ne voulait pas affronter les conséquences de cet échec. Il faut dire que le rapport de force s'est inversé. Notre Union a demandé quantité de vivres et de domestiques en provenance de l'Union Première. Leur vie a pris un tournant radicalement différent. Jusque-là, ils étaient nos maîtres et ils se sont mis à nous servir. Après ça, l'Union Première a été renommée l'Union du Renouveau.*

— *Elle s'est bien rattrapée, dit William, car elle est redevenue l'Union Première dès l'année suivante.*

Quelque chose dérange Nina :

— *Mais pourquoi organiser l'Épreuve des Sept si c'est pour que des gens soient malheureux au point de vouloir mourir ? demande-t-elle, toute bouleversée.*

— *Oh ! tous ne sont pas malheureux, détrompe-toi. Les Unions les mieux classées ne refuseront pour rien au monde les ressources qu'elles sont en droit de prélever chez celles qui ont été vaincues, répond grand-mère. Jusque-là, c'était l'Union Première qui réclamait tout ce qui avait un peu de valeur. Année après année. Même si cela devait impliquer que des gens meurent. Et même si elle n'en avait pas vraiment besoin.*

La suite de l'histoire, je la connais. Notre Union n'a cessé de terminer avant-dernière au classement des Unions. L'année où grand-mère est arrivée troisième n'a été qu'une bouffée d'oxygène entre deux apnées interminables.

Je revois grand-mère sur son lit d'hôpital. Je repense aux médicaments qu'elle n'a pu recevoir à temps. Les stocks de l'Union vidés par les Unions victorieuses qui s'étaient copieusement servies. C'est comme si on venait de lâcher mon cœur du cinquantième étage.

J'entends les machines de sa chambre d'hôpital sonner, le pas traînant du médecin de l'Union qui sait que sans médicaments il n'y a plus rien à faire.

Juste avant son dernier battement de cœur, le bracelet magnétique de grand-mère a scanné sa conscience pour l'intégrer à la Juge-mère. Deux mots ont clignoté en lettres digitales sur l'appareil : chargement réussi. Ensuite, le médecin a déclaré l'heure du décès.

— *Il suffirait pourtant de partager… objecte Nina.*

— *C'est une forme de partage, répond grand-mère.*

75

— *Attends, là c'est la Juge-mère ou grand-mère qui parle ? plaisante William.*

Elle laisse passer la plaisanterie.

— *Nina, tu sais que tout ceci est lié à la disparition des abeilles ? dit grand-mère.*

Des flocons de lumière tourbillonnent autour d'elle.

— *La disparition des abeilles ?*

— *Leur disparition a provoqué une réaction en chaîne. Avec pour résultat une crise alimentaire sans précédent. Si nous devions partager équitablement les ressources, personne n'y survivrait... Pas même l'Union Première.*

Je ne cesse de me demander comment la disparition de ce qui n'est rien d'autre qu'une mouche à miel a pu renverser l'ordre du monde.

La tournure que prend la discussion ne semble pas plaire à mon père :

— *Bien, les enfants, vous nous laissez un instant à votre grand-mère et moi ? intervient-il. Allez rendre visite aux Anciens, ça leur fera du bien de se dégourdir un peu.*

Mon père attend que nous nous éloignions suffisamment de la vitre pour qu'il puisse se confier à grand-mère. Je perçois des bribes de leur discussion, pendant que William montre à Nina les projecteurs susceptibles de faire apparaître la Juge-mère à tout moment.

— *Tu ne fais qu'un avec la Juge-mère, tu dois bien savoir si elle me défendrait devant les Juges ? demande mon père.*

— *Je n'accède qu'à ce qu'elle veut bien me montrer, Félix.*

Je ne comprends rien à leurs messes basses, mais quelque chose me dit que cet échange n'a rien d'anodin. William et Nina sont à l'angle du couloir, devant un autre panneau de verre, en train de s'amuser à saluer des personnes qu'ils ne connaissent même pas.

Mon père paraît contrarié :

— *Ça donnerait une chance à notre Union, sans que nous soyons à attendre indéfiniment une victoire à l'Épreuve des Sept...*

— *Garde tout ça confidentiel, Félix. Tu as peut-être découvert quelque chose qui va bientôt bouleverser le fonctionnement des Unions. Et si c'est le cas, elles vont toutes vouloir s'en emparer. Sois prudent...*

Tout à coup, l'image de grand-mère s'évanouit, laissant seulement le paysage d'un bleu profond remplir le panneau de verre. *Un puissant faisceau lumineux traverse le corridor :*

— Il serait plus sage de laisser Sofia se reposer un peu, prononce calmement la Juge-mère qui vient de réapparaître. *Il me semble que ses souvenirs deviennent un peu confus.*

Les questions se bousculent dans ma tête. Alors mon père est en train de préparer quelque chose de secret ? Quelque chose qui pourrait changer l'Union ? Je ne parviens pas à faire taire la curiosité qui s'empare de moi, alors ma langue se délie :

— De quelle découverte parlait grand-mère ?

Le trouble passe sur le visage de mon père, puis il détourne le regard :

— Je ne sais pas de quoi tu parles, Pia. Tu as entendu la Juge-mère, les souvenirs de grand-mère ne sont plus ce qu'ils étaient. Sa réaction me déconcerte. Je retourne dans tous les sens la mystérieuse discussion dont je viens d'être témoin. Ça n'a aucun sens, absolument aucun

— Grand-mère n'est plus là ? remarque enfin Nina. On n'a même pas eu le temps de lui dire au revoir !

9.

Je monte dans les étages, accompagnée de la Juge. L'insigne étincelant de l'Union est piqué sur sa poitrine. L'instant est solennel, aucune de nous deux ne prononce le moindre mot. Quelque chose d'impressionnant se dégage de cette femme. Est-ce sa grande taille ou l'intelligence qui brille dans son regard soupçonneux ? Je regrette de plus en plus la Juge qui m'a fait passer l'Inspection.

Nous traversons un autre couloir baigné d'une lumière chirurgicale. Les jambes de la Juge sont si longues qu'il me faut faire deux enjambées quand elle n'en fait qu'une. J'ai l'impression qu'elle vole tant son pas est aérien, une cascade blonde flottant derrière elle à chaque instant, le mouvement de sa combinaison impeccable épousant son corps à la perfection.

Le couloir dessert une multitude de pièces aux vitres opaques. Elle va me conduire dans l'une d'entre elles pour que je passe enfin mon test.

Mon cœur se fêle comme du cristal quand j'entends la voix d'un candidat s'élever de l'autre côté d'une paroi. Il frappe le verre de coups de poing paniqués. Lorsqu'il crie enfin à l'aide, je comprends alors qu'il cherche à s'échapper. Mon estomac fait un épouvantable looping au creux de mon abdomen. Que peut-il y avoir à l'intérieur qui puisse le mettre dans un tel état ? Je me vois, dans quelques minutes, supplier la Juge de me laisser sortir. Et si elle refuse ? Combien de temps faudra-t-il que je reste enfermée dans ce qui ressemble de plus en plus à une prison de verre pour qu'elle m'accorde au moins un misérable point ? Les coups de poing désespérés qui martèlent la paroi sont ma seule réponse.

Une inquiétude grandit en moi. Je n'avais jamais rien vu de tel lors de mes deux précédentes sélections. Celle-ci ne ressemble à aucune autre. Je repense à l'épreuve de l'année dernière. Il y a un an, jour pour jour. Jamais le module de simulation dans lequel j'avais pris place ne m'aurait arraché de pareils hurlements. J'avais ressenti une brusque accélération, comme si le module avait été lancé à pleine vitesse et mon corps s'était enfoncé dans mon siège. Mon crâne pesait une tonne et je luttais contre les lois de la physique, sentant l'appui-tête l'engloutir. Désagréable, impressionnant, mais vraiment pas de quoi supplier qu'on me sorte du module.

La voix de synthèse avait résonné, m'expliquant que j'étais aux commandes d'un aérotrain fonçant à toute blinde sur un Juge. J'avais le choix d'en modifier l'aiguillage, mais si je le faisais, l'aérotrain sortirait de son champ magnétique pour heurter l'un des centres d'Instruction de l'Union. Si je ne faisais rien, un Juge allait mourir. Si j'intervenais, des dizaines d'enfants trouveraient la mort. J'avais senti la colère monter. Tuer un Juge ou tuer des enfants ? Même si tout cela n'était pas réel, aucune solution ne semblait satisfaisante. Tuer des enfants ou tuer un Juge ? Dilemme insoluble. J'ai finalement opté pour le choix du cœur : les enfants. C'est comme ça que j'ai été éliminée, dès les premières secondes de la première épreuve. Il fallait sacrifier les enfants, c'est en tout cas ce que m'a expliqué ensuite mon frère. Peu importe la cruauté de l'acte, les Juges sont garants du système. J'aurais dû le savoir.

Je passe devant une autre paroi. Une respiration mouillée entrecoupée d'affreux gargouillis me parvient, comme si quelqu'un s'étouffait dans son propre sang. Une image qui me révulse.

La Juge n'y accorde pas la moindre importance. Son visage reste fermé. Elle traverse le couloir avec naturel.

— Quelqu'un est peut-être blessé, dis-je le souffle court.

La Juge ignore mes protestations, échange un regard entendu avec un autre Juge qui croise notre chemin. Sans prévenir, elle fait volte-face pour me dévisager :

— C'est vous, n'est-ce pas ?

Un frisson remonte le long de mon échine. Se doute-t-elle de quelque chose ?

J'écarquille les yeux sans ciller.

— C'est vous, la candidate qui est intervenue au moment où les drones devaient neutraliser le rebelle ?

Neutraliser ? Alors c'est comme ça que les Juges parlent d'une mise à mort ? Et qu'est-ce que je suis censée répondre à ça ? La vérité, m'aurait dit William, s'il n'y avait pas eu cette histoire d'échange de bracelets.

Au moment où je finis par acquiescer, la Juge prend un air satisfait :

— Évidemment que c'est vous.

Une voix de synthèse retentit dans l'une des pièces. J'en déduis qu'un candidat vient de terminer l'épreuve :

— ANALYSE EN COURS...

VOTRE SCORE EST DE HUIT SUR VINGT-CINQ.

ELIMINATION...

NOUS VOUS REMERCIONS POUR VOTRE PARTICIPATION.

L'UNION EST JUSTE, L'UNION EST NOTRE JUSTICE.

Puis, un bruit de porte qui se déverrouille, mais personne ne sort de la pièce. La Juge se place à ma hauteur, de manière à m'empêcher de voir ce qu'elle renferme. Elle m'invite à entrer dans la pièce voisine, qui m'est apparemment réservée.

Je vais bientôt découvrir ce qui a arraché ces cris d'horreur à ces candidats et j'imagine le pire. J'entre sur le qui-vive, tous mes sens en éveil. J'ai l'intuition que je vais devoir me battre et mon cœur s'emballe dans ma poitrine. Je sais pertinemment que je n'ai pas la moindre chance. La seule chose contre laquelle je me sois battue, c'est le laser de numérisation quand il refusait de fonctionner. Je jette un œil à mes bras maigrelets. Ils ne me seront d'aucun secours. J'ai une nouvelle fois envie d'exploser d'un rire nerveux. Mais ni les rires ni les larmes ne m'aideront. À la rigueur, je pourrais courir pour fuir le danger. C'est bien la seule chose que je sache faire. Seulement, comment imaginer échapper à quoi que ce soit, alors que je suis enfermée entre quatre murs ? Je me rappelle alors les mots du Juge qui a inauguré les sélections… Fuir ce serait abandonner et abandonner l'épreuve ce serait abandonner l'Union…

Résignée, je suis prête à me recroqueviller en position fœtale, prête à recevoir les coups. Un par un, jusqu'à ce que la Juge soit satisfaite. Il me faut juste quelques points pour ne pas croupir au fin fond d'une Union victorieuse. Rectification. Pour que William ne croupisse pas au fond d'une Union victorieuse, une fois que mon score lui sera attribué. Ensuite tout sera terminé. Je me jure de sortir d'ici avec au moins un point. Tout serait plus simple s'il était seulement question de ma propre vie.

Une lueur d'espoir s'allume miraculeusement quelque part dans mon esprit. Elle m'offre l'énergie qu'il me manque. Comme tout semble se dérouler normalement, il suffit de réussir l'épreuve pour que nous sortions indemnes de l'Auditorium. Cet échange de bracelets magnétiques, la menace que nous nous fassions arrêter… Il y a une chance pour que tout cela se termine bientôt. À condition que je fasse preuve de Résilience maintenant. Voilà pourquoi Will a récité les valeurs de l'Épreuve des Sept. Discipline, Résilience, Survivance, Abnégation, Persuasion. Il voulait que je m'en imprègne, de manière à sortir d'ici saine et sauve.

Je n'entends plus les hurlements, mais ils résonnent encore dans ma tête. Dans une fraction de seconde, ils ne proviendront plus des pièces voisines. Ils sortiront de ma gorge. Ils se répercuteront en écho sur les murs que je découvre maintenant, car la porte s'ouvre sur un grand espace immaculé. Complètement vide.

Presque vide.

Je bats des cils un million de fois. Il n'y a même pas de quoi se blesser. Rien, à part un drôle d'objet pas plus haut qu'une pochette alimentaire.

La Juge disparaît, sans m'adresser un regard, referme la porte vitrée derrière elle. La porte se fond aussitôt dans le mur opaque, me privant de la seule issue existante. Mes mains passent à l'endroit exact où celle-ci se trouvait, il y a encore une seconde. Il n'y a plus qu'une paroi de verre parfaitement lisse.

Je tourne sur moi-même, à la recherche de quelque chose qui m'aurait échappé. Dans cet espace d'une blancheur aveuglante, tout se ressemble et je suis déjà perdue. Je ne sais même plus par quel pan de mur je suis entrée. Un poids me tombe soudain sur la poitrine, dans l'attente de ce qui va survenir.

Pour tenter de me calmer, je m'emploie à m'intéresser au drôle d'objet en métal, posé au centre de la pièce. Je crois le voir bouger. Pour en avoir le cœur net, je passe ma main lentement devant lui. Ce qui ressemble à une minuscule tête vissée sur un long cou s'incline en suivant le balancement régulier de ma main. Je découvre que cette chose suit mes déplacements depuis l'instant où je suis entrée dans la salle de simulation.

C'est *ça* que je dois craindre ? Je crois à une mauvaise blague. Ce truc ressemble à un oiseau malade taillé dans de l'aluminium. Ses yeux rapprochés lui donnent un air stupide, tandis que deux plaques métalliques tombent le long de son corps. Des ailes peut-être ?

La chose avance vers moi d'une démarche claudicante, fait tourner sa tête à trois cent soixante degrés au sommet de son long cou. J'aurais immédiatement reculé si elle ne luttait pas pour rester debout. Le petit corps métallique s'agite dans tous les sens, comme un automate au mécanisme détraqué.

Je lui donne un petit coup de pied pour vérifier sa stabilité quand tout à coup, un grand *boum* me terrasse.

Je tombe à plat ventre tandis que la chose s'élève dans les airs en déployant des ailes noires munies d'hélices. En trouvant une parfaite stabilité dans l'air, elle est beaucoup plus intimidante. Rien à voir avec sa démarche d'oiseau démantibulé. C'est évident maintenant, cette chose est en réalité un drone ! Celui-ci n'a rien à voir avec les drones militaires que j'ai aperçus, sinon je l'aurais aussitôt reconnu.

Le drone se met alors à projeter des images sur les parois, tandis que sa tête roule dans tous les sens sur son cou maigrelet, comme s'il était pris de folie. Des faisceaux de lumière jaillissent de toute part.

J'ai tout à coup un haut-le-cœur en sentant le sol se dérober sous mes pieds. Je découvre avec horreur que les panneaux de verre qui délimitent la pièce sont en train de glisser les uns sur les autres avec une facilité déconcertante.

Jamais je n'avais connu de simulation aussi réaliste. Le sol et le plafond se renversent et mon corps roule comme une bille sur le verre. Mes mains moites agrippent un bref instant la paroi du sol, maintenant à la verticale. Avant de tout lâcher. Parmi toutes les insultes qui fusent de ma bouche, il y en a une que je réserve à la Juge qui m'a conduite ici.

Je tombe dans le vide et le sol se précipite à ma rencontre. Par miracle, mes pieds atterrissent en douceur sur une surface ferme. Ce qui me procure l'étrange impression d'avoir sauté de la hauteur d'un tabouret. Je ne sais plus lequel de mes sens croire, tant je suis désorientée. Ce que je vois maintenant est bien différent de l'endroit où la Juge m'a laissée.

En un rien de temps, une chaleur étouffante m'enveloppe comme un épais manteau moite. L'air se charge d'humidité et tout ici empeste les égouts et la transpiration. Le plafond d'acier, bien trop près du sommet de mon crâne, m'écrase. Au-dessus de moi, des bruits de tôle résonnent comme dans la carlingue d'un navire en vibration et j'entends plusieurs personnes qui descendent au pas de course les marches d'un escalier en ferraille. L'agitation brutale m'évoque immédiatement le combat clandestin dont j'ai été témoin dans mon quartier.

Calme-toi, Pia.

Tu sais que c'est la Juge-mère qui génère les simulations à partir de son réseau de connaissances. Elle est la voix de la sagesse, elle est incapable d'actes de cruauté. Sauf si... sauf si les Juges ont pris des libertés avec les paramètres de la simulation. En poussant le curseur de dangerosité à l'extrême, par exemple.

Mais où est-ce qu'ils m'ont envoyée ? Le drone se place face à moi, me fixe de ses yeux bioniques avant de faire tourner sa tête sur elle-même. Je m'apprête à le dégager d'un revers de main, car le moment est vraiment mal choisi, quand tout semble se figer autour de moi. Exactement comme si quelqu'un venait d'appuyer sur « pause ». Seules les hélices du drone tournent à plein régime dans un léger vrombissement, tout le reste est à l'arrêt. Immobile. Soudain une voix de synthèse retentit et le drone projette une lumière aveuglante directement dans mes pupilles :

— DEBUT DE LA PREMIERE EPREUVE.

Un sous-marin se dessine sur ma rétine. Il s'enfonce dans des eaux sombres avant de percuter quelque chose de monstrueux. Le choc fait s'écraser ses occupants contre les parois de l'habitacle. Des sirènes retentissent et l'équipage semble pris de panique.

« SIMULATION ACTIVEE. VOTRE MISSION : SECOURIR L'EQUIPAGE ET SAUVER LE BATIMENT AVANT LA FIN DU TEMPS IMPARTI. LE DRONE VOUS AIDERA. »

Une seconde plus tard, tout reprend son cours. Un compte à rebours de vingt minutes s'enclenche sur le corps maigrelet du drone. J'avais presque oublié la menace imminente des pas qui dévalent l'escalier en ferraille. Trois hommes apparaissent, essoufflés, les traits crispés. Ils portent l'uniforme de l'Union.

Des officiels…

— Enfin, vous êtes là Capitaine ! soupire l'un d'eux en s'adressant à quelqu'un derrière moi.

Je me retourne. À part un gigantesque hublot, personne. Quand je comprends que c'est à moi qu'il s'adresse, j'en ai la nausée.

— Capitaine ? répété-je lentement, pendant qu'un autre officiel épingle un insigne hexagonal sur ma poitrine.

— Le Capitaine du vaisseau est mort, le grade revient alors à son subalterne. Quels sont vos ordres, mon Capitaine ?

C'est donc ça, leur épreuve. Nous mettre dans la peau d'un Capitaine de sous-marin ? Cette simulation prend des airs de *Vingt Mille lieue sous les mers*, version naufrage assurée, car je n'y connais absolument rien. Dommage, car j'ai archivé des milliers d'exemplaires de ce livre. Je frémis en me disant que c'est peut-être moi-même qui ai aidé la Juge-mère à concevoir cette simulation.

— L'impact a endommagé le bâtiment ! lance l'officiel. Ça nous a frappés de plein fouet… *Cette chose* nous a frappés de plein fouet ! reprend-il, dans un élan de panique.

— Quelle chose ?

Mais je n'ai pas besoin d'attendre la suite. Au même moment, une masse sombre et sinueuse pourvue de trois rangées de ventouses – chacune grosse comme ma tête – recouvre l'intégralité du hublot devant lequel je me tiens. Il y a un bref impact qui nous fait tous perdre l'équilibre. Puis, un épouvantable craquement de tôle froissée. Le sous-marin commence alors à s'effondrer sur lui-même, comme une cannette d'aluminium au creux d'une main. Nul besoin de s'y connaître pour deviner qu'il ne tiendra pas encore longtemps. J'ai la sensation que quelque chose attrape mon cœur et l'étouffe dans ma poitrine, exactement comme ces bras tentaculaires se referment sur la cuirasse du navire.

Je fais les cent pas devant les trois officiels qui ne cessent de me jeter des regards inquiets. J'inspecte les lieux tout en me disant qu'il ne faut pas que je me disperse, car le compte à rebours du drone n'affiche déjà plus que dix-sept minutes. Il faut que je trouve quelque chose pour m'aider. N'importe quoi. Un indice.

Le drone vous aidera.

Mais cet imbécile de drone ne sait que voleter tranquillement. Le sous-marin, la pieuvre, mon futur score ridicule et tout ce que ça implique… C'est à cause de lui tout ça. J'essaie de réfléchir en dépit des grondements plaintifs du sous-marin et de l'aversion toute fraîche que j'éprouve pour le drone. Comment peut-on réussir une pareille épreuve alors que depuis que j'ai mis les pieds ici tout semble savamment s'enchaîner pour me mener droit à la catastrophe ? Normalement les Juges n'attendent pas de nous des connaissances très poussées. Ce serait avantager les officiels qui apprennent la stratégie navale. De toute évidence, ceux qui se tortillent de peur devant moi ne me seront d'aucun secours. Qui ici pourrait avoir ce genre de connaissances ?

— Euh… moussaillon ? me hasardé-je, en m'adressant à l'homme devant moi, mais celui-ci ne semble pas plus surpris que paniqué. Qui donnerait les ordres ici s'il m'arrivait quelque chose ?

— Le lieutenant, mon Capitaine.

— Et pouvons-nous savoir ce que fait le lieutenant dans un moment pareil ? dis-je d'un air faussement consterné, qui permet au moins de dissimuler le fait que j'ignore parfaitement comment nous sauver.

Comme pour me répondre, les petits yeux du drone se mettent à s'agiter en tous sens en émettant deux faisceaux de lumière. Les rayons lumineux se croisent et s'entrecroisent, et déjà je devine une silhouette humaine qui se matérialise dans un halo éblouissant. Un sentiment étrange s'empare de moi. Cette silhouette m'est familière. Je connais ce visage. Non, c'est impossible… Ou alors le manque d'oxygène commence à me faire perdre la raison.

William vient d'apparaître dans le sous-marin. Je n'en crois pas mes yeux et pourtant, c'est bien lui qui se tient devant moi. Il arbore un uniforme de l'Union, orné de nombreux insignes hexagonaux.

Que fait-il là, bon sang ! Son apparition en plein dans ma simulation n'enfreint-elle pas le règlement des sélections ? Peu importe, j'ai besoin d'aide.

— Will, c'est bien toi ?

Plus je le regarde et plus le doute s'instille en moi. Je suis dans une simulation après tout.

— Qui veux-tu que ce soit ? La salle des commandes, vite ! hurle-t-il.

Le sentiment d'urgence qui l'anime semble avoir balayé la confusion liée à l'échange des bracelets.

— Will, tu dois tellement m'en vouloir. Je voudrais revenir en arrière et tout recommencer.

Si j'avais été avertie des conséquences de mon imprudence, rien de tout ceci ne serait arrivé.

— Nous parlerons de tout ça plus tard, là ce n'est pas vraiment le moment, tu vois. Qu'est-ce que tu attends, fonce dans la salle des commandes ! répète-t-il avec impatience.

Mais je dois rester éberluée face à lui une seconde de trop.

— Écoute, dit-il. Je viens de terminer le test, et je l'ai réussi ! Tu entends, je l'ai réussi avec un score de 18. Alors, maintenant, fais-moi confiance !

Il me crie peut-être dessus, mais c'est exactement ce que j'avais besoin d'entendre. S'il a réussi l'épreuve, ça signifie que le Juge qui l'a évalué ne s'est aperçu de rien.

— C'est dans quelle direction, la salle des commandes ?

— Par-là. Suis-moi, il est encore temps, le sous-marin n'a pas encore coulé !

Je m'exécute en suivant mon frère, les officiels sur ses talons. William s'engage dans une coursive exiguë que je n'avais pas encore explorée. Nous passons devant plusieurs cabines. L'une d'elles est équipée de tenues de plongée et de bouteilles d'oxygène. Je me baisse constamment pour éviter de m'assommer avec les conduites en fonte suspendues au plafond. Ce sous-marin tient plus du labyrinthe que du tas de ferraille, tant le dédale de couloirs me semble interminable. Je soupçonne les Juges d'avoir joué sur ses dimensions pour complexifier volontairement l'épreuve. Si William n'avait pas été là pour me conduire à la salle des commandes, j'aurais pu me perdre dix fois avant d'y arriver. Au même moment une nouvelle secousse retentit dans un bruit ininterrompu de tôle tordue. J'ai l'affreuse impression que le sous-marin se recroqueville un peu plus sur lui-même. Un filet d'eau ruisselle à mes pieds. Si insignifiant et si menaçant à la fois. Ça ne peut vouloir dire qu'une chose… Le submersible est en train de céder sous la pression des tentacules.

C'est alors que je me rappelle un détail embarrassant en pareilles circonstances : je ne sais pas nager. Dans le Quartier du Milieu, il n'y a ni piscine, ni lac, ni d'accès à la mer. Alors pourquoi les Juges s'embêteraient à nous apprendre à nager ?

Dans un moment d'inattention, une conduite en fonte rencontre ma lèvre et le goût métallique du sang se répand déjà dans ma bouche. Un doute grandit en moi, comme la brèche dans la coque du navire. Comment est-ce que je peux me blesser alors que tout ceci n'est qu'une simulation ? Une pensée effroyable me traverse, et cisaille d'un coup tous mes espoirs. Est-ce que je peux vraiment mourir ici, avec mon frère ? J'essaie tant bien que mal de balayer cette idée. William a su s'en sortir, lui. Un frisson me parcourt quand une eau glacée s'infiltre entre mes orteils, les congelant instantanément. Le clapotis de nos pas qui résonnent dans les coursives me confirme une chose. Le sous-marin coule, et mon épreuve vire au désastre.

William, imperturbable, est entré dans une minuscule pièce dont les murs blindés sont tapissés d'une multitude de cadrans indéchiffrables. Ce doit être la salle des commandes, enfin ! Le tableau de bord, constellé de voyants lumineux, émet en boucle un signal d'alerte.

— Vite ! Les commandes pour regagner la surface ! je vocifère à l'un des officiels.

J'empoigne en même temps le périscope pour voir ce qu'il se passe dehors.

— Vous ne devriez pas faire ça, mon Capitaine, répond-il précipitamment.

Il se jette sur moi pour essayer de m'empêcher d'utiliser le périscope, mais sans succès. Il faut que je voie ça de mes propres yeux.

Je suis frappée d'horreur. L'immonde corps violacé de la pieuvre étreint le sous-marin de ses tentacules qui grouillent sous mes yeux comme des larves géantes. Le monstre jette un bras en direction du périscope, avant de laisser apparaître sa tête boursouflée, flottant derrière des globes oculaires de prédateur. Des millions d'espèces ont disparu, mais non, il fallait que je tombe sur un *octopus* géant. Ça me rappelle un ouvrage que j'ai numérisé et je parie encore une fois qu'il a servi à créer ce monstre. J'inventorie tout ce que je sais à leur sujet… Huit bras, trois cœurs et une intelligence adaptative à laquelle leur espèce doit sa survie. Encore une information qui était dans les encyclopédies interdites ! Avec mon équipage, nous avons cinq cœurs et dix bras, qui dit mieux ? Le match aurait pu être équilibré si les Juges ne lui avaient pas donné des proportions terrifiantes.

— Elle perçoit les mouvements du périscope ! ajoute un autre officiel, des trémolos dans la voix.

Mon sang ne fait qu'un tour quand je comprends que je viens d'attirer l'attention de la créature. Ses pupilles rectangulaires se rétractent dans leurs orbites couleur jaune d'œuf. Elle bascule en arrière sa tête sans crâne, pour révéler un improbable bec de perroquet, puissant comme une pince coupante. Elle fait claquer son bec surdimensionné dans les eaux sombres de l'océan avant de s'en prendre au périscope qu'elle arrache aussi facilement qu'une brindille.

Je me mords douloureusement les lèvres tant je me sens stupide.

— Une pieuvre géante nous attaque et je ne trouve pas mieux que de lui servir sur un plateau le sous-marin dans lequel on est prisonniers… dis-je à haute voix.

— Je ne suis pas Juge, mais je doute qu'ils apprécient l'idée, dit William qui tamponne son front ruisselant du revers d'une manche.

J'adresse un regard noir à mon frère, avant de consulter le drone qui fait pivoter son grand cou vers moi. Cinq minutes trente. Il me reste cinq minutes trente pour vaincre cette créature.

— Aide-moi au lieu de m'enfoncer !

Je me rappelle que je suis mal placée pour lui faire des remontrances.

— Au lieu de s'enfoncer, on pourrait peut-être remonter ? Simple suggestion.

Ses grands gestes pour accéder aux commandes m'envoient de l'eau au visage.

— Combien de temps pour remonter ? demandé-je à l'un des officiels. Je m'aperçois que je suis en train de lui crier dessus comme de la vermine. Mais les officiels doivent en avoir l'habitude, car il consulte les cadrans incompréhensibles d'un coup d'œil, sans se vexer :

— Huit minutes environ.

Je réfléchis à toute vitesse, alors que le niveau de l'eau monte inexorablement. Les vaguelettes qui se forment dans l'habitacle me lèchent déjà le nombril. Tout mon être grelotte tandis que mes pensées fusent comme des étoiles filantes. Pour arriver à une conclusion.

Il est trop tard...

— Maintenant, il faut qu'on sauve notre peau, dit William.

Sauver notre peau dans l'équivalent d'une boîte de conserve engloutie sous des tonnes de mètres cubes d'eau... Et pour couronner le tout, avec une pieuvre tueuse qui fait joujou avec nos vies ?

— On n'aura jamais le temps d'atteindre la surface, dit William. Il faut laisser tomber le sous-marin.

— Je veux bien, mais on est quand même à l'intérieur ! répliqué-je.

Je secoue la tête d'exaspération. Je n'aurais jamais cru devoir lui rappeler une telle évidence.

Et je comprends enfin ce qu'il veut dire.

— OK, opération remontée annulée ! m'écrié-je. JE REPETE, OPERATION REMONTEE, ANNULEE ! Changement de plan ! Vous quatre, suivez-moi.

Les trois officiels échangent des regards dubitatifs, se demandant peut-être s'ils tiennent vraiment à mettre leur vie entre mes mains. William est le premier à me suivre et son charisme fait le reste, car les autres lui emboîtent immédiatement le pas.

Ma respiration s'accélère. L'air saturé en humidité me brûle la gorge. Je remonte la coursive que nous avons empruntée quelques minutes plus tôt en désignant la cabine qui abrite les équipements de plongée. Tous s'engouffrent à l'intérieur. Problème, il n'y a que quatre combinaisons pour nous cinq.

On verra ça plus tard. On verra ça plus tard.

J'entreprends de verrouiller la cabine à l'aide de la lourde porte blindée. Elle commence tout juste à pivoter sur son axe quand, dans l'entrebâillement de la porte, une vision d'horreur me soulève le cœur. Le bec de la pieuvre vient de transpercer la coque. De puissants torrents s'engouffrent dans la coursive. Les rouleaux déferlent, appuient avec une telle force contre le blindage de l'écoutille, que nous devons conjuguer nos efforts pour enfin réussir à la refermer. Je tourne la poignée circulaire avec l'énergie du désespoir.

Enfin. Nous sommes maintenant à l'abri, sains et saufs. L'espace d'un instant, je me sens en sécurité, confinée dans cette cabine. Sauf qu'il n'y a pas une minute à perdre. Un regard oblique en direction du drone me renseigne sur le temps qu'il nous reste. Trois minutes.

— Enfilez les combinaisons et les masques ! hurlé-je.

Je tends le quatrième équipement à William.

— Non, Pia.

— Comment ça, *non* ?

— C'est ton épreuve, pas la mienne. Tu dois la mener à son terme, dit-il fermement.

— Hors de question, tu prends ce masque. Il est branché à une bouteille d'oxygène ! dis-je, emportée par l'émotion. Les larmes dans ma voix retirent tout pouvoir de conviction à mes ordres.

Ses yeux bleus n'ouvrent sur aucun compromis. Il repousse une énième fois le masque que je lui tends. J'ai soudain envie de le lui jeter à la figure, dans un dernier geste de désespoir. Le sous-marin continue sa douloureuse contorsion et j'entends d'affreux cisaillement de l'autre côté de la porte. C'est le bec tranchant de la pieuvre qui déchiquette un peu plus la carlingue et tout ce qui se trouve à sa portée.

— D'une seconde à l'autre, il n'y aura que de l'eau ici ! m'écrié-je.

— Alors c'est une bonne raison pour que tu enfiles cette combinaison et que tu prennes ce masque, sourit William.

Son calme me rend folle. Des larmes roulent sur mes joues, sans savoir si ce sont des larmes de colère ou de tristesse.

— J'ai déjà risqué ta vie une fois aujourd'hui, Will.

— Une fois ou deux, je ne suis plus à ça près maintenant.

Sa douceur me surprend dans un moment pareil et plus rien ne retient mes larmes de couler.

Je comprends que bientôt je n'aurai plus le temps pour des aveux.

— C'était un accident, Will. Je ne m'en suis pas rendu compte... Je m'en veux tellement d'avoir échangé nos bracelets par erreur.

Une part de moi attend qu'il me pardonne et qu'il me le dise maintenant.

— Attends. On n'a qu'à se partager l'embout de la dernière bouteille, le temps que cette chose s'en aille, tranche-t-il.

Est-ce qu'il croit vraiment que ça peut nous sauver la vie ? Ou dit-il cela dans le seul but de me rassurer, en présageant qu'une mort certaine nous tend bientôt les bras ? Les craquements sinistres du métal finissent de me convaincre.

La porte blindée que je croyais étanche laisse maintenant s'infiltrer des trombes d'eau et il pleut à verse par le plafond de la cabine.

Je finis d'enfiler la tenue de plongée qu'a refusée William, alors que l'eau glacée m'arrive déjà à la poitrine. Je me congèle immédiatement en stalactite humaine. Sans combinaison, la température doit être insupportable pour mon frère. Ses dents claquent et son menton tressaute en rencontrant la surface de l'eau vingt fois par seconde. Il entrouvre ses lèvres exsangues pour me dire quelque chose, mais il ne parvient qu'à exhaler un souffle glacé.

Étrangement, je ne me débats même pas dans l'eau, sans même essayer de nager. Je me contente d'attendre.

J'attends que la pieuvre ou le froid vienne me chercher. Le drone a rabattu ses ailes et se laisse dériver comme une bouteille jetée à la mer. Les officiels attendent. Que peuvent-ils faire d'autre ? Ils ont l'air si vulnérables, réduits à attendre l'inévitable. Ils auraient mieux fait de ne jamais m'écouter et de trouver un autre moyen d'échapper à une mort certaine. Ils me font penser à des enfants. Innocents, ne maîtrisant rien de leur destin. J'ai le sentiment d'être une mauvaise mère. Le genre de mère qui laisse ses enfants se noyer dans une eau glaciale.

Deux minutes. Mon cœur gelé tambourine dans ma poitrine, prêt à se briser en mille éclats de glace. Le niveau est maintenant proche du plafond. La morsure du froid s'en prend à ma nuque, et l'eau poursuit son inexorable progression. William prend une dernière inspiration avant que l'air ne disparaisse de l'habitacle. J'avale malgré moi une rasade d'eau salée. Une douleur cuisante pulse dans ma lèvre tailladée, aussitôt anesthésiée par le froid. Je me méfie de cette sensation de soulagement. Ce serait ça alors, mourir de froid ? Une anesthésie qui vous endort doucement et pour toujours ? Hors de question de faciliter la tâche aux Juges. Je m'efforce de garder les yeux ouverts, le compte à rebours m'est vital. Tant que je vois les chiffres défiler, je suis encore consciente. Le sel attaque mes yeux comme si on avait injecté de l'acide sous mes paupières. Je prends une bouffée d'oxygène et passe aussitôt l'embout à William. L'air vient à me manquer, il faut que je respire tout de suite. Maintenant.

Le manque d'oxygène me fait remonter le cours du temps. Dix-sept ans plus tôt, nous flottions côte à côte dans le même liquide. Sauf que ce n'était pas un boyau de caoutchouc qui nous faisait respirer.

Mon frère me passe le cordon et j'inhale tout l'air que je peux. L'oxygène salvateur s'engouffre dans mes poumons. Il diffuse dans mon corps son souffle vital qui me soulage. Puis soudain le manque revient cruellement, avec la même urgence. Je dois respirer, tout de suite.

Une minute trente. Pour la première fois depuis le début de l'épreuve, je veux que le temps accélère. Mais il s'étire paresseusement. Que l'épreuve se termine !

Une minute. William fait un petit rond avec ses doigts pour me signifier que tout va bien. L'espace d'un instant, je me sens soulagée. Mais n'essaie-t-il pas de me rassurer coûte que coûte, comme il sait le faire quand tout est perdu d'avance ? À moins qu'il n'ait jamais fait ça et que ce soit mon esprit qui me joue des tours ? Quarante-cinq secondes. Plus un bruit de l'autre côté de la porte. À croire que la pieuvre a renoncé à son assaut. Trente secondes. Le drone gît tout au fond de la cabine, comme endormi, mais le cours du temps ne s'arrête pas, et le compte à rebours défile. Il suffit d'attendre encore un peu. Trente secondes dans une vie humaine, c'est insignifiant. Je peux retenir ma respiration trente secondes. Je peux survivre dans le froid trente secondes. Cinq secondes. Sans prévenir, la paroi blindée de la cabine s'écrase comme une boîte de conserve dans un compacteur d'ordures. Dans l'eau, les grondements sourds du métal en train de se comprimer m'éclatent les tympans. L'habitacle s'effondre sur lui-même, ne laissant qu'un minuscule espace où nos corps s'entrechoquent les uns contre les autres, encore et encore. Je ferme les yeux en attendant la douleur.

— FIN DE LA PREMIERE SIMULATION.

10.

Je peux enfin respirer.

L'air précieux s'engouffre dans mes poumons par grandes bouffées. Ma lèvre tressaute, totalement hors de contrôle. Je me rappelle alors que je suis gelée jusqu'aux os. Quand j'ouvre de nouveau les yeux, tout a disparu. Tout, sauf le drone qui reste cloué au sol. Je jette des regards circulaires autour de moi. Cette fois, j'en suis certaine, je suis de retour dans la salle où la Juge m'a laissée. Mais William n'est pas là, et mille et une questions se bousculent dans ma tête. Je tente un instant de me raisonner, en essayant de réfléchir de manière logique, tant ce que je viens de vivre me paraît invraisemblable. «Commence par ce qui est à ta portée», me répétait Matt, quand j'avais la sensation vertigineuse d'être seule face à une montagne de documents à numériser.

Ce qui me semble à ma portée, donc... Je m'appelle Pia Lormerot. J'ai dix-sept ans et je dispute les sélections de l'Union sous le matricule de mon frère. Je suis entrée seule dans cette pièce tout à l'heure et William a surgi de nulle part pour m'aider à me débarrasser d'une pieuvre géante qui voulait me réduire en pâtée humaine.

Par la Juge-mère, à m'entendre j'ai l'impression de nager en plein délire. Il y a pourtant bien une logique là-dedans. Maintenant que la simulation est terminée, Will a disparu, car il en faisait lui-même partie.

Je remets de l'ordre dans mes idées et l'enjeu de la simulation me revient comme une gifle. Je prie pour avoir au moins quelques points. Même si je n'ai pas sauvé l'équipage, même si je n'ai pas empêché le sous-marin de couler. Rien qu'un ou deux points.

J'ai soudain un étrange sentiment de déjà-vu. 799 points pour moi, 801 pour mon frère. Quelques points de différence, pour deux trajectoires de vie opposées. Et tout indique que le passé est sur le point de se répéter. Tout allait à nouveau se jouer à quelques points. Sauf que cette fois, mon frère deviendra un transfuge qui partira vers une Union victorieuse, et tout est entièrement de ma faute. Si au moins j'avais gardé mon propre bracelet, il n'aurait pas eu à payer mon incompétence.

La paroi vitrée me renvoie mon reflet. Une fois l'anonymat des sélections levé, les Juges réaffecteront noms et matricules. Le score minimum sera apposé à côté du nom de mon frère et personne ne pourra plus rien pour lui.

J'ignore ce qu'il se passera pour William dans l'Union Première. Nous l'ignorons tous. Mais je préfère imaginer qu'il y a une vie après le séjour dans le porte-containers. La douleur revient à l'idée de regagner le Quartier du Milieu, car je sais que je vais devoir l'annoncer à ma mère et à Nina. Il faut que je trouve le courage de le faire, même si elles seront anéanties. Mon cœur se brise, car je sais exactement ce qu'elles vont penser en me voyant arriver seule. Elles vont se réjouir, persuadées que William s'est qualifié pour l'Épreuve des Sept.

Je repousse cette idée qui me revient comme un air entêtant. Dans la vitre, la vue de mon reflet me fait pâlir encore davantage. Des cernes crevassent mon visage. Chose curieuse, ni mes vêtements ni mes cheveux ne sont mouillés. Pourtant, le bleu de mes yeux est rougi par la brûlure du sel. Mon front perle de sueur et une goutte de sang luit au coin de ma lèvre tremblotante. Une douleur cuisante, comme si on venait de jeter dessus de l'alcool à brûler. Une blessure ravivée par l'eau de mer de ma simulation.

La porte s'ouvre à la volée et la Juge apparaît. Elle se dirige vers le drone d'une démarche assurée, faisant flotter derrière elle sa chevelure d'or. D'un geste qui ressemble à une caresse, elle touche ses ailes rabattues. En réaction, le drone fait tourner sa tête sur elle-même tout en projetant au hasard des faisceaux de lumière dans la pièce. Aussitôt, une table, deux chaises et un écran transparent se matérialisent devant moi. J'aurais été surprise, si je n'avais pas déjà vu le drone à l'œuvre un peu plus tôt.

— Je t'en prie Pia, installe-toi.

Je me fige en l'entendant prononcer mon prénom.

— Je croyais que les sélections étaient anonymes.

— Laisse-moi t'expliquer.

Est-ce dans la nouvelle procédure ? Je n'en suis pas certaine. Une fois de plus, un affreux pressentiment me fait dire qu'elle sait pour l'échange.

Les images défilent sur l'écran et je me vois dans ce sous-marin, mais d'un autre point de vue. Du point de vue du drone. J'aurais dû me douter que les Juges se servaient des drones pour observer les simulations !

Elle a vu William faire irruption dans mon test, c'est comme ça qu'elle a compris pour l'échange. Je veux lui dire que tout est parti d'une regrettable erreur. Je veux implorer sa clémence pour qu'on nous laisse, William et moi, reprendre le cours normal de nos vies. Les mots me brûlent les lèvres, mais je garde le silence. S'il y a encore quelque chose à sauver dans cette sélection, hors de question que je lui serve sur un plateau que j'ai enfreint à plusieurs reprises le règlement.

Perpétua Comber révèle une rangée de dents blanches.

— J'ai pour consigne de ne pas échanger avec le candidat avant l'épreuve, dit-elle. Je pense que maintenant tu comprends pourquoi il m'était impossible de t'en dire plus sur les autres candidats tout à l'heure.

Je dois battre des paupières une fois de trop, car elle se justifie en faisant cliqueter une multitude de bracelets :

— C'est une question d'impartialité et notre Union est juste. Si j'avais dû t'expliquer ce qu'il se passait dans chacune de ces pièces, tu aurais été avantagée par rapport aux autres. Mais allons-y, discutons à visage découvert, maintenant que ta simulation est terminée.

Son regard perçant s'arrête sur ma lèvre et j'ai la désagréable sensation qu'elle continue de m'étudier scrupuleusement. Elle observe ma plaie par-dessous la frange envoûtante de ses longs cils :

— Eh bien, commençons par là. Tu t'es sûrement demandé si tu pouvais te blesser au cours de cette simulation ? Je vais te répondre en toute honnêteté, Pia. La réponse est oui. Peut-être que tu t'es même demandé si tu pouvais mourir ? Ou si les autres candidats que tu as entendus en arrivant pouvaient mourir ?

Chacun de ses mots alimente un sentiment d'injustice qui bouillonne à bas bruit au fond de moi. Une énergie souterraine, que je m'efforce de contrôler.

— Les sélections ne sont fiables que si les simulations sont particulièrement immersives, poursuit-elle. Sois rassurée, personne ne peut mourir. Nous avons désactivé les paramètres létaux. Mais pour plus de réalisme, nous avons poussé tous les autres à leur maximum.

— Y compris la sensation d'asphyxie et la douleur !

Elle semble déstabilisée par ma réaction. Elle s'efforce de recomposer le même sourire que tout à l'heure :

— La douleur est réelle, oui, tout comme elle l'est lors de l'Épreuve des Sept. Nos champions doivent être parés à toute épreuve. Et ceux qui se montrent incapables de supporter ces conditions doivent être éliminés. Ce n'est pas par gaieté de cœur que nous le faisons. Nous le faisons parce que nous en sommes obligés. Comment espérer battre les autres Unions, sinon ? Dans ce système, chacun à un rôle à tenir. Les Juges sélectionnent les meilleurs candidats, et les candidats font leurs preuves lors des simulations. Quelque part, nous sommes tous responsables du devenir de l'Union. Ça a toujours été ainsi.

Je fulmine silencieusement.

Non, ça n'a pas toujours été ainsi. J'archive des pans entiers de l'histoire de l'Union. Et je sais que les Anciens ont déjà fait autrement.

— Ce que je veux te dire Pia, c'est que la contribution de chacun est demandée pour faire figurer l'Union en haut du classement, même si ça demande quelques sacrifices.

Encore des sacrifices… Comme dans la simulation de l'année dernière, où il fallait envoyer l'aérotrain droit sur des enfants. Ce mot me laisse une fois de plus un goût amer qui ne fait que renforcer ma méfiance.

— Je crois que tu connais les abeilles mieux que personne, dit-elle. Chaque ouvrière doit être prête à tous les sacrifices pour protéger un tout qui lui est supérieur. Dans le cas des abeilles, on l'appelle *colonie*. Nous, nous préférerons l'appeler *Union*. Mais dis-moi plutôt ce que tu as pensé de ta simulation.

Toute l'énergie qui m'anime est balayée par cette seule question que je n'avais pas vue venir. Par tous les Fondateurs, faites qu'elle n'ait pas encore compris pour l'échange de bracelets. Faites qu'elle n'ait pas vu William débouler au beau milieu de ma simulation. Faites qu'elle m'accorde au moins un point…

— La simulation ? C'est un échec, dis-je d'une voix blanche.

L'entendre de ma propre bouche siphonne mon cœur de tout espoir de m'en sortir. Il y a un long silence, comme si elle attendait que j'en dise plus.

— Je ne comprends pas, dit-elle en secouant la tête. D'accord, tu as laissé le sous-marin couler et ton score en tiendra compte, mais c'était tout à fait brillant d'avoir joué la carte du temps. Ta stratégie consistait à maintenir l'équipage en vie, jusqu'à la dernière seconde. Ce n'était peut-être pas la meilleure stratégie, ajoute-t-elle dans un enthousiasme mitigé, mais c'en était une. En tout cas, tu as fait mieux que la plupart des candidats.

J'écarquille les yeux tant je suis abasourdie :

— Vous voulez dire que j'ai réussi l'épreuve ?

— Absolument.

Son sourire artificiel me berce.

— Alors, quand la cabine s'est écrasée sur elle-même, l'équipage…

— En est sorti indemne, m'interrompt-elle. Deux secondes de plus et c'était un échec. Ce qui était plutôt finement joué pour une candidate du Quartier du Milieu. Comment t'est venue cette idée ?

Elle se penche sur son Hexapod, prête à y noter quelque chose.

C'est William qui a eu cette idée… Ce que je ne lui dirais pour rien au monde, pour éviter de prendre le risque qu'elle ne revoie son verdict. Mais à ma grande surprise, l'écran diffuse maintenant le moment où William est apparu pour me guider vers la salle des commandes. Je ne peux plus nier l'évidence. Perpétua Cromber a tout vu.

Je change aussitôt la version que je m'apprêtais à lui servir.

— L'idée vient de mon frère.

Je guette sa réaction quand elle secoue la tête avec une bienveillance étudiée.

— C'est d'ailleurs lui qui a cité ton prénom lors de l'épreuve. Mais ton frère n'a rien à voir dans tout ça. C'est toi qui as d'abord eu l'idée de trouver la salle des commandes, puis de tous vous mettre à l'abri dans la cabine en enfilant l'équipement de plongée.

— Vous vous trompez. À chaque fois, c'est mon frère qui m'a mise sur la piste.

Je me rends compte, trop tard, qu'attribuer tout le mérite à mon frère ne risque pas de me faire gagner beaucoup de points. À croire que j'ai décidément un talent inné pour gâcher mes sélections.

— Tu te sous-estimes, Pia. Le drone t'a scannée au moment où tu es entrée dans cette salle. Les drones que nous utilisons pour les sélections sont des intelligences artificielles très puissantes. Il a lu en toi comme dans un livre ouvert, il a perçu exactement la personne que tu étais. Tes émotions, tes intentions, tes doutes.

— Mes intentions et mes doutes ? répété-je, voyant le pire se profiler.

Le drone tourne sa tête de poulet vers moi et j'étouffe un petit rire tant ça me semble grotesque, mais la Juge ne remarque rien.

— À partir de là, il a pu projeter l'hologramme d'une personne en qui tu avais une confiance absolue. Quelqu'un dont tu avais besoin pour te sortir de ce mauvais pas. Et dans ton cas, ton frère. Mais ce qu'il faut bien que tu comprennes, c'est que le drone n'a pas vraiment fait apparaître ton frère.

Disons qu'il s'agit plutôt d'une reconstitution à partir de ce qu'il a trouvé dans ta propre conscience, un peu comme dans un rêve. Ce n'est ni plus ni moins qu'une construction de ton esprit. Ce qui veut dire que…

— Que c'est moi qui ai pris chacune des décisions lors de ma simulation ?

— Exactement. Ce que tu as accompli lors de cette épreuve, tu ne le dois qu'à toi-même.

J'aurais préféré qu'elle me dise qu'il s'agissait du véritable William. Dans ma simulation, il n'avait pas l'air de m'en vouloir pour l'échange, il avait déjà fait table rase de mon erreur. Dans ma simulation, il avait réussi l'épreuve. Le vrai William est quelque part, à en découdre avec une pieuvre géante. J'ignore combien de points il va réellement obtenir, mais ce dont je suis certaine, c'est qu'il m'en veut d'avoir trahi sa confiance. Il me faudra affronter une nouvelle fois la déception dans son regard quand je lui expliquerai comment j'ai malencontreusement échangé ces maudits bracelets.

Soudain, Perpétua Cromber change de posture, dans le froissement du tissu délicat dans lequel est coupée sa combinaison blanche. Sa fine mâchoire se serre soudain comme un étau.

— Si je suis là, Pia, ce n'est pas pour t'expliquer le fonctionnement des drones. Lors de ta simulation, quelque chose s'est produit, un genre d'*incident*.

Ce mot me fait l'effet d'un boulet de canon reçu en pleine poitrine. Je marque un mouvement de recul.

— Qu'est-ce que vous voulez dire ? Attendez, j'ai réussi la simulation, oui ou non ?

Elle m'observe de longues secondes sans ciller et j'ai soudain l'impression qu'elle cherche à me piéger, en n'attendant qu'une chose. Que je fasse un pas de travers.

— N'aie pas d'inquiétude, nous allons résoudre cet incident ensemble. Est-ce que tu te rappelles précisément des échanges que tu as eus avec ton frère au cours de ta simulation ?

Je ne réponds pas. Un silence envahit la pièce avant de laisser place à une tension palpable. J'ai l'impression que toute la pièce se charge en électricité statique.

— Voyons… dit-elle, tu n'as qu'à me dire ce que tu as dit à ton frère, avant que la pieuvre n'écrase la cabine, et je considérerai que ta simulation est réussie.

Ce que j'ai dit à William ?

— Je ne suis pas certaine de comprendre… fais-je en sentant mes sourcils se froncer.

Elle me considère avec lassitude, comme si elle s'était préparée à l'éventualité que je ne coopère pas.

Je fouille dans ma mémoire, convoque ces souvenirs que j'aurais voulu effacer pour de bon. Je retrouve l'émotion de l'instant et me force à m'enfermer mentalement quelques secondes de plus dans ce foutu sous-marin, quand la pieuvre a perforé la coque. J'étais certaine que tout était perdu, qu'il n'y aurait plus de Juges, plus de scores. Mon sang se fige quand je me rappelle que j'ai voulu profiter de ces dernières secondes pour avouer l'échange de bracelets à mon frère. Comment est-ce que j'ai pu être aussi idiote !

Perpétua Cromber arbore un sourire si peu naturel qu'il semble cousu sur son visage.

— Je t'explique, Pia. En fait, il s'est passé quelque chose d'inhabituel. Dans ton enregistrement, il y a comme des… *interférences* qui m'ont empêchée de visionner certains passages tout à l'heure. Vois par toi-même.

Elle incline la tête face à l'écran. Les images défilent devant nous. Je remarque alors à quel point j'ai l'air lamentablement perdue dans ce sous-marin.

— C'est à ce moment, dit la Juge qui arque un sourcil.

Sur l'écran, je suis en train de parler à mon frère. La séquence en question me met terriblement mal à l'aise. Je sens immédiatement le rouge me monter aux joues quand sur l'enregistrement j'entends des larmes de désespoirs engloutir mes paroles :

— *J'ai déjà risqué ta vie une fois aujourd'hui, Will.*

— Une fois ou deux, je ne suis plus à ça près maintenant, dit mon frère.

— C'était un accident, Will. Je ne me suis pas rendu compte... Je m'en veux tellement BIIIIIIIIP *par erreur.*

L'écran se brouille un court instant dans un bruit suraigu qui m'a surprise, jusqu'à ce que l'enregistrement reprenne normalement.

Un mélange de stupeur et de soulagement s'empare de moi. Ce grésillement... Il couvre mes aveux au sujet de l'échange de bracelets.

— Je n'ai jamais vu ça. De toutes les simulations que j'ai évaluées, ce phénomène n'est survenu qu'au cours de la tienne. Qu'est-ce que tu as dit à ton frère ?

Je tente d'improviser une réponse qui me tirera d'affaire, mais la panique m'empêche de réfléchir.

— Je ne m'en rappelle pas...

J'espère que mon jeu d'actrice est plus convaincant que mes aptitudes à combattre une pieuvre géante.

Une lueur de triomphe s'intensifie dans le regard de Perpétua Cromber.

— La psychologie humaine n'a aucun secret pour une Juge comme moi qui en détient les clefs. Alors, maintenant dis-moi ce qu'il manque dans cet enregistrement.

Son mode opératoire est imparable et je sens doucement le piège se refermer sur moi.

— Vraiment, je ne vois pas, dis-je du bout des lèvres, en me maudissant d'être incapable d'inventer quelque chose qui tienne la route.

Sa mâchoire se crispe, ses yeux m'envoient des décharges électriques.

— Un petit effort de mémoire, et te voilà qualifiée pour la deuxième épreuve. Les autres candidats rêveraient d'être à ta place. Ça ne me plaît pas d'avoir à te dire ça, mais ce serait dommage pour toi d'être arrivée jusque-là et d'être éliminée parce que tu n'as pas voulu coopérer. Tu dis que tu as risqué la vie de ton frère, de quoi parlais-tu ?

Si je lui dis la vérité, elle comprendra que nous avons échangé nos matricules. J'aurais droit au même comité d'accueil que le garçon qui a été escorté dans le Bâtiment Administratif.

— Je… Tout est allé si vite et…

— Allons, Pia, sois raisonnable. Ce n'était pas plus tard qu'il y a une demi-heure, tu ne peux pas avoir oublié la façon dont tu as risqué la vie de ton frère.

J'ai l'impression que la pièce est chargée à dix mille volts. Elle m'adresse un sourire faussement désolé :

— Je vais très bientôt devoir rendre mon verdict. J'ai l'intime conviction que tu me caches quelque chose. Je ne prendrai pas le risque de te laisser poursuivre les sélections. Pas après ce qu'il s'est passé avec l'Essor. Ce serait une faute de ma part envers le Grand Bureau des Juges. Je suis certaine que tu comprends.

— Mais l'épreuve est terminée depuis longtemps, et vous m'avez dit que je l'avais réussie ! protesté-je.

— J'ai en tête une dizaine de motifs tout à fait recevables pour t'éliminer sans que le Grand Bureau des Juges y voie d'objection.

— Vous n'êtes pas obligée de me qualifier, dis-je, en espérant entrevoir une solution.

Elle part d'un grand éclat de rire.

— Te qualifier ? Je crois que tu ne comprends pas. Je vais devoir te mettre le score minimum pour avoir refusé de coopérer, et tu sais ce que ça signifie, je pense ? Voilà de quoi te rafraîchir la mémoire.

Je reste vissée en face d'elle sans ciller, pendant que la tension qui nous relie par un fil invisible atteint des sommets. Je commence à trembler d'une colère que je peine à contenir. Si elle n'arrête pas tout de suite, je me fais arrêter pour avoir fait voler en éclats son sourire, en lui ayant envoyé son fichu drone dans les dents.

— Tu peux crier autant que tu veux à l'injustice, dit-elle, tu n'es qu'une candidate, comme il y en a des milliers chaque année. Tu ne peux pas remettre en cause le verdict d'une Juge. Alors, dis-moi ce qui n'apparaît pas sur cet enregistrement.

Elle se lève de sa chaise et je me rends compte que son nez n'est plus qu'à quelques centimètres du mien.

— Vraiment, si je pouvais aider l'Union je le ferais, mais je ne m'en souviens plus !

— Tu ne pourras t'en vouloir qu'à toi-même, lance-t-elle en agitant un index accusateur vers moi.

Elle tourne aussitôt les talons en direction de la porte, prête à rendre son verdict. Il faut que je trouve le moyen de la faire changer d'avis.

— Peut-être que le problème vient du drone, dis-je, dans le seul but de l'occuper.

Elle s'immobilise comme si je venais de lui tirer une flèche en plein dans le dos, avant de tourner vers moi son regard empreint d'une intelligence calculatrice.

— Vois-tu, c'est ce que je pense aussi. Comme je te l'ai expliqué, il s'est établi une connexion entre toi et cette machine. J'ignore pourquoi et comment, mais j'ai le sentiment que quelqu'un a piraté ce drone. Ceux de l'Essor peut-être ? Dis-moi simplement si c'est le cas.

Au même moment, le drone se met à émettre quelques sifflements ridicules, fait tourner sa tête à trois cent soixante degrés, et projette sur le mur les mêmes séquences vidéo que celles auxquelles nous avons assisté quelques minutes auparavant. Je me vois une nouvelle fois en train de m'adresser à William. J'anticipe le bruit strident qui va survenir, mais il n'y a aucun bruit. « *C'était un accident, Will. Je ne me suis pas rendu compte... Je m'en veux tellement d'avoir touché à ton Hexapod sans te l'avoir dit* ».

Je n'ai jamais dit cette phrase. Par la Juge-mère, qu'est-ce qui est en train de se passer ici au juste ?

La Juge cligne des yeux, m'analyse, déterminée à déchiffrer quelque chose sur mon visage. Puis elle brise le silence, en passant une main dans ses cheveux étincelants :

— Bien. Je pense avoir tous les éléments pour rendre mon verdict à présent.

Me voilà seule. La hargne avec laquelle elle a voulu m'arracher la vérité à tout prix me laisse un goût amer. Je me rappelle ce qu'a dit la voix de synthèse lors du communiqué officiel : *les Juges feront régner l'ordre quoi qu'il en coûte*. Ils sont terrifiés par l'explosion qui a secoué leur Quartier et craignent une prochaine attaque.

Ma priorité est ailleurs. Je suis dans l'attente de mon score et les secondes s'égrènent avec une lenteur affligeante. Je tente de me rassurer en me disant que la Juge n'a aucun moyen de savoir que j'ai menti. Seulement, a-t-elle vraiment besoin de preuves ?

La voix de synthèse retentit soudain. Je retiens mon souffle dans l'attente du score fatidique :

— ANALYSE EN COURS. VOTRE SCORE EST DE DOUZE SUR VINGT-CINQ. VOUS ETES QUALIFIEE POUR LA SUITE DES SELECTIONS. L'UNION EST JUSTE, L'UNION EST NOTRE JUSTICE.

Un déclic m'indique que la porte vitrée vient de s'ouvrir. En même temps, une vague de soulagement me submerge, avec cette impression de m'être arrêtée juste au bord d'un précipice. Maintenant, c'est sûr et certain, William ne quittera pas l'Union de force. C'est terrible, mais en réussissant l'épreuve, je laisse ce destin à quelqu'un d'autre. Si l'Union perd encore cette année, je sais que d'autres seront offerts à l'Union Première.

Me voilà pour la première fois qualifiée pour la deuxième épreuve. Ça me semble invraisemblable, quand je me rappelle qu'en arrivant dans le Quartier des Juges, j'avais juré à mon frère de tout rater une nouvelle fois. Si la Juge m'avait collé un dix ou un onze, ça m'aurait permis d'en finir définitivement avec les sélections. Mais non, je vais devoir participer à la deuxième épreuve. J'ai confiance en mes désastreuses capacités pour que mon parcours s'arrête-là. Tout cela ne veut dire qu'une chose. Mon frère et moi, nous serons bientôt de retour au Quartier du Milieu, auprès de notre mère et de Nina. Mes pensées s'embrouillent tant je suis heureuse de bientôt les retrouver tous.

J'avise le drone qui est resté dans la salle de simulation. S'il analyse les candidats pour y voir ce qui est invisible aux yeux des Juges, alors pourquoi ne m'a-t-il pas dénoncée ? S'il ne fait qu'obéir aux Juges, pourquoi a-t-il remplacé ce passage décisif de ma simulation ? Un sentiment étrange se diffuse dans mon esprit. Est-ce possible que pour une raison mystérieuse, cette chose ait voulu me protéger ? La Juge a dit qu'une connexion s'était établie entre lui et moi. Mais elle a aussi dit qu'il a peut-être été piraté par l'Essor ? Si c'est le cas, je dois le savoir.

Le drone tourne sa tête d'oiseau déplumé d'un quart de tour. Je pouffe de rire et secoue alors la tête avec énergie. Voilà que je me surprends à me prendre d'affection pour cette machine ridicule !

11.

Je pousse la porte, remonte le corridor par lequel je suis arrivée. Je me rappelle avec effroi les cris de détresse que j'ai entendus tout à l'heure. A présent, tout est devenu étrangement silencieux. Je suppose que je suis la dernière ici à terminer la simulation.

Je laisse à regret le drone et toutes les informations compromettantes qu'il détient à mon sujet et implore la Jugemère pour que Perpétua Cromber ne pousse pas plus loin ses investigations. Qui sait si la véritable séquence a bien été effacée du drone ? Et surtout, que m'arriverait-il si elle finissait par mettre la main dessus ?

J'emprunte l'un des ascenseurs avec la ferme intention de sortir de l'Auditorium. Les portes s'ouvrent sur deux hommes.

Ils croisent mon regard, semblent vaguement intrigués.

Le premier est suffisamment jeune pour être un candidat, ce que me confirme son bracelet magnétique désactivé. Des cheveux indisciplinés d'un noir d'encre, un regard sombre débordant d'assurance. Je suis prête à parier qu'il a réussi la première épreuve et ce n'est rien d'autre que de la fierté qui éclate sur son visage. Je déteste cette catégorie de candidats autant que je déteste les sélections.

L'autre, la chevelure poivre et sel, arbore un costume immaculé piqué de l'insigne de l'Union. Un Juge. Celui-ci est sûrement en train de raccompagner le candidat qu'il vient d'évaluer, un traitement de faveur auquel je n'ai pas eu droit. J'étouffe un petit rire, car Perpétua Cromber est plutôt du genre à laisser ses candidats croupir au fond de leur salle de simulation.

Soudain, un malaise s'empare de moi quand je me jure avoir déjà croisé leurs visages quelque part. D'accord, j'ai peut-être déjà aperçu le Juge au cours des deux dernières sélections, mais le candidat ? À sa tenue, il vient soit des Hauts Quartiers, soit du Quartier des Juges. Les chances que je l'aie déjà croisé sont nulles.

Le Juge finit par briser le silence :

— Alors, vous faites partie des qualifiés ?

Je me contente d'acquiescer en le gratifiant d'un sourire que j'espère suffisamment naturel pour me débarrasser de lui.

— Évidemment, évidemment, continue le Juge. Avec un tel panache, vous ne pouviez pas faire autrement.

J'ignore à quoi il joue, mais le malaise est tel que j'espère qu'ils déguerpiront de l'ascenseur au prochain étage. Comme pour exaucer mes prières, les portes s'ouvrent aussitôt. Le chahut de la foule de candidats envahit la cabine.

— Vous ne descendez pas ? me lance le Juge, d'un air irrité. Tendez l'oreille, vous allez manquer le rassemblement !

Une demi-seconde de flottement.

— Si, si, dis-je, en les suivant avec obéissance.

Maintenant que les choses commencent à s'arranger, ce n'est pas le moment de m'attirer de nouveaux ennuis. Mais comment ai-je pu oublier le rassemblement ? À ma décharge, il se tient d'habitude sur le parvis de l'Auditorium et Perpétua Cromber s'est bien gardée de me fournir cette information.

Le Juge m'observe d'un regard en coin. Pourquoi me regarde-t-il avec autant d'insistance ? C'est alors que la question qui me brûle les lèvres franchit enfin ma bouche :

— Excusez-moi, mais est-ce qu'on se connaît ? finis-je par demander.

Mon regard passe du candidat au Juge.

Ce dernier éclate d'un rire argentin. Le même rire que Perpétua Cromber, dans sa version masculine.

— Je ne pense pas que nous ayons été présentés, mais disons que vous n'êtes pas passée inaperçue tout à l'heure, lors des authentifications.

Pendant un instant je me dis qu'il m'a démasquée en ayant compris ma réaction lorsque je me suis aperçue de l'échange de bracelets. Puis je me rappelle la notoriété qui me poursuit malgré moi et je comprends qu'il fait référence à l'arrestation du rebelle.

— Bonne chance pour la suite de vos tests, Citoyenne. Je suis certain que nous serons amenés à nous recroiser, termine-t-il.

Ils disparaissent ensuite dans la foule.

Ses paroles me laissent un goût étrange. Dois-je prendre ça pour de vrais encouragements, ou pour une menace ?

La rumeur de la foule grandit à mesure que j'avance. Des tribunes pleines à craquer s'étendent d'un bout à l'autre de la salle. À mon passage, certains candidats me reconnaissent et m'applaudissent. Une fois de plus, j'ai envie de disparaître.

Les tribunes encadrent une esplanade sur laquelle se trouve un écran aux proportions démesurées. William doit être ici, lui aussi. Sur l'une de ces tribunes, ou sur l'un des balcons en surplomb. Mes pupilles parcourent tant de visages à la seconde que j'en ai le tournis. Rien à faire, nous sommes trop nombreux. Sans signe distinctif, il me faudrait des heures pour le retrouver.

Résignée, je m'attarde un instant sur l'espace qui s'ouvre devant moi. Magnifique, magnifiquement inacceptable.

J'en ai la nausée.

Combien de millions d'Unités sont parties en fumée dans cette salle, alors que la moitié des Citoyens de l'Union crève de faim et que l'autre moitié ne peut pas se soigner correctement ? Celui qui a conçu un tel luxe est le complice d'un crime.

Mes yeux se lèvent vers les deux hexagones entremêlés qui défient les lois de la gravité avec exubérance, en flottant au-dessus de nos têtes. Je voudrais les voir s'éclater sur l'esplanade cinquante mètres plus bas.

Aux quatre coins de l'immense salle se dressent d'éblouissantes colonnes de cristal. Mon cerveau se change en super ordinateur qui tente de convertir cette richesse ostentatoire en boîtes de médicaments. Combien de milliers de Citoyens ont perdu la vie pour la beauté de ce lieu ? Devant moi, tout brille. Mais je ne vois ni l'éclat ni la splendeur. Uniquement des images qui se rejouent devant mes yeux. Le passé refait surface, jusque dans cette épouvantable odeur de brûlé qui me pique le nez...

Je quitte le Département d'Archivage quand je vois le corps du petit Marius, étendu dehors alors qu'il pleut à verse. Cette fois-ci, son sourire s'est effacé. Je me revois me précipiter sur ma ration journalière, en me disant que c'est une chance de ne pas y avoir touché. J'en déchire l'opercule en quatrième vitesse et enfourne une quantité généreuse de gelée dans sa bouche minuscule. Il n'a même plus la force de l'avaler. Je pose alors une main sur son front. Brûlant. Ses yeux brillent comme de petites galaxies lointaines qui s'éteignent à petit feu. Je brandis l'Hexapod de service pour envoyer une alerte aux médecins de L'Union, mais la pluie battante m'empêche de l'activer. Je frotte avec frénésie l'écran hexagonal contre ma tenue détrempée, quand l'appareil répond enfin. Alors j'appelle le médecin, puis aussitôt après avoir raccroché j'appelle Matt. Puis Swan. Puis William. En espérant que quelqu'un finisse par répondre.

Je ne peux pas laisser Marius une seconde de plus à la merci de la tempête. Je décide de le porter jusque chez lui, en lui faisant la promesse qu'il ira bientôt mieux. La facilité avec laquelle je le soulève me surprend. Dans mes bras, son corps de petit bonhomme ne pèse rien. Sa tête tombe dans le vide dans un angle inquiétant. Il est à bout de forces et j'accélère encore le pas, même si chaque enjambée manque de me faire trébucher. Je lutte contre un vent contraire, à travers les ruelles vides du quartier. Des rafales chargées de pluie brouillent ma vision quand je crois apercevoir le médecin de l'Union courir à ma rencontre. Mes pas sont plus déterminés que jamais. La boue éclabousse les cheveux de Marius, constelle son visage de quelques taches de rousseur supplémentaires. Ce n'est pas le médecin, c'est Swan, noyé par la pluie, qui récupère l'enfant pour lui prodiguer les premiers soins.

Comme pour grand-mère, les stocks de médicaments étaient vides. Dire qu'on m'a gavé de pilules dès mon entrée dans le Bâtiment Administratif parce que j'ai eu le malheur d'apercevoir un jour une mésange à l'état sauvage.

Je revois le père de Marius, impuissant, lui tendre les compléments alimentaires de l'Union, sans y croire. Sa main tremble, tandis que le front de son fils ruisselle de sueur, comme ruissellent les larmes sur le visage de sa mère.

Tout est affaire de choix. L'Union a fait le sien et j'en connais les sacrifices. J'entends encore le ronronnement de l'incinérateur qui fonctionne 24 h/24. Sauf que cette fois, il ne s'agit pas de l'incinérateur d'archivage. Parce que ce ne sont pas des livres qui partent en fumée dans le four crématoire de l'Union.

J'ai regardé les flocons de cendre retomber sur le Quartier du Milieu. L'odeur de brûlé qui les accompagne me hantera toujours.

Je suis furieuse. Furieuse contre les Juges, furieuse contre l'Union, car cette salle n'a rien d'un joyau. C'est un cimetière. Je ne peux m'empêcher de me demander combien de petits Marius auraient pu être sauvés si l'Union avait fait un choix différent.

Mon regard se perd des mètres au-dessus de moi. Le plus haut des balcons est bordé par deux chutes d'eau qui se précipitent en contrebas dans une vasque à débordements. Je distingue des silhouettes. Des hommes et des femmes, tous vêtus d'impeccables uniformes blancs et parmi eux une femme qui rejette sa tête en arrière et dont la crinière blonde ondoie telle une flamme.

Perpétua Cromber.

Si mon sort n'avait pas été entre ses mains, je lui aurais craché au visage tout à l'heure.

— C'est la loge des Juges, me précise une fille d'à peu près mon âge.

Elle a dû suivre mon regard. De longues boucles flamboyantes illuminent son visage avenant :

— Emmy Johnson, Administratrice des mémoires. Enchantée.

Encore dans le recueillement, j'ai envie de tout sauf de parler à quelqu'un, mais je desserre finalement les dents :

— Pia Lormerot.

Dans ma bouche, ça n'aurait pas sonné différemment si j'avais dit « fiche-moi la paix ». Elle fronce des sourcils.

— Incroyable ! C'est toi qui as crié au rebelle de se rendre tout à l'heure ?

Je lève les yeux au ciel et me renfrogne un peu plus. Sans compter que sa remarque fait son petit effet sur les candidats de la tribune. Quelques-uns se dévissent la tête pour m'apercevoir. Du coin de l'œil, je vois qu'on me pointe du doigt.

Gênée, je cache mon visage d'une main, en priant vainement pour qu'elle se change en paravent.

— Je voulais juste éviter qu'il se fasse tirer dessus. C'est tout.

Derrière, j'entends qu'on fait des commentaires à mon sujet. Je ne me suis pas trompée, quand je me retourne, trois candidates me dévisagent. Emmy perçoit ma gêne et leur jette un regard de travers, ce qui a le mérite de leur clouer le bec. Je me demande où est passé l'esprit de compétition inhérent aux sélections, car je n'en perçois pas une lueur chez Emmy.

— En tout cas, dit-elle, c'est tellement courageux ce que tu as fait. Peu importe la raison.

Elle porte une main à la bouche, dans un geste de repentir :

— C'est pas vrai ! Je suis en train de te féliciter comme tous les autres !

Peu m'importe, je ne parviens pas à détacher mes pensées du sort de ce garçon.

— Mais s'ils en concluent que ce garçon appartient à l'Essor ? dis-je, en espérant qu'elle en sait plus que moi.

— Alors les Juges vont finir par lui effacer la mémoire, pour le mettre hors d'état de nuire.

Mon sang se glace. Je sais que les Administrateurs de mémoire comme Emmy effacent la mémoire des ennemis de l'Union.

— Les Juges ne finiront jamais de m'écœurer, maugréé-je.

Emmy paraît gênée un instant. Je suis prête à parier que le Secret de l'Union lui défend d'en dire davantage. Elle finit par secouer sa crinière de feu :

— On n'efface que le strict minimum ! De toute façon ce n'est jamais vraiment effacé puisque leurs souvenirs sont intégrés à la Juge-mère. Mais ne répète rien de tout ceci à personne, ou je serai obligée de t'effacer tes derniers souvenirs ! plaisante-t-elle.

Elle m'adresse un clin d'œil.

— Alors ils vont juste effacer les derniers souvenirs de ce… *rebelle* ? demandé-je.

Pourquoi est-ce que j'ai l'impression d'avaler de l'acide en l'appelant ainsi ?

— Dans son cas c'est plus compliqué. Les Juges n'auront pas d'autres choix que d'effacer tous ses souvenirs. Mais je pense qu'ils voudront d'abord l'interroger. Ensuite, ils l'offriront à une autre Union, comme tous ceux qui s'opposent au système. Enfin, si l'une d'elles en veut…

Je n'ose pas imaginer les moyens auxquels les Juges ont eu recours pour le faire parler. Ma simulation m'a appris que les Juges excellent dans l'art de manipuler l'esprit humain.

Que reste-t-il de nous, une fois que notre mémoire est effacée ? Est-ce que ce garçon aura oublié jusqu'à son prénom ? Aura-t-il oublié son arrestation qui lui aura causé tant de souffrances ? Et la façon dont je me suis interposée ?

Dire que les Juges nous auraient probablement fait subir la même chose, à moi et à William, si la moindre alarme avait retenti. Will, Nina, mes parents, ma famille. Je refuse d'imaginer qu'ils auraient pu devenir pour moi de parfaits étrangers si les Juges m'avaient effacé chaque parcelle de souvenirs partagés avec eux. Pour tenter de chasser cette idée, je me remets à parcourir les tribunes, en espérant y trouver William.

— Et ce n'est pas tout, continue Emmy, le Juge a débarqué en plein milieu de mon épreuve. Il n'a rien voulu m'expliquer, juste qu'il y a eu un souci dans une simulation voisine. Un rebelle aurait réussi à infiltrer les sélections… En tout cas, c'est ce que disait la personne qui lui parlait à travers son Hexapod.

— Un rebelle ? Qui ça ?

Elle ne remarque pas le sentiment d'urgence dans ma voix.

— Comment tu veux que je le sache, j'étais occupée à combattre une pieuvre !

Il faut que je me calme. Ça ne peut pas être William. C'est un apprenti officiel, les motivations de l'Essor sont aux antipodes de ses valeurs. J'ignore si je dois rire ou pleurer, tant réunir dans la même phrase le nom de mon frère et le mot *Essor* m'apparaît absurde. C'est une coïncidence. Tant de candidats sont appelés lors de ces sélections qu'il est peut-être question d'un autre garçon. *Une coïncidence.*

Il y a un bruit de fond. Je crois que c'est Emmy qui est en train de me raconter son épreuve dans le moindre détail, mais ma conscience l'a mise en sourdine. Une évidence prend forme dans mon esprit. Si les Juges avaient arrêté William, alors ils n'auraient aucun mal à remonter jusqu'à moi. Nous avons échangé plus que nos matricules, nous sommes comme les deux faces d'une même pièce, liées par le même secret. Si les Juges mettent la main sur William, alors inexorablement ils mettent la main sur moi. Aucun officiel ne s'est encore lancé à ma poursuite. Ce qui signifie pour le moment que mon frère est hors de danger.

— Mais ce que je voulais surtout dire, poursuit Emmy en se mettant maintenant à chuchoter, c'est qu'il va falloir que tu sois prudente. Que l'Essor se soit infiltré dans les sélections pourrait bien présager une autre attaque.

Elle parle si bas que je dois me concentrer sur ses lèvres pour être sûre de comprendre. Je réalise soudain que je me suis remise à l'écouter.

— Une autre attaque ?

— Chuuuut ! rouspète-t-elle.

Elle lance des regards alentour pour vérifier que personne ne nous ait entendues. Elle tente de discipliner une mèche rebelle en la passant derrière une oreille, puis me considère gravement :

J'opine du chef comme une folle furieuse pour l'inciter à continuer.

— C'est en tout cas ce que j'ai entendu de la bouche du Juge, confirme-t-elle. Mais il y a encore une chance. Dis-moi juste que tu n'es pas qualifiée, Pia.

Elle se mordille la lèvre avec nervosité. Ses yeux d'ambre qui débordent d'impatience se plantent dans les miens.

— Quoi ? Mais quel est le rapport avec… Je suis qualifiée, mais qu'est-ce que ça change ?

— Mais tout ! Ça change tout, tu ne comprends pas. Pourtant, tu sais aussi bien que moi que l'Essor veut en finir avec les sélections ! Pas de sélections, pas d'Épreuve des Sept. Pas d'Épreuve des Sept, fin du système et victoire de l'Essor.

— Donc s'ils s'en prennent à quelqu'un… ce sera forcément au cours de la deuxième ou de la troisième simulation ?

Elle acquiesce sombrement, tandis que son visage affiche une pâleur inquiétante.

— C'est normal que tu sois inquiète pour ta sécurité, dis-je pour tenter de la rassurer. Mais il n'y a pas de raison que ça tombe sur toi, d'autres se sont qualifiés…

— Oh, ce n'est pas pour moi que je m'en fais.

Elle me regarde d'un air étrange que je ne comprends pas tout de suite. Comme si j'étais en danger de mort.

— Si je t'en parle, dit-elle, c'est parce que tu as participé à l'arrestation d'un des leurs.

Tout se bouscule dans ma tête et je comprends enfin où elle veut en venir.

— Quoi ? Tu penses que l'Essor en a après moi ?

Elle m'adresse un sourire triste. Mon cœur s'arrête. À aucun moment je n'avais envisagé que je puisse devenir la cible de représailles.

— Je ferai savoir aux rebelles que mon frère est un apprenti officiel. Ça devrait les calmer ! dis-je pour la détendre.

Ça ne la fait même pas sourire.

— Pia, c'est mon job d'aider les Juges à démanteler l'Essor. Quand ils envoient des officiels, tu crois vraiment qu'ils envoient un pauvre apprenti comme ton frère ? soupire-t-elle. Dis-moi juste ce que font les autres candidats quand ils te reconnaissent ?

Sa question me déroute.

— Ils… Ils me félicitent.

— Exactement, et tu sais pourquoi ? Car tu es celle qui a arrêté l'un des leurs, pour que les sélections aient lieu normalement ! Et à quoi l'Essor s'est opposé lors de l'explosion ?

Une force mystérieuse m'extirpe les mots de la bouche, comme si Emmy tirait sur une ficelle invisible :

— Ils se sont opposés aux sélections…

— Aux sélections, répète-t-elle, l'air grave.

Comment puis-je passer pour la fille qui défend coûte que coûte les sélections, moi qui les déteste, moi qui ai failli me retrouver à la place du garçon aux tatouages ?

Je tente de contrecarrer sa théorie :

— Mais ceux qui me félicitent ne comprennent pas la véritable raison…

— Et tu crois que l'Essor va comprendre que ce que tu voulais véritablement, c'est que ce garçon soit épargné ? Non, Pia. La réponse est non.

Une ride naît sur son front.

— En fait, dit-elle, peu importe que ce garçon soit un rebelle ou non, peu importe tes motivations lorsque tu lui as crié de se rendre. Si l'Essor veut frapper fort, alors il a une cible toute désignée.

— Mais ils peuvent tout aussi bien s'en prendre à un Juge !

— Sauf que tu oublies une chose, ce ne sont pas les Juges qui vont représenter l'Union à l'Épreuve des Sept. Qui s'est autoproclamée cible parfaite en hurlant comme si sa propre vie en dépendait ? Qui a eu son visage retransmis sur chacun des écrans géants du Quartier des Juges ? Si tu penses que ça a échappé à l'Essor, tu te trompes.

Je suis forcée d'admettre qu'elle a raison. Ce qu'elle vient de me dire n'est rien d'autre que la vérité, que je refusais d'affronter. Sans même le savoir, je me suis engluée dans une toile dont j'ai moi-même tissé les fils.

Un frisson se répand le long de ma colonne vertébrale quand je comprends qu'un compte à rebours s'est enclenché, au moment précis où je me suis exposé à tous les regards. Il n'y aura pas de répit pour moi. Si j'ai échappé aux Juges, alors il faudra encore que j'échappe à l'Essor.

L'espace d'une seconde, je voudrais retourner dans ce sous-marin, pour être projetée dans une simulation et m'extraire de la réalité qui me rattrape.

Emmy n'est pas comme les autres candidats. En fait, c'est surtout la seule à qui je puisse me raccrocher à cet instant précis. J'ai soudain envie de me confier à elle, de tout lui raconter. L'échange de bracelets avec mon frère, comment le drone a falsifié la séquence de ma simulation. Mais Emmy est une Administratrice de mémoires et elle travaille avec les Juges. Si je lui en dis trop, si je lui révèle celle que je suis vraiment, je crains que cela ne se retourne contre moi et par ricochets contre William. Pour le moment, je n'ai pas d'autres choix que de garder le silence, si je veux le protéger.

— Je veux que tu saches que tu n'es pas toute seule dans ces sélections, poursuit-elle. Tu peux compter sur moi, c'est aussi mon rôle d'Administratrice.

J'aurais dû me sentir mieux, mais ce n'est pas le cas. J'affronte son sourire lumineux, que je lui rends.

12.

Chacun lève les yeux vers la loge des Juges. Un étendard aux couleurs de l'Union répond aux hexagones entrecroisés qui flottent dans le vide. L'écran géant retransmet le portrait d'un Juge en un plan resserré.

Il lève les bras pour capter l'attention de la foule.

— Enfants de l'Union, soyez les bienvenus au rassemblement !

Toutes mes vertèbres frictionnent entre elles. Dès ses premiers mots, je reconnais immédiatement la voix du Juge qui a ordonné l'exécution du garçon au tatouage.

Un drone-caméra abandonne un instant le visage du Juge pour zoomer sur le U qui brille de mille feux à une hauteur vertigineuse.

La salle applaudit à tout rompre, tandis que mes ongles s'enfoncent dans mes cuisses en silence.

— C'est Ernest Guilford, un Juge très connu ! C'est lui qui est chargé des sélections cette année, me souffle Emmy.

— Dans quelques instants nous connaîtrons le nom du Capitaine de notre Union, celui dont le nom restera à jamais gravé dans l'Histoire ! déclame le Juge. Mais avant, comprenez bien ceci : nous perdons. Nous perdons, et notre Union ne se relève pas. Alors, quand aurons-nous fini de perdre ?

Un silence tombe sur l'assemblée et le Juge reprend :

— La réponse est pourtant simple. Nous cesserons de perdre, lorsque les sélections seront enfin à la hauteur de l'Épreuve des Sept. Et ce jour est arrivé. Nous avons durci les épreuves, pour sélectionner avec justesse les plus brillants d'entre vous. Les meilleurs d'entre les meilleurs. Alors, quand dans quelques semaines la Juge-mère lancera le coup d'envoi de la prochaine édition de l'Épreuve des Sept, les cartes seront rebattues une nouvelle fois, et nous aurons les meilleures entre nos mains. C'est ainsi que nous l'emporterons ! Et si les autres Unions pensent que nous n'en sommes pas capables, cette année, nous allons leur prouver qu'elles ont tort !

La salle réserve un triomphe à son discours. Il faut quelques minutes pour qu'Ernest Guilford puisse reprendre la parole :

— Sans plus attendre, regardons ensemble le tableau des scores et découvrons le nom de notre Capitaine.

Les résultats s'affichent, en commençant par le score le plus faible qui permettait de se qualifier : 12. Très vite, je vois mon matricule apparaître, ou devrais-je plutôt dire celui de William. Comme je ne connais pas celui de Swan par cœur, j'ignore s'il a réussi l'épreuve.

— Je suis vraiment la seule des Bas Quartiers ? remarque Emmy.

Je suis forcée de constater que la lettre H, qui précède les matricules des candidats des Hauts Quartiers, a envahi l'écran. Une centaine de scores se sont affichés, jusqu'aux trois meilleurs qui restent secrets. Un suspense savamment orchestré pour mettre à l'honneur le mérite, valeur reine de l'Épreuve des Sept. L'hymne de l'Union est joué au ralenti quand l'écran révèle en lettres d'or le matricule du troisième, puis du second.

H-1912113.

H-0109714.

La salle applaudit à chaque fois pendant un temps interminable. Je guette fébrilement mon matricule, celui avec lequel William s'est présenté aux sélections. Une intuition me dit qu'il va peut-être apparaître d'une seconde à l'autre, à la première place. William aurait fini par accomplir son rêve, en s'illustrant au poste de Capitaine de l'Union. Je serre les poings si fort que mes phalanges blanchissent, et me rends compte que je retiens mon souffle depuis de longues secondes.

Un silence envahit la voûte de l'immense salle. Si les mouches existaient encore, on aurait pu les entendre voler.

Le nom du premier apparaît en lettres de lumière sur l'écran géant. Un certain Sven Nilsson. Ce sera le seul nom révélé aujourd'hui, car en devenant Capitaine, les sélections s'arrêtent pour lui. Son visage est projeté sur chacune des cascades artificielles. Depuis ses cheveux en brosse, en passant par ses épaules larges comme deux hommes, jusqu'à ses yeux pâles qui prennent vie sur l'eau en mouvement.

Je parcours une deuxième fois la liste à la recherche du matricule de mon frère, qui m'aurait peut-être échappé, forcée d'en arriver à ce diagnostic : William ne s'est pas qualifié. Une profonde déception me tombe dessus comme un poids mort.

Je me remets alors à sa recherche, il est forcément dans ces tribunes !

— Le Citoyen Sven Nilsson, issu des Hauts Quartiers, est le seul à avoir obtenu le score maximum de 25 ! Candidates, Candidats, enfants de l'Union, j'ai l'honneur de vous présenter le Capitaine d'Équipe de notre Union Juste, SVEEEN NILSSOOON !

Il y a de nouveau un tonnerre d'applaudissements.

— En tant que Capitaine, continue le Juge, Sven Nilsson sera libre de constituer l'Équipe de l'Union comme il l'entend. Les règles sont très claires, les Juges n'auront désormais qu'un rôle consultatif. Monsieur Nilsson serait toutefois bien avisé de suivre nos recommandations pour les six postes qu'il reste à pourvoir.

Le regard du Juge dévie de l'objectif :

— Il se trouve que Sven nous a rejoints, poursuit Guilford avec le même entrain.

Le tout nouveau Capitaine apparaît à l'écran. Le garçon mesure deux têtes de plus que le Juge, a les traits sévères, le visage fermé. Il salue le reste de la foule d'un hochement de tête.

Les tribunes l'applaudissent, tandis que des murmures émanent d'un peu partout.

— Ça lui arrive de sourire de temps en temps ? dit Emmy dans mon oreille. Non, mais tu as vu la tronche qu'il tire, heureusement qu'il est arrivé premier !

— Il est peut-être en train de se rendre compte des responsabilités qui lui tombent dessus, dis-je.

— Monsieur Nilsson, poursuit Guilford, je pense que tous les candidats ici présents se posent la même question.

Sven lève un sourcil intrigué. Un silence de plomb retombe sur la salle.

— Oui, dit le Juge, tout le monde ici veut savoir comment vous avez réalisé cette prouesse, un score de 25 sur 25.

Sven Nilsson fixe l'objectif :

— Je n'ai aucun mérite. Lorsque les Juges m'ont remis mon bracelet magnétique, à mes douze ans, ils ont tout de suite vu que j'avais le profil pour intégrer une classe de Discipline. J'y ai beaucoup appris.

— Mais c'est un gros lèche-bottes, en fait ! s'indigne Emmy en attirant l'attention des candidats qui nous entourent.

Elle se trompe, car je reconnais un peu de mon frère dans ce Citoyen des Hauts Quartiers. Quand on a grandi en étant imprégné de la pensée de l'Union, elle finit par faire partie de soi. Aduler les Juges n'en est qu'un des préceptes.

— Gardez la modestie pour plus tard, Monsieur Nilsson, dit Guilford. Nous voulons savoir comment vous avez fait la différence.

— Hum, réfléchit-il. Dans la salle des commandes, le drone m'a indiqué comment lire les voyants, j'ai vu que la chambre était chargée et…

— La chambre ? Quelle chambre ? le coupe Guilford, exalté.

— La chambre des torpilles, dit sobrement Sven.

Guilford éclate de rire. Un rire surjoué et je me demande s'il ne connaît déjà pas toute l'histoire avant même de poser ses questions.

— Vous êtes en train de me dire que vous avez tiré une torpille sur la pieuvre géante ?

Sven Nilsson se rapproche un peu du micro qu'un assistant lui tend à bout de bras pour essayer d'atteindre sa hauteur :

— Oui, j'ai appris leur maniement à la classe de Discipline.

Une salve d'applaudissements embrase une nouvelle fois la salle, mais je ne comprends vraiment pas pourquoi.

On nous serine constamment que les sélections se veulent juste. Sven Nilsson vient d'expliquer pourquoi jamais un candidat des Bas Quartiers ou même du Quartier du Milieu n'est devenu Capitaine. Comme pour chaque Citoyen des Hauts Quartiers, les Juges ont identifié chez lui une qualité prépondérante. Ils ont su que pour révéler son potentiel, il ne fallait pas l'orienter vers une classe de Survivance ou de Persuasion, mais vers une classe de Discipline.

Nous n'avons pas ce privilège dans le Quartier du Milieu. Comme si nous obliger à courir quotidiennement était censé nous aider à venir à bout d'une pieuvre géante.

— Repassons ensemble les temps forts de votre simulation.

L'écran central s'assombrit. Les néons d'un long couloir que remonte Sven grésillent. Il actionne un levier dans un renfoncement du sous-marin qui m'est parfaitement inconnu. Il y a un souffle, immédiatement suivi d'une secousse. La pieuvre est vaincue. « Fin de la première épreuve ».

— En 4 minutes 18 ! s'exclame le Juge. Vous êtes définitivement un exemple pour tous ceux qui vous regardent dans ces tribunes. Qu'avez-vous à leur dire, avant qu'on ne vous laisse entre les mains des Médiateurs de l'Union ?

Sven tourne son regard vers Guilford :

— Qu'échouer à l'Épreuve des Sept n'est plus une éventualité.

— La Discipline à son état brut ! Nous espérons que vous saurez la transmettre à votre Équipe. En attendant, il faudra que vous trouviez parmi les cent douze qualifiés, les candidats qui incarneront la Résilience, la Survivance, l'Abnégation et la Persuasion. La silhouette massive de Sven quitte la loge des Juges. Guilford prend un air beaucoup plus solennel, se redresse. Il échange des regards entendus avec les autres Juges installés à sa droite. Quelque chose me dit que les festivités sont terminées. Ses yeux bleu acier balaient l'assistance et me glacent :

— Candidates, candidats, enfants de l'Union, les sélections de cette année ont été sérieusement éprouvées.

Des exclamations parcourent la salle, tandis qu'Emmy et moi échangeons un regard inquiet.

Un mouvement de foule m'empêche d'entendre clairement ce que dit Guilford :

— Des candidats ont déshonoré l'Union en refusant de participer à cette sélection. Certains ont saboté intentionnellement leur score. D'autres ont enfreint le règlement. Enfin, un petit nombre de rebelles est parvenu à infiltrer le système. Tous seront jugés coupables, tous seront livrés aux Unions victorieuses, comme le prévoit la cérémonie du partage des ressources.

— Tu vois, je n'ai rien inventé ! me souffle Emmy.

Cette annonce provoque un mouvement de panique dans les tribunes.

— Que chacun garde son calme ! tonne le Juge avec gravité. Nous avons la situation sous contrôle. Les Juges ont dressé une liste noire des candidats recherchés, ce seront les transfuges que l'Union offrira en récompense en cas de défaite. Les candidats qui aideront l'Union dans sa mission se verront remettre la somme de cinq cents unités. L'Union est juste, l'Union est notre justice.

Un silence glaçant pèse maintenant sous la coupole. Je peine à croire qu'on célébrait le Capitaine d'équipe il y a une minute à peine. Sur l'écran géant, les matricules des qualifiés s'effacent pour afficher le visage d'un garçon que je reconnais immédiatement. Le cliché est un plan resserré, mais j'y devine un tatouage naître à la base de son cou pour couvrir sa nuque. Jonas Solt, le garçon à qui les Juges ont sûrement déjà effacé la mémoire. Sur l'écran géant, son visage est bientôt rejoint par d'autres. Des garçons et des filles qui quitteront l'Union.

— C'EST ELLE ! hurle une candidate dans la tribune d'à côté. Elle se lève et pointe furieusement du doigt celle qui correspond trait pour trait à la Citoyenne qui vient d'apparaître à l'écran.

Cette dernière jette des regards paniqués autour d'elle, cherchant en vain un moyen de s'enfuir. J'ai soudain l'impression de revivre la scène de ce matin. Un drone nous survole et braque bientôt sur elle un projecteur aveuglant. Elle se fige sur place. La voix désincarnée du drone la somme de se rendre. Quatre officiels arrivent, l'agrippent par les bras pour l'empêcher de se débattre. Ils l'emmènent à l'écart, ignorant ses protestations.

La chaleur des applaudissements a disparu. Mon sang se glace dans mes veines. Le cauchemar recommence.

Le drone se dirige ensuite vers la fille qui l'a dénoncée, pour prononcer de sa voix artificielle qu'il vient de procéder au versement des 500 unités.

Des visages s'alignent les uns après les autres sur l'écran géant. Combien d'entre eux soutiennent vraiment la cause de l'Essor ? Autant de destins fauchés, dont le reste des jours consistera à réaliser des travaux forcés.

Des officiels arpentent les tribunes pour en extraire les candidats recherchés, suivis des drones qui exécutent un ballet aérien pour distribuer les Unités promises en récompense.

Emmy reste muette, face à ce spectacle désolant, quand le portrait de William apparaît sur la liste noire.

Je suis comme foudroyée sur place. Le temps s'arrête. L'impression d'une chute libre interminable. William est trop doué pour avoir obtenu le score minium. Ce qui signifie que quelque chose l'a trahi, une fois le panneau d'authentification passé. Le drone de sa simulation peut-être ? Comment ai-je pu être assez naïve pour croire que tout allait s'arranger. Mon frère est recherché pour une erreur qu'il n'a même pas commise et va être offert à une autre Union, comme une vulgaire marchandise. J'ai gâché son rêve d'intégrer l'Équipe de l'Union. J'ai gâché sa vie et sa carrière d'officiel. Comment peut-on en arriver là pour un simple échange de bracelets ?

Pendant d'interminables secondes, les drones survolent toute l'étendue de la salle à sa recherche.

Ce que je m'apprête à faire est complètement fou. Je n'inventerai pas un énième mensonge cette fois. Quand le drone aura trouvé mon frère, je me rendrai. J'expliquerai tout aux Juges, et tant pis si je fais partie des transfuges qui casseront de la pierre dans les mines de lithium. Peut-être relâcheront-ils William, en comprenant qu'il n'y est pour rien.

Je fixe son portrait sans ciller, donné en pâture à qui voudra la dénoncer. Ses mèches brunes que je connais par cœur, sa peau claire, son air revêche qui habite ses yeux bleu nuit. En arrière-plan, je devine la blancheur lumineuse de la pièce de simulation. C'est là que le drone a pris le cliché.

Il n'y a plus une lueur d'espoir. Quelqu'un, quelque part, va le dénoncer d'une seconde à l'autre. J'attends l'inévitable.

Seulement cette fois, personne n'intervient. Les drones décrivent d'interminables cercles au-dessus des tribunes. Leurs impitoyables projecteurs restent éteints, alors que personne ne semble rien y comprendre, pas même les officiels qui semblent aussi embarrassés que les Juges penchés depuis leur balcon.

William reste introuvable.

Comment est-ce possible ? Comment a-t-il fait ? La culpabilité qui me dévore laisse place à une vague de soulagement, pareille à un sérum qui se répand dans mes veines.

Il y a de l'agitation dans la loge des Juges et je sais que l'Union ne capitulera pas aussi facilement. Mon soulagement est soufflé comme la flamme d'une bougie, quand j'aperçois un vol de drones-militaires filer à travers l'Auditorium, avec ordre d'abattre mon frère.

— Je te parie que c'est un rebelle, dit Emmy.

13.

SOUVENIR

Mon ventre d'enfant gargouille. Je descends en vitesse les barreaux de l'échelle des trois lits superposés, arrivée en bas, je me faufile dans un espace où nous ne pouvons circuler que de profil entre les affaires de mon père et celles de William.

Je finis par atteindre le lecteur de bracelet magnétique, en dessous duquel je tends mon poignet.

— PIA LORMEROT, 13 ANS, GROUPE SANGUIN O+, Q.I. 119, *prononce le lecteur.*

— *Comme d'habitude,* soupiré-je, *sans attendre de réponse de la part de l'appareil.*

Les interactions avec le lecteur, sont disons… limitées.

— HUMEUR INSTABLE. SUPPLEMENTATION PRECONISEE EN CALCIUM, FER ET VITAMINES C, *ajoute la voix robotique.*

— *Une chance que je ne me vexe plus pour si peu.*

Une tonne de comprimés dégringole d'un tuyau pour atterrir au creux de ma main. J'ingurgite le tout, un vrai festin.

La voix de mon père traverse tous les obstacles que forment nos affaires dans la minuscule pièce :

— *Prends tes compléments, sinon le lecteur va encore dire que tu es d'une humeur massacrante.*

— *Il me trouve soit instable soit agressive. Ce truc est détraqué.*

— *Il a pourtant dit à William qu'il était d'humeur héroïque ce matin, dit mon père en empruntant la voix distraite de quelqu'un occupé à faire autre chose.*

— *Preuve que ce truc est vraiment détraqué !*

— *En tout cas, ça l'a motivé pour aller se préparer à l'Examen au Centre de Psychostimulation. Tu devrais peut-être en faire autant.*

— *Sûrement… dis-je, pensive.*

William aura encore une fois trouvé le moyen de me faire culpabiliser.

— *En attendant, il reste un peu de BaconBrioche si tu veux.*

Je regrette aussitôt de ne pas avoir gardé quelques comprimés pour faire passer le goût infect du BaconBrioche.

Je pivote sur moi-même, pour faire face au compartiment alimentaire encastré dans le mur, passe une nouvelle fois mon bracelet devant le lecteur, en donnant maladroitement un coup de coude dans l'empilement d'affaires de mon père. Je faufile mon bras à l'intérieur du compartiment ; une minuscule pochette sous vide m'y attend, sur laquelle il est écrit « BaconBrioche ».

L'Union fusionne des intitulés plutôt alléchants dans le seul but de nous faire oublier la texture répugnante de ce qu'on nous sert. Sans surprise, la pochette renferme une gelée translucide, déjà à moitié consommée.

Beurk.

Je crois que mon père a perçu mes grognements de dégoût, car sa voix s'élève depuis l'autre bout de la pièce :

— *Il y a encore du SteaggŒuf d'hier si jamais le BaconBrioche ne passe pas.*

SteaggŒuf ou BaconBrioche, lequel est le moins ignoble des deux ? Les protestations de mon estomac cessent aussitôt. J'en ai l'appétit coupé. De toute façon, si j'y touche nous n'aurons plus rien à manger avant ce soir. Alors je puise dans mon quota d'eau courante pour me contenter d'un grand verre d'eau qui me remplira l'estomac quelque temps, en essayant d'admirer autre chose que l'étagère croulant sous le linge sale qui menace de dégringoler à tout instant.

Notre Casier est la propriété de l'Union, comme tous ceux du Quartier du Milieu. Il se limite à une pièce unique, percée d'une seule fenêtre qui donne immédiatement sur un autre bloc de métal et de béton, identique au nôtre. La luminosité insuffisante est largement compensée par le tube de néon qui bourdonne en permanence au plafond, baignant mon quotidien d'une froide lumière intermittente. Ça vaut toujours mieux que vivre dans le noir total, enfin tant qu'il n'y a pas de coupure d'électricité. Les lignes à haute tension ne font que traverser notre quartier pour alimenter le Quartier des Juges et les Hauts Quartiers.

Pour plus d'intimité, nous avons aménagé un coin douche et la couchette de mes parents dans un renfoncement, à grand renfort de rideaux, de draps et de vieilles tôles qui servent de cloisons de fortune. J'ai parfaitement conscience que nous pourrions très bien plier bagage du jour au lendemain et libérer le logement si des officiels nous le demandaient. Ce que l'Union donne, l'Union peut un jour le reprendre.

Pour apporter un peu d'évasion dans ce gris qui nous enferme, ma mère a entrepris de commencer une collection de prises de vues de l'océan. Elle en est passionnée, et en parle comme si ça n'avait plus aucun secret pour elle, elle qui n'a jamais vu la mer.

— Maman est déjà à son poste ? demandé-je, en remarquant qu'il est encore tôt.

— Son bracelet l'a appelée plus tôt aujourd'hui. À l'heure qu'il est, elle doit être dans la bouche d'un Citoyen de rang intermédiaire, à récolter un peu de salive, dit-il.

Bien avant ma naissance, l'Union s'est lancée dans un vaste chantier de recensement génétique des Citoyens des Bas Quartiers et du Quartier du Milieu, et c'est à ce moment que les Juges ont affecté ma mère aux échantillonnages.

La voix de mon père traverse le drap qu'il a tiré pour travailler en toute discrétion. Il m'invite à le rejoindre et j'ai du mal à comprendre pourquoi. Je zigzague entre les plaques de tôles et les étagères, tire le drap avec délicatesse, en me rappelant qu'il a toujours tenu cet endroit secret défense.

Mon père est absorbé dans l'étude d'un petit mécanisme à la vieille table qui lui sert d'atelier. Il l'ignore, mais ça fait des semaines que je jette des coups d'œil à ses travaux, à la recherche du moindre indice qui aurait un rapport avec la mystérieuse discussion que j'ai entendue entre lui et ma grand-mère. Peu importe l'avis désapprobateur de William, si mon père a l'intention de prendre des risques, je préfère les connaître, tant pis si ça implique de mettre mon nez dans ses secrets. Mais tout cela aurait été trop facile, car je n'ai rien trouvé d'autre que des petits mécanismes d'horlogerie. Pas de quoi changer la face du monde. Je soupçonne mon père de garder ses idées sous clef, sur son lieu d'affectation. Seulement, connaissant ma maladresse légendaire, jamais je ne pourrai me rendre au laboratoire, ce serait trop risqué. Pour finir de me convaincre, je me remémore ce glorieux épisode où j'ai manqué de me casser le pouce en voulant crocheter le tiroir de son bureau à l'aide de l'épingle à cheveux que l'Instructrice du Quartier m'a donnée le jour où j'ai récité de mémoire les valeurs fondatrices de l'Union.

— Pia, je crois que je te dois quelques explications, dit-il, son œil grossi au centuple par la lentille d'horlogerie. Et je crois que ceci t'appartient.

Il me tend l'épingle avec laquelle j'ai vainement essayé de crocheter son bureau. Je jauge sa réaction, prête à subir sa colère, mais il reste d'un flegme qui me déconcerte :

— Je sais que tu fouilles dans mes affaires et je sais aussi que tu t'inquiètes de la discussion que tu as entendue entre ta grand-mère et moi.

J'ouvre la bouche, pour répliquer, mais il ne m'en laisse pas le temps :

— Je le sais, car c'est ton frère qui me l'a dit.

William Lormerot, je promets solennellement de faire de ta vie un véritable enfer.

— Pia, tu n'as absolument aucune raison d'être inquiète et il vaut mieux arrêter avec les secrets, qu'est-ce que tu en penses ? Le reste de l'Union finira par être bientôt au courant de toute manière.

Pour tenir parole, il me propose de me révéler le fruit de ses travaux. Alors, il place au creux de sa main le mécanisme sur lequel il a œuvré si longtemps.

Je ne comprends pas bien. Je distingue un genre d'abdomen métallique sur lequel il essaie de greffer deux minuscules ailes, si fines qu'on voit à travers. À l'intérieur, des roues crantées se rencontrent, tournant à l'infini dans un cliquetis régulier.

— C'est une… abeille ? bredouillé-je.

La déception s'entend dans ma voix.

Alors voilà sa découverte ? Mon père passe ses journées à essayer de reproduire la réplique d'un insecte que notre monde a condamné ?

— J'étais certain que tu reconnaîtrais ! Tout le monde sait qu'elles ont disparu, mais qui pourrait en reconnaître une aujourd'hui ?

Est-ce que cette découverte méritait tant d'inquiétude ? Je n'ose pas contrarier l'optimisme de mon père.

— Tu sais, ma chérie, une fois que les Anciens ont planté la dernière graine du dernier arbre, c'en était terminé, car celui-là n'a jamais pu donner aucun fruit à croquer ni aucune graine à replanter. *Tu l'ignores peut-être, mais les espèces végétales furent les premières à avoir leur nom inscrit sur le mur Inter-Union, entraînant dans leur chute le reste du vivant. Chocolat, tomates, café, tu ne connais pas tout ça ?*

Je secoue la tête.

— *Heureusement*, reprend-il, *quelques plants ont été sauvegardés, mais ils ne poussent maintenant que sous les verrières de l'Union où les Citoyens des Hauts Quartiers se les arrachent à prix d'or... Ou alors certains se les échangent sous le manteau au marché noir, au péril de leur propre vie. Est-ce que tu comprends ?*

Je secoue une nouvelle fois la tête. La plupart des Citoyens ne peuvent compter que sur les rations de l'Union pour vivre, ce qui amène les plus affamés à tenter leur chance sur les marchés des Bas Quartiers, mais où veut-il en venir ?

— *Avant que les abeilles ne disparaissent*, continue-t-il, *on pouvait présager du nombre d'individus à naître dans une colonie, rien qu'au taux de sucre que contenait leur miel. C'est comme si elles autorégulaient leur population en période de disette. Si on s'arrête un instant sur nos rations immangeables, quasi vides d'aliments, on comprend mieux pourquoi l'Union a établi des quotas de naissance. Nous faisons exactement comme les abeilles, avant qu'elles ne s'éteignent, en maîtrisant le nombre de ceux qui restent à naître. À ceci près que cette fois il est question de nous. L'Union a pourtant essayé de cultiver du riz, du blé et des pommes de terre qui se reproduisent autrement*, dit-il avec dépit. *Mais les herbes noires n'ont pas voulu leur laisser leur chance. Nos machines ne peuvent rien contre elles. À peine les ont-elles défrichées à coups de griffes métalliques, que les herbes noires ont déjà repoussé le lendemain. Il faut dire que leur mécanisme de division cellulaire bat des records. Et que dire de leur résistance... On a absolument tout essayé, tout. On ne peut même pas y mettre le feu, tant leurs lianes spongieuses sont gorgées d'eau.*

Je me souviens un jour m'être plantée devant une motte d'herbe noire, pendant environ une heure. J'ai eu l'impression de la voir ramper vers moi, comme des vers affamés que rien ne pourrait arrêter. Elle était simplement en train de pousser.

— *J'ai peut-être la solution à tout ça*, dit-il, plein d'entrain. *Si mes abeilles fonctionnent, on pourrait apporter de la nourriture en quantité suffisante et pas seulement aux Hauts Quartiers. Nous n'aurions plus* besoin d'attendre éternellement une victoire à l'Épreuve des Sept en profitant des ressources d'une autre Union. Imagine un peu, ne plus jamais avoir faim. Pouvoir croquer aussi facilement dans une pomme que déchirer le plastique d'une des rations de l'Union.

Mes yeux s'écarquillent.

Je me souviens que pour nos dix ans, William et moi avions reçu chacun une orange de la part de nos parents. Jamais je n'en avais tenu une entre mes mains. Chacune était conditionnée dans sa petite boîte en carton, emmitouflée dans une protection. Deux fruits fabuleux qui provenaient des verrières de l'Union, obtenus par les Pollinisateurs, ces Citoyens qui brandissent à bout de bras leur perche chromée qu'ils tamponnent sur les fleurs dentelées des fruitiers.

Je me rappelle avoir voulu conserver mon orange le plus longtemps possible. Une dizaine de jours plus tard, mes parents m'ont expliqué que je ne pourrais plus la garder plus longtemps intacte, qu'il fallait que je la mange pour ne pas la gâcher. Quand mes dents ont entamé la chair, ce fut une explosion de saveurs qui valait tout le SteaggŒuf du monde.

— Ah voilà, c'est chargé ! se réjouit mon père.

À moitié recouvert par un drap, un grand moniteur aux vagues airs d'antiquité affiche un tas de calculs incompréhensibles.

Mon père ajoute alors une minuscule puce, qu'il vient de paramétrer, avant d'assembler la tête et l'abdomen ensemble. Les crans des roues s'imbriquent les uns dans les autres et dans un cliquetis l'abeille mécanique prend vie sous mes yeux. Ses ailes s'agitent à une vitesse telle qu'elles deviennent invisibles pour l'œil humain. Je les entends pourtant battre l'air, près de mon visage. Puis en un rien de temps, l'insecte mécanique passe devant la collection de cartes de ma mère, file à toute allure par l'anfractuosité qui nous sert de fenêtre. Elle s'élance à la verticale, franchit les tonnes de bétons qui sont notre seul paysage, pour accomplir son devoir.

14.

La voix de Guilford éclate dans le silence qui règne à la fin du rassemblement. Il remercie les candidats pour l'aide qu'ils viennent d'apporter à l'Union.

À mon grand désespoir, les qualifiés ont reçu l'ordre de ne pas quitter l'Auditorium avant la deuxième épreuve de sélection qui se déroulera le lendemain matin. Libérée. Dans vingt-quatre heures, je serai enfin libérée de cette prison de verre et d'acier. Seulement, qu'en sera-t-il de William ? Il vient de prouver devant une salle comble que l'Union est loin d'être infaillible. Un affront qui ne resterait pas sans conséquences. Je me remémore gravement le communiqué de l'Union. Plus que jamais, les Juges sont déterminés à punir tous ceux qui les défient. Comment va-t-il s'en sortir maintenant que l'Union a lancé des drones-militaires à sa poursuite ? Mon esprit est noyé par des images de drones projetant des fléchettes paralysantes.

Un officiel nous annonce que nous devons nous répartir en petits groupes. C'est à contrecœur que je tente de me débarrasser d'Emmy, afin de me concentrer sur les moyens ridicules que j'ai à ma disposition pour aider William.

Je tente de changer de groupe. Rien à faire, Emmy me suit comme mon ombre. Peu de temps après, l'officiel nous escorte jusqu'aux dortoirs. Pour quoi faire ? Je sais que jamais je n'arriverai à fermer l'œil. On nous précise que des tenues propres nous attendent et que nous avons libre accès aux douches si nous le souhaitons. Le repas du soir sera servi au quinzième étage. Depuis combien de temps est-ce que je n'ai rien avalé ? Je suis morte de faim. À croire que depuis l'échange de bracelets, c'est l'adrénaline qui me fait tenir.

Dans les dortoirs, de puissants néons grésillent dans ce qui ressemble davantage à un parking où on aurait entreposé des rangées et des rangées de lits. Pas la moindre fenêtre, pourtant la salle aurait grand besoin d'aération pour en chasser l'air vicié qui me prend au nez.

Je partage la pièce avec Emmy et une vingtaine de candidats. Certains se plaignent du dortoir, mais pas elle. Ça doit être le grand luxe comparé à ce qu'elle connaît dans les Bas Quartiers. Je reconnais du premier coup d'œil le garçon que j'ai aperçu dans l'ascenseur. Ses cheveux d'un noir de jais retombent avec panache devant ses yeux noirs. Il n'aurait pas pu trouver un autre groupe ? Peu importe, il préfère visiblement s'isoler.

Emmy décide de nous présenter aux autres. Deux candidats, un garçon et une fille acceptent de faire connaissance. Nous comprenons assez vite que le reste du groupe refusera de sympathiser avec des concurrents. Tant mieux, je reconnais celle qui a dénoncé une candidate dont le nom figurait sur la liste noire. Il aurait été au-dessus de mes forces d'adresser ne serait-ce qu'un sourire à celle qui aurait vendu mon frère aux Juges pour quelques unités.

J'essaie tant bien que mal de me concentrer sur la discussion qu'Emmy a lancée, sans succès. Une seule question m'obsède : William se trouve-t-il à l'abri des drones ? Une petite voix me dit que je suis obligée de faire confiance à mon frère, même s'il est seul contre l'Union.

Au même moment, le vol de drones lancé à ses trousses traverse le dortoir. Une goutte de transpiration ruisselle entre mes omoplates quand leur œil bionique nous balaie un par un. Ils opèrent un virage à cent quatre-vingts degrés avant de quitter les lieux. Devant mon air absent, quelqu'un me demande si tout va bien. Ma lèvre me lance encore, alors je prétexte la douleur.

Les candidats du groupe se dirigent vers l'étage où le repas est servi. Seule Emmy tient à rester avec moi. Nous remarquons qu'un système projette nos matricules sur les lits. Sur l'un d'eux, je trouve le matricule de mon frère, écrit en lettres de lumière. J'enfile les tenues propres qu'on y a déposées à mon intention. Incroyable, personne ne les a jamais portées avant moi. Le tissu n'en finit pas de caresser ma peau. Les derniers vêtements neufs que j'ai portés sont ceux qu'on m'a remis pour mon affectation à l'archivage. Il y a deux ans. Je me tourne vers Emmy :

— Ils connaissent notre taille ?

— Si tu savais tout ce que ton matricule dit sur toi.

Ça ne peut être que ça, d'après la Juge de l'Inspection, les informations de nos bracelets ont été enregistrées avant d'être effacées. Soudain, je me rends compte que je nage dans ma nouvelle tenue, tant les manches sont amples et le tour de taille surdimensionné. Je comprends douloureusement qu'elle était destinée à mon frère.

Emmy me lance un air interrogateur quand je repousse les vêtements neufs que je me faisais une joie de porter la minute d'avant.

— Je… allergie au tissu.

Je me gratte machinalement les avant-bras pour mimer une démangeaison tout en me disant que ça ne convaincrait personne.

— Étrange. Ton matricule répertorie aussi tes allergies normalement.

— Sûrement une erreur.

Je regrette aussitôt ce que je viens de dire, car je sais pertinemment la phrase qui résonne dans sa tête à cet instant précis.

L'Union ne fait jamais d'erreur.

— Dégueu ! Il y en a même dedans ? se plaint-elle, en enfonçant les phalanges dans le matelas qui lui est assigné. Même les autres Unions n'en voudraient pas !

À la pression de ses doigts, une mousse foncée s'en échappe. De l'herbe noire.

— Alors, ça explique pourquoi ils nous les ont laissés après le Grand Partage, plaisanté-je.

Je me laisse tomber sur le lit qui porte le matricule de mon frère. Pas de liquide visqueux, mais je pousse un petit cri de surprise, car j'ai la sensation d'avoir écrasé quelqu'un. Le grincement de la ferraille me répond et quelque chose s'agite en dessous des draps. Je soulève les draps avec tact, comme si une créature allait me bondir au visage. Je manque de m'étrangler en découvrant cette tête de poulet qui tourne sur son axe. Le drone de ma simulation.

La réaction d'Emmy ne se fait pas attendre :

— Par la Juge-mère ! Tu l'as volé ?

Son regard d'ambre me traverse comme une flèche.

— Tu as bien vu qu'il était déjà là quand on est arrivées !

Elle cherche des réponses sur mon visage.

— Les Juges t'expulseront de l'Union pour ça, dit-elle d'un ton sans réplique.

J'ai un mouvement de recul. Est-ce que c'est une menace ? Même si la délation est l'une des valeurs fondatrices de l'Union, je ne peux pas croire qu'elle veuille me dénoncer.

— C'est évident que c'est un coup de l'Essor pour t'écarter des sélections ! lance-t-elle. Mais pas sûr que les Juges l'entendent de cette oreille.

Rassurée que nous soyons du même côté elle et moi, je lui fais promettre de ne rien dire aux autres. Elle secoue sa chevelure flamboyante :

— Promis, mais il faut que tu t'en débarrasses.

Soudain j'ai une idée, je prends une des chaussettes neuves, et la passe comme un capuchon sur la tête du drone, de manière à le rendre aveugle. Je le flanque sous les draps et expose mon plan à Emmy :

— Je vais rapporter le drone dans la salle où s'est déroulée ma simulation.

— Tu es sûre ? C'est peut-être exactement ce qu'il cherche.

— Qui ça ?

— Celui qui l'a déposé là, juste sur ton lit ! Je suis la seule à trouver que ça ressemble à un piège ou quoi ? En plus de ça, imagine qu'on te surprenne à traîner dans les couloirs de l'Auditorium avec un drone dans les mains…

— J'irai cette nuit, quand tout le monde sera en train de dormir, dis-je, sans savoir d'où me vient cet élan de courage.

Elle semble au bord de l'exaspération.

— C'est de la folie. En plus, le drone peut retransmettre les images de ce qu'il voit aux Juges !

— Plus maintenant, répliqué-je en montrant la tête encapuchonnée du drone.

— Tu pourrais le déposer dans un coin, à l'angle d'un couloir, n'importe où tant que ce n'est pas ta salle de simulation, dit-elle, pour me convaincre qu'il y a une autre solution. Je ne te laisserai pas partir en pleine nuit. Tu as oublié l'Essor ?

Ce qu'elle ignore, c'est que j'ai trop peur que les Juges tombent sur le drone qui serait resté en évidence dans un couloir, qu'ils fouillent dans sa mémoire, remontent jusqu'à ma simulation et comprennent tout ce que j'essaie de leur cacher. Pour que le drone passe inaperçu, et pour leur faire passer l'idée de passer sa mémoire au crible, il faut que je le ramène dans la salle de simulation. Il n'y a pas d'autre alternative.

— Emmy, tu avais dit que je pouvais compter sur ton soutien.

Ses lèvres se tortillent. Dans l'attente, la pulpe de mon index navigue machinalement sur mon bracelet magnétique flambant neuf. Je suis une fois de plus surprise que mes doigts n'accrochent pas les lettres rugueuses qui étaient gravées sur mon ancien bracelet.

Si Emmy refuse, tant pis, j'irai quand même. Après tout, je n'ai pas besoin d'une deuxième mère. J'ai déjà William pour ça.

— OK. Mais si tu n'es pas revenue avant le coup d'envoi de la deuxième épreuve, je préviens les officiels.

Je manque de m'étrangler.

— Les officiels ?

Ses yeux d'ambre me lancent des éclairs.

— Je trouve ça même dingue que les Juges ne t'en aient pas déjà collé un au derrière, avec tout ce qu'il s'est passé. Car les rebelles en ont après toi ! Il faut que je trouve un drone qui le projette en toutes lettres sur un écran géant, pour que tu te le mettes dans le crâne ? Parce que si c'est le cas, j'en ai justement un sous la main !

Elle pointe du doigt la tête du drone, qui se tourne vers nous en faisant gigoter la chaussette. Elle se mord les lèvres de toutes ses forces pour garder son sérieux :

— Comment les Juges peuvent accepter qu'un truc aussi ridicule existe ! Bon, en attendant ton plan fumeux, aide-moi plutôt à le planquer sous ton matelas.

Quand nous entrons dans le réfectoire, une centaine de candidats est déjà en train de goûter au buffet dressé en notre honneur. Jamais je n'ai vu une telle profusion d'aliments. Rares étaient les fois où j'avais pu avaler de la nourriture consistante. Des effluves chargés de parfums inconnus gagnent mes narines et un instinct animal me fait saliver. Comme un clin d'œil à la première épreuve, des poulpes patientent sur leur linceul de glace. Je ne suis pas étonnée d'en trouver ici, car la faune marine reste peu impactée par la disparition des insectes pollinisateurs. Il y a aussi du poisson cuisiné, des pommes de terre vapeur, et des cakes soigneusement préparés pour nous. On est loin de la mixture noyée d'arômes chimiques, goût réglisse-dinde-œuf, qui donnent le SteaggŒuf.

Parmi les candidats, je cherche la tête blonde de Swan, en étant forcée d'admettre qu'il ne s'est pas qualifié. Je le regrette, car j'aurais eu grand besoin de quelqu'un à qui raconter ce qui est arrivé à mon frère, quelqu'un à qui je puisse tout dire. Même si Swan est plus du genre à détester William qu'à l'apprécier, je sais qu'il m'aurait comprise et aurait cherché avec moi une solution.

— Non, ce sont des vrais ? s'étonne Emmy.

Ses yeux brillent devant la quantité de fruits qui débordent d'une coupe large comme une baignoire. Elle s'amuse à les citer un par un :

— Et là… des pommes.

Je la corrige en lui indiquant que ce sont des poires et lui montre où se trouvent les pommes.

— De la gelée d'abeille mécanique ! s'émerveille une candidate de notre dortoir.

La combinaison de ces mots déclenche chez moi un réflexe qui me fait immédiatement penser à mon père. Mon cœur se serre dans ma poitrine.

La candidate se rue sur un minuscule flacon en cristal qui renferme un liquide opalin, pour en recouvrir une tranche de pain tiède.

— Délicieux n'est-ce pas ? Un mets d'une grande rareté, dit le garçon de l'ascenseur, qui est arrivé sans prévenir. Encore faut-il en avoir extrait la toxine pour en apprécier toute la finesse. Autrement, le plaisir ne sera que de courte durée. Dans ce flacon, il y a de quoi tous nous tuer.

La candidate lâche aussitôt le flacon, révulsée.

— Et on peut savoir pourquoi les Juges prendraient le risque de tuer leurs cent douze qualifiés ? l'interpelle Emmy.

Par goût du défi, elle saisit la tranche de pain qui est restée en plant et s'apprête à y mordre à pleines dents.

— Les Juges, non. Mais l'Essor ? répond-il, en esquissant un rictus.

Emmy repose immédiatement la tranche de pain à sa place, sans en avoir pris une bouchée.

D'un œil mauvais, le garçon empoigne le flacon qui trouve aussitôt une place dans l'une des poches de sa veste. Il saisit un couteau et se penche vers un cake, en poursuivant d'un air distrait :

— Quand on sait que cette toxine entre dans la composition des fléchettes des drones, on y réfléchit à deux fois.

Il se tourne vers Emmy :

— Vous ne mangez plus ? Ou ce qui vous coupe l'appétit c'est l'idée que ces fléchettes terriblement efficaces peuvent s'enfoncer à tout moment dans la chair d'un Citoyen de l'Union ?

La pointe de son couteau disparaît dans le corps mou du cake, avant que son visage ne se tourne vers moi. L'éclat de ses yeux noirs s'enfonce en moi comme la lame qu'il brandit. Cette façon subtile d'évoquer le garçon au tatouage n'échappe pas à Emmy qui m'attrape par le bras, en crucifiant au passage le garçon des yeux.

— Viens, me dit-elle en emmenant mon bras avec elle. Je crois que tout ce qu'il y a autour de cette table me donne la gerbe.

Je la suis, slalome entre les candidats pour m'asseoir finalement à une table.

— Désolé de vous avoir peut-être sauvé la vie ! répond le garçon en portant la voix.

— Cinglé… lance Emmy, peu soucieuse que toute l'assemblée l'ait entendue.

— Non, Titus, pour vous servir.

Titus ? Je me mords la langue, avec l'impression qu'elle n'est plus qu'une semelle de cuir coincée au fond de ma gorge. Aucun mot ne me vient à part *Titus*, qui tourne en boucle dans ma tête.

Mes oreilles ne m'ont pas trompée. Si je n'étais pas déjà assise, je crois que je me serais écroulée tant c'est invraisemblable. Titus. Est-ce que quelqu'un peut m'expliquer pourquoi on a gravé les mêmes lettres sur mon bracelet ? J'ai toujours cru que c'était une sorte de code. Mes dents grincent sous mon crâne. J'aimerais croire à une coïncidence, mais quelle est la probabilité pour qu'un prénom aussi peu répandu ait atterri au bout de mon bras par le fruit du hasard ? Titus. Je ne touche pas à mon assiette tant ces cinq lettres chassent la faim.

Je jette un œil à mon bracelet, en priant la Juge-mère d'y découvrir un autre mot, que celui que j'y ai toujours lu, mais il faut que je me fasse à l'idée que mon nouveau bracelet est intact.

T.I.T.U.S. C'étaient pourtant bien ces lettres d'argent qui brillaient encore hier sur mon ancien bracelet, échappant à toute logique.

Est-ce que ce garçon a un lien avec la personne qui a gravé cette maudite inscription sur mon bracelet ? Peut-être est-il au courant de quelque chose ? Je pourrais aller le trouver et lui parler, ce serait l'occasion rêvée, et s'il refuse, qu'est-ce que j'aurais perdu après tout ? Il est à l'autre bout du réfectoire, assis seul à une table. À croire que ses airs ténébreux n'inspirent la compagnie de personne.

Il faut bien cinq minutes à Emmy pour se calmer. Ce qui me laisse autant de temps pour me perdre dans des théories, toutes plus invraisemblables les unes que les autres.

— Non, mais tu as vu comment il s'exprime ! *Pour vous servir*, dit-elle en l'imitant. Il sort tout droit de tes archives celui-là ?

— Vous connaissez peut-être son oncle. C'est le Juge Quinn, dit une candidate des Hauts Quartiers qui saisit la conversation au vol. Je ne suis pas étonnée que son neveu ait obtenu vingt-deux à la première épreuve, si vous voyez ce que je veux dire.

— Scandaleux ! explose Emmy. Son oncle lui a sûrement refilé toutes les combines pour mettre des étoiles dans les yeux des Juges.

Toutes d'eux s'indignent qu'il soit probablement au courant de ce qui nous attend pour la deuxième preuve. Elles ne cessent de le foudroyer du regard jusqu'à ce qu'il sorte de la pièce.

J'aimerais croire qu'il ne soit qu'un tricheur, mais je rappelle ce que j'ai appris au Département d'Archivage au sujet des épreuves. C'est la Juge-mère qui les génère et les Juges peuvent seulement en moduler les paramètres. Perpétua Cromber me l'a d'ailleurs confirmé.

Soudain un éclair de lucidité me traverse. Si ce garçon sait quoi que ce soit sur mon frère, je veux le savoir aussi. J'essaie de flanquer à Emmy un discret coup de pied sous la table pour attirer son attention, mais impossible de l'atteindre. Jusqu'à ce que…

— AÏE !

— Désolée, chuchoté-je. Ce Titus, il doit savoir ce qui se trame avec l'Essor, étant donné que son oncle est un Juge.

Emmy lève les yeux au ciel :

— Jamais il n'acceptera de nous parler. S'il nous avoue quoi que ce soit, ça signifiera que son oncle l'a avantagé. Il a beau venir du Quartier des Juges, il sera éliminé avant même qu'on ne donne le coup d'envoi de la deuxième épreuve. Comme toi, si on t'accuse d'avoir volé le drone, murmure-t-elle.

Tout à coup, les mots « Juge » et « drone » se connectent dans mon esprit. Je lève les yeux : pas l'ombre de ce garçon dans le réfectoire. Titus Quinn, qui est de la famille d'un Juge, va pénétrer d'une seconde à l'autre dans le dortoir et qui sait s'il n'a pas l'intention de fouiller dans mes affaires. Sans prévenir, je fonce droit vers le dortoir. Le drone devient ma seule obsession.

Pourvu que Titus ne soit pas aussi vicieux qu'il le laisse paraître. Son air mauvais, ses yeux noirs, ce qui ressemble à un talent pour frapper là où ça fait mal. Le genre de candidat prêt à tous les mauvais coups pour intégrer l'Équipe de l'Union. Même si ça doit passer par la délation pour éliminer une autre candidate.

Je déroule mes jambes aussi vite qu'elles me le permettent, montant quatre à quatre les marches, avant de me retrouver plantée devant l'ascenseur. J'appuie comme une forcenée sur le bouton quand deux candidats passent près de moi. Je souris poliment, en continuant de m'acharner sur ce maudit bouton. Ils me gratifient tous deux d'un sourire crispé. Avoir l'air de m'être échappée d'un asile est le cadet de mes soucis. Quand j'arrive enfin dans le dortoir, j'ouvre la porte à la volée, en louant mon entraînement de course quotidien.

Titus Quinn, torse nu, retire son pantalon avec nonchalance, au niveau des douches. Il me fixe sans ciller comme s'il était en train d'halluciner. Et je crois que j'ai exactement la même expression que lui. Il arque un sourcil, d'un œil noir qui irradie de mépris. Une chaleur empourpre mon visage, tant je me sens confuse. Il doit penser que je viens de lui courir après comme si j'étais sa plus fervente admiratrice. Et me voilà plantée là, presque en transe, devant lui qui est à moitié nu. La situation est suffisamment ridicule comme ça.

Je fuis la pièce, avec la ferme intention de n'y retourner que lorsque j'entendrai l'eau de la douche couler et que je ne verrai plus un centimètre carré de sa peau blafarde.

Je raconte alors ma gêne à Emmy qui m'a rejoint au pas de course. Elle ne peut pas se retenir de rire et me fait remarquer qu'au moins il n'était pas en train de s'intéresser au drone.

Elle a raison, et je compte bien faire en sorte que cette histoire de drone reste un secret entre elle et moi.

Alors que nous nous couchons, que les draps rêches me recouvrent, je me répète mentalement mon plan. Je partirai une fois que tout le dortoir dormira d'un sommeil de plomb, en espérant cette fois que la chance soit de mon côté. Mes doigts courent sur mon bracelet magnétique. Je repense à celui que la Juge m'a retiré lors de l'Inspection, persuadée que je n'ai jamais été aussi près d'en percer le secret.

Au fond de mon lit, j'empoigne le cou du drone, attendant le moment opportun, sans même devoir lutter contre le sommeil. Tout près de ma joue, je remarque un bruit ténu qui perce le silence de la nuit. Je jurerais que celui-ci provient du mécanisme qui se trouve à l'intérieur du drone. J'accole mon oreille au contact du métal glacial. De minuscules grattements, comme si quelque chose essayait de s'en échapper. Peu importe, d'ici quelques minutes j'en serai débarrassée.

15.

SOUVENIR

Nina peine à garder les yeux ouverts. Pourquoi nos parents nous ont réveillés au beau milieu de la nuit ? J'ai d'abord cru que l'Union nous demandait de libérer la pièce que nous occupons, mais ça n'y ressemble pas. Un officiel aurait déjà tambouriné à notre porte. Sur ordre de mon père, William m'aide à atteindre le hublot de la pièce, seule percée vers l'extérieur. Une fois dehors, j'attrape l'échelle de service qui parcourt l'infrastructure de Casiers sur toute sa hauteur. Mes pieds s'enfoncent dans un bouquet spongieux d'herbes noires. Me voilà enfin dans l'espace exigu qui a pour seule utilité de faire circuler l'air dans le réseau de ventilation. Je lève les yeux, avec la sensation d'être coincée dans le conduit interminable d'une cheminée. Des étages et des étages défilent dans toutes les directions. J'en ai le tournis. Seule une minuscule ouverture dans le ciel étoilé vient me rappeler que je suis bien à l'extérieur. Nina, me rejoint en se mettant à bâiller, elle est suivie de William et de mes parents.

— Personne ne nous verra, nous indique ma mère.

— Mais qu'est-ce qu'on fait ici ? L'Union réquisitionne le Casier ? demande William.

J'espère qu'il a tort, l'idée d'être mis à la rue en pleine nuit ne m'enchante pas.

— Le mystère a assez duré comme ça, dit mon père. Nina et William vous avez le droit de savoir aussi.

Dans l'obscurité, l'ombre de mon frère pivote vers moi :

— *Attends, tu as supplié papa de tout nous dire jusqu'à ce qu'il cède, c'est ça ?*

Une main claque sur sa cuisse.

— *Non... Je...*

— *Économise ta salive. Écoute plutôt ce que papa veut nous dire.*

— *Seulement si vous promettez de tenir votre langue ! ajoute ma mère. Les Juges ne sont pas encore au courant.*

— *Je crois que j'aurais encore préféré que les Juges réquisitionnent le Casier, soupire William.*

— *J'attends seulement d'obtenir des résultats avant de leur présenter le fruit de mes recherches, réplique mon père.*

— *Quel genre de recherches ? demande mon frère d'un ton suspicieux.*

À ce moment précis, la pleine lune apparaît dans la verticale. Sa lumière astrale change les ombres en silhouettes argentées. En même temps, une mystérieuse structure géométrique, que je n'avais pas remarquée, se pare de reflets métallisés.

— *Qu'est-ce que c'est que ça ? demande Nina.*

Je plisse des yeux, et distingue des compartiments en forme d'hexagones. On dirait des alvéoles.

— *C'est une ruche, se félicite mon père.*

William semble de plus en plus perplexe.

Dans un froissement d'ailes métalliques, la structure libère une nuée d'abeilles, avec la force d'un boulet de canon.

Nina se met à hurler, en protégeant son visage de ses bras et de ses mains. Elle trouve refuge dans les bras de ma mère.

— *Bon sang, tu vas réveiller tout le quartier ! gronde William.*

— *Aie confiance, elles ne te feront aucun mal, la rassure mon père. Regarde.*

L'une des abeilles s'est posée sur l'extrémité de son index, il la fait doucement passer sur la main de ma sœur.

— *Ça chatouille ! glousse-t-elle.*

Dans la lumière argentée, ses grands yeux verts louchent sur l'insecte qui s'envole dans un petit froissement métallique. L'abeille rejoint ses sœurs qui s'élèvent en spirale vers la seule issue qui mène vers le ciel. Un millier de miroirs miniatures tourbillonnent à l'infini dans le clair de lune.

— On dirait qu'elles dansent, s'émerveille Nina.

En quelques secondes, la nuée scintillante disparaît de notre champ de vision.

— Mais où est-ce qu'elles vont comme ça ? demande William avec lassitude. Il n'y a rien d'autre que de l'herbe noire ici !

Il semble désespérément chercher un intérêt à ces insectes.

— Si tu étais une abeille, tu irais où ? lui demande mon père.

Mon frère lui donne pour seule réponse un haussement de sourcil.

— J'irai me poser sur une fleur, répond Nina d'un air rêveur.

Mon père la gratifie d'un sourire.

— Tu en as déjà vu une, toi ? réplique William. Je veux dire, autre part que dans la verrière que tu as saccagée ?

Ma sœur ne réagit pas à l'attaque. Je m'empresse de rétablir la vérité en rappelant que ce jour-là, tout était ma faute.

— Comment as-tu pu en fabriquer autant sans qu'on ne les découvre ? interroge William, tandis que ma sœur semble définitivement conquise par les abeilles.

— J'ai commencé par créer une unique butineuse, mais je me suis vite rendu compte qu'une abeille toute seule ne servirait à rien. Alors j'ai créé d'autres abeilles que j'ai appelées des ferrailleuses. Ah, tenez, regardez, il y en a encore une, juste ici ! s'écrie-t-il en montrant quelque chose dans le ciel.

Une abeille, au vol plus pesant que les autres, tient entre ses pattes une minuscule poussière qui scintille dans la pleine lune.

— Les ferrailleuses s'occupent d'apporter à la ruche des particules de métaux qu'elles trouvent sur des objets abandonnés. Elles les assemblent pour fabriquer d'autres abeilles. Mais si on s'arrêtait là, il n'y aurait pas d'abeilles, il n'y aurait que des coquilles vides. Seule la reine peut injecter une intelligence artificielle dans le corps inerte de ses ouvrières.

— Et elles font un truc cool tes abeilles ? Je ne sais pas moi, elles peuvent piquer par exemple ?

— Non, William. Mais en extrayant les pires substances dont notre monde soit recouvert, elles produisent une gelée mortelle. Une goutte et ton cœur cesserait de battre, avant même que tu ne l'aies avalée.

Nina laisse échapper un petit cri. Mon frère peine à masquer sa déception, je crois bien qu'il ne voit aucune utilité à cette invention. Je ne peux pas lui ne vouloir, j'ai réagi exactement de la même manière la première fois que j'ai vu une de ces abeilles.

Je lève encore une fois les yeux. La lune glisse avec nonchalance de l'autre côté des gratte-ciel, et bientôt les ténèbres nous enveloppent.

— Allez, maintenant tous au lit, dit ma mère. Et rappelez-vous, pas un mot de ce que vous avez vu !

Un tintement me fait sursauter. L'une des abeilles de mon père s'est posée sur mon bracelet magnétique qui affiche quatre heures douze du matin. Je crois que c'est le métal qui a dû l'attirer. L'abeille, trop ambitieuse, cherche à emporter mon bracelet mille fois trop lourd pour elle. Je la chasse d'un air amusé. Mon bracelet est impeccable, comme neuf, depuis le jour où une Juge l'a refermé autour de mon poignet, lors de mon douzième anniversaire. Elle m'avait alors expliqué qu'il était le lien indéfectible qui m'unirait pour toujours à l'Union.

16.

À l'autre bout du dortoir, je sais qu'Emmy fait semblant de dormir. Je me sens moins seule en sachant qu'elle attend mon retour. Comme il n'y a pas une minute à perdre, je cale le drone sous un bras, rabats les couvertures vers mes pieds et quitte le dortoir à pas feutrés. Par bonheur, on dirait que je n'ai réveillé personne. Une modeste victoire, car dans la pénombre, je devine à peine l'allure que prennent les couloirs malgré l'éclairage de sécurité.

Je rate une marche, puis quinze et dévale les escaliers en me rattrapant in extremis à une rampe. Quelque chose me dit que j'aurais mieux fait d'écouter Emmy.

Je me fige soudain. Je n'ai croisé ni drone, ni officiel depuis que j'ai quitté les dortoirs, alors même que plane la menace de l'Essor. S'ils ne s'activent plus à rechercher mon frère, alors ça signifie que… Un bloc de béton s'effondre au creux de mon estomac quand j'envisage la possibilité qu'il se soit fait repérer. Je fais de mon mieux pour me persuader du contraire. William a forcément trouvé une solution. Dans ma tête, j'entends la voix de Matt qui tente de me rassurer : « Tant que la Juge-mère n'a pas prononcé le classement final, l'Union n'a pas échoué à l'Épreuve des Sept ». Des paroles creuses qui ne servent qu'à garder espoir. Tous les ans, l'Union échoue et l'Union échouera encore.

Alors que je pénètre dans l'ascenseur et que les étages défilent, un grincement fait trembler mes os. La cabine s'arrête net et je suis à l'intérieur. Ceci n'a rien d'une panne classique et en y réfléchissant bien, même l'incinérateur d'archivage n'est jamais tombé en panne une seule fois. Matt et moi, nous contentions de mettre en garde les officiels contre une surchauffe inévitable, lorsqu'on estimait qu'ils nous donnaient trop de travail. Comme l'incinérateur, les dispositifs de l'Union sont tellement aboutis qu'ils sont conçus pour fonctionner des dizaines et des dizaines d'années sans montrer le moindre défaut. Alors pourquoi est-ce que je me retrouve coincée dans cet ascenseur de malheur ?

Je presse frénétiquement chacun des boutons, en me retenant d'appuyer sur l'alarme. Que diraient les officiels en me découvrant là-dedans ? Je peux toujours prétendre que j'y suis restée bloquée alors que je revenais du réfectoire, mais je ne suis pas certaine que les Juges se laisseraient convaincre par mes explications. En plus, les autres candidats m'ont vue dans les dortoirs après le repas.

Soudain, je suis frappée par une évidence. Et s'il y avait une autre explication à l'absence de drones et d'officiels ? Les paroles d'Emmy me reviennent en tête et elle a mille fois raison. Celui qui a déposé le drone sur mon lit a peut-être prémédité que j'irai le remettre à sa place. Je triture ma lèvre encore douloureuse avec le sentiment d'être un pion qui avance sagement sur l'échiquier de l'Essor. Je me rappelle alors comment les rebelles se chargent de leur victime. Les communiqués de l'Union sont sans appel : ce sont des terroristes. J'en sais quelque chose avec ce qui est arrivé à mon père. Si je disparais dans la nature, je serai loin d'être la première à qui ça arrive.

Cette fois, plus rien ne me retient et sans réfléchir je presse de toutes mes forces le bouton d'alarme. Rien, il ne se passe absolument rien. Alors j'appelle à l'aide à m'en briser la voix. Y a-t-il une chance pour que quelqu'un m'entende ?

Je m'efforce alors à réfléchir comme une rebelle, pour avoir un coup d'avance. Pour essayer de m'en sortir.

Si je voulais éliminer quelqu'un dans un ascenseur, comment je procéderais ? Je ferme les yeux une seconde. Une image se forme derrière mes paupières. Je vois la cabine tomber en chute libre avant de se fracasser sur les fondations de l'Auditorium. Une fin terrible, spectaculaire, qui affirmerait sans aucun doute la puissance de l'Essor. Ma gorge se noue. J'imagine déjà les bandeaux défiler sur les écrans géants de l'Union : « NOUVELLE FRAPPE DE L'ESSOR », « MORT D'UNE QUALIFIEE ». Je me recroqueville dans un coin de la cabine en me demandant combien d'étages me séparent du sol. Peut-être soixante-dix ? Je me cramponne au drone de toutes mes forces, avec l'illusion qu'il pourra peut-être me retenir quand la cabine se décrochera.

Sans prévenir, la trappe du plafond de la cabine s'ouvre, laissant entrevoir une paire de jambes qui se balance dans le vide. Le corps qui s'agite devant moi relâche sa prise, en soufflant comme un bœuf. À présent, nous sommes deux dans l'ascenseur. J'expire des bouffées de soulagement quand je reconnais les yeux bleu nuit de celui qui vient de se planter devant moi.

— WILLIAM !

Alors c'est là qu'il s'était caché tout ce temps ? Mille et une questions s'entrechoquent dans ma bouche. Je me précipite dans ses bras, tant je suis heureuse de le retrouver sain et sauf. Seulement, il me repousse d'un revers de main, me donnant l'impression d'avoir foncé tête baissée dans un mur de glace.

— Ça ne va pas de crier comme ça, on va te repérer à des kilomètres.

Ses yeux me découpent en morceaux.

— Je croyais que les rebelles…

— Arrête de croire n'importe quoi deux minutes et explique-moi plutôt ce que tu fais là. Tu n'étais quand même pas sur le point de t'échapper de l'Auditorium ?

— Je…

— Alors, foutre en l'air mes sélections, ça n'était pas suffisant ? Tu tiens à faire la même chose avec les tiennes, c'est ça ?

Ses paroles me glacent.

— Si grand-mère savait le tournant qu'est en train de prendre la lignée Lormerot... renifle-t-il de dépit. Et dire que tout aurait été différent si tu avais laissé mon bracelet à sa place. J'aurais dû m'en douter, tu n'as jamais su t'empêcher de fourrer ton nez dans les affaires des autres...

Je veux répliquer, seulement je n'en ai pas la force.

Je m'approche encore d'un pas pour le réconforter, mais il recule, comme il l'aurait fait si je n'avais été qu'une étrangère. Mon regard plonge vers son bracelet, que je touche du bout des doigts.

— Will... Il faut qu'on trouve le moyen de les rééchanger et tu pourras réintégrer les sélections...

Il part d'un petit rire sans joie.

— Impossible. Et même si ça l'était, il est trop tard. Le drone de la première épreuve a depuis longtemps alerté le Juge qui m'évaluait. Quand j'ai su que c'était fini pour moi, j'ai prié la Juge-mère pour que tu t'en sortes. Au moins, une chose qui a fini par marcher, souffle-t-il.

Je veux savoir comment il s'y est pris pour échapper aux Juges et aux officiels, mais je ne serai apaisée que lorsque j'aurai trouvé le moyen de réparer mon erreur.

— On sort d'ici tous les deux et on rentre au Quartier du Milieu, lancé-je avec autorité.

Il secoue la tête de résignation, comme s'il avait eu des siècles pour faire le tour de la question.

— Pour aller où ? Tu ne comprends pas, je ne peux pas rentrer, encore moins pour réintégrer la caserne d'officiels. Je suis un ennemi de l'Union à présent.

Par ma faute. Il est un ennemi de l'Union, par ma faute.

La culpabilité me crucifie.

— Il y a forcément une solution, dis-je en sentant mes yeux se gonfler de larmes.

— Pour toi, oui, il y en a une. Pour moi, il n'y en a pas.

Il l'a dit d'un air calme, détaché. Comme si tout ceci ne le concernait plus.

— Si, dis-je, déterminée à chasser l'ombre qui a envahi son visage lorsque le panneau d'identification a prononcé son matricule à la place du mien. On peut se cacher dans les Bas Quartiers tous les deux, le temps que les Juges nous oublient.

— Et abandonner Nina et maman, comme l'a fait papa ?

— Arrête s'il te plaît. En plus, les Juges nous repéreront dès qu'on scannera nos bracelets quelque part, si on parvient à sortir de l'Auditorium.

J'avais oublié que nous devions scanner notre bracelet magnétique à longueur de journée. Un contrôle de chaque instant, nécessaire pour ouvrir un compartiment alimentaire, faire couler l'eau potable du robinet ou pour passer d'un quartier à un autre.

— Mais, bordel ! Qu'est-ce que tu fous ici en pleine nuit ! demande-t-il, effaré. Tu es consciente du danger que tu cours au moins ?

Je me rends compte que j'avais inconsciemment éludé la question tout à l'heure.

— Je voulais juste remettre le drone à sa place…

Je désigne la tête encapuchonnée qui s'agite dans ma main.

— En pleine nuit ? Alors que des escadrons d'officiels quadrillent l'Auditorium ? Et cette chose n'est pas censée être sagement posée sur son socle, dans une salle de simulation ? La première épreuve t'a siphonné le cerveau, ma pauvre.

Je ferme les yeux et souffle un grand coup pour chasser l'envie de lui coller une gifle.

— Pour une fois, je n'y suis pour rien. Quelqu'un l'a placé dans mon dortoir, il faut que tu me croies. Maintenant, je dois absolument le remettre à sa place pour qu'il passe inaperçu.

— Je te l'interdis.

Sa voix est coupante comme le tranchant d'une lame.

— Je sais que tu n'as plus confiance en moi, mais comme tu l'as dit toi-même, les Juges pourraient tomber dessus et…

— Tu te trompes, me coupe-t-il avec gravité. J'ai confiance.

Mes yeux s'écarquillent, tant ses paroles me semblent invraisemblables.

— Même après l'échange ?

Je désigne mon bracelet. Les mots de William se déroulent dans l'air :

— Même après. Sinon, en qui d'autre je pourrais avoir confiance ? Alors, montre-moi que je ne me trompe pas en t'accordant ma confiance et fais ce que je vais te dire. C'est ta seule chance.

— Je t'écoute.

— Fais comme si tu ne m'avais jamais croisé, regagne ton dortoir et demain dispute la deuxième épreuve comme si tout était normal. Sois discrète au point que les Juges t'oublient. Deviens invisible, OK ?

— Mais toi ?

— Là, tu étais censée répondre « oui », dit-il en levant un sourcil.

Le connaissant, il risque de se plier à l'autorité des Juges en se rendant, persuadé qu'ainsi sa peine sera allégée.

— Je t'en supplie, ne te rends pas aux Juges. Ils pourraient te faire tuer.

Ses yeux fouillent les miens.

— Je ne comptais pas le faire. Si je me rends, les Juges comprendront qu'il s'agit d'un échange, et finiront par remonter jusqu'à toi.

Mon cœur chavire comme une barque. Non seulement William a enfreint les règles des sélections par ma faute, mais en prenant la fuite, il a tiré une croix sur ses principes, dans le seul but de me protéger.

— Promets-moi simplement de continuer les sélections. Il faut que tu le fasses, je ne veux pas qu'il t'arrive la même chose qu'à moi. Après tout, c'est mon matricule que tu emmènes à la deuxième épreuve, dit-il en bombant le torse.

Je combats les larmes qui ne demandent qu'à couler sur mes joues, avec la désagréable impression de revivre ma simulation dans le sous-marin.

— Je ne peux pas te laisser là, tout seul, Will…

— Parce que tu crois que tu me seras d'une grande aide, une fois que les Juges nous auront fait arrêter tous les deux ? dit-il en laissant s'étirer un silence. Non, ta seule chance de t'en sortir, c'est de participer à la deuxième épreuve. Et seulement après, tu pourras peut-être m'aider.

J'acquiesce comme une furie et ravale péniblement mes larmes. Il a raison, je ne lui serai d'aucun secours en me faisant arrêter.

— Tu as réussi la première épreuve, dit-il, ça veut dire que tu peux t'en tirer. Parole d'ennemi de l'Union.

Il m'adresse un clin d'œil, puis me sonde de son regard puissant, comme pour s'assurer que je me sens à la hauteur. Une détermination à toute épreuve brûle au fond de lui.

— Tu penses pouvoir retrouver les autres qualifiés sans qu'on te voie ?

— Ça devrait être dans mes cordes.

— Tu as intérêt. Tu n'auras qu'à cacher ce drone sur toi, il n'est pas bien gros. S'il n'a pas détecté d'anomalie lors de ta première épreuve, je doute qu'il représente une menace pour la suite. Dis, tu n'aurais pas un truc à manger ou à boire, par hasard ? Ça sentait drôlement bon tout à l'heure dans les conduits de ventilation.

Il a dû sentir les vapeurs qui émanaient des cuisines et du réfectoire. Je tâte mes poches vides en secouant la tête. Le pauvre, il doit mourir de faim.

— Will, je…

— Ça ne fait rien. Mon corps n'a besoin de presque rien pour tenir, maintenant que je n'ai plus besoin de courir. Et puis, dans les conduits de ventilation, j'ai vu des clims qui tournaient à plein régime. Je suis sûr qu'elles produisent un peu d'eau.

Certaine qu'il l'a dit dans le seul but de me rassurer, je le vois s'agripper à la trappe par laquelle il est entré, et se hisser à la seule force des bras.

— Un peu d'aide ne serait pas de refus !

Je me résigne à attraper sa botte d'officiel que je propulse de toutes mes forces vers le plafond de la cabine.

— Je crois qu'il est temps de se souhaiter bonne chance, dit-il.

J'ouvre la bouche pour lui demander ce que je suis censée dire à Nina et à notre mère, si je rentre seule au Quartier du Milieu, mais mes cordes vocales refusent de m'obéir.

Le visage de mon frère disparaît dans l'entrebâillement de la trappe. Peu après, l'ascenseur se remet en marche dans un grondement métallique.

J'abandonne le projet que je m'étais fixé avec le drone pour obéir à William. Je retourne sur mes pas, pour regagner le dortoir. Bien trop préoccupée par ce qui peut lui arriver, j'en ai oublié de le remercier d'avoir renoncé à ses principes, en voulant me protéger. Combien de temps va-t-il encore échapper à l'œil infaillible des drones ? Et quand le reverrai-je ? Je combats l'idée insupportable de rentrer seule au Quartier du Milieu. Un profond sentiment de solitude m'accompagne le long des couloirs. Pendant dix-sept ans, William et moi avons été inséparables et tout changerait peut-être à compter d'aujourd'hui.

Ma vision s'adapte à l'obscurité, guidée par l'éclairage de sécurité. Une ombre qui n'est pas la mienne s'étire sur le sol. Je cesse de respirer. C'est certain, quelqu'un se dirige vers moi d'un pas assuré. Je me fige sur place, essayant vainement de me camoufler le long d'un mur. Je ne peux pas me faire repérer, pas maintenant. Pas après avoir promis à William de poursuivre les sélections normalement.

La silhouette de l'inconnu se dresse face à moi, avant même que je ne puisse envisager de rebrousser chemin. Les yeux sombres qui me transpercent se fondent à la perfection dans l'obscurité. Des cheveux d'un noir de jais, un rictus qui dévoile des incisives éclatantes. Mon sang se fige en découvrant le visage de Titus Quinn.

17.

SOUVENIR

C'est le jour du Grand Partage, la conséquence tant attendue des résultats de l'Épreuve des Sept. *Comme chaque année, nous sommes réunis sur l'esplanade du Quartier du Milieu, épaule contre épaule. La chaleur humaine réchauffe un peu nos corps engourdis par le froid. Je ne peux pas rater les trois murs de béton, érigés en demi-cercle, qui se dressent à l'autre bout de l'esplanade. J'aperçois la tête de Nina, perdue dans la marée humaine. Mes jambes et celles des autres Citoyens gravissent les marches qui nous rapprochent un peu plus du verdict final. Nous terminons notre lente procession quand des officiels nous ordonnent de nous immobiliser face à l'un des murs. Un puissant faisceau de lumière qui émane d'un drone projette en temps réel l'intérieur du Grand Bureau des Juges. Les visages sont fermés, les traits sont tirés. Comme nous, les Juges retiennent leur souffle.*

L'Union est encore une fois arrivée avant-dernière. Chaque Union mieux classée que la nôtre prélèvera trois ressources. Au total, ce sont quinze prélèvements qui partiront vers les Unions victorieuses. À cet instant précis, nos Juges doivent prier pour qu'on nous laisse autre chose qu'un os à ronger. Et les trois ressources qu'ils prélèveront à la Dernière Union qui s'est enterrée à la septième place ne sont qu'une maigre consolation. Quand viendra notre tour, tout ce qui avait un peu de valeur sera déjà parti. Il faudra gratter là où les autres auront laissé quelques restes. Je me rappelle que l'année dernière, l'Union a réussi à prélever plusieurs citernes d'eau potable.

Une voix émerge à ma droite. C'est Nina qui ne nous a pas quittés d'une semelle :

— Et si les autres Unions nous prennent tout ? Alors on va mourir ?

Mon cœur se déchire. Aucun enfant de son âge ne devrait avoir à envisager la mort.

— Non ma chérie, répond ma mère, les autres Unions peuvent nous prendre ce qu'elles veulent, elles ont tout intérêt à nous laisser de quoi vivre.

Dans l'air glacial, des volutes de condensation s'échappent de sa bouche.

— Pourquoi ? rétorque Nina.

C'est William qui lui répond :

— Parce que les autres Unions ont besoin de nos ressources, cette année, celle qui suit et toutes les autres. Si nous disparaissons, qui va les faire vivre ?

— Si nous disparaissons… reprend ma sœur.

— Alors, elles disparaîtront aussi, termine William.

Pourtant c'est faux, et je remercie ma mère autant que mon frère de servir à Nina une version enjolivée de la réalité. Personne n'a pu le vérifier de ses propres yeux, mais la rumeur court que les morts s'empilent dans la Dernière Union. Littéralement asphyxiée par les six autres qui la privent de toute ressource, il paraît qu'il n'y reste rien d'autre que de l'herbe noire, depuis aussi longtemps que l'Union Juste figure à l'avant-dernière place.

Mon père voit l'inquiétude grandir dans les yeux de ma sœur. Il lui ébouriffe tendrement ses cheveux coupés à la garçonne et lui souffle quelque chose dans l'oreille. Je dois lire sur ses lèvres pour comprendre :

— Ne t'inquiète pas, ils peuvent nous prendre ce qu'ils veulent, les abeilles nous apporteront bientôt suffisamment pour ne plus avoir à se poser ce genre de questions.

Une lueur d'espoir s'allume dans les yeux de Nina.

Toutes les nuits entre quatre heures et six heures du matin, les abeilles quittent leur ruche, traquant la moindre fleur qui aurait survécu à l'invasion des herbes noires. Les premiers résultats sont apparus sur des plantes sauvages, les rares à avoir survécu jusqu'ici en se frayant un chemin dans le béton. Elles se sont chargées de baies rouges impropres à la consommation. Il ne fallait pas rêver, il aurait été trop beau d'avoir quelque chose à se mettre sous la dent à ce stade. Mais très vite, les ronces qui lacèrent les tours de Casiers se sont mises à porter autre chose que des épines. Un résultat inespéré qui prouve l'efficacité des abeilles. William, d'abord réticent, s'est pleinement investi dans la mission que mon père nous a confiée. En échange de quoi, il lui a promis de présenter aux Juges les échantillons que nous avons déracinés, ce qui nous a valu de belles écorchures aux mains. En attendant, notre Casier est devenu un genre de laboratoire de botanique, envahi par ces plants qui grandissent à la lueur de l'éclairage artificiel des néons. Je sais que mon père appréhende sa convocation dans le Grand Bureau des Juges. Que diront-ils des récoltes apportées par cette végétation urbaine, qu'ils croyaient englouties sous les herbes noires ?

Le décompte des secondes m'arrache à mes rêveries. Tout va se jouer maintenant. Le Grand Partage va se lancer d'ici moins d'une minute.

Sur l'un des trois murs, le drone qui nous survole projette le classement des Unions. En premier, comme d'habitude, l'Union Première, suivie de l'Union de Vérité. En bas de Classement, nous, l'Union Juste. Sixième sur sept.

Quand le compte à rebours arrive à zéro, une image remplace l'hexagone de l'Union sur le dernier mur. On distingue une salle sombre, avec la mention « En direct du Groenland ».

Je me rappelle une journée de classe, où l'Instructrice nous avait expliqué pourquoi le Groenland avait été choisi pour abriter la Juge-mère. C'est l'un des rares endroits du globe, suffisamment froid, pour préserver une intelligence artificielle des caprices du climat.

— Bonjour, Citoyens des Unions.

C'est une voix maternelle, chaude et enveloppante, que l'ensemble des Unions reconnaît au même instant. Celle de la Juge-mère.

Au centre de la pièce obscure qui nous est retransmise, un million de faisceaux se rencontrent, pour donner vie à sa silhouette, nimbée d'un halo éblouissant. Ses yeux cendrés se posent sur chacun de nous, comme une caresse. C'est une mère qui contemple ses enfants.

Nous mettons tous un genou sur le sol gelé de l'esplanade. Je sais qu'à ce moment précis, les sept Unions se prosternent comme un seul homme.

— Vous, Citoyens des Unions, commence la Juge-mère avec douceur. Des femmes et des hommes qui peuplent la Terre. Des frères et des sœurs qui devraient s'aimer et vivre ensemble. Seulement le destin en a voulu autrement.

Ma mère porte ses mains devant les yeux de Nina pour lui éviter ce qui suit.

Les trois murs affichent soudain une séquence d'images qui imprègnent ma rétine. Je discerne un magnifique papillon aux reflets bleu métallique. Il tombe en tourbillon comme un flocon de neige. Quand il atteint enfin le sol, une épingle s'enfonce avec facilité à travers son abdomen. Changement de plan, le voilà maintenant sous une cloche de verre, au côté de son nom latin, Morpho menelaus, on y appose la mention « Spécimen disparu ».

La caméra dézoome, c'est un interminable couloir du Département de Biologie où sont conservés des essaims entiers, pour qu'on se rappelle qu'ils ont un jour existé. La caméra zoome de nouveau sur le bleu azuréen de l'aile du papillon, qui se change en un magnifique ciel bleu. Est-ce que c'est une pluie de pierres ? Non, ce sont des oiseaux qui fondent à toute vitesse vers le sol pour se donner la mort.

La seconde d'après, une déflagration aveuglante. J'ai le sentiment que c'est mon âme qui s'embrase. Je cligne des yeux une fois. C'est en réalité une forêt qui disparaît sous les flammes, jusqu'à devenir une pluie de cendres.

Une main époussette la cendre et se referme dans un cri de joie sur un plant de manioc qui vient d'être déterré. Suivi de quatre coups de feu. Des balles s'enfoncent dans la chair frétillante. La main inerte tombe lourdement sur le sol, libérant le tubercule qui change de propriétaire.

Je cligne encore une fois des yeux. Le mur inter-Union sort de terre au milieu d'une invasion d'herbes noires. En lettres de lumière, les noms des espèces disparues remplissent chaque espace disponible, sur des kilomètres et des kilomètres.

Le visage lumineux de la Juge-mère réapparaît :

— Au cours des dernières décennies, la disparition des insectes pollinisateurs a précipité le monde dans une crise alimentaire sans précédent. Pour contenir la menace imminente d'une guerre, afin d'éviter que l'humanité n'ouvre le feu contre elle-même, mes Fondateurs ont décidé d'un système juste. Un système à l'équilibre, tourné vers la paix. Une épreuve pour se partager les dernières ressources de notre monde, sur la seule base du mérite. L'Épreuve des Sept.

En l'écoutant, j'en ai des frissons.

— Pourquoi moi, une intelligence artificielle ? Pour préserver l'équilibre du système, les Fondateurs ont estimé qu'il fallait un Juge ultime. Un Juge impartial, dépourvu des affects et des défauts des hommes, qui protégerait l'humanité d'elle-même, avec la sagesse d'une mère. Une Juge-mère. Soyez les bienvenus, au Grand Partage, Citoyens des Unions !

La Juge-mère rappelle ensuite le principe de fraternité qui rend impossibles les prélèvements abusifs. Je me souviens que dans le passé, l'Union Première avait exigé l'équivalent des trois quarts de la superficie des Bas Quartiers. Heureusement, la Juge-mère s'y était opposée.

Le symbole de l'Union Première envahit le mur central. Celle-ci commence déjà à prélever les ressources de la septième Union, au nom du Grand Partage. Puis vient notre tour.

La Juge-mère prend la parole, ses longs cheveux d'argent volettent autour de son visage :

— Nature du premier prélèvement : ressources nutritives. L'Union Première demande mille containers de cultures sous verrières.

Les Juges s'activent dans leur Grand Bureau. L'un d'eux règle le micro qui lui fait face :

— Accordé.

Des murmures s'élèvent autour de nous.

— Ça va encore faire des victimes au marché noir ça, souffle William.

Face à l'envolée en flèche des prix des productions, les Citoyens des Hauts-Quartiers, envoient des négociateurs au marché noir pour tenter de leur dénicher des provisions à un tarif plus abordable que celui pratiqué par l'Union. Quitte à ce qu'ils le paient de leur vie.

— Nature du deuxième prélèvement, déclare la Juge-mère avec bienveillance : ressource humaine. L'Union Première demande cinq cent cinquante Citoyens, âgés de moins de trente ans.

— Encore des transfuges… souffle William.

Les Juges échangent des regards entendus, comme s'ils s'y étaient préparés.

— Accordé.

Autour de moi, des Citoyens expriment leur mécontentement. Parmi eux, je reconnais une femme, qui a dû faire ses adieux à son fils il y a deux ans. L'arrivée d'un cordon d'officiels a pour effet de calmer les *protestations. Je me demande qui seront les malheureux qu'on arrachera à leur famille, cette année.*

Le buffet est ouvert et bien entamé, maintenant. Chaque Union se servira, sans se soucier de ce qu'il nous restera pour finir l'année. Le troisième prélèvement est une taxe supplémentaire. Face à nos mines abattues, mon père et ma mère tentent de nous rassurer en nous faisant remarquer que cette année l'Union Première n'a pas demandé la modification de nos lois sur le Contrôle des naissances. Mais, c'est sans compter les cinq Unions qui suivent, car vient déjà le tour de l'Union de Vérité.

— Nature du premier prélèvement : ressource topographique. L'Union de Vérité demande le Bas Quartier Sud-Est.

Des protestations enflent dans la foule.

— C'est l'un des plus vastes de l'Union ! m'emporté-je.

Des Juges se massent compulsivement le front, quand d'autres transpirent à grosses gouttes. Ils se consultent les uns les autres. Certains semblent furieux contre celui qui s'exprime au micro.

— Les Juges n'arrivent pas à se décider, commente Nina.

— Il le faut pourtant. Attends un peu, ils vont accepter, répond William.

— Et s'ils refusent ?

Les grands yeux verts de Nina guettent chacune des réactions de mon frère.

— Alors le règlement veut que notre Union dégringole à la septième et dernière place, sans avoir la possibilité de participer à la prochaine édition de l'Épreuve des Sept. C'est la sentence prévue quand une Union refuse le Grand Partage. Alors, les Juges ont tout intérêt à se décider.

Nina en reste bouche bée.

La tension monte d'un cran sur l'esplanade. Des Citoyens commencent à s'en prendre au Juge qui nous représente. Alors que la Juge-mère est sur le point de prononcer la sentence, celui-là se décide enfin :

— Accordé, répond-il finalement, en se caressant fébrilement la barbe.

L'un des murs qui nous fait face révèle les frontières de notre Union. Sur la carte, une vague noire que rien ne peut arrêter s'étend sur le Bas Quartier Sud-Est, comme une gangrène. Le territoire réapparaît quelques secondes plus tard, repoussant un peu plus loin les frontières de l'Union de Vérité.

Vient le dernier prélèvement.

— Nature du dernier prélèvement : Ressources énergétiques. L'Union de Vérité demande cinq mille barils de pétrole.

Les Juges paniquent. On amène des liasses de documents qui sont compulsées à une telle vitesse que leurs pages s'arrachent. D'autres s'emparent de leur Hexapod pour passer des appels d'urgence. Je n'aurais jamais imaginé que la plus haute instance de notre Union grouille à la manière d'une fourmilière.

Devant son micro, le Juge en charge de la session secoue la tête en signe de désapprobation. Il n'aurait pas réagi autrement si on lui avait demandé l'impossible.

— Juge-mère, nos derniers gisements sont épuisés depuis des années. Nous n'avons plus la moindre goutte de pétrole. Plus la moindre ! Cette demande entache le principe de fraternité des Unions tant elle est irréaliste. Je vous serais infiniment reconnaissant de vous interposer pour…

— Serait-ce un refus de l'Union Juste ? demande-t-elle, de son calme olympien.

Un sourire apaisant s'esquisse sur son visage éthéré.

— Non, mais…

— Un instant je vous prie, l'interrompt-elle. L'Union de Vérité rectifie sa demande. Nature du cinquième prélèvement : Ressource technologique. L'Union de Vérité demande l'ensemble de vos pollinisateurs mécaniques.

Un silence s'étire dans l'air glacial du Quartier du Milieu. Il me faut cinq secondes pour comprendre qu'il s'agit des abeilles de mon père. Quand je mesure la gravité de la situation, frappée de stupeur, ma mère a les mains plaquées sur son visage tandis que William écarquille les yeux comme jamais. Mon père, lui, reste impassible.

Le Juge paraît déconcerté un instant, ignorant visiblement de quoi il est question.

— Pardonnez-moi, Juge-mère… C'est un peu gênant de vous faire cette requête, mais de quelle ressource s'agit-il précisément ?

Comme pour lui répondre, une abeille monumentale apparaît sur l'écran central, déployant ses interminables ailes d'acier sur les murs latéraux.

— Il s'agit d'un insecte mécanisé, indique-t-elle, inventé par le Citoyen du Quartier du Milieu Félix Lormerot, dans le but de mettre un terme à la crise alimentaire.

— Accordé. Accordé ! renchérit-il, sans hésiter.

Sur l'esplanade, les regards qui convergent vers mon père exercent sur lui une pression insupportable.

Alors que le Grand Bureau des Juges reprend son souffle après une apnée interminable, je ne me pose qu'une question. Comment l'invention de mon père a-t-elle pu arriver jusqu'aux oreilles de l'Union de Vérité ? Seule notre famille sait que les abeilles commencent tout juste à révéler leur potentiel.

— Comment la Juge-mère a pu être au courant, papa ?

Il perçoit l'affolement qu'il y a dans ma voix.

— Votre grand-mère, sa conscience a intégré la Juge-mère, il se peut que...

Il est interrompu par plusieurs hommes qui se précipitent sur lui, pour l'ensevelir sous une déferlante de questions. Mes oreilles captent des mots. On parle de récoltes et de mettre un terme à la famine. Mon père leur répond, en tentant de calmer le débordement de passion qui échappe à tout contrôle.

C'est alors que des voix s'élèvent un peu partout autour de nous, contestant la décision des Juges de céder les abeilles mécaniques. Ces élans de courage sont bientôt rejoints par d'autres hommes et d'autres femmes. La foule s'agite comme une vague indomptable.

Les officiels réagissent en une fraction de seconde, pour tenir en joue tous ceux qui contestent le verdict du Juge.

Mon père, encore sous le choc, essaie de raisonner les opposants :

— Mes amis, acceptons la décision de l'Union.

— Tu te fous de qui, Lormerot ? aboie un homme derrière nous, une cicatrice lui barre le visage. Tu comptais nous en parler quand ?

— Ces abeilles viennent de notre quartier, alors elles nous appartiennent, lance un autre.

Mon père, les yeux humides, se retourne pour leur faire face :

— Ce n'est pas vraiment le moment de lancer un appel à la révolte, Bram, répond-il à l'un des hommes aussi calmement que possible.

Mon père lui désigne d'un mouvement de tête deux officiels qui approchent. Ces derniers tirent des coups de feu en l'air pour calmer l'échauffement de la foule.

— Vous devriez vous battre avec nous ! Vous êtes des Citoyens vous aussi, leur lance la femme dont le fils est un transfuge.

L'homme à la cicatrice ramasse une pierre sur le sol, pour la jeter sur le drone qui diffuse le visage de la Juge-mère en direct.

— Quand est-ce que vous en aurez assez ? Quand ! tonne-t-il. On a trouvé le moyen de se sortir de ce merdier et vous, vous voulez qu'on finisse comme la Dernière Union, à n'avoir que de l'herbe noire à bouffer ?

Mon père tente de le rappeler à la raison, mais il semble hors de contrôle. Visiblement à court de munitions, l'homme retire les chaussures de l'Union qu'il a aux pieds, pour les jeter avec fureur en direction du drone. Dans une stabilité incertaine, l'appareil perd de l'altitude jusqu'à s'écraser sur l'un des trois murs de l'esplanade.

Immédiatement, un drone militaire jaillit de nulle part. Une petite trappe s'ouvre dans son capot métallique et une pluie de fléchettes s'abat sur nous. Un mouvement de panique me projette au contact du sol gelé. Je pousse un hurlement de douleur quand le talon d'une botte s'enfonce dans mes côtes.

Je remercie le ciel d'avoir été épargnée par la salve de fléchettes. Un autre drone a dû remplacer le premier qui s'est écrasé, car j'entends de nouveau la voix de la Juge-mère qui poursuit le prélèvement, en ignorant parfaitement ce qu'il est en train de se passer ici. À travers mes mains, j'aperçois l'homme à la cicatrice s'écrouler par terre. Je ne peux compter le nombre de fléchettes qui criblent son thorax. William, Nina, mes parents et moi tâchons de rester immobiles, face contre terre. Partout autour de nous, des Citoyens s'effondrent lorsque le liquide paralysant se répand dans leurs veines.

— C'est simplement un tranquillisant, nous dit notre père du bout des lèvres.

William et moi savons pertinemment que c'est faux, mais peut-être que Nina le croira.

18.

Malgré la surprise, j'ai tout juste le temps d'envoyer la main qui porte le drone dans mon dos. Il s'agit maintenant de convoquer mes piètres talents de comédienne pour tenter d'afficher l'air le plus naturel du monde.

Titus Quinn n'était quand même pas en train de me chercher ? Pour quoi faire, me dénoncer à son oncle ?

Il m'examine de pied en cap. Dans les ténèbres, son regard brille de malveillance. L'espace entre son visage et le mien se réduit, jusqu'à ce que je sente la chaleur de son souffle me caresser l'épiderme. Je marque un mouvement de recul, tente de m'échapper, mais Titus, plus vif qu'un serpent, m'en empêche.

Il est maintenant si proche que je peux reconnaître les essences boisées qui caractérisent son parfum. Alors que des millions de Citoyens n'ont plus vu de fleurs ni de fruits depuis des années, les Juges trouvent normal de s'en asperger la peau.

J'ai soudain un sentiment étrange de déjà-vu. Des bribes de souvenirs refont surface. Ce parfum, je l'ai senti auparavant. Je ne saurais dire où précisément. Mes pensées s'entremêlent et je suis prête à parier que tout ceci a un lien avec l'inscription qu'il y avait sur mon bracelet.

— Il n'est pas très prudent de s'aventurer seule hors du dortoir par les temps qui courent, dit-il, un sourire affable s'étirant sur son visage.

— Par chance, on dirait que je ne suis plus seule.

La commissure de ses lèvres tressaute.

— De quoi vous auriez l'air si un officiel, ou pire, si un rebelle, vous avait trouvée là ?

— Dans ce cas, je préfère me demander de quoi nous aurions l'air, tous les deux.

Ses yeux s'assombrissent un peu plus.

— Vous semblez oublier une chose, je suis un apprenti Juge. Vous, j'ignore ce que vous êtes. Et ce n'est pas tout.

Il fait rouler dans sa main un flacon renfermant un liquide transparent, puis son regard se plante dans le mien.

— Diabète de type 1, commente-t-il en plaçant le flacon entre son pouce et son index. Moi je pourrais prétendre que je suis allé chercher mon traitement en urgence, mais vous ?

William m'aurait dit de ne pas lui répondre. Seulement, il faut bien que je dissipe les soupçons que ce Titus fait peser sur moi.

— Je suis somnambule, inventé-je.

L'œil sombre de Titus Quinn m'inspecte sans relâche. Aurais-je oublié que les Juges sont formés pour dresser en un clin d'œil les contours de votre portrait psychologique ?

— Et vous allez me dire que vous parlez dans votre sommeil, je présume.

La remarque me déroute un instant, mais je suis bien décidée à ne pas me laisser impressionner.

— Ça peut arriver.

— Un Juge aurait demandé à vérifier les variables biostatistiques de votre bracelet magnétique à l'issue des sélections.

— Mais pas un apprenti Juge, dis-je, en me promettant de faire taire mon penchant pour la provocation.

Je sais qu'il lui suffit d'échanger quelques mots avec son oncle pour me retrouver avec des officiels collés aux fesses.

— Cessez cela, et dites-moi plutôt à qui vous étiez en train de parler.

Mon sang se glace. Voilà au moins cinq bonnes minutes que j'ai quitté l'ascenseur. Depuis combien de temps me suit-il, au juste ? Pourvu qu'il n'ait rien entendu qui puisse compromettre mon frère.

— Je ne comprends pas… J'étais seule quand je me suis réveillée dans le noir.

Une mèche rebelle tombe devant son sourire intrigant.

— Je suis somnambule, répété-je comme si ça pouvait tout justifier.

Je n'ai pas de meilleur argument en magasin.

— J'aurais juré avoir entendu quelqu'un d'autre. Un garçon.

— Ça peut arriver d'entendre des voix dans son sommeil. Je ne sais pas comment vous appelez ça, dans le Quartier des Juges, mais nous on appelle ça « rêver », et c'est bien la dernière chose qu'on ait encore le droit de faire.

— Je ne me sens pas plus endormi tout à l'heure que maintenant, je vous remercie. Voyez-vous, je suis prêt à parier que vous avez fait une mauvaise rencontre.

— Quand je suis tombée sur un apprenti Juge au milieu d'un couloir ?

— Ridicule. Vous vous trompez sur mon compte, je suis venu dès que je vous ai entendue crier.

Je réprime les secousses d'un rire nerveux. Prétendre vouloir voler à mon secours, qui aurait pu gober ça ? À côté, mon histoire de somnambulisme mériterait un prix pour sa crédibilité.

— Alors tu peux y aller. Tout va bien.

Ses yeux se plissent en deux minuscules fentes.

— Il est recherché par l'Union, n'est-ce pas ? Si vous me dites où vous l'avez vu pour la dernière fois, je pourrais envoyer des hommes le retrouver.

Mon cœur rate un battement. Un goût métallique se répand dans ma bouche et je me rends compte que je viens de me mordre la lèvre. Est-il au courant pour William ? Oui, comme tout le monde, mais est-il au courant qu'il s'agit de mon frère ? J'ignore ce qu'il a entendu et ce qu'il sait. S'il a compris que je suis sur le point de me présenter à la deuxième épreuve avec le bracelet de mon frère, alors je ne donne pas cher de ma peau. Je sais ce qu'il arrivera quand il aura glissé tout ceci à l'oreille de son oncle.

— Oh, je vois. Vous lui avez promis de garder le silence, articule-t-il, avec un air qui se veut compréhensif.

Sans réfléchir, je le pousse contre le mur avec une force dont je ne me serais pas cru capable. Il profère un juron exhumé d'un siècle passé, pendant que je cours aussi vite que mes jambes me le permettent.

Titus me dénoncera aux Juges, si ce n'est pas déjà fait. D'une minute à l'autre on me fera arrêter. On me laissera en tête à tête avec un drone de vérité, pour mieux m'arracher tout ce que je sais au sujet de William. Je serai forcée de leur dire où il se cache. Il n'y a pas d'issue possible. Nous serons bientôt deux transfuges, en route vers l'Union Première. Toute une vie d'asservissement à ramasser du métal au fond d'une galerie. Notre corps et notre esprit finiront par se briser, nous deviendrons fous, pour mieux échapper à la cruauté du réel. À moins que les Juges nous fassent tuer avant. Toute la volonté que m'avait communiquée William s'est volatilisée. Comment ai-je pu croire que j'avais l'âme d'une battante ?

Devant la porte du dortoir, une silhouette se confond dans la pénombre. Je crains un instant que ce soit un Juge. C'est en réalité Emmy qui m'attend, dévorée par l'inquiétude.

— Titus, il a quitté le dortoir. Je te jure que j'ai essayé de le retenir… s'excuse-t-elle.

Son regard tombe sur le drone et elle remarque que je suis hors d'haleine :

— Par tous les Fondateurs, qu'est-ce que tu as fabriqué ? Tu n'étais pas censée le déposer quelque part ?

J'ignore si c'est sous le coup de la fatigue ou d'un trop-plein d'émotions, mais je fonds en larmes.

Je ne touche pas un mot à Emmy de mon tête-à-tête avec Titus. Je rejoins mon lit dans l'espoir de trouver rapidement le sommeil. Lui seul pourrait chasser mes ruminations incessantes sur le sort de William.

19.

Une sirène me tire de mon sommeil. Mon esprit est encore englué dans mes problèmes. William. Les Juges. La deuxième épreuve… Je n'ai même plus la force de renoncer. Dans les haut-parleurs, l'hymne de l'Union retentit, présageant qu'un Juge va prendre la parole. J'ai raison. La voix d'une Juge, qui doit se situer juste sous le seuil des ultrasons, me déchire les tympans. Les qualifiés doivent immédiatement se rendre au sixième étage pour le coup d'envoi de la deuxième épreuve.

— Je ne demandais pas un carton d'invitation, mais ils auraient au moins pu nous laisser le temps de nous préparer ! C'est trop leur demander ? tempête Emmy, en tirant sur sa tignasse pour tenter de l'arranger en un grossier chignon. Pourvu qu'il n'y ait pas de drone-caméra !

Elle réussit à me faire sourire, ce qui relève du miracle.

À l'issue des trois épreuves, l'usage veut que les sept champions finalistes soient présentés devant l'Union. Je vois déjà Emmy rouge de honte en découvrant son portrait projeté sur les murs des esplanades, partout à travers les quartiers.

Soudain je l'envie, car je sais que jamais je n'irai aussi loin dans le processus de sélection. Tôt ou tard, les Juges finiront par se mettre en travers de ma route. Étrange, c'est bien la première fois que je me surprends à vouloir participer aux sélections. Encore un peu et je vais me mettre à penser comme William.

J'applique ses ordres, en emportant le drone avec moi, consentant qu'il en faudrait bien plus pour me racheter. Sous le regard consterné d'Emmy, je le glisse dans mon dos, entre ma ceinture et mon vieux jean troué. Le tee-shirt informe dans lequel je nage le dissimule mieux que je ne l'aurais cru. Emmy me sourit avec indulgence pour me signifier que ça fera l'affaire.

Pour ne pas perdre une miette des instructions de la deuxième épreuve, nous nous ruons dans les escaliers avec les autres candidats, direction le sixième étage.

Nous sommes bientôt au complet, les cent douze qualifiés dans une salle vide où quelques Juges nous toisent du haut d'une passerelle vitrée. Entre eux, une silhouette massive nous domine, reconnaissable entre mille. Sven Nilsson, le Capitaine d'Équipe.

Dans le silence, la gomme de mes vieilles semelles couine en adhérant aux dalles étranges qui recouvrent le sol. Un 900 claque la langue en signe d'agacement, comme si le bruit lui était insupportable. En l'entendant marmonner, je comprends que c'est l'odeur de mes vêtements qui le dérange. Faut-il lui rappeler que dans le Quartier du Milieu, la cendre récupérée par des 500 dans l'incinérateur d'archivage a depuis longtemps remplacé la lessive ? Emmy lui décoche un regard assassin, quand tout à coup le sol s'illumine sous nos pieds. Il me faut quelques secondes pour comprendre que nous nous tenons debout sur un écran géant.

Des exclamations percent le silence, quand nous découvrons le visage de Guilford dont les proportions viennent d'augmenter d'un facteur mille. Son œil monstrueux s'anime entre mes jambes. Par pur réflexe, je recule d'un pas. La dernière fois que j'ai vu un œil de cette dimension, c'était à travers le périscope du sous-marin.

— Enfants de l'Union, commence-t-il, d'ici quelques instants vous disputerez la deuxième épreuve des sélections. Parmi vous se trouvent les six élus que notre Capitaine Sven Nilsson aura la lourde charge de nommer à l'issue de la troisième et dernière épreuve. *Vous* avez le pouvoir de changer votre vie, *vous* avez le pouvoir de changer l'Union. Surpassezvous ou en échouant, c'est l'Union que vous entraînerez dans votre chute.

Il marque un silence dramatique, pour nous laisser digérer ce que nous savons pourtant déjà.

— Afin d'aider le Capitaine à faire son choix, nous testerons vos niveaux de Résilience, de Survivance, de Persuasion et d'Abnégation.

Sur la passerelle, Sven incline la tête en signe d'approbation.

À mes pieds, l'œil bleu acier de Guilford navigue dans son orbite. J'ai beau savoir que ce n'est qu'un écran, j'ai le sentiment qu'il me traque.

Il ne peut pas voir que tu as le drone sur toi, Pia. Il ne peut pas le voir, me dis-je.

— Sans vous, prononce le Juge d'un air sombre, il n'y aura pas de renouveau. Sans vous, nous resterons à la sixième place du monde. Celle qui ne permet pas de vivre, mais tout juste de survivre.

Ses élans patriotiques glissent sur moi comme de l'eau de pluie. Si l'Union retrouve un jour sa grandeur, ce ne sera pas grâce à moi. Ma présence ici est accidentelle et tout le monde le saura bien assez tôt. Après la déclaration de Titus, je serai interpellée, avant d'avoir la possibilité d'impressionner Sven Nilsson par mes performances désastreuses. Pourtant, une voix dans ma tête s'élève, plus forte que toutes les autres. Elle me crie que la deuxième épreuve ne sera pas totalement vaine si elle m'offre l'occasion de tenir la promesse que j'ai faite à mon frère.

Allez, Pia. Deviens invisible, marche dans le rang et seulement ensuite tu pourras quelque chose pour Will.

Une vague d'adrénaline se diffuse dans mon corps. Et si on m'arrête avant qu'il ne trouve le moyen de s'enfuir de l'Auditorium, qui lui viendra en aide ? Quelque chose en moi est sur le point de rompre.

Dans le groupe de qualifiés, quelque chose accroche mon regard. L'éclat qui brille dans les yeux noirs de Titus Quinn me tétanise. Je détourne aussitôt la tête, mais ma vision périphérique m'indique qu'il me fixe sans ciller. Est-il étonné que je sois encore en liberté ? À moins qu'il ne soit sur le point de prendre la parole devant Guilford pour me dénoncer publiquement ? Peu importe. Qu'il ne précipite rien qui m'empêcherait d'aider William à prendre la fuite.

Sven Nilsson s'extrait du petit cordon de Juges pour gagner la pièce où il observera scrupuleusement nos simulations. Comme il est impossible d'analyser simultanément une centaine de simulations différentes, il devra compter sur l'algorithme de la Juge-mère pour faire le focus sur les meilleurs d'entre nous.

Je me tourne vers Emmy pour lui souhaiter bonne chance. Son visage est à la fois paisible et concentré, tandis que ses doigts emmêlent la chaînette du pendentif qu'elle porte en permanence. Je me demande si elle sera encore prête à m'aider quand elle apprendra la vérité à son tour. Je repense à ce que ces sélections représentent pour elle, à ce qu'elle m'a confié la veille, lorsqu'elle a ouvert son pendentif. J'ai découvert qu'il renfermait une minuscule photo, prise le jour de son affectation. Emmy, entourée de ses parents. Les tenues qu'ils portent ne sont pas celles des Bas Quartiers, je suis prête à parier qu'elles leur ont coûté plusieurs mois de privation. Ils avaient certainement estimé qu'immortaliser ce moment en valait la peine.

Sur la photo, la mère a la même crinière flamboyante et les mêmes yeux d'ambre que sa fille. La première impression qui m'est apparue, c'est l'image d'une femme forte. Son père, à peine plus petit, semble aussi plus vieux, comme si le temps s'était écoulé plus vite pour lui. Des ridules sillonnent son visage, tandis que son nez de travers, probablement plusieurs fois cassé, témoigne de l'insécurité qui règne dans les Bas Quartiers.

Ils me sourient tous les trois sur la photo. Une fierté sans égale se lit sur leurs visages. Je crois que je n'ai jamais vu autant d'amour sur un bout de papier. Puis je repense à tous leurs malheurs.

Emmy a obtenu 850 à l'Examen, ce qui lui a permis d'accéder à un poste d'Administratrice des mémoires. C'est bien mieux que ses parents, des 600, dont le travail consiste à préparer les immangeables gelées qu'on vient apporter dans nos compartiments alimentaires.

Emmy m'a expliqué qu'un jour les Juges ont convoqué ses parents au motif que des rations alimentaires avaient disparu. Quelqu'un s'était servi dans les réserves de l'Union et les Juges ont tenu les parents d'Emmy pour responsables. Une sentence sans appel, pour une faute jugée irréparable. La pire qui soit : le déclassement au rang de 000. Mécaniquement, leur affectation leur a été retirée. Je n'arrive toujours pas à croire qu'ils soient devenus des 000 pour quelques bouchées de SteaggŒuf dont ils n'ont même pas pu profiter. En tombant au rang le plus bas, ils n'ont plus eu droit aux rations alimentaires ni aux compléments quotidiens.

Je connais mieux que personne la valeur que vous donne votre rang. C'est la raison pour laquelle, les autres nous traite différemment William et moi, depuis que nous avons passé l'Examen. Pourtant je suis ce que l'Union appelle d'un *bon* rang. Insuffisant pour être pleinement reconnu. Alors on ne peut s'empêcher d'envier ceux d'un meilleur rang, sans jamais accorder un regard aux rangs inférieurs. Les 800 donneraient cher pour devenir des 850, et les 850 leur en feraient volontiers cadeau, pour un rang de 900.

Je n'ai pas été surprise d'apprendre de la bouche d'Emmy que tous leurs amis leur ont tourné le dos. En étant des 600, ses parents étaient insignifiants ; en devenant des 000, ils n'étaient plus rien. La seule chose qui les reliait encore à l'Union, c'est le bracelet magnétique à leur poignet. Ce bracelet et la seule enfant que l'Union leur ait autorisé de porter et d'élever, alors qu'ils étaient encore des 600 : Emmy.

Depuis son déclassement, sa mère s'est mise à revendre des marchandises illégales au marché noir. Des denrées alimentaires, ou des produits dont l'approvisionnement est minutieusement régulé par l'Union. Son père se débrouille pour récupérer quelques Unités en organisant des combats clandestins. Je suis prête à parier qu'il doit son nez cassé à des paris qui ont mal tourné.

Emmy a fait la demande de résidence dans les Bas Quartiers, pour veiller sur sa famille. C'est là qu'elle s'est forgé son caractère. Elle m'a raconté combien de mémoires elle avait dû effacer pour sortir ses parents d'un règlement de compte. À chaque fois qu'Emmy avait recours à l'effacement de mémoire en dehors de ses fonctions, elle prenait le même risque qu'eux. Le risque de se retrouver déclassée 000, de voir ses rêves anéantis, clouée pour toujours dans les Bas Quartiers.

Puis je comprends.

De plusieurs milliers de candidats, nous sommes passés à cent douze. Pour elle, les planètes s'alignent dans une configuration qui n'est pas près de se reproduire. Elle touche du doigt son rêve d'échapper à la misère qui poursuit sa famille depuis le jour où les Juges ont prononcé le déclassement. Ce qui fait qu'elle et moi partageons un point commun, nous nous battons aujourd'hui toutes les deux pour des personnes que nous aimons.

Quand je la regarde, il est évident qu'Emmy veut saisir la chance qui s'offre à elle, en remportant la récompense promise aux champions. Et pour ça, elle a besoin d'une alliée sur qui compter. Une alliée qui l'aidera à franchir une à une les étapes, jusqu'au terme de la troisième épreuve. Ce qui est sûrement la plus grosse erreur qu'elle n'ait jamais commise. Elle ignore que mon frère est à présent un ennemi de l'Union. Elle ignore que sa fidèle alliée est sur le point de lui filer entre les doigts au moment où elle en aura le plus besoin.

J'essaie tant bien que mal de mettre de l'ordre dans mes idées.

— Je ne suis pas Juge, mais je pense qu'il vaut mieux que tu évites de le perdre lors de l'épreuve, murmure Emmy.

— Que je perde quoi ?

Elle lève les yeux au ciel.

— Ce qui t'a valu une promenade en pleine nuit ! me souffle-t-elle, des étincelles dans les yeux.

Le drone. Je n'y pensais plus.

— J'espère qu'il ne sera pas détecté lors de la deuxième épreuve. Si je peux éviter d'être accueillie par un concert d'alarmes…

— La Juge t'a bien dit qu'il était spécial, non ? Alors ça n'arrivera pas.

Je lui réponds par un demi-sourire. William m'a dit la même chose. Pourvu qu'ils aient raison tous les deux, et même si ça m'écorche le cœur de le reconnaître, pourvu que Perpétua Cromber ait raison.

La voix de synthèse appelle déjà les candidats à tour de rôle. Titus Quinn est l'un des premiers à se présenter. Un officiel l'accompagne hors de la salle et je suis heureuse de le voir disparaître de mon champ de vision.

— Montrons-leur que les Bas Quartiers et que le Quartier du Milieu peuvent y arriver ! s'exclame Emmy. Et si tu en doutes, pense à tous ceux des Hauts Quartiers qui se sont coltiné des années et des années de classe de Discipline pour rien, maintenant que Sven Nilsson vient de poser ses fesses sur la place du Capitaine !

Un petit rire s'échappe de ma bouche. Puis Emmy me serre dans ses bras, en me faisant promettre de faire attention. Si à cet instant elle n'est pas sincère, alors personne ne l'a jamais été avec moi. Je devrais croire en notre amitié naissante, mais quelque chose me dit que c'est peine perdue. Elle mérite une amie plus fiable que moi.

— Toi aussi, fais attention.

Même à mes oreilles, ces mots sonnent faux. Emmy quitte à son tour la pièce aux côtés d'un officiel. La salle se dé-peuple et nous ne sommes plus qu'une trentaine quand l'un d'eux vient enfin me chercher.

Je me mets à imaginer la deuxième simulation, mais à quoi bon ? La Juge-mère pourra générer n'importe quelle épreuve, dans n'importe quel lieu, à n'importe quelle époque, sur la base des archives qui l'alimentent depuis des siècles. Je pourrais aussi bien me retrouver sur une île déserte qu'à bord d'une station spatiale. Pourvu que je n'aie pas à me battre. Mes performances au combat rivalisent avec ma capacité à venir à bout d'une pieuvre géante.

Je remonte encore un couloir, quand l'officiel m'indique une porte vitrée en tout point identique à celle de la première épreuve. La porte entrouverte me laisse apercevoir la même pièce lumineuse. Au moment où l'officiel disparaît à l'angle d'un couloir, une main blanche aux longs doigts agiles se pose sur mon épaule.

— Inutile de vous précipiter, Pia.

En reconnaissant cette voix, je frémis.

— Juge Cromber... dis-je, le souffle court. Ma simulation va commencer et...

— Je suis certaine que le Capitaine Nilsson peut patienter, m'interrompt-elle, une lueur de satisfaction dans le regard. Crois-moi, il me remerciera bien assez tôt.

Ses yeux se plissent en deux minuscules meurtrières :

— Tu étais présente lors du rassemblement, Pia. Tu sais donc que L'Union a arrêté tous les candidats qui ont violé les règles des sélections. Tous, sauf un, qui reste introuvable.

Je secoue la tête de désespoir, tandis que dans mon corps pétrifié, mon cœur cesse de battre. Il ne m'en faut pas plus pour comprendre que ma couverture vient officiellement de voler en éclats.

— Tout comme moi, tu as vu apparaître le portrait de ton frère, William, sur la liste noire. J'ai eu suffisamment de vos adieux larmoyants dans le sous-marin pour être sûre qu'il s'agissait bien de lui. Le matricule M-0204-888, t'évoque peut-être quelque chose ?

— Non... réponds-je d'une voix à peine audible.

— Vraiment ? s'amuse-t-elle. J'admire tes efforts pour te cramponner à l'espoir ridicule qu'il te reste de t'en sortir. Tu sais aussi bien que moi que ton frère s'est authentifié sous ce matricule. Comme ça me démangeait, j'ai consulté la Juge-mère. Figure-toi que ce matricule appartient à une Citoyenne du Quartier du Milieu, *toi*.

— Ça n'a aucun sens... murmuré-je.

Mon corps se liquéfie sur place, comme un signal pour me dire que cette fois tout est perdu.

Elle éclate d'un rire argentin.

— Aucun sens ? Pourtant, tout est là, inscrit dans la Juge-mère, articule-t-elle lentement, en parcourant son Hexapod. Le jour de l'inspection, à 10 h 09 précisément, il t'a été remis un bracelet neuf. Quelques minutes plus tôt, ton frère William Lormerot s'est lui-même vu remettre un nouveau bracelet magnétique. Le tien était abîmé et le sien défectueux, c'est consigné juste ici, Pia. Vous les avez délibérément échangés avant les sélections. Pour quelle raison ? Ça, je ne l'explique pas encore, mais les drones de vérité font des merveilles quand il s'agit de récolter des aveux.

Sa voix me glace. Elle vient d'anéantir tous mes espoirs de m'en sortir.

— Te faire passer pour lui, et lui pour toi… dit-elle. Comment avez-vous pensé une seconde que votre plan marcherait ? Les drones sont paramétrés pour détecter ce genre d'anomalies.

Je soutiens son regard. Détourner les yeux serait un aveu de faiblesse. Je serre les poings si forts que mes ongles se plantent au creux de mes mains.

Ses longs cheveux blonds encadrent ses prunelles chargées de mépris :

— Tu ne te rends pas compte des conséquences de tes actes. Qualifier une candidate qui a enfreint les règles de l'Union. Commettre une erreur aussi grossière, dans cette période d'instabilité critique, aurait pu me coûter ma place !

Je rassemble tout mon courage. Mes pensées fusent à la vitesse de la lumière et je tente de m'infiltrer dans la brèche qu'elle avait ouverte lors de notre dernière rencontre.

— Vous vous trompez, c'est la faute du drone !

En rejetant la faute sur le drone, y a-t-il encore un espoir pour qu'elle n'envoie pas un rang d'officiels m'arrêter ?

— Tes mensonges sont une insulte à ma qualité de Juge. J'ignore comment, mais je sais que c'est toi qui as piraté le drone pour l'empêcher de réagir !

— C'est faux !

Ses mains tremblent.

— Par pitié, épargne-moi ce numéro auquel même toi tu ne saurais croire !

Elle recompose son sourire artificiel :

— Peu importe. Quand tout ceci sera porté à sa connaissance, le Grand Bureau des Juges prononcera une condamnation exemplaire, pour toi et pour ton frère.

Elle claque la langue en signe de désapprobation et incline la tête dans l'élégant col de sa combinaison :

— Tu pensais pouvoir t'en sortir comme ça ? poursuit-elle. Deux adolescents se liguent contre le processus de sélection, ils trompent les Juges et puis quoi ? Ils empêchent l'Union Juste de participer à l'Épreuve des Sept ? Une merveilleuse histoire, que les rebelles pourraient raconter à leurs enfants avant d'aller dormir.

— Je ne suis pas une rebelle !

Elle plante son regard dans le mien, relève fièrement le menton :

— Je veux bien te croire. Mais il appartiendra au Grand Bureau d'en juger. Estime-toi chanceuse, car tout n'est peut-être pas perdu pour toi. Malgré tes agissements, je reste ta Juge et c'est mon devoir de te guider vers la meilleure option qui s'offre à toi. C'est précisément pour cette raison que tu vas accepter la proposition que j'ai à te faire.

Je la contemple avec la plus grande méfiance alors qu'elle prend une profonde inspiration.

— Tu ne vas pas disputer la deuxième épreuve, lâche-t-elle. Non, tu vas me suivre jusqu'au Grand Bureau des Juges. Là, tu vas expliquer aux Juges la vérité. Tu vas leur raconter comment tu as piraté le drone pour modifier ton score, alors même que je t'avais éliminée pour avoir enfreint le règlement.

— Vous me demandez de mentir aux Juges ? Pourquoi je ferais ça ?

Je n'ai pas besoin d'attendre sa réponse. Ce que je devine au fond de ses yeux clairs me surprend. De la peur. Craindrait-elle de m'avoir qualifiée par erreur ? Une faute impardonnable qui pourrait avoir pour fâcheuse conséquence pour elle, d'être déclassée 000, comme l'ont été les parents d'Emmy. Passer de la plus haute fonction de l'Union à moins que rien serait une chute aussi raide que douloureuse.

Elle l'a dit elle-même, cette erreur peut lui coûter son poste.

— En échange, m'assure-t-elle, je promets d'alléger la peine qui sera retenue contre toi et ton frère. C'est un marché gagnant-gagnant. Il n'y a pas de meilleure option pour toi.

Un silence s'étire entre nous. Pendant un instant j'ai l'illusion que le temps s'est arrêté.

Je comprends une chose dans tout ça. Parmi tous les Juges, elle est pour le moment la seule au courant pour l'échange de bracelets. Elle s'est bien gardée d'éventer ce secret au grand jour, parce qu'elle est terrifiée d'être démise de son poste.

Face à mon hésitation, elle tente quelque chose :

— Allons, fais-moi confiance, c'est la bonne décision. Et c'est dans cette direction.

Elle ouvre un bras vers l'ascenseur, un sourire affable cousu en travers de son visage.

Ses paroles me bercent. L'espace d'un instant, j'imagine les Juges abandonner toutes les charges qui pèsent sur William et moi. Pour ça, il faudrait que je la suive et que j'expose sa version devant les sept cents Juges que compte l'Union. C'est le seul moyen que j'aie de réparer mon erreur et de me racheter auprès de mon frère. D'une certaine façon, ce serait un peu comme si l'échange de bracelets n'avait jamais eu lieu.

Je réfléchis à toute vitesse. Alors que Perpétua Cromber incline la tête d'un geste gracile, je me demande si je peux vraiment lui faire confiance. Je n'arrive pas à imaginer une seconde qu'elle prenne ma défense. Si elle n'honore pas sa part du marché, alors je n'aurais fait qu'aggraver la situation en avouant avoir piraté le drone. Un crime qui ne peut être que l'œuvre d'une partisane de l'Essor. Je connais la fin de l'histoire. Ils feront de moi une transfuge, ou alors je croupirai en détention jusqu'à la fin de mes jours, si je ne suis pas condamnée à mort pour un crime que je n'ai pas commis.

Une fois découvert, William empruntera mes pas, pour prendre à son tour la direction du mur d'exécution. Grâce à mes aveux, personne n'accusera Perpétua Cromber d'avoir failli à ses fonctions de Juges. Elle aura tout gagné. Et elle parlait d'un marché gagnant-gagnant ?

Le sang en ébullition, je ne peux plus entendre ses paroles venimeuses plus longtemps. Comment a-t-elle osé jouer avec ma vie, et celle de mon frère ? Perpétua Cromber vient de me donner une raison suffisante de lutter.

— Alors, Pia, qu'est-ce que tu choisis pour toi et pour William ? Il serait dommage qu'il t'en veuille d'avoir fait le mauvais choix. Si tu ne le fais pas pour toi, fais-le pour lui. Tu es la seule chance qu'il a encore de s'en sortir. Il mérite un meilleur traitement que celui que les drones lui réservent. Tu ne crois pas ?

Une douleur familière réapparaît, quand la cicatrice de la culpabilité se déchire à nouveau. Je la connais bien maintenant, c'est une vieille amie que je sais comment accueillir pour qu'elle ne me dérange plus.

Je regarde dans le vague, absorbée dans ma réflexion.

— Je vais disputer la deuxième épreuve, dis-je d'un air absent.

— Je te demande pardon ?

J'entends presque ses dents parfaites grincer les unes sur les autres.

— Je vais disputer la deuxième épreuve, répété-je, plus fort.

Elle secoue la tête avec énergie, face à l'absurdité de mes propos.

— Allons, sois raisonnable. Je suis ta Juge, je sais ce qui est le mieux pour toi.

Je refoule un rire nerveux.

— Oui, précisément, vous m'avez qualifiée, et maintenant le Capitaine attend de moi que je participe à la deuxième épreuve. C'est le règlement, je suis tenue de le respecter.

— Pas si tu dis la vérité devant le Grand Bureau des Juges !

— Le problème, c'est que ce n'est pas la vérité. Alors, comme le veut l'Union, je vais m'en tenir au règlement.

Elle explose d'un rire sans joie.

— Je t'offre sur un plateau d'argent ta seule chance de t'en sortir, et toi tu la refuses ? Mais d'accord, puisque tu t'en remets au règlement.

Je ne pensais pas qu'elle abdiquerait aussi vite.

— Dans ce cas, poursuit-elle, dis-moi simplement où se trouve le drone. Je sais que tu l'as.

Le drone ? Mais pourquoi le veut-elle ?

Ses yeux bleu glacier fouillent les miens.

Je m'efforce à ne pas dévier le regard, alors que je sens le métal tiède du drone tout contre ma peau.

Il est hors de question que je lui donne ce qu'elle veut. Pas après ce qu'elle s'apprêtait à me faire subir, à moi et à mon frère, à grand renfort de manipulations psychologiques. Ses paroles lénifiantes n'ont plus d'effet sur moi.

— J'imagine qu'il est dans la salle de ma simulation. Vous voulez dire que vous ne l'avez pas trouvé là-bas ? demandé-je, feignant l'innocence.

Quelque chose d'inquiétant bouillonne dans le regard de la Juge. Elle ne parle plus, elle déchiquette les mots :

— Je suis une Juge, je sais quand une vulgaire candidate me ment !

Elle me toise avec impatience, prête à bondir, tandis que je m'applique à afficher la plus grande sérénité :

— Pardonnez-moi, Juge Cromber, mais vous avez commis une erreur de jugement, à cause du drone. Peut-être même qu'il a été piraté par l'Essor, c'est bien ce que vous avez dit ? Et ce drone a disparu, alors qu'il renferme la preuve de votre incompétence ? Qu'arrivera-t-il quand les autres Juges apprendront que vous avez manqué à votre devoir de Juge en qualifiant une candidate par erreur ? Une ennemie de l'Union. Vous pourriez perdre votre affectation de Juge.

Sa mâchoire se serre un peu plus. Ses yeux irradient d'un dangereux mépris et je me félicite d'avoir visé juste.

— Comment oses-tu ! gronde-t-elle. Où est le drone !

— Vous n'avez qu'à demander aux officiels de fouiller tout l'Auditorium !

Mais évidemment elle ne peut pas leur demander une chose pareille. Elle doit être la seule à mettre la main dessus, pour en effacer la mémoire avant que quiconque ne se rende compte de son erreur.

Son regard fulminant tombe sur ma tenue rapiécée. Elle m'agrippe soudain d'un bras pour me fouiller compulsivement de l'autre. Une lueur triomphante perce sur son visage quand sa main identifie le drone sous mon tee-shirt.

Je me défais de son étreinte avec force.

— DONNE-LE-MOI ! ordonne-t-elle d'une voix glaciale.

Je recule à mesure qu'elle avance.

— Excusez-moi, mon épreuve va commencer.

Elle essaie encore une fois de m'attraper, je la trouve ridicule à en être réduite à se battre de façon puérile.

Sans hésitation, je m'engouffre à l'intérieur de la salle de simulation, et referme aussitôt la porte derrière moi.

— Je vais faire arrêter ta simulation ! entends-je de l'autre côté.

— Allez-y, mais comment vous allez l'expliquer aux autres Juges ? En leur avouant que vous n'auriez jamais dû me qualifier ?

— Espèce de petite… Rendez-vous après l'épreuve dans le Grand Bureau des Juges !

Elle vient de décocher sa dernière flèche, mais je n'ai que faire de ses menaces.

Comme la première fois, la porte se fond dans le mur, pour faire taire Perpétua Cromber une bonne fois pour toutes. Je savoure ces quelques secondes de silence. Le calme entre deux tempêtes.

Comme lors de ma première simulation, un drone s'élève dans les airs, en projetant des faisceaux de lumière au hasard. Mon corps glisse sur les panneaux de verre qui s'agencent dans une configuration nouvelle. La voix de synthèse me confirme ce que cela signifie :

— DEBUT DE LA DEUXIEME EPREUVE. SIMULATION ACTIVEE.

20.

Sensation de déjà-vu. Le drone qui a matérialisé la simulation volète face à moi dans un doux vrombissement. Ses hélices soulèvent des tonnes de poussière qui retombent sur mes cheveux comme des flocons de neige. Je me demande combien de Juges m'observent au travers de ces petits yeux bioniques. Perpétua Cromber est probablement en train de remonter les couloirs en urgence, direction un écran d'analyse, pour ne pas rater une miette de ma simulation. Un geste réflexe m'indique que le drone qu'elle recherche se trouve toujours solidement coincé au niveau de ma taille.

Pour le moment, tout a l'air de se dérouler normalement. Pas la moindre sirène, pas le moindre Juge pour me sortir de cette simulation. Pour combien de temps encore ?

L'endroit qui a pris forme sous mes pieds est aussi calme que sombre, éclairé par la lueur d'un éclairage de sécurité. Deux rangées de caissons vitrés s'élèvent jusqu'au plafond.

Entre les rayons, un couloir exigu s'étire devant moi pour me procurer la sensation familière d'avoir atterri au cœur du Département d'archivage. Pendant un bref instant, je pense être de retour à mon poste, mon imagination recrée le roulis des chariots qui prennent la direction du Grand-numériseur. Sauf qu'ici ce ne sont ni des documents ni des livres qui sont conservés dans les rayons, mais d'innombrables bêtes mortes. Les derniers représentants de leur ordre, conservés dans des caissons cryogéniques jusqu'à la fin des temps.

Mon sang se fige. Iguane, chat sauvage, loutre, et tant d'autres que je ne saurais dénommer. À travers les vitres, les spécimens de toutes tailles pointent leur museau blanchi par le gel, pour me dévisager de leurs orbites vides.

Mes doutes se confirment, je disputerai la deuxième épreuve à l'intérieur de l'Unité de Biologie. Sans me laisser le temps de m'habituer au décor sinistre qui m'environne, le drone qui me filme tourne sa tête dans tous les sens. Des faisceaux de lumière jaillissent à une vitesse folle. Je plisse des yeux et porte une main en visière pour me protéger d'une intensité lumineuse insupportable. Comme je m'y préparais, une silhouette prend forme dans la masse étincelante. Mon rythme cardiaque s'accélère comme un tambour de guerre, à l'idée de voir mon frère apparaître, comme lors de la première épreuve.

Will, tu ne peux pas savoir comme j'ai besoin de toi. Peu importe que tu sois ou non le fruit de mon imagination.

La désillusion est réelle quand un corps massif émerge du halo éblouissant. Les derniers rayons perdent de leur intensité pour révéler le visage de Sven Nilsson, le Capitaine d'Équipe. J'aurais dû m'en douter ; à partir de maintenant, c'est lui et lui seul qui attribue les scores.

Dans la confusion, je marque un mouvement de recul qui me fait heurter l'une des vitrines et je tombe à la renverse. Enfermée dans son linceul de verre, une hermine sans vie se balance dangereusement dans une rigidité minérale. Lorsque son corps rencontre la paroi du caisson, il se brise comme du verre.

— C'est moi qui ai fait ça ? dis-je à haute voix.

Mon esprit se brouille un instant, et je saisis l'immense main que Sven Nilsson me tend pour m'aider à me relever. Mon regard remonte le long de ses épaules puissantes. Il pourrait me briser la nuque en moins d'une seconde s'il le voulait. Je reste muette face à ses yeux limpides qui me contemplent avec sévérité.

— Il faudra faire mieux que ça, si tu veux que je te choisisse.

J'ai du mal à croire qu'il n'a que dix-huit ans, tant il y a d'assurance chez lui. Si j'avais le courage de le contrarier, je lui aurais dit de ne pas perdre son temps avec moi.

— Je crois bien que je ne m'habituerai jamais aux simulations, réponds-je, sans réfléchir.

Je me rends compte que l'intensité du regard qu'il a posé sur moi me fait dire n'importe quoi. Il ferait mieux d'observer la simulation d'un autre candidat, ça vaudra mieux.

— Je te conseille de t'y faire rapidement. Je recherche des champions qui ne me laisseront pas d'autre choix que de les désigner. Montre-toi digne d'au moins un des postes de l'Équipe. Et prouve-moi que ce serait une erreur de ne pas te choisir.

Il laisse s'étirer un silence, tandis que j'éprouve son regard scrutateur :

— Mais si tu ne te sens pas à la hauteur, dis-le maintenant et j'arrête là ta simulation. Il y en a cent onze autres qui attendent d'être sélectionnés et je parie que leur volonté de représenter l'Union dépasse largement la tienne.

Est-ce un sourire qui s'esquisse sur le visage du Capitaine ou est-ce mon imagination qui me joue des tours ?

Les chances qu'il me choisisse flirtent avec les températures des caissons cryogéniques de l'Unité de Biologie. Elles ne sont pas nulles, elles sont négatives. Car même si je réussis l'épreuve, Perpétua Cromber le convaincra de ne pas me choisir. J'ai compris qu'elle est prête à tout pour m'éliminer, même si pour ce faire, elle doit se salir les mains. Quelque chose me dit que manipuler le Capitaine d'Équipe est tout à fait dans ses cordes. Il faut bien reconnaître qu'en me laissant accéder à la troisième et dernière épreuve, elle ne ferait qu'aggraver son erreur, la rapprochant un peu plus d'un déclassement inévitable. Elle veut me voir moisir dans un endroit où la lumière du jour n'existe pas. Sauf que je m'y refuse. J'ai besoin de chaque seconde de cette simulation pour faire en sorte que William et moi sortions libres de l'Auditorium. Hors de question que Sven interrompe la simulation maintenant, même si pour ça je dois affronter une galerie de cadavres congelés qui se mettraient soudainement à prendre vie sous mes yeux.

Mais les statues de glace restent sagement immobiles dans leur caisson. Seule une détermination sans borne anime le regard du Capitaine d'Équipe. Il faut que je me montre à la hauteur de ses ambitions. Maintenant.

— J'ai peut-être dit que j'avais du mal à m'habituer aux simulations, commencé-je. Mais à ce que je sache, l'Épreuve des Sept n'a rien d'une simulation. Courir dans tous les sens pendant vingt minutes dans un décor projeté par un drone… très bien, mais ce n'est pas fait pour moi. En fait, j'en attendais un peu plus de la part des Juges. Une épreuve avec un véritable enjeu, par exemple ?

Je suis surprise de l'effet que prennent mes mots en franchissant ma bouche. Mon rôle de fonceuse qui mérite mieux qu'une simple simulation arriverait même à me convaincre.

Je jette un œil au drone. Derrière son écran, Perpétua Cromber doit se demander à quoi je suis en train de jouer.

— Les mots c'est bien, les actes c'est mieux. Fais tes preuves comme les autres, et si ça peut te motiver, tu vas vite oublier que tu es dans une simulation.

Sven Nilsson se désagrège aussitôt en particules lumineuses flottant un moment dans le vide avant de se confondre avec la poussière qui s'agite sur sol.

La voix du Capitaine résonne encore. Elle provient en même temps des caissons, du plafond et des murs d'acier. Plus feutrée, comme si elle devait franchir des couches et des couches de tissus avant de me parvenir.

De tous les postes, celui de Nourricier est le plus important. Il doit trouver des vivres, même dans les endroits qui en sont dépourvus. La survie de son Équipe en dépend. Alors pour valider le test, trouve de quoi t'alimenter.

TEST DU NOURRICIER, ENCLENCHE, QUALITE RECHERCHEE : SURVIVANCE, prononce la voix de synthèse.

Je reste décontenancée, contemplant les corps sans vie, les fourrures et les écailles que le gel fait scintiller comme des diamants. Est-ce qu'il vient de m'expliquer que je suis censée trouver quelque chose de comestible au milieu de cadavres congelés ? C'est vraiment comme ça qu'il veut que je lui prouve que je ferais une bonne Nourricière ? Je réprime un rire nerveux en même temps que je rejette cette idée délirante. Étrangement, le SteagŒuf ne m'a jamais paru aussi appétissant. Désolé William, j'abandonne. Mon jeu de candidate exemplaire s'arrête là. Je n'ai plus qu'à arpenter les rayons de caissons cryogéniques en réfléchissant à un plan pour te faire quitter l'Auditorium sain et sauf.

Je m'enfonce d'un pas machinal dans le dédale de l'Unité de Biologie, quand soudain un hurlement animal et des gazouillis me parviennent. Ils cessent aussitôt, avant de se répandre de plus belle, quand je me dis qu'il se pourrait que ce soit un piège.

Les cris proviennent d'un caisson cryogénique rétroéclairé. Dans l'un d'eux, un primate grelotte dans l'espace restreint du bloc de verre. Des touffes de poils cendrés s'échappent de ses oreilles démesurées. Il gonfle son pelage pour maintenir son corps à une température supportable. En quelques secondes, il se raidit comme une pierre. Mon cœur devient un poing qui se contracte quand je le vois se pétrifier en statue de glace. J'en étais sûre. Voilà ce qu'il serait arrivé à la mésange que j'avais moi-même aperçue, si j'avais laissé les biologistes s'en emparer. Hors de question que j'attende que les cris cessent dans les autres caissons. J'envoie un grand coup de pied qui fait voler le verre en éclat. Un deuxième, puis un troisième. Je récupère le corps d'un oiseau, que le froid a endormi. À ma grande surprise, il s'agit d'une mésange.

— Arrêtez ça tout de suite ! Ces spécimens sont protégés ! lance un homme qui fonce à toute allure sur moi.

— Protégés ? Vous les tuez alors qu'ils sont encore en vie !

— Vous êtes vraiment inconsciente ! Ce *Parus major* est peut-être le dernier représentant de son embranchement évolutif.

Je crois qu'il va me plaquer au sol, mais ses priorités sont ailleurs. Il se précipite pour placer la mésange dans un nouveau caisson.

— C'est faux, j'en ai vu un à l'état sauvage !

Mes paroles sont comme des lames qui traversent le vide pour manquer leur cible, car le biologiste ne m'adresse pas un regard, trop occupé à s'assurer que le caisson est bien scellé.

— La cryogénisation est une fin indolore pour eux. Et surtout, le seul moyen de préserver intact leur métabolisme et leur ADN.

J'en ai assez entendu, et surtout je ne peux plus contenir ce sentiment d'injustice qui bouillonne en moi. Alors, je donne un grand coup de pied dans le caisson pour libérer la mésange qu'il vient d'y enfermer. Nouvelle explosion d'éclats de verre.

Le petit corps roule sur le sol, comme une poupée rembourrée. Le biologiste entreprend de le ramasser, mais c'est ma main qui se referme sur le plumage glacé. Il me lance un regard meurtrier, comme si j'étais l'une de ces créatures auxquelles il est urgent d'ôter la vie. Puis il sort un Hexapod de sa poche qu'il approche de son visage :

— Nous avons une intrusion dans le bâtiment D4. Je répète, intrusion en D4.

Je recule, en ne lâchant plus son regard. Les bris de verre craquent sous mes pas mal assurés. Les caractères « D4 » s'étendent en quatre mètres par cinq sur le blindage du mur.

J'ignore ce qui m'attend maintenant, mais je dois quitter cet endroit au plus vite. Je cours à en perdre haleine, pour tenter de trouver une issue. Des officiels et des drones pourraient surgir à tout moment.

Je finis par trouver une porte protégée par un digicode. Le voyant lumineux passe au vert et elle se déverrouille miraculeusement. Je n'ai pas le temps de me demander comment c'est possible, que la voix de Sven Nilsson m'enveloppe de nouveau :

Fais-le maintenant.

De quoi parle-t-il ? Quelque chose gigote au creux de ma main. C'est la mésange que j'ai sauvée qui reprend des forces, animée de petits soubresauts toniques.

Un vrai Nourricier sait à quel point les corps sont menés à rude épreuve quand ils sont carencés. Quelques gouttes suffiront.

Quelques gouttes ? Mon estomac se retourne au creux de mon ventre quand je comprends qu'il parle de sang.

La mésange se débat pour reprendre sa liberté tandis que mes doigts se referment un peu plus sur elle. Ses petites pattes crochues m'écorchent la paume.

Tout à coup, je comprends que nous sommes dans la même situation elle et moi. Prisonnières de ce système injuste.

Ma main s'ouvre pour la libérer. Elle sautille par terre, déploie ses petites ailes et passe le sas dans lequel je me trouve pour glisser avec facilité vers les hauteurs du bâtiment. À l'autre bout, j'aperçois une porte qu'il me suffirait de franchir pour prendre la fuite.

La voix de synthèse résonne dans le bâtiment :

TEST DU NOURRICIER, TERMINE. TEST DU PROTECTEUR, ENCLENCHE. QUALITE RECHERCHEE : ABNEGATION.

L'Abnégation, la qualité dominante chez ma grand-mère, qui a fait d'elle une Protectrice. Elle a dû s'effacer au profit d'une cause qui lui est supérieure, avec pour devoir de ne jamais cesser de protéger les membres de son Équipe.

Tout au fond, la porte suivante. Mes jambes s'empressent alors de gravir les marches qui mènent à une sorte de plateforme circulaire entièrement vitrée. Une couche de givre qui opacifie le verre me fait glisser. Je plonge face contre terre. La friction de mon corps contre la surface gelée révèle ce qu'il se cache en dessous. Un cylindre vertical, suffisamment large pour accueillir un homme. Je mettrais ma main à couper qu'il s'agit d'un autre genre de caisson cryogénique.

Ce qui se trame ici me fait froid dans le dos. Une simulation. Il faut que je garde à l'esprit que tout ceci n'est qu'une simulation.

Pourtant, rien ne calme l'affreux pressentiment qui m'oppresse. Mes mains explorent compulsivement la surface hérissée de minuscules poignards de glace qui m'entaillent les paumes. Je découvre un tube vide, puis un autre.

La voix de Sven Nilsson, retentit une fois de plus, comme s'il s'adressait à moi depuis l'intérieur de mon crâne.

Le test du Nourricier était pourtant le plus facile.

Des cent douze, je parie que personne n'a échoué à ce point le test. Il faut que je tâche d'ignorer ses paroles. Qu'il sorte de ma tête. Tout de suite.

Je pense que tu n'as pas compris. Ma mission est de mener mon Équipe à la victoire, quel qu'en soit le prix. L'Équipe est comme un corps. Le Messager est la tête, le Protecteur, le cœur, et les Ailiers les poings qui frappent. Et ce corps est censé m'obéir. Alors, explique-moi ce que je ferais d'une candidate qui refuse d'obéir à mes ordres ?

Je pouffe de rire. Un rire nerveux.

Eh bien ! Sven Nilsson, il t'en aura fallu du temps pour voir que je ne valais rien. Tout ceci n'est qu'une imposture.

Je préfère te le dire maintenant, il ne te reste plus que trois tests pour me prouver que je me trompe sur ton compte. À toi de me montrer si tu es la tête, le cœur ou les poings. À moins que tu ne sois qu'une simple spectatrice qui regardera l'Épreuve des Sept sur les écrans géants.

Je doute qu'il y ait des écrans géants dans l'endroit que Perpétua Cromber me réserve.

Mes mains continuent de gratter chaque centimètre carré de la croûte de givre. Mes doigts paralysés par le froid peinent à me répondre. Mais je dois continuer, jusqu'à en avoir le cœur net.

Mon intuition ne m'a pas trompée. Mon cœur manque de s'arrêter quand je découvre un corps inerte à l'intérieur d'un tube cryogénique.

Je ne vois presque rien, la pellicule de glace cède place à une buée qui se solidifie presque instantanément. C'est un jeune homme recroquevillé en position fœtale qui repose au fond du tube, à peine un mètre en dessous de moi. Sur sa nuque je discerne un tatouage. Est-ce que ce serait… Non, comment est-ce possible ? Pourtant, tout porte à croire qu'il s'agit bien du garçon de l'inauguration, celui que les officiels ont emmené dans le Bâtiment Administratif. Simulation ou réalité ? Je suis incapable de discerner le vrai du faux sans devenir complètement folle. Rebelle ou non, je ne peux me résoudre à le laisser geler sur place. C'est moi qui ai provoqué son arrestation.

Mes poings cognent furieusement le verre glacial, m'arrachant un cri de douleur. Aucune réaction de la part du garçon.

Par la Juge-mère, faites que le froid ne l'ait pas déjà tué.

Soulagement. Sa cage thoracique se soulève à un rythme régulier. De minuscules cristaux de glace se sont posés sur ses cheveux en bataille et le givre piège ses longs cils.

Il a fallu quinze secondes pour qu'un singe se change en glaçon, combien en faut-il pour un homme ?

Mon regard traverse l'œil bionique du drone. Je m'adresse aux Juges et à Sven Nilsson.

— Est-ce qu'il est réel, ou tout ceci fait partie du test ?

La voix de Sven résonne dans ma boîte crânienne.

Une Protectrice ne se poserait pas la question, elle le sauverait.

— Arrêtez la simulation ! Arrêtez-la maintenant ! imploré-je en fixant la lentille du drone.

Cette fois, seul le silence me répond.

Je réprime un tas d'insultes qui fusent dans ma tête. Sven Nilsson m'a déjà mise en garde sur le réalisme de la simulation. Puis-je seulement lui faire confiance ? Après tout, il est davantage du côté des Juges que du côté des candidats à présent.

Je frappe la surface de toutes mes forces, de mes mains et de mes pieds. Le tube demeure intact alors que chaque seconde compte. Je me flagelle pour avoir perdu tout ce temps à vagabonder dans le dédale de rayonnages. Je bondis sur mes jambes, à la recherche d'un objet capable d'endommager le verre, ou d'une commande. Il doit y en avoir une pour ouvrir le tube. Il y en avait bien dans le sous-marin !

Je fais les cent pas, sous le regard intrigué de la mésange, perchée sur une poutre en métal. Il n'y a rien. Pas la moindre console, pas le moindre interrupteur. Au-dessus de ma tête, le passereau pousse un piaillement de détresse et je comprends pourquoi quand un puissant bruit de soufflerie turbine dans mes oreilles. Alors que la situation ne pouvait pas être pire, je constate avec effroi qu'un drone militaire vient de faire irruption dans le bâtiment. Mes jambes se changent en coton quand ses deux lasers rouges se posent sur moi. Avant de comprendre quoi que ce soit, une fléchette paralysante siffle à quelques centimètres de mon crâne. Une autre se perd dans le plafond. Elle est pour la mésange, qui tombe comme un poids mort.

Le drone militaire tire une autre salve.

Manqué. Les fléchettes s'enfoncent à mes pieds et fragilisent le verre que je croyais à l'épreuve de tout impact. Une idée me traverse alors l'esprit. Il faut que je me débrouille pour attirer les tirs du drone sur le sommet du tube qui emprisonne le garçon.

L'appareil décrit un virage à trois cent soixante degrés, puis revient à la charge. J'évite de peu une nouvelle salve qui darde pile au bon endroit. La surface se fendille au-dessus du tube. Un dernier tir devrait suffire.

— Eh ! Le drone !

Je sautille sur place, en appât humain que je suis.

Le capot métallique s'ouvre une nouvelle fois. Une pluie de fléchettes s'abat sur moi. Je slalome entre les tirs avec effronterie, en oubliant un instant que je suis peut-être en train de jouer ma vie. Je roule sur le côté pour éviter la dernière fléchette qui fait voler en éclats le couvercle qui scelle le tube.

Je balaie les bouts de verre, pour venir en aide au garçon qui doit être frigorifié, mais le drone n'en a pas fini lui.

TEST DU PROTECTEUR, TERMINE. TEST DES AILIERS, ENCLENCHE. QUALITE RECHERCHEE : RESILIENCE.

Alors ça y est, j'ai sauvé ce garçon ? Tout ceci faisait partie de la simulation ? Comment ai-je pu être aussi naïve ! Je suis en train de jouer le jeu exact que les Juges attendent de moi. Ils ont prévu chacune de mes réactions, anticipé chacun de mes choix dans l'arborescence des possibles que la Jugemère a calculée pour eux. Peu importe ce que je ferai, ou ce que je ne ferai pas, les Juges garderont toujours la situation sous contrôle.

Après un nouveau virage, le drone arme une nouvelle fois ses canons. Sans réfléchir, je saisis l'autre drone, celui qui me filme depuis le début. Je l'empoigne avec fureur et le jette droit sur le drone militaire.

Les Juges avaient-ils prévu cette combinaison de choix à partir de mon profil psychologique ? Ça m'étonnerait. Les drones s'effleurent à peine, mais la collision est un succès. Il y a un crissement de ferraille contrariée lorsque leurs hélices s'enlacent dans une fusion destructrice. Des pièces de métal tranchant sont pulvérisées aux quatre coins du bâtiment.

Est-ce que ma simulation est terminée maintenant que j'ai réduit en pièces le drone par lequel Sven Nilsson et les Juges m'observent ?

Au sol, la pupille artificielle du drone se rétracte au bout de sa tête démantibulée. Il est peut-être bien amoché, mais la simulation est toujours en cours.

— Alors, vous aviez aussi prévu cette possibilité-là ? dis-je, à bout de souffle.

À ce moment précis, je n'ai pas le temps de voir arriver le poing qui m'atteint au visage, comme pour répondre à ma provocation. Une gerbe de sang s'échappe de ma propre bouche. Je m'écroule, au milieu des bouts de métal et des fléchettes paralysantes. On m'attrape par les jambes et on me traîne à plat ventre. Je me dévisse la tête pour apercevoir un uniforme estampillé de l'insigne de l'Union. Un officiel. Je comprends aussitôt que le biologiste n'a pas fait les choses à moitié lorsqu'il a appelé du renfort.

Je reçois un grand coup de botte au creux des reins. Je me recroqueville sur le côté et j'aperçois enfin le visage de mon agresseur. Un visage juvénile vers lequel ma main se tend et que mes ongles labourent maintenant au nom de la légitime défense. L'officiel lâche un juron sans défaire sa prise. Un râle s'échappe de sa gorge. Est-ce que ce ne serait pas plutôt Perpétua Cromber qui a diligenté cet assaut ? De l'adrénaline pure bouillonne dans mes veines, mon corps me signale qu'il lutte maintenant pour sa survie. J'essaie d'atteindre une fléchette paralysante qui convaincra mon assaillant de me relâcher, s'il tient à la vie. Il me traîne sur le sol glacial quand la fléchette défile devant mes yeux. Il est encore trop tôt pour la saisir, mais je sais que je n'ai pas le droit de manquer cette opportunité de m'en sortir.

Trois, deux, un, maintenant. Je jette un bras en direction de la fléchette. Mon épaule, mon coude et chacune de mes phalanges s'étirent encore et encore, en repoussant leur limite physiologique jusqu'à me faire souffrir.

Trop tard, la fléchette est maintenant hors de portée. Le cauchemar n'en finit pas, quand je me rends compte que l'officiel me fait glisser le long d'un de ces tubes cryogéniques. Le contact du verre est comme un filet d'eau glacée qui ruisselle entre mes omoplates. Je mouline des bras pour m'en extraire, mais l'officiel me tord le coude dans un angle improbable. Des décharges électriques remontent jusqu'à mon épaule, comme si mon nerf était à vif. Bien qu'inquiète de l'état dans lequel il va me rendre mon bras, je préfère détourner le regard, de peur de m'évanouir. Il relâche enfin sa prise et la douleur cesse enfin de hurler, remplacée par un souffle frigorifique. Je comprends que l'officiel vient de sceller le tube au-dessus de ma tête. Une masse glaciale traverse mes vêtements, s'infiltre sous mes ongles, congèlera bientôt chacune de mes cellules, jusqu'à rendre mes os cassants.

Je vais finir comme tous les spécimens qui se trouvent ici… Je me raccroche à une pensée, un mantra : reste à tout prix en mouvement, si tu ne veux pas te fossiliser en glaçon dans la minute qui vient. Mes poings tapageurs frappent désespérément le verre, mais très vite je suis prise de grelottements irrépressibles. Je hurle désespérément à l'aide, quand le froid attaque mes dents avec l'horrible sensation qu'elles baignent dans de l'azote liquide.

La simulation va s'arrêter maintenant. Elle va s'arrêter parce que sinon je vais mourir. Perpétua Cromber m'a assuré que les Juges avaient désactivé les paramètres létaux. Elle me l'a assuré, pour la première épreuve. Pourquoi serait-ce différent pour la deuxième et la troisième ? Alors, la simulation doit cesser, maintenant. Je doute qu'elle soit prête à retrouver le corps d'une fille de dix-sept ans quand elle déverrouillera la porte que je lui ai claquée au visage. Elle est peut-être intimidante, elle est peut-être manipulatrice, mais ce n'est pas une meurtrière. Elle ne me laisserait pas mourir ici. Sauf si… sauf si, j'emporte avec moi la vérité qu'elle cherche à tout prix à étouffer. Après ça, elle n'aura plus qu'à récupérer le drone de la première simulation sur mon corps inerte.

— Arrêtez… la simulation… La Juge Cromber veut me tuer… pour me faire taire… arrivé-je à peine à crachoter.

Chaque mot me demande un effort surhumain. Mes lèvres paralysées ne m'obéissent plus.

La température continue de chuter à une vitesse vertigineuse. Une couche de glace colonise le haut du tube, si bien qu'il m'est impossible de voir ce qu'il se passe à l'extérieur. Le froid éteint l'instinct de survie qui brûle en moi. Chaque mouvement craquelle la pellicule de glace qui se forme à la surface de mon corps comme une seconde peau. Mes paupières veulent se fermer. Je lutte encore un peu. Si je les ferme, il se peut que ce soit pour toujours.

Alors que mes pensées se font confuses, des touches de couleurs dansent au-dessus du tube. Là où je me trouvais il y a encore deux minutes.

Est-ce que c'est ça, mourir ?

Le froid m'a tellement anesthésié qu'il m'est indolore à présent. Il fait juste partie de moi.

Une voix m'appelle.

Un Ailier sait que se battre pour sa survie, c'est se battre pour son Équipe.

La voix de Sven Nilsson me paraît étrangement lointaine, elle pourrait tout aussi bien être l'œuvre de mon imagination. Le froid est-il en train d'endommager mes neurones de façon irréversible ?

Pitié, faites que non. Plus que tout, je veux garder la raison, pour faire mes adieux à ma famille. Je vais mourir et le bracelet magnétique que je porte va enregistrer ma conscience. Je refuse qu'il enregistre une version folle de moi-même. Si je le deviens, personne ne me reconnaîtra en me rendant visite au Mémoriel. Pas même Nina ni ma propre mère. Cette idée m'est insupportable. Alors, faites que je meure tant que ma conscience mérite encore d'être intégrée à la Juge-mère. Faites que je meure maintenant, avant que je devienne démente, je vous en supplie.

Des larmes se figent instantanément à la naissance de mon canal lacrymal. Combien de temps avant que mes yeux ne finissent par se changer en billes de glace ?

Quitte à mourir, je veux que mes dernières pensées soient pour ma famille. Le bracelet magnétique de William en gardera peut-être une trace, s'il est encore en état de fonctionnement après ça.

Maman… Je n'aurai plus le bonheur de t'apporter les photos de bord de mer, que je trouve entre deux pages d'archives, quand la chance me sourit. J'aurais tant aimé être avec toi, le jour où tu verras l'océan de tes propres yeux.

Nina… Un jour tu raconteras à tes enfants combien ta grande sœur t'aimait. Et je veux que ce soit la seule chose qu'ils retiennent.

William… Je suis désolée de ne pas avoir tenu promesse. En partant, c'est toi que j'abandonne ici. À présent, à ton tour de me faire une promesse. Promets-moi de trouver la force et l'intelligence de t'en sortir. Fais-le pour moi.

Papa… J'espère ne pas te retrouver là où je vais maintenant.

Des ombres et des lumières virevoltent au-dessus du tube.

Grand-mère… Ça fait si longtemps. Est-ce que tu as vu la même chose lorsque ton bracelet a absorbé ta conscience ?

Le tube vibre un instant, comme si un attroupement piétinait la plateforme qui l'accueille. Encore une construction folle de mon esprit.

Soudain, le sommet du tube vole en éclats. La tiédeur de l'air ambiant s'engouffre à l'intérieur de ce que je croyais être mon cercueil de glace.

Est-ce bien la réalité ? J'élève péniblement un bras figé par le froid. Quelqu'un me saisit la main pour m'extirper de cet enfer blanc. Peu importe à qui elle appartient, la main qui m'empoigne me communique sa chaleur humaine. Ma tête passe enfin à l'extérieur, et je manque de m'évanouir quand je découvre le visage de celui à qui je dois peut-être la vie.

Titus Quinn.

— Oh merde, je dois être morte… arrivé-je à peine à articuler.

Je nage en plein délire, impossible que tout ceci soit réel. Titus Quinn m'aurait plutôt enfoncée au fond du tube. Sans le savoir, j'y suis peut-être encore et mes neurones congelés me font croire n'importe quoi.

Titus fronce les sourcils, une goutte de sueur ruisselle sur sa tempe :

— Qu'est-ce que vous racontez ? Vous êtes mon test du Protecteur. C'est le Capitaine qui m'a demandé de vous secourir.

TEST DU PROTECTEUR, TERMINE.

TEST DES AILIERS, TERMINE.

— En revanche, je ne suis pas certain que vous ayez réussi le test des Ailiers, dit-il, perplexe.

— Je n'y comprends rien…

Il baisse la tête vers moi, une boucle rebelle tombe devant ses yeux.

— En fait, je crois que nos deux simulations se sont croisées.

— C'est possible ça ?

— Dans la mesure où vous faisiez une parfaite victime à secourir…

— Je ne suis la victime de personne ! Je me débrouillais très bien toute seule !

— C'est ce que vous dites à chaque fois que je tombe sur vous, et à chaque fois vous semblez avoir de sérieux ennuis. Tenez.

Je veux lui répliquer quelque chose et repousser la couverture de survie qu'il me tend, mais je suis prise d'une crise de grelottements qui me convainc de m'enrouler à l'intérieur.

— Alors, nous dirons que les Juges ont estimé qu'il vous fallait un autre drone pour poursuivre l'épreuve. Le vôtre est visiblement hors service…

Au-dessus des débris de ferraille volète un drone flambant neuf. Celui de Titus Quinn.

La bulle entre nous éclate, et je me rends compte que la plateforme vitrée s'est changée en champ de bataille. Mes yeux passent de la mésange sans vie, aux innombrables fléchettes et éclats de verre qui se répandent autour de nous. L'officiel qui m'a enfermée semble inconscient, face contre terre.

— Il a eu ce qu'il méritait, commente Titus en voyant où s'est posé mon regard. Vous êtes en état de vous lever ou il faut que je vous porte ?

Il me tend une main aux doigts anguleux.

— Je ne me souviens pas avoir réclamé de l'aide ! lancé-je alors que j'éprouve toutes les peines du monde pour tenir sur mes jambes.

— Vous êtes en pleine forme, de toute évidence, s'amuse-t-il. Nous ferions mieux d'y aller. L'officiel risque de revenir à lui d'une minute à l'autre. À moins que vous ne souhaitiez rester avec lui ?

Je finis par me dire que le suivre sera toujours mieux que replonger au fond d'un tube cryogénique. Mes yeux continuent d'inspecter la plateforme vitrée, entièrement vide.

— Le garçon au tatouage, où est-il ? Il était dans l'un de ces tubes, lui aussi.

Titus Quinn secoue la tête, comme si j'avais perdu toute lucidité.

— Il n'y avait qu'une personne dans l'un de ces tubes. Et c'était vous.

— Non, je sais ce que je dis ! Il y avait ce garçon que les Juges ont fait arrêter lors de l'inauguration. Il s'appelle Jonas… je crois. Enfin, peu importe, il était là, il faisait partie de mon test du Protecteur. Et par pitié, arrête de me vouvoyer !

— C'est normal d'être désorientée après votre petit séjour passé à moins soixante degrés.

— C'est encore un coup des Juges. Ils veulent que je craque.

Ses yeux noirs me répondent en lançant des éclairs.

— Vous ne devriez pas parler des Juges de cette manière.

— Ils allaient me laisser mourir congeler !

Titus arque un sourcil.

— Vraiment ? Nous sommes dans une simulation, rappelez-vous.

— Je les ai suppliés d'y mettre un terme et ils n'ont rien fait !

Je sens la colère monter.

— Pour que les Juges vous entendent, il fallait peut-être éviter d'endommager votre drone...

— Il fonctionnait très bien à ce moment-là.

— Avant que vous n'en fassiez de la charpie ?

À croire qu'il a réponse à tout. Qu'est-ce qui me prend de vouloir faire entendre raison à un apprenti Juge ?

— OK, dis-je, quittons cet endroit avant que l'un de nous deux n'ait subitement l'envie de tuer l'autre en le plongeant au fond d'un de ces tubes.

Titus fronce les sourcils.

— Ils n'ont jamais tué personne. Allons-y maintenant, dit-il en joignant le geste à la parole.

— Tu veux dire que ces tubes existent en dehors de la simulation ? Dans la réalité ?

Ma main attrape la manche de sa veste pour le retenir. Il se tourne à nouveau vers moi et je plonge dans ses yeux noirs.

— Alors vous n'êtes pas au courant...

— Au courant de quoi ?

— Qu'est-ce qu'on vous apprend dans les Bas Quartiers au juste ? demande-t-il, pour éluder la question.

— Je viens du Quartier du Milieu, précisé-je, de l'amertume dans la voix.

— Pardonnez-moi, je les confonds systématiquement.

Il prend conscience de sa maladresse, dans un geste de repentir.

— Au courant de quoi ? répété-je, en perdant patience.

— C'est là que les Contrôleurs des naissances amènent les enfants interdits, pour les préserver, le temps qu'on ait

205

suffisamment de vivres pour nourrir toute l'Union. Il existe des dizaines et des dizaines de salles comme celle-ci, ici.

Je regrette aussitôt mon insistance, j'aurais préféré ne jamais avoir à entendre une chose pareille.

— Préservés ? Dans ces tubes ? Comment est-ce que tu peux croire un mot de ce que tu dis ? Il faut tous les sortir de là !

J'avance, sans savoir où aller.

— Ne gaspillez pas votre énergie, tout ceci n'est qu'une simulation. Et vous avez déjà passé votre test du Protecteur, non ?

— C'est… C'est inhumain, dis-je, révulsée.

— Parce que ce n'est pas inhumain de mettre au monde un enfant, quand on n'a ni de quoi le nourrir ni de quoi le soigner ? Les quotas d'enfants n'existent pas pour rien, énonce-t-il de son air suffisant qui refait surface.

— Alors il vaut mieux les congeler, c'est ça ?

— Les cryogéniser, rectifie-t-il. Personnellement, je trouve que ça vaut mieux que laisser l'Union mourir de faim. Nos Hauts Administrateurs ont réalisé une multitude de projections, et c'est la plus rationnelle. Si cela peut vous rassurer, c'est une solution provisoire, en attendant une victoire de l'Union et l'entrée de ressources en quantité suffisante sur le territoire.

Il perçoit tout le dégoût que cela m'inspire.

— Facile à dire quand on est né avec une cuillère en argent dans la bouche, dis-je, au comble de l'écœurement.

— Je ne dirais pas cela, ce n'est jamais de gaieté de cœur qu'on opte pour ce genre de décision. Et vous seriez bien étonnée de savoir d'où je viens. Mais ce n'est pas le propos, sortons d'ici, voulez-vous ?

Connaissant désormais le sort que les Juges réservent aux enfants interdits, l'envie de le suivre ressemble davantage à une obligation que je m'impose pour terminer saine et sauve cette épreuve. Je discipline le sentiment d'injustice qui me gouverne depuis que j'ai mis le pied ici et nous franchissons ensemble la deuxième porte protégée par un digicode. Titus s'étonne de la facilité avec laquelle elle se déverrouille. Il aurait essayé une cinquantaine de combinaisons pour la précédente. Puis, nous nous enfonçons encore un peu plus dans l'Unité de Biologie, accompagnés de son drone. Nous passons devant l'élevage de colibris pollinisateurs, ces oiseaux génétiquement modifiés qui servent dans les verrières de l'Union. Leurs ailes minuscules battent l'air à une vitesse telle qu'elles deviennent invisibles pour l'œil humain. De temps en temps, ils trempent la tige interminable qui leur sert de bec au cœur d'une fleur d'oranger.

Rien ne semble surprendre Titus Quinn, à croire qu'il connaît chaque section comme sa poche. Un privilège des apprentis Juges peut-être ? Nous traversons maintenant un interminable hangar bordé de vitrines où sont méticuleusement épinglés des essaims entiers d'insectes. J'ai déjà vu cet endroit quelque part… En fouillant ma mémoire, je revois ces images sur les écrans géants lors du Grand Partage. Dans un jeu de lumière, les élytres iridescents des insectes font chatoyer le visage de Titus de toutes les couleurs de l'arc-en-ciel.

— Il y en a des milliers, peut-être des millions, murmuré-je.

— Comme vous dites.

Je ne parviens pas à savoir s'il reste sur ses gardes ou s'il est juste insensible à ce qu'il voit, tout comme il est insensible au sort de ces enfants qui restent enfermés ici durant des décennies.

TEST DES AILIERS ENCLENCHE. QUALITE RECHERCHEE : RESILIENCE.

— Il doit y avoir une erreur, j'ai déjà passé ce test.

— L'Union ne fait jamais d'erreur, répond-il.

Pour la première fois, une ombre passe dans son regard.

— Qu'est-ce que ça veut dire ?

— Vous avez peut-être déjà passé le test, mais pas moi.

Tout mon corps se crispe à l'idée de rejouer la scène dont je viens tout juste de me sortir. Un sinistre bruit de soufflerie résonne derrière nous et je comprends aussitôt qu'il faut courir.

Une rafale de fléchettes explose les vitrines dans une cascade d'ailes et d'écailles irisées. Les insectes s'élèvent dans les airs pour un dernier envol. Ils s'emmêlent dans mes cheveux, et chaque parcelle de mon corps me gratte soudainement, comme si des milliers de pattes crochues s'étaient faufilées sous ma tenue. Les secondes sont précieuses et je n'ai pas le temps de les retirer. J'ai en ligne de mire la porte au bout du hangar.

— Couchez-vous ! m'ordonne Titus, qui me plaque au sol.

Une fléchette déchire l'air à deux centimètres de nos têtes. Un tapis craquant a amorti ma chute. Des insectes. Est-ce que c'est une antenne que j'ai dans la bouche ? Je n'ai pas le temps de la retirer. Je me retourne, Titus a bondi sur le drone dont les hélices turbinent à plein régime pour maintenir sa stabilité.

— Par la Juge-mère ! s'exclame-t-il en lévitation à un mètre au-dessus du sol. Qu'est-ce que vous attendez ! Déverrouillez cette satanée porte !

Par miracle, le panneau métallique se déverrouille aussi facilement que les autres. Je pénètre dans la pièce, Titus sur mes talons. Une fléchette fuse à travers l'embrasure, pour se perdre quelque part dans la pièce. Sans perdre une seconde, nous conjuguons nos forces pour refermer la porte que le drone mitraille depuis l'extérieur. Puis c'est le silence.

— Il va y avoir d'autres surprises comme ça ? demandé-je, hors d'haleine.

J'ai tout juste le temps de reprendre mon souffle que la voix de synthèse retentit une nouvelle fois.

TEST DES AILIERS TERMINE. TEST DU MESSAGER DECLENCHE. QUALITE RECHERCHEE : PERSUASION.

— Il faut croire… répond Titus.

— Ce test-là est pour moi, dis-je, en me relevant.

— Pour nous. Je ne l'ai pas passé non plus.

Qu'avait dit Sven sur le Messager ? Est-ce que j'ai raison de croire que cette fois personne ni aucun drone ne va essayer de me tuer ?

— La Persuasion... Rien d'autre que des bavardages, dis-je, dans le seul but de me rassurer. Il ne va rien nous arriver.

— J'ai suivi une classe de Persuasion pendant dix ans. Nous étions neuf dans ma promotion, nous avons fini à huit.

— Un élève a été transféré vers une classe de Discipline ? demandé-je.

— Mort au cours d'un entraînement. Vous n'avez aucune idée des exigences qui pèsent sur nous, dans le Quartier des Juges.

J'aurais préféré une autre réponse.

— La porte, et celle d'avant, comment les avez-vous déverrouillées ? me demande-t-il.

Je réfléchis un instant.

— Elles se sont ouvertes, c'est tout.

— Comme ça ? dit-il en claquant des doigts.

Il me dévisage d'un œil soupçonneux.

— Oui, comme ça.

— Bien, finit-il par dire, je crois que nous devrions prendre garde à ce qui nous attend ici.

Le soulagement d'avoir échappé au drone m'a empêché de remarquer que la pièce est plongée dans le noir total. J'entends Titus avancer d'un pas lent.

— Qui est là ? demande une voix, perdue dans l'obscurité.

Pourquoi est-ce que j'ai l'impression qu'on vient soudain de m'arracher le cœur ? Cette voix, je la connais. Tout à coup, un projecteur repousse les ténèbres pour jeter dans la lumière le garçon au tatouage. Il est attaché à un fauteuil en métal, les bras joints derrière le dos, la gorge cinglée par une chaîne à larges maillons.

— Le rebelle... souffle Titus.

— Pitié, aidez-moi... supplie le garçon sur la chaise.

Je me précipite pour tenter de retirer ses liens, mais Titus m'en empêche d'un revers de bras.

Le Messager est la tête pensante de l'Équipe. Il sait obtenir les réponses à ses questions.

— Est-ce que vous l'avez entendu vous aussi ? me demande-t-il.

— Qu'est-ce que ça veut dire ?

— Qu'il faut d'abord interroger le rebelle. Laissez-moi faire.

Le garçon se redresse sur le fauteuil, mais les chaînes qui l'entravent le rabattent fermement contre le dossier en acier. Les mains jointes derrière le dos, Titus s'avance vers lui. Il se racle la gorge, adoptant bientôt un ton dur comme de l'acier :

— Êtes-vous prêt à coopérer ?

— Promettez-moi d'abord de me sortir d'ici, répond le garçon, et je dirais tout ce que vous voulez savoir.

Il semble uniquement se repérer à la voix de Titus, tant le projecteur l'aveugle.

— Mais bien entendu, bien entendu que nous allons vous sortir d'ici. Déclinez d'abord votre identité.

Les pas de Titus résonnent dans la pièce.

— Je m'appelle Jonas Solt.

— Parfait, on dirait que sa mémoire est intacte, me souffle Titus avec soulagement.

Grâce à Emmy, je sais maintenant que les Juges n'hésitent pas à effacer la mémoire des ennemis de l'Union pour faire s'évaporer toute intention malveillante de leur esprit. C'est le meilleur moyen qu'ils aient trouvé pour empêcher les récidives.

— Matricule ? reprend Titus.

— B-1211-1664, je viens des Bas Quartiers.

— J'aurais pu le parier.

Les yeux de Jonas tombent sur ses vêtements délavés et troués par endroit, qui ne font aucun doute sur ses origines.

— Pourquoi les Juges ont-ils prononcé votre arrestation ?

— Vous étiez là, quand c'est arrivé, non ?

— Reprenons les bases, voulez-vous.

Jonas Solt acquiesce tant bien que mal, dans le peu d'amplitude que les chaînes laissent à ses mouvements.

— C'est mon frère Callum qui devait se présenter aux sélections, commence-t-il, la voix brisée. Moi je ne devais faire que l'accompagner. L'attaque de l'Essor lui a fait peur, alors il a pris la fuite après son Inspection dans le Bâtiment Administratif. Je l'ai cherché partout, sans réussir à le retrouver. Est-ce que vous savez si les Juges l'ont retrouvé ?

— Continuons comme nous avons commencé, c'est moi qui pose les questions.

Jonas Solt avale péniblement sa salive, entravé par la chaîne qui lui passe en travers de la gorge.

— Et pour éviter que votre frère ne soit condamné pour désertion, vous vous êtes présenté à sa place, termine Titus d'un ton tranchant.

— Exactement, dit Jonas Solt, soulagé que quelqu'un le comprenne enfin.

— Vous avez déjà servi cette version aux Juges. Pensez-vous que nous serions là, à vous poser les mêmes questions si c'était la vérité ?

Jonas est étourdi par l'offensive verbale.

— Je n'appartiens pas à l'Essor ! Je ne suis pas l'un d'entre eux !

— Si seulement j'avais un drone de vérité sur moi… soupire Titus. Nous aurions pu le vérifier.

La pièce se charge à dix mille volts.

— Pas le drone de vérité, marmonne le garçon. Il faut croire ce que je vous dis…

J'ignore de quoi est capable un tel drone, mais visiblement Jonas Solt n'a aucune envie d'en recroiser un.

— Moi je le crois, dis-je enfin.

Jonas ravale ses larmes qui se perdent dans sa barbe naissante :

— Ceux de l'Essor retiennent mon père quelque part, s'ils ne l'ont pas déjà tué, dis-je en me tournant vers Titus Quinn. Et je ne peux pas croire que ce garçon ait rejoint leur cause.

— Parce qu'il n'a pas le faciès d'un meurtrier ? réplique Titus. Pardonnez-moi, mais je doute que ce raisonnement soit suffisant pour valider le test du Messager. Ayez confiance et laissez-moi faire.

Mais Jonas ignore ce qu'il vient d'entendre, il plisse des yeux pour tenter de discerner mon visage malgré la lumière aveuglante du projecteur. Il fait cliqueter les chaînes dans son dos.

— Mais… C'est toi ? dit-il en me reconnaissant. Tu as peut-être une clef ou n'importe quoi pour me libérer ?

L'espoir qui illumine son visage me fend le cœur.

— Son test du Protecteur est maintenant terminé, le rabroue Titus en m'adressant au passage un regard noir. À moins de lui révéler des informations essentielles, je doute qu'elle ait une quelconque raison de vous libérer. Alors, si vous savez la moindre chose sur l'Essor, la moindre chose sur son père… parlez maintenant, Jonas.

L'apprenti Juge a marqué un silence étudié, et j'ai l'impression de retrouver chez lui les techniques de manipulation de Perpétua Cromber.

— Je ne connais même pas le nom de son père !

— Félix Lormerot, dis-je à demi-mot.

Il se redresse sur son fauteuil en métal.

— L'inventeur des abeilles mécaniques ?

— Parlez ! ordonne Titus, satisfait d'avoir visé juste.

Jonas le toise d'un air mauvais, mais finit par répondre :

— Dans les Bas Quartiers, l'abeille est l'emblème de l'Essor. Elle est le symbole de ceux qui refusent de se soumettre au système des Unions. Le symbole d'une troisième voie, celle que défendait votre père.

— Est-ce que nous devons prendre cela pour des aveux ? demande Titus, avant de se tourner vers moi. C'est l'un d'entre eux, ça ne fait aucun doute.

— Vous n'en avez rien à faire de ce que je vous dis depuis le début ! explose Jonas.

Des gouttes de sueur tombent de ses mèches et d'autres ruissellent sur son front luisant.

— Vous semblez bien trop renseigné sur les motivations de l'Essor pour n'être qu'un Citoyen ordinaire.

— Tu ne comprends pas, répond-il, en ignorant Titus. C'est la pensée de ton père qui a impulsé l'Essor.

Il plante son regard dans le mien. Le projecteur révèle chaque nuance de ses yeux.

— Tu veux dire, que mon père…

— N'est pas retenu par l'Essor. Il est l'un d'entre eux.

Ma bouche s'assèche, finit par s'ouvrir sans émettre le moindre son. J'aurais préféré disparaître des années et des années au fond du tube cryogénique plutôt que d'entendre quelque chose pareil.

— Ce sont de graves accusations, conteste Titus qui me lance un regard suspicieux.

— C'est impossible, impossible, dis-je, en faisant les cent pas.

Un Messager ne prendra pas le risque de laisser courir dans la nature les informations qu'il a récoltées. Il obéit à son Capitaine. Alors, débarrasse-toi de lui, c'est un ordre.

Je ne parviens pas à me concentrer sur les paroles de Sven Nilsson qui ont résonné dans ma tête, comme dans celle de Titus Quinn. Je ferme les yeux quelques secondes pour échapper à l'horreur de la situation.

Mon père, le chef de file de l'Essor ? Non seulement il aurait trahi l'Union, mais aussi notre famille ? Sans donner la moindre nouvelle, en se faisant passer pour mort ? Il doit y avoir une autre explication. Il faut qu'il y ait une autre explication.

— Vous avez entendu la voix du Capitaine ? me demande Titus. Jonas doit être éliminé.

— M'éliminer ? répète-t-il, un mélange de désespoir et de colère dans la voix. Je vous ai dit tout ce que vous vouliez savoir. En échange, vous devez me faire sortir d'ici ! Vous m'avez donné votre parole !

— Vous avez raison Jonas, j'ai promis de vous faire sortir, répond Titus. Mais il y a peut-être un détail que nous avons oublié d'évoquer tout à l'heure. Nous n'avons pas mentionné que vous sortiriez d'ici en vie.

— Va te faire voir, enfoiré de Juge ! lui crache-t-il au visage.

Titus l'ignore. Je vois les pires intentions se bousculer derrière ses yeux noirs. Son regard finit par tomber sur la fléchette mortelle que le drone a envoyée dans la pièce, juste avant qu'on y trouve refuge. Je la saisis aussitôt, en me promettant que rien ni personne ne me fera lâcher ma prise.

— Soyez raisonnable et donnez-moi cette fléchette, dit Titus, d'un air affable. Ce sont les ordres du Capitaine. Sans ça, mon test du Messager ne sera pas validé.

— Comme si ce test avait la moindre importance ! lui hurlé-je au visage.

Titus Quinn avance vers moi dans des gestes lents, comme si j'étais une menace qu'il n'avait pas vu venir. Je tente d'ignorer les protestations de Jonas qui se débat sur sa chaise, alors qu'une tempête de doutes fait rage sous mon crâne.

— Tout ceci n'est pas réel, vous le savez aussi bien que moi. Éliminer ce rebelle n'aura strictement aucune conséquence.

— Toi, tu es bien réel, non ? demandé-je, folle de rage.

— Avez-vous perdu la raison ? Bien sûr que je le suis, me répond-il sur le ton de l'évidence.

— Alors, pourquoi lui ne le serait pas ? Jamais mon imagination n'aurait pu inventer des choses pareilles sur mon père !

Mes yeux se gonflent de larmes que je tente de camoufler. Mon père nous a abandonnés pour servir la cause de l'Essor. Si tout ceci est bien réel, comment le supporter ? Il faut que je l'accepte, même si la déception est immense. Je pense à Nina et à William, pour qui la trahison sera plus grande encore.

— Ce n'est qu'une simulation, répète lentement Titus, en tendant le bras pour que je lui donne la fléchette. La Jugemère l'épargnera, si elle a pitié de lui.

Mes pensées se bousculent à une vitesse folle. J'ai passé les tests du Nourricier, du Protecteur, des Ailiers, et celui du Messager s'achèvera d'une minute à l'autre. Je me réveillerai dans la même pièce blanche où je me suis enfermée tout à l'heure, sans avoir trouvé le moyen d'aider William. Il voulait que je sois une candidate exemplaire, pour que je traverse les sélections sans turbulence. Il me l'a fait promettre, uniquement pour moi, uniquement pour me protéger. Mais à présent, les cartes sont rebattues. Avec les aveux de Jonas, Perpétua Cromber connaît maintenant l'implication de mon père dans la cause des rebelles. Elle n'aura plus aucun mal à prouver ma culpabilité devant le Grand Bureau des Juges. Attendre sagement qu'elle vienne me cueillir à la fin de ma simulation pour que mon jugement soit prononcé, reviendrait à abandonner définitivement mon frère dans ce trou à rat. Ça ne peut pas se passer comme ça, il faut absolument que j'aie un coup d'avance sur elle, sur les Juges. Il faut que je tente quelque chose qu'ils n'ont pu anticiper, comme lorsque j'ai détruit mon drone en plein milieu du test. C'est peut-être la seule chance qu'il me reste. Je dois agir tant que les Juges ont les yeux rivés sur leurs écrans d'analyse, et ce moment est arrivé.

— Alors puisque tout ceci n'est qu'une simulation, dis-je en empoignant la fléchette, il est temps de revenir à la réalité.

Je lève l'arme paralysante devant moi. Je pense à la toxine qu'elle renferme, capable d'arrêter les battements d'un cœur en un clin d'œil. Je songe aux Citoyens de mon quartier qui ont perdu la vie lors du Grand Partage.

Pensant que je lui tends la fléchette, Titus se décrispe un instant. Puis je l'entends me hurler d'arrêter quand il comprend qu'à la fin de mon geste, la fléchette terminera sa course plantée dans mon cou.

Son cri envahit mon crâne qui n'est plus que lumière. Un flash d'un blanc aveuglant me transporte ailleurs.

21.

— Elle revient à elle, dit une voix lointaine. Le jugement va pouvoir commencer.

Le jugement ? Alors, mon plan a échoué ?

Avant toutes les autres, la première sensation est la douleur. La douleur des chaînes qui m'enserrent les poignets avec la force d'un garrot.

Mes bras se contorsionnent dans mon dos pour épouser les barreaux d'un fauteuil. L'assise en acier inoxydable répond douloureusement à mon arête iliaque, pointue comme une aiguille. Mes yeux s'ouvrent enfin sur la minuscule pièce sans porte ni fenêtre.

C'est donc ici que les Juges m'ont enfermée.

Je me débats sans pouvoir bouger d'un millimètre. Quatre boulons immobilisent au sol chacun des pieds du fauteuil métallique, au cas où j'aurais voulu partir en promenade.

Face à moi, d'innombrables alvéoles se découpent dans un écran incrusté dans le mur, comme l'œil composé d'un insecte. Le fauteuil sur lequel on m'a vissée est tellement proche de l'écran, que je pourrais y compter les pixels.

— Fixez la lentille optique et gardez les yeux grands ouverts, Mademoiselle Lormerot.

Je connais cette voix, c'est celle de Guilford.

Mes yeux font tous les efforts du monde pour combattre la lumière crue de l'écran. En y regardant de plus près, je découvre bientôt que sept cents paires d'yeux me dévisagent. Sept cents Juges, siégeant dans le Grand Bureau des Juges. Je suis offerte en spectacle aux Juges de l'Union. Un spectacle qui n'en est pas un, puisqu'il s'agit d'un jugement, le mien, à l'issue duquel une condamnation tomberait inexorablement.

Mon corps immobile se raidit un peu plus.

Perpétua Cromber est derrière tout ça. Mes yeux scrutent chacune des alvéoles de l'écran, à la recherche de son visage impeccable. Introuvable. Je sais pourtant qu'elle me voit. Elle m'a donné rendez-vous avec le Grand Bureau des Juges, voilà la promesse qu'elle m'a faite, pour me terrifier. Est-ce qu'elle a déjà servi aux Juges sa propre version ? Celle dans laquelle elle me fait passer pour une rebelle qui a piraté le drone de la première épreuve, dans le seul but de modifier son score ? Comment nier, maintenant que le Grand Bureau des Juges au complet sait que je suis fille d'un rebelle ? À mon tour d'être jugée pour haute trahison envers l'Union.

À bien y réfléchir, j'aurais préféré que la toxine de la fléchette me tue, plutôt que de laisser à Perpétua Cromber le privilège d'en finir avec moi. Mes yeux la traquent sans relâche. Toutes ces combinaisons, tous ces costumes immaculés qui quadrillent l'écran de long en large me donnent la nausée. Par la Juge-mère, si elle prononce mon exécution et qu'un drone militaire doit me cribler de fléchettes, faites que mon sang l'éclabousse.

Dans l'une des alvéoles, je remarque la Juge qui m'a fait passer l'Inspection. Elle remonte ses lunettes à écailles sur l'arête de son nez.

— Merci pour votre témoignage Juge Onslow, dit Guilford. Vous n'avez donc rien remarqué chez cette candidate lors de son passage dans le Bâtiment Administratif à part donc cette… inscription sur son bracelet. Ça ne fait aucun doute que la Citoyenne Pia Lormerot est une jeune femme troublée.

Il parle de moi comme si j'étais absente :

— Alors cette candidate aurait dû être éliminée à l'issue de la première épreuve ? résume Guilford. Juge Cromber, c'est bien vous qui étiez responsable de sa simulation ?

Sur l'écran, l'assemblée fait silence et je l'aperçois enfin. Plus belle, plus forte que jamais.

— C'est exact, répond Perpétua Cromber avec la froideur que je lui connais. Mais ce que vous devez bien comprendre, c'est que la candidate Lormerot y est parvenue par un tour de force.

Elle laisse s'étirer un silence dramatique, se cachant derrière une cascade de cheveux blonds avant de réapparaître.

Je sais ce qu'elle fait, elle s'apprête à dérouler son implacable démonstration.

— Eh bien, allez-y, nous vous écoutons, s'impatiente le Juge.

— J'ignore comment c'est possible, mais elle a réussi à prendre le contrôle du drone. En fait, Pia Lormerot n'a rien d'une Citoyenne ordinaire. Tout comme moi, vous avez entendu les révélations au sujet de son père ?

— Espèce de… Vous n'avez pas le droit de mêler mon père à tout ça ! hurlé-je, entre les quatre murs d'acier de la minuscule pièce.

Mais Perpétua Cromber ne prend même pas le temps de m'adresser un regard :

— Mon diagnostic est le suivant, poursuit-elle, Pia Lormerot est une rebelle qui ne fait qu'exécuter les ordres de son père pour infiltrer les sélections de l'intérieur.

Une vague d'exclamations parcourt l'écran.

La Juge laisse échapper un petit sourire, comme si elle s'était préparée à cette réaction.

— Sale menteuse de Juge, c'est faux ! m'époumoné-je sur mon fauteuil.

Guilford frappe trois grands coups de maillets sur son bureau en verre opaque.

— Allons, allons, silence s'il vous plaît ! tempête-t-il, pour faire revenir le calme dans le Grand Bureau des Juges. Faut-il préciser à Mademoiselle Lormerot qu'elle n'aura le droit à la parole que lorsque le drone de vérité sera activé ? Inutile de vous agiter de la sorte, Citoyenne. Contentez-vous de fixer la lentille au centre de l'écran.

Comment les Juges peuvent prétendre me juger alors que je ne peux même pas me défendre !

Regarde-moi, murmure une voix qui ne peut être que le fruit de mon imagination.

Je secoue la tête et mes yeux la rencontrent enfin, la lentille turquoise. C'est un œil unique, qui brille d'un éclat envoûtant. Un millier de reflets azur sont condensés dans ce minuscule espace circulaire. En la contemplant, la fureur me quitte un instant avant de me revenir comme une gifle quand je cligne enfin des yeux.

Guilford s'adresse de nouveau à cette vipère de Perpétua Cromber :

— Ma chère, je sais que l'attaque de l'Essor lors de la deuxième épreuve nous a tous profondément… bouleversés, mais ce n'est pas une raison pour manquer de discernement.

L'attaque de l'Essor ? De quoi parle-t-il ? L'Essor aurait frappé une seconde fois, pendant que j'étais inconsciente ?

Je compte bien grappiller chacune des informations que les Juges mettront à ma disposition. C'est par là qu'il faut commencer si je veux savoir quoi leur répondre pour me défendre, s'ils daignent m'en laisser l'occasion.

— Vous savez bien que c'est impossible. Absolument impossible, explique Guilford. Et pour cause, les drones sont ce qui existe de plus abouti en matière d'intelligence artificielle, après la Juge-mère, bien évidemment. Je ne vous apprends rien, Juge Cromber. N'êtes-vous pas tout simplement en train de reporter sur ce drone une erreur qui serait en réalité la vôtre ? reprend-il en avisant durement la Juge.

La bouche de Perpétua Cromber se déforme en une grimace d'indignation :

— Jamais je ne commettrais un tel parjure devant notre Grand Bureau ! s'offense-t-elle en secouant énergiquement sa chevelure d'or. Le fait est que le frère et la sœur ont échangé leur identité, au mépris des règles de l'Union. Vous savez comme moi que le drone du garçon nous a immédiatement avertis, tandis que le drone de la fille n'a réagi à aucun moment, alors même qu'il aurait dû nous alerter une douzaine de fois au moins !

L'alarme qui a retenti pour William, juste avant que ne commence sa simulation…

— Vous l'avez tout de même qualifiée avec un score de douze, observe Guilford en consultant un écran.

— Pardonnez-moi, le Grand Bureau des Juges s'est réuni pour mon jugement ou alors pour celui de Pia Lormerot ? se révolte-t-elle d'un ton sans réplique.

Dans le champ qu'elle occupe sur l'écran, ses yeux lancent des éclairs glacials droit vers Guilford, avant que je n'aie l'impression qu'ils se posent sur moi, comme pour s'assurer que je ne lui échapperai pas une seconde fois.

— Je défie quiconque de repasser les images de sa simulation et d'arriver à une autre conclusion que la mienne. J'ai suivi le protocole à la lettre. Maintenant si vous voulez bien me laisser terminer ? articule-t-elle lentement. Je sais pourquoi les simulations se sont toutes interrompues avant leur terme alors qu'aucun Juge n'en a donné l'ordre. Est-ce une coïncidence si la deuxième épreuve a pris fin au moment précis où cette inconsciente a naïvement cru qu'elle pouvait se donner la mort au moyen d'une fléchette de drone ? Non. Et savez-vous pourquoi ?

Le Grand Bureau des Juges est à présent suspendu à ses lèvres venimeuses et je suis bien obligée de reconnaître qu'elle est douée :

— Car l'Essor ne pouvait pas prendre le risque de perdre l'une de leur protégée, dit-elle. C'est le drone qu'on a trouvé sur elle qui a mis fin à l'épreuve, pour protéger cette dangereuse adolescente. C'est lui qui a neutralisé notre système de sécurité lors de sa première épreuve, et je suis prête à parier que c'est lui qui a émis le signal pour déclencher l'explosion dans le Quartier des Juges la veille des sélections. Imaginez que le coup d'après ait été de s'en prendre aux candidats. Qui aurions-nous présenté à l'Épreuve des Sept ? Et vous savez aussi bien que moi ce que ça signifie…

— Une année de plus au fin fond du classement, complète un Juge que je ne connais pas.

Des exclamations émergent aux quatre coins de l'écran. Tout s'enchaîne si vite. Sa démonstration est un sans-faute. Au fond de moi, je sais que chacune de ses phrases me rapproche un peu plus du mur d'exécution.

— Bien sûr, j'ai pris soin de lui retirer son drone, ajoute la Juge. Il est désormais en lieu sûr.

J'essaie tant bien que mal de rassembler mes pensées pour comprendre la situation. Alors la nouvelle attaque aurait été causée par mon drone ? Se peut-il qu'il y ait un fond de vérité dans ce que cette vipère avance ? Après tout, quelqu'un s'est débrouillé pour le mettre entre mes mains dans les dortoirs.

— Je tiens pour responsable Pia Lormerot, poursuit Perpétua Cromber avec une assurance à toute épreuve. C'est elle qui contrôle le drone de l'Essor, ou devrais-je dire, c'est elle qui contrôle leur *arme*. Celle que l'Essor dirige contre nos sélections, depuis le début !

— Par la Juge-mère… souffle Guilford qui se redresse dans son fauteuil.

— C'est pourquoi je demande que soit prononcée une condamnation à la hauteur de la gravité des faits qui lui sont reprochés. Et pour que le Grand Bureau des Juges puisse émettre un jugement éclairé, je souhaiterais insister sur le manque de coopération de Pia Lormerot. Plus que ça, je voudrais revenir sur ses innombrables tentatives de manipulation que j'ai subies et qui avaient pour unique but de masquer le lien pervers qui la relie à l'Essor.

Des bouillons d'injustice déferlent dans mes veines. Elle a réussi à inverser les rôles.

Un rictus de satisfaction lui échappe et je meurs d'envie de lui enfoncer mes ongles dans le visage.

Un homme prend la parole.

Des cheveux poivre et sel, un ton à la fois calme et plein d'assurance qui vient jeter de l'eau sur le feu intérieur qui me dévore. Je reconnais aussitôt l'oncle de Titus Quinn :

— Que préconisez-vous, Juge Cromber ? Nous avons déjà proclamé l'annulation pure et simple de la troisième épreuve, pour éviter de faire courir le risque d'une autre frappe aux candidats, dit-il avec un calme olympien. Je ne vois pas ce que nous pourrions faire d'autre, à part peut-être lui effacer la mémoire…

— Effacez-lui la mémoire si ça vous chante, l'interrompt-elle, mais je veillerais personnellement à ce qu'on affrète un vol de drone-militaires pour l'exécuter dans les plus brefs délais.

Elle pointe un index accusateur droit sur moi qui achève de convaincre le Grand Bureau des Juges.

Perpétua Cromber vient de gagner la partie. Une partie où l'enjeu n'est rien d'autre que ma vie.

— Bien, intervient Guilford, commençons par activer le drone de vérité.

Dans la minuscule pièce, la lentille optique se détache de l'écran pour voleter jusqu'à moi. Elle vient se placer si près, qu'elle me frôle le nez.

Alors c'est un drone de vérité ? Les supplications de Jonas Solt m'incitent à me méfier de l'apparence inoffensive de cette chose.

Une minute, si le drone de vérité est actif, cela signifie que les Juges m'entendent enfin. Je bondis sur l'occasion de faire éclater la vérité au grand jour :

— Écoutez-moi, je vous en conjure… La Juge Cromber vous a menti. Elle vous a menti pour sauver sa peau ! Car elle sait que m'avoir qualifiée est une erreur qui lui coûterait son poste de Juge ! Elle vous a menti pour ne pas être déclassée ! hurlé-je de toutes mes forces.

Sur l'écran, les Juges me dévisagent comme si j'étais un spécimen dangereux.

— La Juge Cromber nous a mis en garde contre vos tentatives de manipulation, tempère Guilford dont le portrait s'agite dans une petite case de l'écran.

— Nous devrions commencer par l'interroger au sujet de son frère, propose Perpétua Cromber, qui se mord les lèvres pour ne pas sourire.

J'ai beau être enchaînée à ce fauteuil, c'est comme si le sol venait de se dérober sous mes pieds.

— Mon frère ? Qu'est-ce que vous lui voulez ? demandé-je, fébrile.

Le Juge lève le menton et part d'un rire argentin qui me soulève le cœur.

— Vous faites erreur, c'est nous qui posons les questions ici. Un conseil, si vous ne voulez pas aggraver votre cas, ne mentez pas ou vous pourriez le regretter amèrement. Mais maintenant que vous êtes prévenue, nous pouvons vous le dire, après tout ça ne changera rien.

Il prend une profonde inspiration, puis opine du chef :

— C'est *vous* qui allez nous aider à mettre la main sur votre frère, pour qu'il soit jugé à son tour.

— Jamais !

Ma réaction n'est que réflexe, mon menton tressaute, échappant à tout contrôle.

— Comme si vous aviez le choix, ma chère. Ce serait sous-estimer les pouvoirs du drone de vérité.

Mon sang ne fait qu'un tour. Alors, les Juges comptent sur moi pour les conduire jusqu'à William ? Je ne peux pas laisser une telle chose se produire, ou alors je ne serais plus capable de me regarder dans un miroir jusqu'à la fin de mes jours. Si j'échappe à l'exécution…

Derrière l'œil turquoise du drone de vérité, Guilford me sonde de son regard bleu acier :

— Fixez la lentille du drone en ouvrant grand les yeux, je vous prie. Ce ne sera pas douloureux… du moins tant que vous nous direz la vérité.

Le drone s'approche un peu plus de mon visage. Cette fois, je ferme les yeux refusant d'obéir. Mais que je le veuille ou non, quelque chose glisse bientôt sous mes paupières. Je veux fuir, seulement je suis attachée et je comprends ce que Jonas Solt redoutait tant.

De fines tiges d'acier, semblables à d'interminables crochets d'insecte, partent de la lentille du drone pour soulever mes paupières dans le but de les maintenir ouvertes. J'abandonne toute envie de me battre quand mes yeux rencontrent une nouvelle fois les mille nuances de l'œil artificiel. Peu à peu, la pièce dans laquelle on m'a enfermée s'efface. Qu'est-ce qui est en train de m'arriver exactement ? Un bien-être incomparable se diffuse en moi alors que je devrais au contraire être morte de peur.

Le niveau de méfiance, qui battait des records il y a quelques secondes, est maintenant au plus bas. Bientôt, je ne ressens rien d'autre que de l'amour. J'accueille avec bienveillance le cliquetis mécanique qui révèle une buse pointée comme un dard. Là, juste sous l'œil miraculeux du drone de vérité. Un épais fumigène s'en échappe pour se déverser directement dans mes yeux. À ce moment précis, je suis heureuse comme je ne l'ai jamais été.

Est-ce que tu as déjà vu quelque chose d'aussi merveilleux ? prononce une voix que je suis manifestement la seule à entendre.

Je ne comprends plus la Pia de tout à l'heure qui se débattait inutilement sur son fauteuil. Tout le monde devrait vivre au moins une fois dans sa vie un pareil bonheur.

— Écoutez-moi attentivement, Citoyenne Pia Lormerot, et répondez. Savez-vous dire « oui » ?

— Oui, dis-je, en ayant l'impression que tout l'amour de la Juge-mère ruisselle dans mes veines.

— Savez-vous dire « non » ?

— Oui.

— Pourriez-vous dire « non ».

— Non.

Mais je sais qu'au fond de moi, je suis en train de dire « oui » à un bonheur infini.

Pourquoi est-ce que je trouve la voix de Guilford envoûtante ? J'ai le sentiment qu'il pourrait me dire n'importe quoi et que je le ferais.

— À présent, oubliez vos paupières. Vos yeux sont des fenêtres ouvertes, un ciel sans nuage. Vos cils, des papillons aux ailes immobiles.

Tu entends, c'est beau ce qu'il dit.

— Parfait, le drone est calibré, dit-il aux autres Juges. Pia Lormerot, vous êtes du Quartier du Milieu. Vous êtes âgée dix-sept ans. Vous êtes la fille de Hanna et Félix Lormerot. Et c'est à votre père qu'on doit les abeilles mécaniques. Oui ou non ?

— Oui, dis-je en bénissant la Juge-mère pour la facilité des questions qui me sont posées.

Les couleurs merveilleuses s'animent devant moi dans un tourbillon ensorcelant. Mes yeux veulent toutes les capturer, car je n'ai jamais rien vu d'aussi beau.

— Très bien, très bien, continuez à nous dire la vérité, m'encourage Guilford de sa voix hypnotique.

Pourquoi sa voix ressemble de plus en plus à celle de Matt, à moins que ce ne soit celle de Swan ?

— Vous avez réussi la première simulation alors que vous avez usurpé l'identité de votre frère ? Oui ou non ?

— Oui, mais…

Il n'y a pas de « mais ». L'iris du drone brille calmement, comme pour me séduire. Le bleu azur, le vert de jade et l'or lumineux se mélangent pour me projeter ailleurs. Je nage avec Matt dans une rivière qui miroite sous les rayons d'un soleil de bronze. Il m'éclabousse d'une eau tiède et nous rions aux éclats. La seconde d'après, je m'envole au-dessus d'une forêt, Swan qui me tient la main me fait promettre qu'à partir de maintenant nous volerons au lieu de courir.

Guilford, imperturbable, enchaîne les questions :

— Votre frère William est un ennemi de l'Union. Oui ou non ?

— C'est vrai oui, mais…

Toute objection est à nouveau balayée. Des images de mon père et de William, allongés dans un parterre de fleurs sauvages, inondent mon esprit. Tout autour, des abeilles bourdonnent.

Mon père… les abeilles… Je me rappelle soudain que les fleurs sauvages n'existent plus depuis des lustres. Mon rêve vire au cauchemar quand les herbes noires les ensevelissent tous les deux.

Oublie ton frère, oublie ton père, oublie-les tous. Ils n'en valent pas la peine, me susurre une voix glaciale depuis l'intérieur de mon crâne.

— Le drone que vous aviez en votre possession a perturbé le déroulement de la deuxième épreuve, pour vous porter secours. Oui ou non ?

Un éclair de lucidité me fait oublier le bonheur que je vis :

— Non et je n'y suis pour rien !

Tout à coup, la lentille du drone de vérité se met à briller d'un éclat sévère, plus intense que le soleil à son zénith. Une lumière cuisante, plus puissante que tout ce que j'aurais pu imaginer. Mes paupières supplient pour se fermer, mais je découvre avec horreur que le drone de vérité les maintient ouvertes. Je veux cligner mille fois, seules des larmes vitrifient mes yeux pour rendre la lumière plus insupportable encore.

— Pia Lormerot, le drone sait quand vous mentez. Inutile de résister. Votre volonté ne peut rien contre l'action combinée de l'hypnose et du gaz hallucinogène.

Voilà pourquoi je me sentais aussi bien, les Juges m'ont droguée.

— Arrêtez ça, c'est insupportable !

— Mais bien entendu que nous allons arrêter ça. Quand vous direz la vérité ! Et nous sommes bien déterminés à faire toute la lumière sur la vérité. Avez-vous mis fin à la deuxième épreuve parce que vous soutenez la cause de l'Essor ?

— Non, NOOOON ! Je vous dis que non, je me tue à vous le dire !

Le rêve a définitivement viré au cauchemar. *Garde les yeux grands ouverts*, me hurle la voix dans ma tête. Ma volonté plie sous la douleur, les longs cils métalliques tendent la peau de mes paupières à l'extrême, jusqu'à la déchirure.

Même si je pouvais les fermer, ça ne suffirait plus. La lumière les traverserait comme une vitre, ignorant tout obstacle.

La lumière redouble d'intensité, plus pure, plus blanche que jamais. Mes yeux pleurent des larmes de supplice qui concentrent les faisceaux comme des loupes grossissantes. La brûlure les fera fondre comme du verre en fusion.

— Votre nerf optique ne risque pas d'apprécier vos mensonges, dit-il d'un air faussement attristé. Épargnez-vous des dommages irréversibles et dites-nous la vérité. Ce drone avait-il l'intention de nuire au déroulement de la troisième épreuve ?

— NOOOON !

C'est la seule chose que je sois capable de crier en boucle, tant il m'est impossible de me concentrer sur quoi que ce soit d'autre. Ma souffrance serait la même si on avait jeté de l'acide sur mes yeux grands ouverts.

Tu mens.

— Savez-vous où se trouve votre frère ? Oui ou non ?

Tu ne peux rien contre moi.

Si Guilford imagine une seconde que je vais lui répondre, s'il imagine que je vais dénoncer mon frère, il se trompe lourdement.

— Non, gémis-je, en sentant que des nappes de larmes imbibent le bas de ma tenue.

C'est faux.

Les faisceaux qui émanent de la pupille du drone s'intensifient en un laser destructeur.

— Le comportement du drone ne fait aucun doute, elle ment, réprouve Perpétua Cromber.

Je les supplie d'arrêter, mais les Juges n'arrêteront qu'après avoir obtenu leurs réponses.

Dis-leur la vérité, je la vois. Elle est juste là, regarde.

— Je vais reposer ma question, articule Guilford, savez-vous où se trouve votre frère ?

J'ai soudain la terrible impression qu'une main invisible m'arrache des mots du plus profond de ma gorge.

— Oui... pleurniché-je, en me détestant comme je ne me suis jamais détestée.

Elle trahit son propre frère, se moque la voix glaciale.

La culpabilité enfonce en moi ses pinces puissantes.

— Excellent, continuez. Ne cherchez pas à lutter, personne ne peut lutter contre un drone de vérité, ne l'avez-vous pas encore compris ? Où se cache-t-il ?

Dis-le, traîtresse, me souffle la voix tandis que je supplie mon corps de garder le silence.

Je sais pertinemment que c'est maintenant que je dois lutter. Pourtant, je sens ma volonté s'effacer sous l'action du drone.

Où se cache-t-il ?

La vérité hurle en moi comme une force indomptable, jusqu'à franchir l'espace interdit de mes lèvres :

— Dans... les conduits de ventilation... prononcé-je, en regrettant immédiatement d'entendre la voix étrangère qui est pourtant la mienne. Je comprends qu'il est déjà trop tard. Je sens le drone relâcher son emprise, si bien qu'il n'y a bientôt plus aucune raison de résister. La colère jaillit, plus forte que jamais, capable de briser mes chaînes d'un seul coup de mâchoire :

— Que la Juge-mère vous maudisse tous !

Je crois entendre Guilford donner des ordres à un escadron d'officiels. Incapable de me concentrer sur quoi que ce soit, je n'avais même pas remarqué que les faisceaux impitoyables du drone ont commencé à faiblir.

— Avez-vous autre chose à dire qui prouverait votre innocence ?

Fais un effort, accroche-toi Pia. C'est maintenant qu'il faut clamer ton innocence... Après ce que tu viens de dire, après ce que tu viens de faire. Quel genre de sœur es-tu devenue ?

Je n'ai plus la force d'aligner les mots, alors je me raccroche à l'espoir qu'ils épargnent William. J'ai soudain l'impression de réciter ce que j'ai entendu plus tôt de la bouche de Jonas Solt :

— Nos bracelets étaient défectueux, on nous en a remis des neufs. J'ai échangé le mien avec celui de William en voulant le remettre à sa place, parce que je ne suis qu'une incapable ! Il n'était au courant de rien, il n'a rien à voir avec l'Essor ! m'égosillé-je. Tout ceci n'est qu'une regrettable erreur…

Qui veux-tu que ça intéresse ? prononce la voix sifflante depuis l'intérieur de ma tête.

— Vous savez que l'Union ne fait jamais d'erreur, désavoue Guilford. Le Grand Bureau des Juges proclame votre exécution, demain à 8 h 30, par tirs de drone militaire.

J'entends enfin la lentille du drone de vérité regagner sa place pour se fondre dans l'écran mural et la voix dans ma tête cesse aussitôt.

Par la grâce de la Juge-mère, la lumière cesse définitivement. La douleur s'éteint peu à peu et je mesure enfin ce que vient de dire Guilford. La lumière cède place à la noirceur quand je comprends que demain, à 8 h 30, je serai morte.

22.

Un nuage permanent danse sous mes paupières, sans que je puisse dire si elles sont ouvertes ou fermées. J'ai peut-être perdu la vue, mais le plus grave est à venir. Moi, Pia Lormerot, je vais mourir à l'aube de ma dix-huitième année et j'ai toutes les raisons de croire que mon frère William va connaître le même sort. Depuis que j'ai admis que nous avions grandi l'un et l'autre dans deux directions différentes, j'ai toujours cru que Nina resterait celle dont je me sentirais la plus proche. J'avais tort. Si les Juges condamnent William aujourd'hui, nous serons aussi jumeaux, jumeaux dans la mort.

La respiration entrecoupée de sanglots, je remarque que je n'ai même plus la force de détester Perpétua Cromber, car celle que je déteste c'est moi.

Immobile sur le dossier en métal, j'avance dans le tunnel sombre de mes pensées, là où plus aucun espoir ne survit, à l'exception d'un seul. Dans quelques heures, les Juges me demanderont d'exprimer ma dernière volonté. Je sais exactement ce que je répondrai. Je leur demanderai encore une fois d'épargner mon frère. Mourir seule serait suffisamment terrible comme ça. Hors de question que la dernière chose que je doive affronter soit l'étincelle de vie quittant le regard de William. Je leur demanderai d'avoir la décence de prévenir ma mère de mon exécution. La savoir dévastée par le chagrin me crève le cœur, mais au moins elle cessera d'espérer mon retour et pourra faire son deuil pour ensuite reprendre le cours de sa vie.

Un flux ininterrompu de larmes glisse sur mes joues. Allons Pia, qu'est-ce que ça change qu'un drone te retire la vie ? Tu ne saurais plus te supporter après ce que tu as fait, autant accepter cette fin comme une délivrance.

Une spirale infinie continue de siphonner mon âme, dévorant chaque souvenir heureux, chaque instant de bonheur et même l'amour. Celui de mes parents. Celui de Nina et de William. Le véritable amour, que je ne connaîtrais jamais. Voilà ce que c'est de mourir jeune. Tout ce qu'il me reste, c'est un espoir, un seul, que William prenne un chemin différent du mien, qu'il échappe à l'exécution.

Le sel de mes larmes me pique les yeux, comme si on l'avait jeté sur une plaie béante. Peu importe, dans quelques heures ils se fermeront pour toujours et tout cela n'aura plus la moindre importance.

***

Un bruit me fait sursauter. La porte qui se fond dans le mur blindé s'ouvre.

Des carrières de sel qui crevassent mes joues ont remplacé mes larmes. Comment ai-je fait pour m'endormir malgré la position inconfortable qui me tétanise les bras, malgré mon exécution toute proche.

Je découvre que j'ai en partie recouvré la vue, mais à quel prix ? Les néons clignotent comme des éclairs dans leur tube. Leurs flashes impitoyables me brûlent les yeux.

Quelques pas claquent sur les dalles de verre au sol. Une silhouette apparaît dans le halo de mon champ de vision. Il me faut quelques instants pour discerner le Juge Quinn, qui vient de se planter devant moi.

Quelle heure est-il ? L'heure de mon exécution ? Celle de William ?

Le Juge Quinn se penche un instant, vue plongeante sur sa nuque et le col mao de sa chemise impeccable.

— Que faites-vous ? demandé-je, surprise de le voir défaire mes chaînes.

Je profite du bonheur de sentir à nouveau le sang circuler dans mes poignets, même si bientôt mon cœur cessera de battre.

— Je suis venu vous chercher. Je suis désolé pour vos yeux, mais essayez donc ceci, me dit-il.

Il me tend une paire de lunettes aux verres fumés qui soulage aussitôt mes yeux de la luminosité ambiante.

Je me dégourdis les bras en faisant quelques moulinets dans l'air.

— 21 h 17 ? dis-je en lisant tout haut l'heure qu'affiche son bracelet magnétique. Ce n'est pas un peu tôt pour une exécution prévue au petit matin ?

Je ne serais pas étonnée que les Juges aient pris quelques libertés sur le planning des exécutions.

— C'est autre chose. Nous allons vous expliquer, le Juge Guilford demande à vous recevoir maintenant. Il est absolument hors de lui.

Qu'est-ce qui peut être plus urgent pour les Juges que d'en finir avec moi ?

— Je ne comprends pas. L'Essor a encore frappé ?

— Ne dites pas n'importe quoi. Suivez-moi et n'essayez pas de vous enfuir. Croyez-moi, c'est dans votre intérêt.

Mon intérêt ? Un gloussement hystérique s'échappe de ma gorge.

— Mon frère…

— Déshydraté et affamé, mais il va bien pour le moment.

— Le Grand Bureau l'a…

— Non, il n'a pas encore été jugé, m'interrompt-il. Nous avons bien trop à faire avec ce qu'il vient d'arriver. Sachez que je ne souhaitais pas votre exécution.

Je hoquette nerveusement, sans savoir si je suis en train de rire ou de pleurer.

— Mon exécution ? Pourtant vous n'avez rien fait pour l'empêcher, dis-je coupante.

Il acquiesce en poussant un long soupir.

— J'ai proposé de vous effacer la mémoire. C'était la peine minimale que le Grand Bureau des Juges aurait pu retenir dans ces circonstances. Votre vision n'est pas encore très bonne, alors tenez-vous à la rampe, voulez-vous, dit-il, en commençant à gravir un escalier.

J'escalade les marches.

— Personne ne peut plus rien y changer maintenant de toute façon, réponds-je.

— Voyez-vous, c'est précisément la raison pour laquelle le Juge Guilford est furieux. Continuons par-là.

Je fronce les sourcils d'incompréhension. Il m'indique un long couloir que nous remontons aussitôt et reprend :

— Vous savez, le Grand Bureau des Juges a décidé d'annuler la dernière épreuve. Alors, à 21 heures précises, le Capitaine Sven Nilsson s'est exprimé officiellement sur les écrans géants pour révéler le nom des champions qui formeront l'Équipe de l'Union. Je vous laisse regarder par vous-même, si vous parvenez encore à lire. Il extrait de la poche intérieure de sa veste ivoire un Hexapod qu'il glisse entre mes doigts.

Où le Juge Quinn veut-il en venir ? Les noms des champions défilent sous mon index.

ÉQUIPE OFFICIELLE DE L'UNION JUSTE

Capitaine – Sven Nilsson, 18 ans. Haut Quartier.

Et son mètre quatre-vingt-dix-sept de muscles.

— Faites défiler la section suivante, dit le Juge Quinn avec empressement.

Ailier 1 – Rowan Attourney, 18 ans. Haut Quartier.
Ailière 2 – Johanna Attourney, 18 ans. Haut Quartier.

Même âge, même nom. Peut-être des jumeaux ? Je ne les connais pas, mais je les envie d'avoir traversé les épreuves de ces sélections sans jamais avoir été séparés.

Ailière 3 – Emmy Johnson, 17 ans. Bas Quartier.

Alors Emmy a tapé dans l'œil de Sven Nilsson ? Pourquoi est-ce que je suis surprise ? Je ne devrais pas l'être. Elle mérite depuis le début d'intégrer l'Équipe. Que l'Union gagne ou que l'Union perde, je sais combien cette qualification est sur le point de changer la vie de sa famille. J'aurais pu être heureuse pour elle, si on n'avait pas prévu de m'exécuter dans les heures qui viennent.

Nourricier – Hansen Goevad, 15 ans. Haut Quartier.

À croire qu'il n'y en a que pour les Hauts Quartiers. Je me rappelle soudain le but de la simulation du Nourricier. Trouver de quoi s'alimenter au milieu de cadavres congelés durs comme de la pierre, ou d'animaux bien vivants animés par un furieux instinct de survie. Je préfère ne pas savoir comment ce candidat s'y est pris.

Messager – Titus Quinn, 17 ans. Quartier des Juges.

Encore mieux que tous ces champions issus des Hauts Quartiers : Titus Quinn. Ce n'était pas suffisant d'emprunter la voie toute tracée qui mène vers une illustre carrière de Juge. Il fallait en plus qu'il attire l'attention sur lui jusqu'à devenir l'une des personnes les plus importantes pour l'avenir de l'Union.

Devrais-je m'étonner de lire son nom ici ? Il connaît tous les rouages des sélections. Je me rappelle l'interrogatoire de Jonas Solt qu'il a mené d'une main de fer jusqu'à vouloir le tuer de sang-froid.

Mais je balaie de mon esprit ces considérations en lisant la ligne qui suit.

Protectrice – Pia Lormerot, 17 ans. Quartier du Milieu.

La stupeur me frappe comme la foudre. L'Hexapod manque de m'échapper des mains. Je relis, encore et encore la même ligne, mais c'est bien mon nom qui y est écrit.

— C'est… C'est impossible ? bredouillé-je.

J'essaie de lire dans le regard du Juge plus de réponses qu'il ne veut bien m'en dire.

— La plupart des Juges ont manqué de tomber de leur siège en entendant votre nom dans la liste officielle des champions quand le Capitaine a pris la parole.

Pour la première fois depuis que j'ai appris qu'on m'exécuterait, une sensation de chaleur m'enveloppe soudain, et je la dois à Sven Nilsson. Je l'ai peut-être mal jugé, lui et sa morale personnelle tournée vers le dépassement de soi et le respect de sa personnalité de Capitaine.

Alors, pourquoi ? Pourquoi m'a-t-il choisie ? Moi qui n'ai pas été fichue de respecter le moindre de ses ordres lors de la simulation ?

— Qu'est-ce que ça veut dire ? demandé-je.

— Que vous donnez du fil à retordre aux Juges, Mademoiselle Lormerot. Entrez, c'est par là.

Le Juge Quinn ouvre un immense bureau donnant sur la plus belle vue du Quartier des Juges qu'il m'ait été donné de voir.

Là, dans son fauteuil capitonné, le Juge Guilford m'attend les mains jointes. Son regard bleu acier me découperait en rondelles de chair humaine s'il le pouvait.

Impossible de louper la lentille ensorcelante du drone de vérité que Guilford a fait incruster dans la tranche de son bureau. Elle brille de son éclat irrésistible. De quoi accueillir les visiteurs comme il se doit.

Je m'applique à la contourner, de manière à éviter de plonger une nouvelle fois dans son regard.

— Pia Lormerot, fait-il en même temps qu'un sourire qui ressemble davantage à une grimace. Merci de vous joindre à nous pour cette petite sauterie improvisée. Oserais-je vous dire que ces verres fumés vous vont à ravir ?

À quoi joue-t-il ? Je ravale les quantités d'insultes que j'ai envie de lui cracher au visage, car suis déterminée à saisir la chance de m'échapper de ce cauchemar par la porte de sortie que m'a ouverte Sven Nilsson.

— Je vous en prie, installez-vous en attendant notre invitée.

Il me désigne le fauteuil qui fait face à l'œil du drone de vérité.

— Vous attendez quelqu'un ? demandé-je en m'installant.

Quelque chose me dit que Perpétua Cromber va bientôt se joindre à nous.

— Un peu de patience, un peu de patience. Une part de tarte aux abricots peut-être ? Votre frère n'a pas eu le privilège d'y goûter.

— Non merci, dis-je, en déployant des efforts surhumains pour ne pas lui arracher les yeux.

L'adrénaline m'a complètement fait oublier que je suis morte de faim.

— Léonard, s'il vous plaît.

De son index, il intime à un garçon d'à peu près mon âge de me servir malgré tout. Celui-ci fait rouler vers moi une desserte où trônent des étages de gâteaux surmontés de fruits frais.

— Allons, vous venez du Quartier du Milieu, vous ne connaissez pas ça, là-bas. Léonard, vous n'en avez jamais mangé non plus ?

Le domestique secoue la tête.

— Évidemment, évidemment. Voyez-vous Mademoiselle Lormerot, Léonard vient de la Dernière Union. Au fin fond du classement des Unions depuis des décennies. Nous l'avons récupéré à l'issue du Grand Partage. Les Administrateurs m'ont dit qu'il s'appelait en réalité... À vrai dire, je ne sais même plus, dit-il d'un air songeur avant d'éclater de rire.

— Henri, je m'appelle Henri, Monsieur.

Guilford le considère d'un regard vide avant de se tourner vers moi :

— Mais Léonard lui va mieux, vous ne trouvez pas, Mademoiselle Lormerot ?

— Si vous le dites, Juge Guilford.

Est-ce que j'en fais trop ? Ma voix intérieure me dit que je peux m'y donner à cœur joie, je ne ferai jamais mieux que toutes ces mondanités mielleuses auxquelles les Juges sont habitués.

Guilford s'éclaircit la gorge :

— Bien, bien… J'imagine que le Juge Quinn vous a expliqué pourquoi vous êtes ici.

Posté dans l'angle de la pièce, ce dernier acquiesce calmement.

— À 21 h précises, commence Guilford, Sven Nilsson a promulgué la liste des champions qui intégreront l'Équipe de l'Union. Imaginez un peu le tableau. D'abord l'hymne de l'Union qui retentit sur les écrans géants de chaque quartier. Puis les Citoyens, rassemblés en masse, qui applaudissent à tout rompre le Capitaine Nilsson devant son pupitre hexagonal. Une cérémonie parfaite, sans bavures où les Citoyens de l'Union ne font plus qu'un. Jusqu'à ce que le Capitaine prononce enfin votre nom. Il n'y a pas à l'imaginer, puisque nous l'avons tous vécu.

Un sourire crispé lui barre le visage.

J'imagine très bien la flopée de drones-caméras en train de filmer en gros plan le portrait du Juge Guilford en maître de cérémonie. J'éprouve une certaine satisfaction en imaginant ses traits se tirer d'un coup, alors qu'il s'évertue tant bien que mal à faire comme si tout allait pour le mieux.

— Certains Juges pensent que votre nom sur cette liste ne fait que confirmer la menace rebelle que vous représentez.

J'ouvre la bouche, mais il ne me laisse pas le temps de répondre :

— Vous êtes vraiment très douée, Mademoiselle Lormerot. Je ne vais pas vous demander comment vous vous y êtes prise pour que le Capitaine vous choisisse, avec un score de vingt-quatre sur vingt-cinq à la simulation du Protecteur… alors que vos autres scores sont tous plus désastreux les uns que les autres. Dire que le deuxième candidat a obtenu à peine dix-neuf ! C'est à se demander pourquoi l'Union investit quantité d'unités dans les classes d'Abnégation des Hauts Quartiers, mais c'est une autre histoire.

Un long silence m'amène à penser qu'il attend une réponse de ma part.

— Je ne l'explique pas non plus, mais le Capitaine pourra sans doute vous répondre, dis-je, aussi aimablement que mon haut degré d'hypocrisie me le permet, alors qu'il n'y a rien d'autre que des insultes qui me viennent à l'esprit.

S'il y a la moindre chance pour que William et moi sortions d'ici sans être criblés de fléchettes, il faut que je la saisisse à tout prix.

— Pour avoir visionné sa simulation... commence le Juge Quinn.

— Nous avons tous visionné sa simulation, grince Guilford.

— Je voulais seulement vous rappeler que Pia Lormerot a tout de même sauvé un garçon en allant jusqu'à se sacrifier pour éviter qu'il ne meure, ce qui peut justifier son score.

— Qu'il ne meure de la main de votre neveu ! lancé-je en défiant le Juge Quinn du regard.

— Oui, oui, oui, son cœur est grand au point qu'elle accueillerait tous les enfants interdits de l'Union, ça aussi nous l'avons tous entendu. Peu importe, tempère Guilford, la question, Mademoiselle Lormerot est la suivante : qu'allons-nous faire de vous maintenant ? Vous exécuter alors que Sven Nilsson vous a désignée au poste de Protecteur ? Les Citoyens ne comprendraient pas, sauf si... sauf si nous arrivons à ramener ce garçon à la raison. Nous avons déjà un nom à lui suggérer. Comment s'appelle déjà ce candidat qui a eu dix-neuf, Léonard ?

— Je... Je l'ignore, Monsieur, se confond en excuses le garçon.

Les yeux de Guilford roulent dans leurs orbites.

— Peu importe, le Capitaine Nilsson n'aura qu'à annoncer ce soir un correctif pour le poste de Protecteur, et le plus tôt sera le mieux.

Guilford plante une fourchette en argent dans sa part de tarte, avant de repousser l'assiette devant lui, écœuré :

— Nom de nom Léonard ! explose-t-il. Je vous avais dit aux abricots ! Pas aux reines-claudes !

— Juge Guilford… répond-il, la tête rentrée dans les épaules. Le personnel de cuisine m'a dit qu'il n'y avait plus un seul abricot dans toute l'Union…

— Fichez-moi le camp ! Et dites-leur qu'ils ont intérêt à trouver des abricots avant que je ne les déclasse tous dans les Bas Quartiers pour incompétence majeure !

Le garçon baisse le regard et sort du bureau en faisant rouler la desserte qui croule sous les gâteaux nappés de sirop de fruits. Aussitôt la porte refermée, Guilford me transperce de son regard bleu acier :

— Mais voyez-vous, Mademoiselle Lormerot, comme me l'a rappelé très justement le Juge Quinn, on ne badine pas avec les règles très strictes de l'Épreuve des Sept. Non, non et encore non. Une entorse au règlement pourrait avoir de très fâcheuses conséquences pour l'Union, comme nous déclasser à la dernière place. Une seule personne peut nous autoriser à modifier la liste officielle, une seule.

— La Juge-mère… murmuré-je.

Je pressens à nouveau que mon destin m'échappe. En l'espace de douze heures, ma vie est passée de mains en mains. Elle est désormais entre celles de la Juge-mère.

— J'ignore si c'est votre perspicacité plutôt que votre Abnégation qui a convaincu Sven Nilsson de vous choisir, mais en effet, vous avez compris qui allait nous rejoindre. Et comme aucune contrainte matérielle ni temporelle ne s'applique à son intelligence supérieure, nous convoquons dans ce Grand Bureau la Juge-mère, ici et maintenant.

Guilford tourne son siège capitonné en direction de la fenêtre, où un halo prend forme. Le portrait de la Juge-mère apparaît sur l'immense baie vitrée qui donne sur le Quartier des Juges, donnant l'impression qu'elle lévite au-dessus des herbes noires.

— Bonjour, Juges de l'Union Juste. Que votre Union prospère.

Sa voix est une caresse et son corps aux proportions fascinantes me fait oublier qu'elle n'est pas réelle.

— Devons-nous vous expliquer la situation, Juge-mère ? demande Guilford.

Elle lui adresse un sourire paisible tandis que ses cheveux argentés virevoltent dans un vent inexistant.

— Dois-je vous rappeler que je suis omnisciente, Juge Guilford ? Tout ce qui se passe dans l'enceinte du Grand Bureau est amené à ma conscience.

— Pia Lormerot menace l'ordre de notre Union. Pouvons-nous demander un correctif pour remplacer son nom par celui d'un autre Citoyen ?

— Le règlement des Unions est extrêmement clair. La décision finale revient au Capitaine et à lui seul. Vous ne pouvez pas vous y opposer.

— Mais si Sven Nilsson reconnaît son erreur… proteste Guilford qui semble perdre de sa consistance sur son siège.

L'Union ne fait jamais d'erreur, me souffle une voix intérieure.

— C'est pourtant le Capitaine que vous avez choisi, et sa décision est souveraine. Cela implique une chose, poursuit la Juge-mère. Nul autre Citoyen ne peut intégrer l'Épreuve des Sept au poste de Protecteur.

— Disputer l'Épreuve à six au lieu de sept serait du suicide… murmure Guilford pour lui-même.

— Je ne vois pas d'autre moyen, affirme le Juge Quinn, Pia Lormerot doit rester en vie pour le bien de l'Union.

Jamais aucune parole n'avait eu un tel impact sur moi. Je savoure cet instant hors du temps. Lumineux, magique. Une vague de bonheur me submerge, faisant battre mon cœur si fort qu'il me propulse bien plus loin que les murs de ce bureau.

Soulagement enivrant. Je viens d'être graciée par l'autorité suprême qui gouverne les Unions.

Guilford suffoque dans son siège, son visage devient aussi pâle que le blanc éclatant de son costume.

— Bien, dit-il amèrement, en tentant de sauver la face. Je crois que nous avons saisi le sens de vos propos, Juge-mère. Le Grand Bureau des Juges vous remercie. L'Union est juste, l'Union est notre Justice.

— Que votre Union prospère, répète la Juge-mère, avant de disparaître du ciel du Quartier des Juges.

Guilford me fusille du regard, comme s'il crevait d'envie de m'abattre. Sauf que ce n'est plus le cas. Qu'il le veuille ou non, ma participation à l'Epreuve des Sept sera mon billet vers la liberté. Tout simplement parce que les Juges ont besoin de moi, plus que je n'ai besoin d'eux.

Le Juge Quinn est le premier à rompre le silence :

— En ma qualité de Juge, je lève la peine qui pèse sur Pia Lormerot.

Guilford se lève de son fauteuil, et comme un animal en cage, fait les cent pas. Puis il se tourne vers l'immense baie vitrée en contemplant les gratte-ciel des Hautes Administrations.

— Nicodème, allez me chercher Sven Nilsson, je vous prie, je veux avoir une petite discussion avec lui.

Le Juge Quinn me jette un œil soucieux, avant d'emprunter la sortie. Une fois celui-ci sorti, Guilford revient à son bureau, sur lequel il se tient appuyé comme s'il était prêt à bondir, et lève enfin les yeux vers moi :

— Mademoiselle Lormerot, articule-t-il lentement, vous allez intégrer l'Équipe de l'Union, au poste de Protectrice. Puisqu'il le faut, alors qu'il en soit ainsi. Mais sachez que nous détenons votre frère, ajoute-t-il dans un sourire carnassier. Puisqu'il semble que vous avez un certain talent pour toujours vous dépêtrer des situations les plus complexes, vous allez vous assurer que notre Union remporte l'Épreuve des Sept cette année.

Comment je peux avoir la responsabilité d'une telle charge ? Mes mains deviennent moites, mon souffle s'accélère.

— Mais je ne suis pas le Capitaine ! Et l'Épreuve des Sept est une Épreuve en équipe ! Je ne peux pas être tenue responsable d'un mauvais classement…

Guilford me considère de son regard supérieur :

— Je crois que vous n'avez pas saisi, dit-il comme une évidence. Ramenez-nous la victoire, ou à votre retour vous ramasserez le corps de votre frère au pied du mur d'exécution.

23.

— N'enlevez votre bandeau sous aucun prétexte ! m'ordonne l'un des officiels qui m'a prise en charge à la sortie de l'Auditorium.

— Que je l'enlève avec quoi, au juste ? Les pieds ?

Je veux lui flanquer mes menottes sous le nez pour lui rappeler que j'ai les mains attachées, seulement mes poignets terminent leur course dans la grille de sécurité qui sépare l'avant du véhicule de la rangée de sièges arrière.

L'officiel ne répond pas, trop occupé à négocier un virage. J'ignore si le bandeau qu'ils m'ont collé sur le visage est là pour protéger mes yeux du soleil ou si c'est uniquement pour m'empêcher de retrouver mon chemin au cas où l'envie me prendrait de leur fausser compagnie.

Depuis combien de temps est-ce qu'on roule ? Une demi-heure peut-être. Une chose est sûre, les ordres de me garder en vie leur sont bien parvenus, car nous avons passé le mur d'exécution depuis un moment. J'ai reconnu l'allée centrale du quartier des Juges lorsque nous l'avons traversée. L'asphalte y est aussi lisse que la surface d'un miroir et comme promis le fourgon n'a pas sursauté une seule fois. Il y a eu plusieurs grands virages, et je pense qu'il zigzague en ce moment entre les gratte-ciel des Grands Administrations.

Les violons se mettent à jouer les premières notes de l'hymne de l'Union qui inonde bientôt l'habitacle malgré le blindage du fourgon. Je reconnais les tonalités d'une bande vidéo qui diffuse le discours patriote de Guilford et je dois faire des efforts surhumains pour ne pas exploser de rage.

Dans la foulée, Mellicent Shu et Oward Norfolk, les Médiateurs officiels de l'Union récitent la liste des champions. Des acclamations suivent immédiatement les noms d'Emmy, de Titus et de tous les autres. Je tends l'oreille, dans l'attente d'entendre mon propre nom, comme pour m'assurer que tout ceci est bien réel et que les Juges ont tenu parole.

J'entends l'officiel côté passager pivoter sur son siège :

— Écoute ça, ma belle, c'est ton heure de gloire.

PROTECTRICE – PIA LORMEROT, 17 ANS, QUARTIER DU MILIEU.

Un florilège d'applaudissements inonde l'habitacle.

J'ai pourtant du mal à y croire. Il y a encore quelques heures, j'étais une illustre inconnue. À présent, mon nom, comme celui des six autres champions, est sur toutes les lèvres. M'applaudiraient-ils avec la même ferveur si seulement ils savaient ? S'ils savaient qu'avant de me faire concourir, les Juges avaient prévu de m'éliminer ? Crieraient-ils mon nom comme ils crient celui des autres champions, s'ils savaient que je serais la seule qui ne se battrait pas pour l'Union ?

Les derniers mots de Guilford infusent dans mon esprit et je pense qu'ils me hanteront jusqu'à l'issue de cette maudite Épreuve des Sept : « Bien entendu, cet… *arrangement* concernant votre frère doit rester notre petit secret, Mademoiselle Lormerot. Les Citoyens n'ont pas à connaître vos véritables motivations tant que vous leur rapportez la victoire sur un plateau d'argent », a-t-il dit.

Qu'il aille brûler au fond d'un incinérateur. La vérité, c'est que sa popularité risquerait de descendre en flèche, lorsque son chantage inhumain éclatera au grand jour. Sauf que je ne serai pas celle qui parlera et il le sait. J'ai bien plus à perdre que lui dans ce marché sordide. Il y a des pertes qu'on peut réparer et d'autres irréparables. L'Union pourra toujours se relever dans un an, dans dix ans, dans vingt ans, mais rien ni personne ne me rendra William lorsque Guilford aura ordonné son exécution.

Pour le sortir d'affaire, il faudrait que notre Union remporte l'Épreuve des Sept. Je ne sais même pas quand c'est arrivé pour la dernière fois. En réalité, je ne sais même pas si c'est déjà arrivé !

L'un des officiels se met à répéter une anecdote que le Médiateur de l'Union a dû raconter hier ou avant-hier sur les écrans géants.

— Cet Oward Norfolk, se met à rire un officiel, quel phénomène quand même !

Tout à coup le chemin devient caillouteux. Nous venons de quitter le quartier des Juges. À chaque ornière, ma tête heurte les parois métalliques du fourgon.

— Merci pour la commotion cérébrale.

— Tu veux le volant, ma chérie ? J'aimerais t'y voir, ces herbes noires c'est de la vraie saloperie.

— Vous m'emmenez où comme ça ? tenté-je.

Je parle suffisamment fort pour couvrir les dernières notes de l'hymne officiel.

— C'est qu'elle est drôle en plus, dit l'officiel qui conduit. Tu crois qu'on peut lui dire, Tom ?

— De toute façon elle va bien finir par le savoir, non ? répond celui côté passager.

— T'as pas tort, dit l'autre.

— Normalement, les sept champions s'entraînent à l'écart des Citoyens, dans un bunker tenu secret, mais le Juge Guilford et la Juge Cromber préfèrent éviter de vous mêler au reste de l'Équipe. Et comme il faut que quelqu'un garde un œil sur vous…

Ses paroles font instantanément écho à ce que je sais de l'Épreuve des Sept. C'est vrai que les champions ont un mois entier pour s'entraîner avant le coup d'envoi de l'Épreuve. Je n'imagine pas le calvaire, si je dois passer chaque minute de ce temps avec Perpétua Cromber.

— Si vous m'enfermez un mois entier avec la Juge Cromber, je peux vous dire qu'une seule de nous deux en sortira vivante, et vous aurez votre part de responsabilité !

245

— Hum, fait le passager, vous devriez faire attention à ce que vous dites. Ça pourrait passer pour une menace.

Je bouillonne, car la seule menace c'est Guilford.

— Parce qu'elle pense sérieusement qu'une Juge aurait un mois entier à perdre ? se moque le deuxième.

Le fourgon s'arrête, les portes claquent côté passager et côté conducteur.

— À toi de jouer, Tom, dit le premier.

On m'empoigne par le bras, pour m'extirper de la banquette en inox du fourgon. Des cailloux roulent sous mes vieilles baskets, jusqu'à ce que je heurte quelque chose de spongieux. Des herbes noires. J'entends un bruit en provenance du sol. Un bruit qui me rappelle bien trop l'écoutille du sous-marin que j'ai eu tant de mal à verrouiller derrière moi. Peut-être est-ce une trappe en fonte que l'officiel vient d'ouvrir ?

— Je vous explique, dit celui qui était passager. Vous allez descendre sans résistance le long d'une échelle. Les barreaux sont espacés d'environ trente centimètres chacun. Tâchez de ne rien vous casser, je tiens à mon classement, merci.

— Manquerait plus que ça ! lance son collègue.

Je repense à l'année où un Ailier s'est sectionné un doigt lors du mois d'entraînement. Un vrai fardeau pour son Équipe, même si l'Union est restée fidèle à elle-même, à l'avant-dernière place du classement.

En y repensant, une masse me tombe au creux de l'estomac. Grand-mère, comment as-tu fait pour terminer troisième ? Mais troisième ou dernière, qu'est-ce que ça changerait ? Pour William, l'Épreuve des Sept se solderait par le même résultat.

L'un des officiels attrape mes poignets pour défaire mes menottes. Il appuie fermement sur mon crâne pour m'obliger à descendre le long du conduit.

Je compte les barreaux pour calculer la profondeur du puits dans lequel je m'enfonce. Un, deux, trois… vingt-cinq, vingt-six. Mes pieds touchent enfin le sol.

— Vous allez vraiment me laisser croupir huit mètres sous terre ? Je vous serai complètement inutile si je deviens folle en sortant de là !

La seule réponse qui me parvienne est le grondement métallique de la trappe qui résonne à nouveau, pour verrouiller ce qui doit être à la fois l'entrée et la sortie de cet abri souterrain.

Ma voix résonne dans le conduit que je viens d'emprunter. Puis le silence envahit les lieux, jusqu'à ce que j'entende quelqu'un arriver derrière moi.

— Si vous retirez votre bandeau, vous verrez que la base est plus confortable qu'elle n'en a l'air.

J'abaisse immédiatement l'étoffe qui me couvre les yeux, en découvrant avec horreur le visage de celui qui sera à la fois mon compagnon et mon geôlier.

— Titus…

Ma voix est un mélange de détresse et d'incrédulité. Alors que j'ai les deux pieds sur terre, j'ai l'impression que je descends encore les barreaux de l'échelle, mais en chute libre cette fois.

— Pardon, je sais combien vous détestez le vouvoiement. Je sais combien *tu* détestes ça, se reprend-il. Disons que c'est un vieux réflexe de Juge dont j'ai du mal à me défaire.

Ses yeux noirs me transpercent.

Je ne parviens pas à prononcer le moindre mot, tant l'idée de partager les trente prochains jours en sa compagnie est au-dessus de mes forces.

Son sourcil tressaute, il perçoit mon malaise :

— Je crois que les Juges ont trouvé que nous formions un bon duo la dernière fois, dit-il, comme pour justifier sa présence ici.

— Tu parles du moment où tu as voulu tuer Jonas ou quand il m'a appris que mon père était un rebelle ?

Il écarquille les yeux.

Mais à quoi s'attendait-il exactement ? Que je sois folle de joie de vivre recluse avec lui ? Que j'allais faire table rase de son acte barbare, lors de la dernière épreuve ? S'il peut tuer

Jonas Solt de sang-froid, alors il pourrait aussi bien me faire subir le même sort. Un apprenti Juge reste un Juge.

Titus m'adresse un large sourire, c'est exactement ce masque-là que portait Guilford quand il m'a parlé de William, alors qu'il m'épargne son baratin. S'il y a de la bienveillance dans sa voix, c'est pour mieux dissimuler la sournoiserie qu'il s'efforce de cacher.

— Écoutez... *écoute*, se corrige-t-il. Comme toi, j'aurais préféré me retrouver avec les autres champions, d'abord pour faire leur connaissance et ensuite pour apprendre à fonctionner en Équipe. Les Juges ont dû se dire que...

— Par pitié, économise ta salive. On m'a dit que les Juges avaient besoin de quelqu'un pour me garder à l'œil. De peur que je leur file entre les doigts, je suppose !

— Qui a dit cela ?

Son sourire affable s'évapore.

— L'un des officiels qui m'a jetée dans ce trou à rat !

— Il est pourtant soumis au secret de l'Union ? Quel est son matricule ?

Il me sonde de son regard impitoyable.

— Son matricule ? Mais qu'est-ce que j'en sais...

— Son nom ?

— Un certain Tom, je crois.

Il fronce des sourcils.

— À quoi ressemblait-il ?

— Comment je peux le savoir ! On m'a collé ce fichu bandeau sur les yeux ! explosé-je en brandissant le bout de tissu. Non, mais je rêve ! On nous fait moisir ici pendant un mois et toi tu ne penses qu'à arrêter un officiel ?

Ma main droite claque sur ma cuisse.

— Excusez-moi, dit-il en basculant de nouveau sur le vouvoiement, j'ai parfois du mal à laisser mes fonctions de côté. Mais vous faites bien de rappeler que nous sommes tous les deux dans le même bateau maintenant.

— Pas vraiment, non.

Mon sarcasme l'atteint.

— Pardonnez-moi, mais si vous n'aviez pas échangé d'identité avec votre frère, nous n'en serions pas là.

Je me mords les lèvres si fort que l'entaille que je dois au sous-marin se reforme instantanément. Je mets ma main à couper que l'oncle de Titus l'a averti du chantage inavouable de Guilford.

— Encore une remarque digne d'un Juge, une seule, et je te promets de rester muette jusqu'à ce qu'on nous sorte d'ici.

— Je vais faire attention, dit-il en même temps qu'il baisse les yeux en signe de repentir. Je peux te faire visiter, si tu veux ?

Il esquisse un sourire qui fait étinceler ses yeux noirs.

— Je crois que j'ai déjà eu ma dose de Juges pour le reste de ma vie, merci.

— Alors, faites l'effort de me voir autrement, dit-il en repassant sur le vouvoiement. Autrement qu'un Juge.

— Je n'ai pas non plus besoin d'un guide ni d'un gardien d'ailleurs.

L'enthousiasme sur son visage vient d'être balayé. Mais qu'est-ce qu'il s'imaginait, sérieusement ? Que j'allais lui sauter dans les bras ? Qu'il reste dans une pièce et moi dans une autre et ce sera très bien comme ça. Avec tout ce qui m'est arrivé, je n'ai pas l'énergie de le supporter une seconde de plus. La coupe est pleine au point que la moindre contrariété supplémentaire pourrait bien déclencher chez moi des actes que je regretterais.

Je m'éloigne de quelques pas en découvrant la base.

La salle principale est au moins dix fois plus grande que le Casier dans lequel je vis dans le Quartier du Milieu. Titus s'installe dans un canapé d'angle dans lequel il pourrait se perdre, tant ses dimensions sont déraisonnables. La pâleur de son visage se fond dans le gris des murs de béton ciré, rétroéclairés par une lumière tamisée.

Je jette un œil à un incroyable miroir qui pourrait bien être un miroir sans tain, grâce auquel les Juges seraient en train de me surveiller en ce moment même.

Titus m'observe dans le reflet.

— Il n'y a ni caméra, ni micro, ni drone, dit-il en voyant mon intérêt pour l'objet. Rien de tout ça, juste des écrans pour communiquer avec l'extérieur si besoin.

N'a-t-il pas encore compris qu'il était supposé la boucler ? Et puis, que valent vraiment ses réponses ? Je préfère le laisser là, dans la pièce principale, avant qu'il ne dise quoi que ce soit de plus. Les dernières vingt-quatre heures m'ont fait comprendre une chose. Les Juges sont des monstres de manipulation, capable de tordre l'esprit humain pour en tirer ce qu'ils en veulent. Je frémis en me demandant quel genre de personne je serai devenue, après avoir vécu un mois à son contact.

J'avance dans un couloir, ou devrais-je plutôt dire une allée, et découvre une chambre dont le sommier du lit s'incruste dans le béton ciré. Les draps croulent sous une quantité impressionnante d'oreillers plus moelleux les uns que les autres. En face, une fenêtre donne sur une forêt de cèdres. Je n'en reviens pas, comment est-ce possible ? Nous sommes sous terre, et les archives que j'ai consultées au Quartier du Milieu indiquent toutes leur disparition. Je jure pourtant pouvoir sentir une fraîcheur boisée. Je prends le temps de découvrir la véritable odeur de la forêt. Je ne connais que celle qui imbibe nos rations sous vide pour mieux masquer leur goût ignoble. En me rapprochant encore un peu, je pourrais presque toucher leurs branches hérissées d'aiguilles bleutées qui s'agitent dans le vent. Le trompe-l'œil est parfait, car c'est en réalité un écran qui affiche les paysages de mon choix. Je les fais défiler, en évitant soigneusement tout décor qui me fasse penser aux abeilles. J'opte finalement pour un bord de mer, sans pieuvre géante ni bestiole congelée. Juste le ressac paisible des vagues. C'est ce que ma mère choisirait, si elle était là.

Je repense à sa petite collection de paysages marins, bouts de papier cornés qui tapissent modestement un coin de notre Casier. Quand je suis arrivée au Département d'Archivage, Matt m'avait dit qu'il était rare de tomber sur des photos puisque les Tisserands, des travailleurs chargés d'inspecter les ouvrages avant nous, sont chargés de les envoyer directement aux archives des Hauts Quartiers. Plutôt que de dénoncer les Tisserands et qu'une enquête soit menée, je préfère glisser dans ma poche les photographies qui font oublier la couleur des herbes noires et celle du béton. Les autres partent en fumée dans l'incinérateur.

Un peu plus loin, je trouve une immense salle de bain où l'eau coule de façon interrompue, bien loin de mes quelques secondes d'eau courante quotidiennes.

Titus passe par là et s'amuse de mon étonnement :

— Et encore, tu n'as pas vu la piscine, éclate-t-il de rire. Cet endroit a été conçu pour abriter une dizaine de Juges en cas de frappe ennemie. Si jamais ta chambre ne te convient pas, il y en a d'autres.

— Celle-ci sera très bien, dis-je, en regardant dans le vague.

— Mais pour ce qui est des repas, je pense que nous serons loin d'être gâtés. Ils nous ont livré des quantités impressionnantes de poches sous vide pour éviter toute intoxication alimentaire avant l'Épreuve.

Je jubile déjà à l'idée de le voir goûter l'une de ces rations que son palais de Juge ne doit pas connaître.

— À chaque fois que l'alarme retentira, dit-il, l'écran de la salle principale nous donnera nos instructions, pour nous préparer à l'Épreuve.

— Quel genre d'instructions ?

— Aucune idée, je suis arrivé ici à peine une demi-heure avant toi. Nous le découvrirons ensemble.

Ensemble. Je toussote en avalant ma salive de travers.

Nous regagnons la pièce principale. Mes mains effleurent les meubles resplendissants qui semblent flotter dans les airs. Ils sont découpés dans des matières qui me sont inconnues, surmontés de bibelots en pierres rares.

Peu après, une malle tombe d'un conduit en métal. Elle est suffisamment grande pour y faire loger un homme.

— Ah, voilà nos affaires ! s'exclame Titus.

Il en inspecte le contenu et me tend trois tenues, sous-vêtements compris.

Je les lui arrache des mains en sentant le rouge me monter aux joues. Il ne perçoit pas ma gêne, trop absorbé à remuer le contenu de la malle :

— Mais je ne comprends pas, Pia. Où se trouve le reste de vos… de tes affaires ?

L'entendre prononcer mon prénom me procure une drôle d'impression.

— Mes affaires ? Je n'ai pas d'affaires. C'est déjà beau que les Juges aient pensé à me donner des tenues complètes, dis-je tout en dépliant devant moi un pantalon qui semble à ma taille.

Il est apprenti Juge. Il sait bien que la propriété privée est réduite au strict minimum dans le Quartier du Milieu. Même les tenues que j'ai reçues pour mon travail restent la propriété de l'Union.

— Nous n'aurons qu'à partager, tranche-t-il.

J'aurais préféré être sourde que d'entendre une chose pareille.

Il déballe quantité de crèmes et savons, tous rangés avec minutie dans des étuis ridiculement petits. Vient le tour des vêtements, élégants, sobres, pratiques, légers, chauds, à l'épreuve des pires conditions climatiques comme des meilleures.

— C'est-à-dire qu'on ne part pas faire un tour du monde, fais-je remarquer devant une garde-robe aussi fournie.

Ça le fait rire.

— Oui, mais on ne sait pas où l'Épreuve des Sept va se dérouler. Mieux vaut anticiper toutes les options. Tiens, ça risque d'être un peu grand, mais ça devrait faire l'affaire, dit-il.

Il me tend une pile de vêtements portant son parfum et brodés du symbole de l'Union, puis ajoute à la pile, la moitié de sa trousse de toilettes, des draps de bain et des boîtes de médicaments.

— Par contre, je n'aurais aucune paire à ta taille, déplore-t-il lorsque son regard tombe sur mes baskets trouées.

Je le fusille du regard.

— Hors de question que je prenne tes pulls, tes produits, ni rien du tout d'ailleurs !

Il me fixe avec des yeux ronds.

— J'oubliais à quel point les belles choses vous mettent mal à l'aise dans les Bas Quartiers. Mais je te promets qu'il n'y a rien de tout cela, juste le nécessaire.

— Je viens du Quartier du Milieu.

Il lève les yeux au ciel.

— Bon, on verra ça plus tard, mais un mois avec trois tenues, plus ce que tu portes là... Si on peut appeler ça des vêtements, ça risque de faire un peu juste, si tu veux mon avis.

Puis il replonge dans la malle.

J'ai envie de lui cracher des insultes aux visages, mais il est préoccupé par quelque chose qu'il n'a pas l'air de trouver.

Il extrait enfin un Hexapod, une sorte de drôle d'étui circulaire et une rangée de minuscules fioles.

Son insuline, pensé-je, lorsque les traits de son visage se décrispent.

Nous arrivons finalement à un accord. Les affaires qu'il voulait partager resteront dans l'une des chambres vides et je serai libre de me servir en cas d'absolue nécessité, car je sais pertinemment que jamais je n'y toucherai. Hors de question que je me sèche avec ses propres serviettes de bain !

Nous nous souhaitons un « bonne nuit » cordial et je m'enferme à double tour dans la salle de bain, car ma dernière douche n'est plus qu'un lointain souvenir.

24.

Une alarme retentit dans la pièce principale. Elle fait s'enfuir au loin les oiseaux marins qui ont envahi le panneau digital pendant que je dormais.

On frappe.

Quelle heure est-il ? Mes yeux me piquent, comme si on venait de me réveiller au beau milieu de la nuit.

Les boucles noires de Titus apparaissent dans l'embrasure de la porte :

— Premier jour et tu rates les instructions. Heureusement, j'ai tout noté. Cours de plaies et sutures pour toi avec un médecin de l'Union, stratégie militaire pour moi. Ensuite, activité physique pour tous les deux. Mais avant tout ça, petit-déjeuner.

Il agite deux poches translucides juste devant son visage :

— À tout hasard, est-ce que tu as la moindre idée de ce que peut être du BaconBrioche ?

Je me pince les lèvres face à sa mimique de dégoût.

Je fouille les tiroirs de la cuisine, à la recherche d'une paire de ciseaux pour ouvrir nos poches alimentaires. À l'exception de quatre paires d'assiettes et de timbales en aluminium, les tiroirs sont tous plus vides les uns que les autres.

Je me rends soudain compte qu'il n'y a aucun objet tranchant au sein de la base. Ni couteaux, ni lames de rasoir, ni objets en verre. Même les bibelots de la pièce principale sont soudés à même le mobilier.

Nous nous installons chacun à un bout de la vaste table veinée de marbre vert et je romps le silence :

— Où sont les couteaux ? demandé-je. Des couteaux, c'est normal dans une cuisine, non ?

Il semble gêné un instant.

— Les Juges ont dû se dire que nous n'en aurions pas besoin, comme nous n'aurons pas à cuisiner.

Évidemment, j'aurais dû m'y préparer. Titus a bien répété son texte et a réponse à tout.

Je fixe ma poche translucide, seule intruse dans cet environnement luxueux. Je commence à me demander si les Juges voulaient véritablement maîtriser le risque d'intoxication alimentaire. Ou valait-il mieux vider l'abri de toute forme d'objets coupants pour limiter les risques que représente une dangereuse candidate sélectionnée in extremis ? Sait-on jamais, elle avait peut-être pour projet de s'en servir contre un apprenti Juge.

— Donc, on fait comment avec cette chose ? me demande-t-il en retournant la poche dans tous les sens.

— Déchire le coin comme tu peux et aspire, dis-je, alors que je joins le geste à la parole.

— D'accord, ça, c'est pour la sauce, mais où sont le bacon et la brioche ?

Il ne comprend pas pourquoi je me mets à ricaner.

— Là-dedans, grâce aux prouesses de la chimie moléculaire, réponds-je en suçotant la gelée.

— Les neuf dixièmes des Citoyens en mangent quotidiennement, cela ne peut pas être si terrible, dit-il comme pour s'armer de courage.

Titus déchire un coin de l'opercule, s'humecte les lèvres de son contenu. Il étouffe un haut-le-cœur dans le creux de son poing.

Je savoure ce moment.

— Félicitations, tu n'as jamais été aussi proche du peuple.

Il l'a voulu, il l'a eu. Nous aurions peut-être eu droit aux tartes aux fruits de Guilford si les Juges ne me voyaient pas comme une menace assoiffée de sang.

— Combien de temps pour s'y habituer ?

— Toute une vie, je dirais. Mais peut-être que tu préféreras, pardon… que tu détesteras moins le SteggŒuf ou la MoussQuiche.

Au comble de l'écœurement, il repousse sa poche devant lui, puis va chercher une de ces minuscules fioles dans le revers de sa veste. Il relève sa glycémie avant de s'administrer une dose d'insuline. Un geste machinal, qu'il réalise quotidiennement, l'air de rien.

Je fais de mon mieux pour masquer mon dégoût, non pas causé par la nourriture infecte contre laquelle ma langue est désensibilisée depuis longtemps, mais par la provenance de son insuline. Il y a toutes les chances pour qu'elle vienne tout droit de la Dernière Union, enlevée à des malades qui en avaient besoin. Est-ce que j'ai déjà vu ce genre de fiole dans le Quartier du Milieu ? Jamais.

Je repense à ma grand-mère, et aux médicaments qu'elle n'a jamais reçus. Je repense au petit Marius qui a péri dans les bras de ses parents, faute de soins.

— Un problème ? me demande-t-il, en affrontant la dureté de mon regard.

— Je… Je me demandais ce qu'il t'arriverait sans ces doses ?

Il marque un mouvement de recul et je lis de la crainte dans ses yeux noirs. Comme s'il venait d'imaginer que j'avais l'intention de les lui subtiliser pour le faire souffrir.

Je pense en réalité à tous ceux qui sont privés de ces fioles.

— Nausées, difficulté à respirer dans un premier temps. La confusion et le coma arrivent plus tard, récite-t-il. Mais… faire des injections fait sûrement partie de ton entraînement.

Il range sa seringue dans la doublure de sa veste.

S'il croit que je vais m'amuser à lui faire des piqûres…

Une nouvelle alarme retentit sur l'écran géant. Elle m'indique que j'ai rendez-vous avec le médecin de l'Union dans l'infirmerie au niveau -1. Titus prend la direction de la salle de séminaire.

Je fais la connaissance du Docteur Regger, qui occupe toute la hauteur de l'écran de l'infirmerie. Elle me présente les instruments des petites chirurgies, avant de m'exposer les rudiments de la suture. Je lui fais remarquer que son exposé serait plus concret si je pouvais manipuler moi-même le matériel. Je sais au fond de moi que les Juges lui ont interdit de me mettre ne serait-ce qu'une aiguille entre les mains, de peur que je ne transforme en brochette leur cher Messager, Titus Quinn.

— Nous nous en tiendrons à la partie théorique pour ce midi.

Ce midi ? Mais je me suis levée il y a à peine une heure.

— Excusez-moi, Docteur, mais quelle heure est-il ?

— Je ne suis pas autorisée à vous donner ce genre d'informations.

Elle fronce des sourcils d'un air méfiant, comme si ma question l'avait dérangée.

Après avoir passé en revue les bandages et produits aseptiques, elle s'assure que je comprenne bien ma mission :

— Vous devez défendre votre Équipe à tout prix. Les abeilles protègent leur colonie, parce que le sens du sacrifice est inscrit au plus profond de leurs gènes, même si pour cela elles doivent mourir ensuite.

Encore une façon habile de me rappeler le sort que l'Union réserve aux rebelles. De toute évidence, elle est au courant pour mon père et doit s'imaginer que j'appartiens à la même lignée de traîtres qu'il est urgent d'exterminer.

— C'est la Juge Cromber qui vous a fait répéter votre texte ? Car elle m'a déjà servi exactement la même soupe après ma première épreuve.

Elle écarquille les yeux, mais tâche d'ignorer ma provocation.

Elle vient de se démasquer. Elle est trop proche des Juges pour que je lui fasse confiance, et je ne ferai aucun cadeau à tous ceux qui sont de leur côté.

— Je vais tâcher d'être plus claire, dit-elle. Si une balle menace l'un des champions de l'Équipe, ne vous posez pas de questions, cette balle est pour vous.

Sur l'écran, je défie son regard composé de milliers de pixels.

— Vous êtes sûre que vous êtes médecin, et pas plutôt un genre de marionnette qui répète tout ce que disent les Juges ? J'ai bien compris que pour vous il y avait les vrais champions d'un côté, et d'un autre celle qui a volé sa place. Si par malheur quelqu'un doit mourir, ce serait pas mal que ce soit elle justement, histoire d'arranger tout le monde au Quartier des Juges. C'est bien ce que la Juge Cromber vous a dit ?

— C'est pourtant la mission du Protecteur, articule-t-elle, pour essayer de se donner de la prestance.

— Arrêtez de dire n'importe quoi ! Ce n'est pas parce que tous les jeunes du Quartier du Milieu s'intéressent aux postes d'Ailiers que je ne connais rien de celui du Protecteur. Avant tout, je suis censée soigner et protéger.

Elle ne sait pas comment réagir et se redresse en levant le menton.

— Sachez que j'ai été l'instructrice de plusieurs générations de Protecteurs, Mademoiselle Lormerot.

— Quand on voit ce que ça a donné…

Sa voix monte d'une octave :

— On m'a prévenu que vous ne seriez pas des plus coopérantes. Au cours de cet entraînement, vous devez apprivoiser votre poste de Protectrice. Comment voulez-vous gagner sans prendre pleinement possession du sens de votre mission ?

Un silence s'étire et son portrait géant me toise de toute sa hauteur.

— Ma grand-mère était Protectrice, finis-je par dire.

— Tout cela est donc inscrit dans vos gènes.

— Pourtant, elle n'a pas eu besoin de se sacrifier pour son Équipe.

— Elle peut s'estimer chanceuse, affirme-t-elle.

— Non. Elle est morte parce qu'on ne l'a pas soignée à temps. À cause d'un médecin de l'Union, un médecin comme vous. Maintenant, vous allez m'écouter. Vous et moi, voulons la même chose. Que mon Équipe mène l'Union jusqu'à la victoire pour sortir des fonds de culotte du classement des Unions. Vous ne souhaitez pas plus ma mort que vous ne souhaitez la défaite. Aujourd'hui vous ne m'avez servi à rien. Si vous voulez que l'Union gagne, si vous voulez avoir votre part à jouer, alors débrouillez-vous pour qu'on me donne du fil, des aiguilles et tout ce dont une Protectrice a besoin ! C'est vous le médecin, non ?

Ses longs cils restent immobiles sur l'écran pendant plusieurs secondes, puis elle se met à toussoter :

— Bien, nous continuerons tout ceci demain.

— Allez donc raconter tout ça aux Juges, vous qui savez tout répéter comme un petit perroquet !

En une seconde, l'écran vire au noir et me voilà débarrassée de sa présence superflue.

Les portes de la salle de séminaire s'ouvrent une demi-heure plus tard. Titus en sort avec des cartes et des tactiques de frappes plein la tête. Nous montons au niveau supérieur pour rejoindre la salle d'activité physique, comme indiqué sur l'écran de la pièce principale.

— Mon instructeur est un puits de connaissances, dit-il, alors que nous gravissons les marches.

— Je veux changer d'instructrice.

— Je te demande pardon ? Il ne me semble pas que ce soit possible.

Je préfère sauter le discours futile que le Docteur m'a servi pour passer directement à l'essentiel :

— Elle n'a pas voulu me dire l'heure qu'il était, ça ne te semble pas bizarre, toi ?

— Ils font cela pour nous préparer, rien de plus, dit-il en obliquant dans un couloir. Il doit être à peu près midi.

— Comment tu peux en être sûr ?

— Arrête un peu de voir le mal partout. Le rythme de notre entraînement est calqué sur notre cycle circadien. C'est tout à fait normal de se sentir un peu désorientée après les évènements que tu as traversés.

La discussion est de toute façon remise à plus tard, car il pousse déjà la lourde porte vitrée de la salle d'entraînement physique.

La plante de mes pieds foule le béton ciré, dans une salle si sombre qu'il m'est impossible d'en distinguer les contours. Soudain, un projecteur braque un disque de lumière au centre de la pièce. Je me protège les yeux en portant une main en visière.

Titus et moi entrons dans la lumière, face à l'écran de la pièce, dans l'attente des instructions.

Sous la lumière, ses mèches sombres se parent de multiples reflets. Jusqu'alors, ses iris et ses pupilles se confondaient pour former deux billes d'un noir impénétrable. Le projecteur révèle la douceur insoupçonnée qui se cache dans son regard.

L'écran reste d'un noir d'encre.

— Ça paraît logique, non ? dit-il, après ce qui me semble être trois longues minutes.

Face à mon expression d'incompréhension, il poursuit :

— Nous n'aurons pas d'instructeur. Nous devons nous battre l'un contre l'autre pour nous perfectionner aux techniques de combats.

— Sans moi, merci.

Je tourne les talons.

Rendre des coups fait peut-être partie de la formation des Juges, pas de celle des archivistes. Autrement, Matt et moi aurions eu plus d'une fois l'occasion de botter les fesses des officiels qui nous surveillent en permanence.

— Tu ne vas quand même pas déroger aux instructions ?

Voilà une question qui ne m'avait pas encore effleuré l'esprit. Que se passerait-il si je déroge aux instructions ? Si je refuse de me battre contre Titus, ou d'écouter les préceptes d'un médecin perverti par les Juges ?

— Allez, ajoute-t-il, qu'est-ce que tu as de mieux à faire, à part attendre les prochaines instructions ? Si tu ne le fais pas pour l'Union, fais-le pour ton frère. Un garçon admirable, d'après les témoignages que j'ai recueillis, qui réussissait plutôt bien les sélections avant d'en bafouer les règles. Tu crois qu'il serait fier de toi, là où il est ? En te voyant gâcher tes chances de devenir une bonne Protectrice ?

Comment peut-il dire une chose pareille ?

— Ce sera la faute de cet imposteur de médecin, si j'échoue à mon poste !

— Mais ton frère, lui, pensera que c'est la tienne, et il ne pourra que t'en vouloir.

La satisfaction étincelle dans ses yeux perfides. Il comprend qu'il a visé juste.

Cette fois c'en est trop.

— Sale fils de Juge…

Je me laisse envahir par une colère noire. Il ne m'en faut pas plus pour qu'un coup parte directement droit vers son visage. Une attaque qu'il pare avec facilité.

— Techniquement, il aurait fallu dire *sale neveu de Juge*. Mais je reconnais que ça sonne moins bien, sourit-il.

Mon poing loge maintenant au creux de sa paume et je me sens infiniment stupide. D'un geste calme, il ramène mes bras le long de mon corps.

— Leçon numéro une : domine tes émotions, si tu ne veux pas qu'elles te dominent. Laisse-moi faire.

Il s'avance, me saisit le bras. Je tente de me défaire de sa prise, mais tous mes efforts pour me libérer se retournent contre moi, Titus les convertis à sa cause, pour mieux me précipiter au sol.

Il me présente ses excuses en m'offrant une main pour m'aider à me relever. Je préfère l'ignorer et foncer droit sur lui pour lui attraper les jambes. Il fait un pas de côté, et je fonce dans le vide. À ce stade, je ne fais plus qu'un avec le béton ciré.

Mes aptitudes au combat sont catastrophiques. Si Sven Nilsson le pouvait, il changerait de Protectrice dans la minute.

— Avoue que tu as fait exprès de me rendre folle de rage !

Ses lèvres s'étirent en un demi-sourire, juste sous sa mèche rebelle.

— Bien sûr que j'ai fait exprès, autrement tu aurais déjà fichu le camp.

— Ne recommence plus jamais ça !

— Tu devrais commencer par rentrer les coudes et tenir ta garde, plutôt que de vouloir attaquer à tout prix.

La consternation passée, je me laisse prendre au jeu. Titus m'indique comment positionner mon corps dans l'espace. Il corrige mes mouvements hésitants, replace mes pieds là où ils devraient être pour adopter les bonnes postures. Contre toute attente, je dois reconnaître que c'est un bon instructeur. J'en oublierais presque ses grands airs prétentieux.

Il veut maintenant m'apprendre à dévier les coups. Ses mains froides se referment sur les miennes pour accompagner mon mouvement. Il est si près que je sens nos souffles se mêler l'un à l'autre. À ce moment précis, mon cœur m'envoie des signaux incompréhensibles. Horrifiée, je rejette ses mains comme si tout à coup elles étaient devenues venimeuses.

Par la Juge-mère, faites que j'ai rêvé. Ce garçon est un apprenti Juge, il représente tout ce que je déteste. Je ferme les yeux, me concentre sur la première impression qu'il m'a faite. Son air mauvais, son arrogance maladive.

Ce n'est pas suffisant.

— Est-ce que tout va bien, s'enquiert-il enfin ?

Encore un petit effort, Pia. Repense au moment où tu l'as surpris à moitié nu dans le dortoir, ses veines apparentes qui courent sous sa peau membraneuse.

Concentre-toi, tu peux faire mieux que ça…

Repense à son acte abominable dirigé contre Jonas, lors de la deuxième épreuve. Ses réserves d'insuline qu'il a volées à d'autres malades. Il est le complice de la mort de Marius et de tant d'autres.

Un dangereux cocktail de haine et de dégoût infuse bientôt dans mes veines.

— Tu n'es qu'un monstre ! aboyé-je, emportée par l'émotion.

Titus se fige. Ses lèvres s'entrouvrent sans émettre le moindre son.

Sans qu'aucun de nous deux ne comprenne vraiment pourquoi, je claque la porte de la salle, m'enfuis dans ma chambre où je m'enferme, morte de honte.

Réveillés par le vacarme, les oiseaux marins qui se sont installés sur le panneau digital en mon absence m'observent maintenant avec curiosité. Qu'est-ce qu'il vient de m'arriver ? Mais je sais ce qui m'est arrivé. N'importe quel Juge le saurait en découvrant les variables de mon bracelet magnétique qui se seraient mises à s'affoler s'il était encore en fonctionnement. Au moins, personne ne sera témoin de cet épisode navrant.

Je préfère me dire que je suis incapable de décoder ce genre de signaux. Après tout, je n'ai jamais côtoyé d'autres garçons à part Matt et Swan. Sauf qu'ils sont drôles et humains, rien à voir avec un individu de l'engeance de Titus. En contemplant le bord de mer, je finis par me persuader que Titus est un être abject.

Combien de temps s'est écoulé depuis que j'ai explosé au cours de l'entraînement au combat ? Deux heures ? Trois, peut-être quatre ? Comment savoir s'il fait déjà nuit à l'extérieur ? Je suis enterrée dans un bunker où l'éclairage tamisé reproduit un jour permanent. À ce rythme-là, je serai bientôt complètement désorientée. Pour garder un semblant de contrôle sur le temps qui passe, j'ai décidé de trouver une utilité aux documents de travail du Docteur Regger, en notant dans la marge chacun de mes cycles de veille et de sommeil. Après avoir tracé un trait dans chacune des colonnes, pour éviter de finir comme une vieille horloge détraquée, je finis par sortir de ma tanière. Dans la cuisine, deux poches alimentaires de GellyCheese attendent d'être consommées. Je devine que Titus n'a pas touché à la sienne.

Il est installé à la table du salon, en train de s'astreindre au même rituel qu'au petit-déjeuner. Les fioles et l'unique seringue que compte l'habitat envahissent la table de travail. Pendant tout l'après-midi, nous nous murons l'un et l'autre dans un silence glacial. Il travaille sans relâche sur les documents que son instructeur lui a fournis, probablement à établir les profils psychologiques des concurrents des Unions ennemies. Je vois passer des portraits de garçons et de filles et quantités de courbes statistiques. À aucun moment, ses yeux ne dévient de son Hexapod.

Les minutes s'étirent paresseusement. Je commence à m'en vouloir d'avoir réagi de façon épidermique alors qu'il ne faisait que m'enseigner l'art du combat. Titus a beau être ce qu'il est, je vais devoir apprendre à le supporter. Éprouver une haine viscérale pour son coéquipier n'est probablement pas la meilleure façon de conduire l'Union à la victoire.

Pour faire taire ces pensées qui m'éloignent de mon frère, je décide alors de descendre au niveau -2, où se trouve la piscine. Je retire une basket, puis l'autre et trempe mes pieds dans l'eau fraîche. Les projecteurs dans le fond du bassin font scintiller les vaguelettes qui dansent à la surface. J'aurais voulu nager, sentir l'eau s'enrouler autour mes hanches, mais personne n'apprend à nager dans le Quartier du Milieu.

Je laisse le bas de ma tenue sur le bord du bassin et m'enfonce en descendant les premières marches. Je retrousse mon tee-shirt neuf et quand je sens les vaguelettes me rafraîchir les genoux, je sais qu'il ne faut pas que j'aille plus loin.

Tout à coup, je me trouve ridicule. Ridicule d'accorder autant d'importance à cette réaction excessive, alors que j'ai de vrais problèmes à régler. Une nouvelle alarme me rappelle dans la pièce principale.

Les instructions suivantes apparaissent sur l'écran. Règles de l'Épreuve des Sept. Puis, analyse critique des performances des vingt dernières années. Enfin, présentation de notre Équipe aux Citoyens. Combien y a-t-il d'heures dans cette journée, à la fin ?

Les instructions sont les mêmes pour nous deux, Titus les supportera donc avec moi. Nous restons ensemble devant les vidéos explicatives de l'Union. Il consigne sur son Hexapod chacune des erreurs de nos prédécesseurs, pendant que je regarde les images passer sur l'écran.

Nous sommes abreuvés pendant un temps interminable d'extraits des anciennes éditions. Titus s'agace des décisions de certains Capitaines, déplore le manque d'esprit d'Équipe. Ses paroles ne me sont pas adressées, il ne parle que pour lui-même et chaque minute de silence m'isole un peu plus de l'animation qui règne d'habitude dans mon Casier. Neuf mètres carrés pour trois, c'est comme ne jamais avoir connu la solitude.

Fondu noir sur l'écran principal, les hexagones viennent se rencontrer pour faire étinceler en leur centre le U de l'Union, couleur or en fusion.

Je reconnais les voix off de Mellicent Shu et Oward Norfolk, les Médiateurs qui animent tous les ans l'Épreuve des Sept. J'apprends que les Ailiers, Rowan et Johanna Attourney, ne sont pas jumeaux, mais mari et femme.

— *Oward, c'est inédit dans toute l'histoire de l'Épreuve des Sept ! Voilà qui augure les meilleures chances de victoire pour cette année. Rowan et Johanna seront le ciment qui assurera la cohésion de l'Équipe, j'en suis certaine !*

J'avais oublié les débordements d'enthousiasme des deux Médiateurs. Il paraît que les Citoyens les adorent tous les deux…

— *Il me semble que j'ai même une photographie de leur mariage, juste là dans ma veste, mais j'ignore si les jeunes époux accepteraient que je vous la montre.*

— *Oh, Oward soit vous en avez trop dit, soit pas assez ! Je suis sûr qu'ils seront ravis d'avoir la bénédiction de tous les Citoyens de l'Union.*

— *C'est bien parce que c'est vous, Mellicent.*

Il sort de la poche intérieure de son costume une minuscule photo, sur laquelle se rue Mellicent Shu. Elle la contemple seule en roucoulant de joie, avant de la présenter à l'objectif du drone-caméra.

— *Ma-gni-fique ! ils sont magnifiques. Deux 900 qui s'unissent, c'est un exemple pour tous nos Citoyens, Oward. Il suffit d'être du même rang pour s'unir l'un à l'autre. Rowan et Johanna l'ont fait. Excusez-moi, je suis un peu émue.*

Elle tamponne ses paupières avec exubérance. Je la suspecte de s'être appliqué des gouttes dans le coin des yeux pendant que la caméra zoomait sur la photo des mariés.

— *Dites-moi, Mellicent, je crois que nous sommes également tous deux des 900, plaisante le Médiateur.*

La Médiatrice ouvre la bouche de façon dramatique, puis lui fiche une petite tape sur la main.

— *Vous avez failli m'avoir Oward ! Mais laissez-moi y réfléchir, glousse-t-elle.*

Je devine sans difficulté que leur présentation a été répétée à l'avance.

— *Qu'est-ce que l'Union ne doit pas faire pour se mettre les Citoyens dans la poche…*

Titus me lance un regard torve, premier contact depuis l'incident dans la salle d'entraînement au combat. Devrais-je m'en satisfaire ?

Oward et Mellicent, poursuivent avec Emmy, qui est présentée comme l'outsider de cette édition.

— *Ce n'est pas tous les ans que nous comptons une championne qui nous vient tout droit des Bas Quartiers. Mais rappelons que la délicieuse Emmy Johnson a préféré y retrouver sa famille, alors que les portes des Hauts Quartiers lui étaient grandes ouvertes.*

— *Absolument, Mellicent. C'est une jeune femme courageuse qui partage son temps entre son poste haut gradé et ses parents qui souffrent tous deux de graves troubles mentaux.*

— *C'est une Administratrice des mémoires. La jeune Emmy est contrainte de leur retirer régulièrement leurs souvenirs pour éviter qu'ils ne se fassent eux-mêmes du mal en se rappelant leur misérable existence.*

— *Ça doit être terrible pour elle, commente Oward Norfolk, l'air sincèrement affligé.*

Je bondis du gigantesque canapé.

— C'est faux ! Complètement faux ! m'insurgé-je.

Pour la première fois depuis que je l'ai traité de monstre, Titus s'adresse à moi :

— Peu importe que ce soit vrai ou faux, ils font en sorte que les Citoyens la soutiennent. Est-ce qu'on peut écouter la suite ? C'est bientôt à nous.

— *Hansen Goevad, le benjamin de cette édition ! À tout juste seize ans, il intègre l'Équipe ! Ce petit génie nous réserve plus d'une surprises, moi je vous le dis.*

— Ça intéresse vraiment quelqu'un ce ramassis de débilités ? m'écrié-je.

Titus détourne les yeux de l'écran en soupirant :

— Toute l'Union, je suppose… Tu permets ? dit-il pour que je me taise.

— *Titus Quinn, l'enfant prodige du Quartier des Juges. Saviez-vous qu'en plus de cela, il a obtenu 999 sur 1000 à l'Examen ? Personnellement, je trouve que le poste de Messager lui va comme un gant. Qui sait, un jour, peut-être qu'il sera le maître de cérémonie des sélections !*

— *Je ne mentirais pas, Mellicent, si je disais que vous le trouvez beau garçon ?*

— *Oward ! s'indigne la Médiatrice. Vous savez que j'ai un faible pour l'uniforme blanc… rougit-elle.*

Oward Norfolk se tourne vers l'objectif du drone-caméra :

— *Si seulement j'avais obtenu quelques points supplémentaires à l'Examen, on m'aurait appelé Juge Norfolk, s'esclaffe-t-il.*

— C'est d'un pathétique… murmuré-je.

— C'est ton tour ! me lance Titus.

— *S'il y avait une candidate inattendue cette année, c'est bien Pia Lormerot. Mais en y regardant de plus près, comment pourrions-nous dire qu'elle n'avait pas sa place parmi les Sept champions ? Son père est l'inventeur des abeilles mécaniques et sa grand-mère a donné ses lettres de noblesses au poste de Protectrice. En revanche, son entraînement ne doit pas être une partie de plaisir. C'est bien la seule à se placer sous les 800 points à l'Examen. Nul doute que dans leur base retranchée, les six autres champions sauront la faire progresser pour qu'elle comble ses lacunes au plus vite.*

— Mes lacunes ? répété-je alors que Titus se mord les lèvres. Et ils font croire à tout le monde qu'on est avec les autres ?

— Tu voulais qu'ils disent quoi d'autre ? Qu'on t'a isolée ici ? Les Citoyens auraient voulu savoir pourquoi !

Je sens de nouveau une vague d'injustice déferler, mais cette fois, je me contente de la laisser passer en silence.

— *Enfin, que serait cette édition sans le colosse de cette année, le Capitaine Sven Nilsson !*

La voix haut perchée de Mellicent est en train de me vriller les tympans. Elle poursuit, de son impressionnant débit de paroles :

— *Un monstre de détermination, un stratège hors pair d'un mètre quatre-vingt-dix-sept, qui doit presque poser un genou au sol pour entendre de là-haut les compliments que nous avons à lui faire. Sven est également le chef de sa division d'officiels dans le Haut-Quartier.*

— *Mellicent, je ne voudrais pas vous dire de bêtises, mais il me semble que les Juges ont fait ériger une sculpture à son effigie dans les Hauts Quartiers.*

— *Et c'est déjà la fin de cette présentation, Oward, déplore la Médiatrice avec une moue d'enfant qui boude.*

— *Que le temps passe vite en votre douce compagnie Mellicent.*

Il braque la tête sur sa droite, pour s'adresser à l'objectif du drone-caméra, comme si dans son cou un cran de sécurité venait de sauter.

— *Citoyens, Citoyennes, sachez que tous nos champions ont commencé leur entraînement dans le plus grand sérieux. Pour l'heure, laissons-les se reposer. L'Union est juste, l'Union est notre Justice.*

L'écran de la pièce principale redevient d'un noir d'encre.

25.

SOUVENIR

Dans l'unique pièce, personne ne dort. Comment aurions-nous pu ? Le Grand Partage a été une véritable boucherie. Mes yeux glissent sur les visages inquiets de William, de Nina, et de mes parents. À travers le silence, je peux entendre nos cœurs battre à l'unisson. Les Juges ont eu connaissance de l'invention de mon père au moment où la Juge-mère a fait apparaître une abeille géante sur les écrans de l'Union, et ils vont frapper fort.

Mon bracelet magnétique m'indique qu'il est 3 h 55 du matin quand l'escalier de secours envoie de dangereuses vibrations dans les murs. Mon père ne s'était pas trompé, ils sont venus pour lui.

Combien sont-ils cette fois ? Une dizaine, peut-être une quinzaine ? Un premier escadron d'officiels s'est déjà engagé dans l'escalier avant la fin du Grand Partage. En notre absence, ils ont tracé à la bombe un énorme U couleur rouge sang, sur l'unique porte de notre Casier.

La marque des ennemis de l'Union. La promesse que l'Union rattrape toujours ceux qui la trahissent. Personne n'a jamais revu ceux qui sont marqués par l'Union. Personne ne sait où ils sont envoyés ni ce qu'ils deviennent. Tout ce que je sais, c'est que les officiels vident le Casier de ses occupants, qu'ils remplacent ensuite par une autre famille.

Alors, nous aurions pu fuir, mais pour aller où ? Le Quartier du Milieu est cerné maintenant. Depuis que nous avons quitté l'esplanade, les pluies de fléchettes ont remplacé l'air que nous respirons. Nous avons déjà eu toutes les peines du monde pour rentrer sans nous faire repérer, en nous mêlant au reste de la foule, simplement en essayant de passer pour une famille ordinaire. Seulement, notre famille n'a plus rien d'ordinaire.

Les pas se font de plus en plus proches, de plus en plus oppressants.

Profitant des dernières secondes qu'il nous reste, mon père nous ordonne de regagner nos cachettes respectives, celles qu'il nous a attribuées.

Nina, sous son lit, William derrière le rideau de douche, moi contre le compartiment alimentaire, trop petit pour faire entièrement disparaître ma silhouette. Peut-on vraiment espérer se cacher ? Je crois plutôt que mes parents sont devenus inconscients.

William et moi restons plantés là, à regarder mon père peut-être pour la dernière fois.

Les secousses redoublent en intensité, comme si on faisait évacuer d'un seul coup les occupants des étages supérieurs et inférieurs.

Un attroupement se campe devant chez nous. Il y a un silence anormal qui présage le pire, comme lorsqu'on se trouve dans l'œil du cyclone. Soudain, l'acier de la porte se met à trembler au rythme fracassant de coups de poing furieux.

— Félix Lormerot, vous êtes accusé de haute trahison. Au nom de l'Union, ouvrez !

La voix d'un officiel a grondé depuis l'autre côté de la porte. Violente et sans appel. Elle est bientôt rejointe par d'autres, tout aussi menaçantes.

Mon père laisse les néons éteints.

Dans la pénombre, je déchiffre les yeux bleus de mon frère, tiraillé entre respecter les ordres des officiels et protéger mon père. Je sais qu'il se serait rendu de son propre chef, s'il n'y avait que lui d'impliqué. Ne parvenant à trancher, il demeure immobile jusqu'à ce qu'un nouvel assaut le fasse sursauter.

— J'y vais, murmure mon père dans le cou de ma mère. Ma famille n'a pas à payer pour ce que j'ai fait.

Il nous serre dans ses bras un par un, en nous disant combien il nous aime. Il se dirige ensuite vers la porte qui le sépare des officiels.

Le métal gronde sous les coups de poing destructeurs.

— Ce Casier est la propriété de l'Union, ouvrez ! crache l'officiel.

Mon père défait le loquet et pose à présent sa main sur la poignée. Nous le voyons prendre une profonde inspiration et nous prions tous pour qu'il n'y ait rien d'autres que des hommes de l'autre côté.

Par la Juge-mère, faites qu'il n'y ait pas de drone-militaire…

La scène est insupportable. Ma mère se jette sur mon père, en le suppliant de rester avec nous. Nina hoquette des pleurs inconsolables dans les bras de William, alors qu'elle aurait dû se mettre à l'abri des fléchettes éventuelles.

Six ou sept hommes aboient des insultes en martelant le battant d'impacts capables de le défoncer d'une seconde à l'autre. À chaque fois, l'acier sursaute, laissant entrevoir la lampe aveuglante fixée au bout de leurs fusils.

Combien de temps allons-nous tenir encore ?

Ma mère s'agite comme un diable :

— Il faut tout cacher, Félix ! Oh, Félix. S'ils mettent la main dessus... tremble-t-elle, s'ils mettent la main dessus, c'est fini.

Elle pointe du doigt mon frère dans un chuchotis autoritaire :

— William, prends les appareils de ton père et jette-les dehors. Pia, mets les plantes dans le conduit à ordures et...

Mon père amène l'index directif de ma mère vers ses lèvres, pour y déposer un baiser.

Son geste est aussi doux que sa voix :

— Il est trop tard pour tout ça. Les enfants, c'est le moment. Éloignez-vous...

Prête à faire face, je m'écarte de la porte, plaquée contre le compartiment alimentaire. Comme convenu, Nina plonge sous son lit et William se fond dans le rideau qui sépare la cuisine de la douche.

Notre père nous adresse un dernier sourire, prend une profonde inspiration.

Les pleurs de Nina redoublent, sans pour autant couvrir les vociférations des officiels. Mon père ferme les paupières. Résigné, il actionne la poignée de la porte, comme s'il s'agissait de la gâchette d'un revolver collé contre sa tempe.

— L'Union est juste, l'Union est notre justice, murmure-t-il, alors que j'ai l'impression qu'on vient de m'arracher le cœur pour le jeter de l'autre côté de la porte.

La seconde d'après, les canons des fusils éclairent le Casier comme en plein jour. Mon père disparaît sous une mêlée d'officiels, dans un fracas épouvantable.

Je n'entends plus que le hurlement interrompu de Nina.

26.

Combien de jours me séparent de l'Épreuve des Sept ? Je n'en ai pas la moindre idée. Je ne sais ni où je suis ni quel jour nous sommes. Guilford aura finalement réussi à obtenir ce qu'il veut, me faire perdre tout repère. Le seul que j'aie est un apprenti Juge qui enchaîne des cycles où il ne décolle pas le nez de son Hexapod. J'ai parfois l'impression que rien n'aurait été différent si on m'avait enfermée seule dans cette fichue base. Quand nous nous retrouvons le temps du repas, aux heures que nos ventres ont décidé, nous puisons dans notre savoir-vivre en nous appliquant à faire la discussion à l'autre, histoire de tromper l'ennui. Aucun de nous deux n'a encore osé revenir sur ce qui s'est passé dans la salle de combat, mais la gêne reste palpable.

Assis à l'autre bout de la table veinée de marbre, Titus regarde sa ration de PattFumé plus qu'il ne la mange, sans même savoir s'il s'agit de sa ration du petit-déjeuner ou du dîner. Il finit par briser le silence :

— Je sais que nous avons eu des débuts compliqués tous les deux. Je voudrais remettre les compteurs à zéro.

Moi aussi je voudrais remettre les compteurs à zéro et revenir au moment où j'ai échangé les bracelets.

— Nous sommes censés faire partie de la même Équipe, dit-il, seulement on dirait que tu m'en veux de quelque chose. Est-ce que c'est à cause de ce que j'ai dit sur ton frère pour te faire réagir ? Je n'aurais pas dû, je le regrette.

Je le considère longuement, avant de revenir à ma ration. J'attends qu'il dise autre chose, convaincue qu'une phrase va en chasser une autre. Pourtant, son regard se fait plus insistant encore et je comprends qu'il veut une réponse.

— Je ne sympathise pas avec l'ennemi, c'est tout, dis-je coupante, bien consciente que je n'améliore pas le climat qui règne ici.

Une ride se dessine sous sa mèche rebelle.

— Tu veux mon avis ? Ce n'est pas juste. Non, ce n'est pas juste, reprend-il. Toute ma vie je me suis battu pour ce poste. J'ai passé les épreuves, je les ai réussies, et je me retrouve enfermé ici parce que… parce qu'une candidate n'a pas respecté les règles. Alors si quelqu'un a une bonne raison d'être hostile, si quelqu'un a une bonne raison d'en vouloir personnellement à l'autre, il me semble que c'est moi. Mais si j'ai fait quelque chose de travers, si tu as quelque chose à me reprocher, je veux savoir de quoi il s'agit…

Il n'a pas le temps de terminer, que ma réponse fuse d'un bout à l'autre de la table en marbre :

— Tu es un apprenti Juge.

J'essaie de contenir tout le dégoût que cela m'inspire, quand il fronce des sourcils.

— C'est trop facile. Il aurait fallu que je sois quoi ? Accoucheur, Conducteur d'aérotrain ? Dis-le-moi, parce que je ne comprends pas.

— Arrête ça ! Je sais que tu es du côté de Guilford !

— Qu'est-ce que Guilford vient faire dans tout ça ? demande-t-il, en secouant la tête.

— Par pitié ! m'emporté-je. Tu sais très bien que Guilford fera tuer mon frère si l'Équipe n'arrive pas première ! Tu es mêlé à cette histoire d'une manière ou d'une autre, sinon tu ne serais pas là, à me surveiller comme un gardien de prison.

Il reste interdit un moment.

De mon côté de la table, la gelée de Pattfumé émet un petit sifflement dans son emballage sous vide.

— C'est Guilford lui-même qui a proféré cette menace ?

Il se masse compulsivement le crâne, ses yeux s'agitent sur son visage, emporté dans une profonde réflexion.

Une question me frappe de plein fouet. Est-ce possible qu'il soit entièrement étranger au chantage de Guilford ?

— Par la Juge-mère... Guilford n'a aucun droit de faire cela... dit-il enfin, l'air soucieux. Dès qu'on nous sort de là, je fais réunir le Grand Bureau.

— Tu veux dire réunir ceux qui ont déclaré mon exécution ? Tu es au moins au courant de ça ?

— Oui, dit-il simplement.

Je me sens plus désemparée que jamais.

— Ce sera ma parole contre celle de Guilford. Et devant des Juges qui me prennent pour une rebelle, ma parole ne vaudra rien.

— Il y a la mienne aussi maintenant, dit-il calmement. Écoute, les Juges ne prennent jamais de décision simple, mais ce que je peux te dire c'est qu'ils défendent ce qui est juste. Si Guilford a abusé de son pouvoir, il sera condamné.

J'ai envie de le croire, mais Guilford a verrouillé toutes les issues.

— Peu importe, c'est inutile. S'il apprend que j'ai parlé, il le fera payer à William.

Il y a soudain une fêlure dans ma voix et quelque chose s'allume dans le regard de Titus.

— Bon sang ! Si j'avais su, je n'aurais jamais dit cela sur ton frère. Tu as raison, je suis un vrai monstre...

Le fait de pouvoir me confier à quelqu'un qui semble me comprendre fait rejaillir à la surface la douleur que j'ai essayé d'enfouir au plus profond de moi. Pour éviter de m'effondrer en larmes devant ma ration alimentaire, je me retire dans le couloir où Titus ne tarde pas à me rejoindre. À travers mes larmes, son visage se brouille, mais je perçois sa présence.

Il pose une main rassurante sur mon épaule, je lui fais comprendre que je préfère rester seule. J'aurais aimé lui faire confiance, mais une voix m'appelle à la retenue. Il dirige ses yeux noirs vers moi.

— Nous ne sommes pas si différents tous les deux, dit-il. Moi aussi je suis né dans le Quartier du Milieu, ma mère est une 550.

Je cligne des yeux un million de fois en me demandant comment c'est possible, parce que la procréation est interdite aux rangs inférieurs à 600.

— Tu es un enfant interdit ?

— Elle s'est retrouvée enceinte sans le vouloir, ajoute-t-il en lisant l'incrédulité sur mon visage.

Titus m'explique que sa mère l'a caché jusqu'à ses trois ans, en vivant constamment dans la crainte d'être dénoncée par les Contrôleurs des naissances. Un jour, un couple de Juges est venu à sa rencontre. Sa mère a d'abord cru qu'ils venaient pour la condamner, mais ils lui ont rapidement expliqué qu'ils ne parvenaient pas à mettre au monde un enfant.

— Ils lui ont demandé si elle souhaitait garder l'enfant, poursuit Titus, l'œil brillant. Ma mère a immédiatement su que ma vie serait infiniment plus facile dans le Quartier des Juges, alors elle m'a confié au couple de Juges.

J'imagine un enfant de trois ans, passer de mains en mains comme un bagage abandonné.

— Par la Juge-mère…

— Elle a fait le bon choix. J'ai gardé le prénom qu'elle m'a donné, continue-t-il, mais j'ai récupéré le nom de Quinn.

— Le Juge Quinn est ton père adoptif… réalisé-je, abasourdie.

— Je préfère dire que c'est mon oncle. Même s'il m'a sauvé des tubes cryogéniques, je ne pourrais jamais vraiment le considérer comme mon père.

Je veux lui demander pourquoi, mais il trouverait peut-être ça déplacé, alors la curiosité poursuit son chemin :

— Et ta mère biologique dans tout ça ?

— Morte, pour avoir mis au monde un autre enfant… C'est ce que m'a dit mon oncle.

— Je suis vraiment désolée… bafouillé-je.

Bravo Pia ! Tu as raté une occasion de te taire.

— Tu ne pouvais pas savoir. Lorsqu'il a appris pour ma mère, mon oncle est immédiatement descendu dans le Quartier du Milieu, mais il était déjà trop tard. Je lui rendrai visite, au Mémoriel après l'Épreuve des Sept. Pour le moment, mon oncle préfère que j'évite, il craint que ça ne tourmente plus qu'autre chose.

Sans ce geste du Juge Quinn, jamais Titus n'aurait pu obtenir 999 sur 1000 à l'Examen. Le calcul du score est tel, que seules des familles de Juges peuvent espérer que leurs enfants deviennent eux-mêmes des Juges.

Comment aurais-je pu imaginer que Titus était un enfant du Quartier du Milieu ? Il porte le costume blanc mieux que personne et semble trop raffiné pour avoir connu la saleté et la puanteur de nos rues.

Je revois les tubes cryogéniques de l'Unité de Biologie, pour lesquels son discours prend maintenant un tout autre sens. Dire qu'il aurait pu finir au fond de l'un d'entre eux. Dire qu'un frère ou une sœur qu'il n'a jamais connu y est peut-être plongé en ce moment même.

Debout dans le couloir, je comprends que Titus a raison en fin de compte. Lui et moi ne sommes pas si différents. Nos vies ont le même point de départ et après de nombreux tournants, elles nous ont de nouveau amenés au même endroit aujourd'hui. À huit mètres sous terre.

Lui non plus n'a jamais voulu être enfermé ici et à ce titre il est tout comme moi victime du bon vouloir des Juges. Toute l'énergie que j'ai déployée pour me protéger de lui était vaine. J'avais besoin d'une cible sur laquelle concentrer les sentiments noirs qui me rongeaient. En sa qualité d'apprenti Juge, Titus a payé pour Guilford, pour Perpétua Cromber et pour tous ceux qui ont contribué à l'arrestation de mon frère depuis leur joli fauteuil à capitons.

— Nous allons décrocher la victoire, je te le promets. Pour l'Union et pour ton frère.

Je ne l'aurais jamais cru, pourtant sa promesse parvient à me rassurer. Peut-être que c'est illusoire, mais pour la première fois, je me sens moins seule. Contre toute attente, sa présence près de moi réussit presque à cicatriser les blessures psychologiques qu'ont causées tour à tour les Juges.

27.

Les cycles suivent toujours le même rituel. Une alarme nous tire de notre sommeil, ou de notre sieste, je ne saurais dire, tant j'ai l'impression que l'écran nous donne nos instructions sans interruption. Puis Titus et moi allons chercher deux poches alimentaires dans la réserve qui a glissé le premier jour du conduit chromé.

La discussion au sujet de Guilford a marqué un tournant dans notre manière de cohabiter. Depuis, Titus se montre prévenant et aussi agréable qu'il me semblait détestable la première fois que je l'ai vu. Ce que je prenais pour de la suffisance semble être en réalité une forme de pudeur, censée rendre illisibles ses émotions pour qui n'en aurait pas les clefs. Je m'en suis rendu compte, en prenant l'habitude de passer les pauses qui nous sont accordées l'un avec l'autre sur le gigantesque canapé, à discuter de la manière dont nous pourrions faire plier Guilford. Plusieurs fois il m'a demandé comment j'ai pu garder tout ceci pour moi toute seule, alors que n'importe qui aurait explosé depuis longtemps. Il s'est intéressé à ma vie dans le Quartier du Milieu, m'a fait parler de William, de Nina et même de Matt. Je découvre chez lui, le côté que je refusais de voir, celui qui est visible à ceux capables de voir au-delà de ses airs hostiles.

Un soir, je préfère me dire que c'était un soir, l'écran de communication de la salle principale s'est chargé des mille reflets rougeoyants d'un feu de cheminée.

— J'ai trouvé que ça faisait plus chaleureux, a dit Titus.

J'ignore si l'ambiance enveloppante du feu y est pour quelque chose, mais nous avons réussi à reparler calmement des mariages de rangs. Titus m'a raconté comment interdire la procréation aux rangs les plus bas permettait d'éviter la surpopulation :

— C'est la seule solution qu'on ait de protéger nos Citoyens des privations alimentaires. Comment nourrir cinq mille ou dix mille bouches de plus, alors qu'on n'a même pas de quoi nourrir les Bas Quartiers ? m'a-t-il demandé, dans les crépitements du bois qui se consume.

Je n'ai pas su quoi répondre. J'ai contemplé les flammes artificielles pourlécher les bûches tout aussi factices. Il avait peut-être raison lors de la deuxième épreuve. Sauf que mes yeux de Citoyenne du Milieu n'étaient pas capables de voir suffisamment loin.

Le cycle suivant, un bandeau défilant m'a appris que le Docteur Regger, officiellement souffrante, officieusement incompétente, était retournée lécher les bottes pourtant impeccables de Perpétua Cromber. C'est le Docteur Valérian qui l'a remplacée, un homme de haut rang qui dispense des cours à plusieurs classes de Protecteurs. Il s'est bien gardé de m'ordonner de me sacrifier au nom de l'Équipe, ce qui me laisse espérer qu'il donnera un coup de fouet à mon entraînement pour m'offrir toutes les chances de ramener William chez nous.

Nouveaux cycles, nouvelles instructions.

Mes yeux déchiffrent l'écran géant qui m'annonce que les champions seront interviewés en direct par Oward Norfolk et Mellicent Shu, à l'issue d'un compte à rebours.

— En direct, devant toute l'Union ? m'étranglé-je.

— Ils connaissent leur métier, tempère Titus. Ils vont te poser une ou deux questions sur ton entraînement pour faire patienter les Citoyens jusqu'au lancement de l'Épreuve des Sept.

Il me voit pâlir :

— C'est à ta portée, plus tu paraîtras naturelle et mieux ce sera. Il faut juste éviter de lâcher devant toute l'Union qu'on se trouve à l'écart des autres. Les Citoyens ne comprendraient pas, tu imagines bien pourquoi.

J'acquiesce. Rien de difficile, quand je repense aux innombrables mensonges que j'ai servis aux Juges jusque-là.

— Faisons un petit essai ? me dit-il. Ça te mettra en condition.

Je le jauge du regard en ne sachant à quoi m'attendre.

— Toi en Oward Norfolk ? Tu n'es pas sérieux ?

— Parce que tu préfères me voir en Mellicent Shu ?

— Alors, n'oublie pas d'en faire des tonnes, plaisanté-je.

Son front se plisse dans une expression soucieuse.

— Tu me promets de jouer le jeu ?

— OK, dis-je, résignée.

Ses lèvres se tortillent en une petite moue dont seule Mellicent Shu a le secret.

Il réussit à me faire rire.

— Ce serait gênant, tu as raison, se met-il à rire à son tour. Il vaut mieux que je bascule sur Oward.

Il se laisse tomber d'un air décontracté sur le canapé d'angle, se racle la gorge pour entrer dans le personnage et croise les mains, exactement comme l'aurait fait le Médiateur.

— Mademoiselle Lormerot, quel immense plaisir de vous rencontrer enfin !

Je me mets à sourire bêtement, mais bientôt je me mets à jouer son jeu, tant il fait un Oward Norfolk des plus convaincants. :

— Les Citoyens se sont déjà bien trop attachés à nos champions, vous savez, dit-il. Le pire serait qu'il leur arrive quelque chose. Je pense que tout le monde serait rassuré de savoir comment réagirait notre Protectrice dans le feu de l'action, si par malheur l'un de nos champions perdait soudain connaissance ?

— Aucune idée, pour le moment on ne m'enseigne que la théorie.

Titus, qui joue Oward, lève un sourcil :

— Et comment allez-vous réveiller notre champion qui a perdu connaissance ?

— Ça, il faut le demander aux Juges ! Ils refusent de me mettre les solutions injectables et les instruments de chirurgie entre les mains, de peur que…

— De peur que quoi, Mademoiselle Lormerot ? m'interrompt-il avec sévérité.

Pendant un instant je me demande s'il joue encore Oward.

— De peur que je me blesse ? réponds-je, sans conviction.

Titus me transperce de ses yeux noirs.

Nous savons tous les deux que les Juges ont fait disparaître chaque objet coupant de la base, parce qu'ils me considèrent comme une menace.

— C'est vraiment ce que tu comptes répondre ce soir ? s'insurge-t-il, en sortant de son rôle.

— Est-ce que j'ai dit que nous n'étions que tous les deux ici ? Je ne crois pas, rétorqué-je.

— Tu n'es pas prête, tranche-t-il. C'est ce soir, bon sang !

— Je peux réussir à improviser, et puis…

— Et puis quoi ? Tu étais à deux doigts de servir à l'Union que Guilford a menacé de faire tuer ton frère !

Sa remarque fait mouche, et une tristesse que je n'avais pas vue venir s'insinue en moi.

— Écoute-moi attentivement, reprend-il, et je suis sûr qu'on va se tirer de cette interview comme si c'était une formalité. Ce qu'elle devrait être d'ailleurs… Il y aura un mot interdit, un mot que tu ne devras prononcer sous aucun prétexte.

— Lequel ?

— *Juge*. Tu ne parles pas des Juges.

— C'est de la censure ! me rebellé-je.

— Il faudrait que tu sois émotionnellement neutre quand tu le prononces. Là, j'avais plutôt l'impression que tu voulais tous les écorcher vifs.

— Ce n'était pas qu'une impression.

Il conserve le plus grand sérieux.

— Écoute, il faut que tu joues le jeu ce soir. Du mieux possible. Tu as été élue Protectrice ! Tu es censée être reconnaissante envers les Juges. Ils ont changé ta vie !

— Ça oui, grincé-je.

— Si les Citoyens perçoivent quelque chose de bizarre, tu risques d'éveiller les soupçons et je ne voudrais pas que cela se retourne contre toi ou contre William.

Il a mille fois raison, mais comment puis-je être sûre qu'il n'est pas en train de s'infiltrer dans ma tête pour faire de moi ce qu'il veut ? Face à mes doutes, il brise le silence en proposant d'aller courir pour se changer les idées.

Nous poussons les portes de la salle réservée à l'entraînement physique. Mes jambes se sont depuis longtemps habituées à survoler le panneau lumineux qui nous sert pour l'endurance. C'est la première fois que je vois Titus courir. Il est peut-être bon au combat, mais je reste de loin la meilleure quand il s'agit d'aligner les kilomètres, c'est la maigre récompense de longs mois de surentraînement.

— Remercie les Juges, dis-je en le voyant me lancer un regard de travers devant ma condition physique qu'il avait de toute évidence sous-estimée. C'est eux qui nous obligent à courir tous les jours.

Les traits de son visage se crispent, en même temps qu'il s'éponge le front d'un revers de manche.

— Qu'est-ce qu'on avait dit ? souffle-t-il, hors d'haleine.

À croire que c'est plus fort que moi. La haine viscérale que j'éprouve envers les Juges transpire par chacun de mes pores.

Titus met de longues minutes à récupérer, si bien que je finis par me demander s'il régule sa glycémie aussi bien qu'il veut me le faire croire. Il n'est peut-être pas devenu un grand consommateur de rations sous vide, mais il réussit quand même à les écouler, alors pourquoi est-ce que j'ai l'impression que son visage se creuse un peu plus chaque jour ?

— Il faudrait peut-être que tu te calmes sur le sport. C'est censé te renforcer, pas te rendre plus faible.

— C'est la fille qui veut éviter les sports de combat qui parle ? se moque-t-il, en retrouvant peu à peu son souffle.

— Non, c'est la Protectrice qui parle.

— Dans ce cas, je vais voir ce que je peux faire pour me ménager.

La course me fait un bien fou, mais ne repousse en rien l'heure de l'interview qui approche inexorablement.

Je me prépare du mieux que je peux en enfilant une combinaison neuve que les Juges m'ont envoyée pour l'occasion. L'étoffe glisse sur ma peau. J'arrange mes cheveux que je répands sur le col un peu trop prétentieux à mon goût et me surprends à échanger quelques répliques imaginaires avec mon reflet dans le miroir de la salle de bain.

Les oiseaux de l'écran de la chambre me jugent de leur air supérieur.

— C'est que d'habitude je ne ressemble à rien, c'est ça ?

Évidemment, ils ne me répondent pas. L'un d'eux regarde ailleurs, tandis qu'un autre se perche sur une patte d'un œil endormi.

— Ce sera amplement suffisant pour les Juges ! dis-je à moi-même avant de me tourner vers les volatiles. Vous, j'aurais dû vous remplacer par les herbes noires. Elles auraient sûrement été plus encourageantes !

— C'est aux oiseaux de l'écran que tu parles ? Personnellement je les trouve très mal élevés, dit Titus en traversant le couloir d'un pas pressé.

Au passage, il jette un coup d'œil dans ma chambre et se fige sur place :

— Cette tenue te va à ravir.

Dans la salle principale, j'entends Johanna et Rowan qui répondent déjà aux questions des Médiateurs. Un compte à rebours s'est enclenché sur mon bracelet magnétique. Dans 12 minutes 45 secondes, j'entrerai en scène.

Titus est le premier de nous deux à passer. Il se réfugie dans la salle de séminaire, tandis que je fais les cent pas face à l'écran de l'infirmerie en attendant que le compte à rebours affiche zéro. Juste une ou deux questions, m'a-t-il dit ? Alors pourquoi son interview s'éternise ? Et s'ils me gardent à l'écran aussi longtemps, qu'est-ce que je pourrais leur servir pour meubler ? Je suis prise de sueurs froides, quand soudain : lumière.

Je dois plisser des yeux pour supporter les couleurs criardes qui crèvent l'écran.

Oward Norfolk et Mellicent Shu apparaissent. Leurs visages au comble du ravissement sont baignés par la lumière violette des projecteurs. Ils se partagent tous deux un confortable canapé fuchsia avec un naturel déconcertant.

— Citoyens de l'Union, Pia Lormerot ! s'écrie Mellicent de sa voix de crécelle.

Je me prends de plein fouet sa vague d'énergie positive, bientôt c'est une effrayante tempête d'applaudissements enregistrés qui fait rage dans l'infirmerie. Pendant un instant je me demande quand même si les Juges ne viennent pas de me transporter dans un autre endroit.

— Bonsoir, dis-je d'un air emprunté.

J'ajoute un geste de la main, me disant qu'il sera le bienvenu.

Pourquoi le temps me semble terriblement long et chaque seconde si gênante ?

— Ne faites pas la timide, ça ne sert plus à rien. Les Citoyens connaissent déjà le moindre de vos secrets ! s'esclaffe Oward.

J'affiche un sourire crispé en me demandant jusqu'où ils ont pu fouiller dans ma vie d'avant, celle que je menais dans le Quartier du Milieu.

— Parlez-nous de votre grand-mère, poursuit Oward que ni ma gêne ni mon silence n'arrêtent. Les Citoyens veulent savoir ce qu'elle vous a transmis pour faire de vous la Protectrice que nous attendons tous.

À côté de lui, Mellicent acquiesce comme une furie. Ses boucles d'oreilles tintent comme un millier de carillons dans un vent déchaîné.

Une part de moi a envie de répondre qu'il aurait pu directement poser sa question à ma grand-mère, si elle était encore en vie. Mais je tâche de me rappeler les conseils de Titus et ravale toute la haine que j'éprouve pour les Juges.

Les Médiateurs se penchent en avant de leur siège, sus-pendus à mes lèvres qui restent immobiles.

— Que vous a-t-elle transmis de son expérience ? me sou-rit Mellicent Shu en révélant une rangée de dents de taille réduite, semblables à des dents de lait.

Elle a pris une voix de petite fille qui m'implore de ré-pondre maintenant ou de brûler en enfer à jamais.

— Pardon… réponds-je.

Elle roule des yeux d'exaspération et s'apprête à répéter sa question du même air mielleux, mais j'interviens avant :

— Non, ce que je veux dire qu'elle m'a transmis le pardon.

— Très intéressant, répond-elle avec un regain d'enthou-siasme.

Elle tend le cou pour m'inciter à développer.

— Non seulement elle a protégé son Équipe à chaque ins-tant, mais en plus elle est venue en aide au Capitaine de l'Équipe adverse, alors qu'il venait de déclencher une ava-lanche pour se débarrasser d'elle.

— Quelle dévotion… minaude-t-elle, en portant une main sur le cœur.

— Une page de la vie de votre grand-mère, Sofia, que vous avez certainement racontée à tous les champions, ajoute Oward. À ce propos, les Citoyens se demandent qui des champions de l'Équipe est votre préféré. Attendez voir, nous tenons nos pronostics ici, n'est-ce pas Mellicent ?

J'entends la Médiatrice pouffer de rire derrière ses longs doigts vernis de rose.

— Moi je parie que vous trouvez Titus Quinn à croquer, lance-t-elle. Un visage d'ange et un air de brigand, glousse-t-elle, quelle fille pourrait y résister ? Je parie que vous lui étiez acquise dès le premier regard !

Elle fait tapoter ses ongles sur sa lèvre inférieure, avec une impatience fébrile.

Je dois faire un effort pour ne pas exploser de rire, quand je repense soudain à l'impression que Titus m'a faite la pre-mière fois.

— Je m'entends bien avec Emmy, dis-je, sans hésiter.

Mais ma réponse ne les satisfait pas, alors je me creuse la tête pour retrouver le nom des autres champions.

— Et aussi avec euh… Johanna et Rowan… inventé-je.

— C'est drôle, car ni l'un ni l'autre n'a parlé de vous quand on leur a posé la question. L'humain est une machine complexe, surtout pour ce qui est des relations humaines, n'est-ce pas Mellicent ?

Il penche la tête vers sa collègue.

— Je ne vous le fais pas dire, Oward ! se met-elle à glousser de plus belle. Je vous en prie, Pia, demandez à vos amis de vous rejoindre dans l'infirmerie, nous allons immortaliser ce moment avec une petite photo. Le drone-caméra est prêt, lui !

Elle pointe de son index manucuré un drone qui volette sur sa gauche. Sa voix dissonante déclenche chez moi un élan de panique :

— Eh bien, que se passe-t-il ? Allez chercher Emmy, Johanna et Rowan ! Les Citoyens vont finir par penser que vous vous êtes fâchés !

— Un mois dans un bunker à sept, voilà qui peut déclencher quelques tensions, intervient Oward.

— Oui, mais c'est un bunker d'exception ! Qui fait au moins quatre fois mon appartement !

— Serait-ce une invitation à venir prendre quelques dimensions chez vous, Mellicent ? lui demande-t-il d'un œil lubrique.

— Oh ! Oward ! s'indigne la Médiatrice en gloussant tant et si fort qu'elle frôle l'asphyxie.

Des éclats de rire émanent d'un peu partout autour d'eux pour parvenir jusqu'à mes oreilles. Une chance que les rires enregistrés soient incapables de percevoir mon malaise.

Je ne vois vraiment pas comment je vais me dépêtrer de cette situation, me dis-je, en sentant mon rythme cardiaque s'emballer.

Pour gagner quelques précieuses secondes, je pousse la porte de l'infirmerie pour faire mine d'aller chercher Emmy,

Johanna et Rowan quand Titus déboule dans la pièce sans que je comprenne pourquoi.

Pour son interview, il a passé la veste de son uniforme de Juge. Il entre dans l'infirmerie en affichant un grand sourire énigmatique.

— Je le savais ! Je le savais ! trépigne Mellicent Shu en applaudissant comme une groupie.

Je tente de garder un air naturel, mais c'est peine perdue, je suis tout aussi surprise que les Médiateurs.

— Je crois que Pia est trop timide pour se donner en spectacle devant toute l'Union, commence Titus. En vérité, elle n'a pas osé vous dire que nous nous sommes découvert une certaine sympathie l'un pour l'autre. Depuis notre deuxième Épreuve, nous formons, disons-le, un bon duo.

Titus m'adresse un regard plein de tendresse, pour finir de convaincre l'Union tout entière.

— Rappelons que vous avez sorti Mademoiselle Lormerot d'un mauvais pas. Elle doit vous en être terriblement reconnaissante ! Voilà qui présage de belles choses pour la suite, s'amuse Oward Norfolk.

Je tourne la tête dans tous les sens pour essayer de comprendre ce qui se passe. J'ai l'impression de suivre un train en marche qui file à toute vapeur.

— Mettez sept jeunes gens ensemble pendant un mois, laissez agir et regardez le résultat. Quelle formidable expérience sociologique ! s'émerveille Oward.

— Ceci n'a rien d'une expérience, Oward ! C'est le début d'une belle histoire, corrige Mellicent Shu. Dans ces conditions je comprends que vous souhaitiez n'être que tous les deux pour la photo, nous dit-elle sur le ton de la confidence. Prenez la pose et fixez l'objectif du drone !

Titus passe un bras autour de ma taille et parvient à prendre un air décontracté, alors que je suis devenue aussi raide qu'un manche à balai. J'ai envie de crier au secours quand un million de papillons se mettent à tourbillonner dans mon ventre.

— Oh, c'est tout ? Sans même un baiser ? dit Mellicent Shu dont la voix prend mille nuances de déception.

Si les Citoyens ne voient pas ma grimace, alors ils sont aveugles.

— Ne précipitez pas les choses, Mellicent. Vous avez déjà suffisamment à faire avec Oward ! plaisante Titus.

Oward éclate d'un grand rire sonore.

— Clic clic, et voilà ! Ce n'est pas impossible que cette photo soit affichée sur tous les écrans géants demain, glousse Mellicent, folle de joie. Pia, m'accorderiez-vous une faveur ?

Ses petites joues botoxées lui remontent jusque sous les paupières tellement elle sourit.

— Oui ?

Mes mains tremblent. Titus vient les recouvrir des siennes pour que les Citoyens n'y voient que du feu. Une chaleur épouvantable se diffuse alors dans tout mon corps.

— Je pourrais vous emprunter *votre* charmant Titus pour qu'il fasse une photo avec moi ? Après l'Épreuve des Sept, bien entendu !

J'ai envie de rire et de pleurer en même temps.

— Avec plaisir Mellicent, répond à ma place Titus.

Cette dernière exulte et recompose son sourire de dents de lait.

— Citoyens de l'Union c'était Pia Lormerot et son champion de cœur, Titus Quinn ! s'écrie Oward Norfolk.

Un tonnerre d'applaudissements nous enveloppe. Tout à coup, l'écran s'éteint et le silence tombe sur l'infirmerie.

Il me faut un moment pour digérer ce déferlement surréaliste d'artifices que je viens de subir.

— Je ne suis pas certaine de comprendre ce qu'il vient de se passer, dis-je du bout des lèvres.

— Tu as été extraordinaire, dit Titus, le regard pétillant.

Soudain, il se rend compte qu'il me tient toujours par la taille. Il s'excuse aussitôt, mais je reste plus gênée que lui.

— Je n'ai pas fait grand-chose... Je me suis demandé comment j'allais faire quand ils m'ont demandé de faire venir les autres.

— Je sais bien. L'essentiel c'est qu'ils y aient cru. C'est mieux pour les Juges, c'est mieux pour ton frère et c'est mieux pour nous.

Pour *nous* ? Jusqu'à quel point s'est-il infiltré dans ma tête pour que ce mot me donne le vertige ?

Je me défais de cette idée en entendant la voix d'Emmy qui résonne dans la pièce principale, pour répondre à son tour aux questions d'Oward et de Mellicent. On dirait qu'elle a aussi pour mission de taire mon absence, car elle leur invente un entraînement sportif auquel je n'ai jamais participé.

Pour je ne sais quelle raison, Mellicent Shu se met à sautiller de joie sur son fauteuil, comme en pleine crise d'épilepsie. Afin d'éviter une overdose d'éclats de rire hystériques et de mise en scène clinquante, je me désintéresse de la suite de l'interview, pour prendre la direction de la piscine. C'est bien le seul endroit de la base où n'arrive pas sa voix de crécelle.

Je m'assois sur le rebord du bassin, mes pieds glissent dans l'eau pour former un léger courant qui m'hypnotise.

J'entends un clapotis juste devant moi. Je lève la tête, Titus plonge avec élégance. Il me rejoint en nageant. Ses muscles fins s'agitent sous la surface. Je détourne le regard, car il me semble qu'il est en sous-vêtements.

— Je pensais avoir été claire sur les activités physiques, dis-je, en espérant que ce soit suffisant pour l'éloigner.

— Je ne fais que me détendre après un passage à l'écran mouvementé, réplique-t-il. Dis-moi, la dernière fois que tu t'es baignée, on aurait dit que l'eau te faisait peur.

Un silence s'étire. Il n'y a bientôt plus que le clapotis des vaguelettes s'échouant sur le rebord. J'ai retiré ma tenue, la seule fois où je me suis baignée. Malgré la fraîcheur ambiante, je sens mes joues s'enflammer.

— Je pensais que j'étais seule, dis-je, d'un ton lourd de reproches.

Je continue à battre des pieds, en attendant qu'il aille patauger ailleurs.

— Oh, je ne voulais pas… Je ne faisais que passer par-là. Viens plutôt par ici, dit-il en attrapant mes mains.

Je proteste en disant que je sais tout juste flotter, mais trop tard, je sens déjà mon corps s'enfoncer dans l'eau.

— Je vais t'apprendre. Considère que c'est pour me faire pardonner.

— C'est bon, je te pardonne ! ai-je tout juste le temps de dire, avant d'avaler une rasade d'eau chlorée.

Mes vêtements sont de lourds filets dans lesquels l'eau s'engouffre pour m'empêcher de me débattre.

— Je te tiens, dit-il doucement.

Ses mèches imbibées serpentent sur son front où zigzaguent des filets d'eau. J'ignore ce qu'il essaie de faire, m'apprendre à nager ou ruser de son charme ?

Il me demande de m'allonger dans l'eau et d'imiter ses mouvements. J'ai envie de lui rappeler comment ça s'est terminé la dernière fois qu'il a essayé de m'apprendre à me battre, mais il a déjà plongé sous l'eau. À présent, il roule des épaules pour glisser jusqu'au bord opposé. Je tente de reproduire ce que je viens de voir, pour lui donner ce qu'il veut et qu'il me laisse tranquille. À ma grande surprise, je traverse la longueur plus facilement que je ne l'aurais cru.

— En fait, tu sais nager ! s'écrie-t-il depuis l'autre bout de la piscine.

Je ne l'ai jamais vu si enthousiaste, et je découvre chez lui une joie communicative.

Sa tête flotte au-dessus de l'azur scintillant. Il plonge sous l'eau, me rejoint en trois brasses sous-marines et émerge à quelques centimètres de mon visage.

Ses cils noirs perlés de gouttes d'eau battent devant mes propres yeux qui descendent vers ses épaules immergées.

Les projecteurs donnent mille reflets à sa peau marbrée en y déposant au hasard quelques éclats dorés.

— Je me suis trompé, dit-il, quand j'ai dit que c'était injuste qu'on m'ait enfermé ici. Si je devais tout recommencer, je changerais beaucoup de choses, à commencer par notre rencontre et ce que j'ai dit sur ton frère, mais il y a une chose que je ne changerais pas. C'est de me retrouver ici dans cette base, avec toi.

Je tente de résister, mais ses mots me propulsent hors de cet abri souterrain. Je ferme les yeux un instant en me demandant si je suis en train de rêver. Nous nous contemplons longuement dans un silence que le temps semble suspendre. Une goutte ruisselle le long de mon nez jusqu'à mes lèvres que Titus ne quitte plus du regard.

Je deviens captive de ses yeux noirs qui semblent s'agrandir à mesure qu'il me regarde. L'espace entre nos lèvres se réduit, comme celui qui aurait séparé chacune de mes oscillations cardiaques sur mon bracelet magnétique. J'ai bien l'impression qu'il pourrait m'embrasser d'une seconde à l'autre. À quel moment ai-je pu le laisser croire que je serais réceptive à ce genre de chose ?

À ce moment-là, je panique. Mes jambes pataugent et mes bras éclaboussent tout ce qui se trouve à ma portée, afin de m'extraire du bassin dans de grands gestes maladroits. Je me rends vite compte que je suis empêchée dans mes mouvements à cause de mes vêtements trempés qui pèsent une tonne hors de l'eau. Je viens officiellement de me changer en serpillière dégoulinante de honte.

Des flaques chlorées me suivent partout où je vais. Je traverse les escaliers en catastrophe, puis la pièce principale, quand quelque chose accroche mon regard.

L'Hexapod de Titus est resté allumé sur la table basse de la pièce principale pour afficher une photo de moi. Celle que les panneaux d'identification ont prise, peu avant la première épreuve. Je scrute mon visage. Dire que quelques minutes avant cette photo, je pensais pouvoir retourner tranquillement à ma vie d'Archiviste. La curiosité me pousse à saisir l'Hexapod de mes doigts mouillés.

Je manque de le lâcher en découvrant ce que j'y lis.

28.

Mon sang pulse au bout de mes doigts qui se mettent aussitôt à trembler, car ce que je lis sur l'Hexapod est sans équivoque.

RAPPORT DE DANGEROSITE — CITOYENNE LORMEROT.

Je tente de me raisonner. Pourtant, il s'agit bien d'un rapport à l'intention des Juges, que Titus a consigné jour après jour, alors qu'il était supposé travailler ses stratégies de Messager. En redoutant ce que je vais y trouver, j'ai tout à coup terriblement froid et je sens quelque chose se serrer dans ma poitrine.

Mes doigts trempés font défiler les jours jusqu'à la page d'aujourd'hui, Titus a griffonné des commentaires et entouré certains mots.

CYCLE 1.
Citoyenne méfiante, en retrait.

CYCLE 2.
Entraînement Protecteur modifié.
Seringues, bistouris, aiguilles, défibrillateurs, ciseaux, solutions injectables :
INTERDITS jusqu'à nouvel ordre.
Pas prête à intégrer le bunker principal.
Représente un risque pour les autres champions.

CYCLE 5.
Désapprouve les instructions.

CYCLE 11.
Semble enfin faire confiance.
Pas utile de lui retirer ses souvenirs pour le moment.

CYCLE 13.
Risque qu'elle craque et révèle tout en direct ce soir.
Mais facilement manipulable.
Sa faille : SON FRERE.

La dernière phrase est soulignée. Je n'ai pas le courage d'en lire davantage.

Je lâche l'Hexapod comme s'il venait de me brûler au troisième degré. La brûlure n'est pas sur mes doigts, mais dans ma poitrine.

Je refoule immédiatement l'idée que Titus a failli poser ses lèvres sur les miennes. Encore heureux que j'aie réussi à m'en défaire, dans un sursaut de lucidité. J'aurais dû m'en douter, comme je m'en doutais dès la première seconde, sauf que cet apprenti Juge a retourné mes émotions contre moi, pour qu'elles soient à son avantage.

Titus n'est rien d'autre que mon gardien de cellule et il l'a toujours été. Je suis désormais convaincue qu'il me surveillait déjà dans l'Auditorium quand je suis tombé nez à nez avec lui en pleine nuit. Les Juges n'ont eu qu'à le faire intervenir lors de ma simulation pour qu'il passe pour le sauveur qui m'a délivrée de leur fichu tube cryogénique. Tout ceci n'était qu'une mise en scène, comme les inventions qu'il a servies à Oward Norfolk et Mellicent Shu devant toute l'Union.

Il est non seulement responsable de la futilité de mon entraînement, en me privant du matériel dont j'ai besoin pour devenir une bonne Protectrice, mais en plus c'est lui qui réclame qu'on me maintienne isolée dans cette foutue base. Trop dangereuse pour les autres ? Il n'a encore rien vu.

Et qu'est-ce que c'est que cette histoire où il parle de retirer mes souvenirs ? Il aurait pu aller jusque-là pour obtenir de moi ce qu'il veut ?

Mes doigts moites pétrissent mes joues de leurs phalanges recroquevillées, comme si tout mon corps suppliait pour sortir de ce cauchemar.

Titus aurait pu demander notre rapatriement dans le bunker principal depuis longtemps, il aurait pu exiger qu'on me donne les instruments qu'il me faut pour avoir une chance de sauver mon frère.

Il ne l'a pas fait.

Pire que tout, il m'a convaincue de lui faire confiance, m'a fait me sentir importante dans son regard. Je maudis mon traître de cœur d'avoir failli me faire perdre pied. Tout ceci, je préfère l'étouffer dans un sac à ordures floqué du symbole de l'Union. Comment est-ce que j'ai pu être aussi naïve ? Je m'en veux de l'avoir laissé stupidement se frayer un chemin jusqu'à moi alors que ma raison me disait de le repousser. Il a su trouver les bons mots pour m'attendrir, ceux qu'il a injectés dans chacune de ses phrases pour que je baisse ma garde.

Je reste campée là, en plein milieu de la pièce principale, alors que la flaque d'eau qui m'entoure ne cesse de s'étendre sur le sol bétonné.

Tout à coup, les couloirs et les innombrables pièces que compte la base m'apparaissent aussi exigus qu'un Casier de trois mètres sur trois. J'ignore combien de jours me séparent du coup d'envoi de l'Épreuve des Sept. Tout ce que je sais, c'est qu'il en reste trop pour que je sois capable de survivre ici, à supporter Titus en permanence, et trop peu pour faire de moi la Protectrice qui libérera William des griffes de Guilford.

Mes cheveux gluants collent comme des herbes noires le long de mon cou. Derrière moi, j'entends déjà les pas de Titus clapoter dans la traîne d'eau que j'ai laissée sur mon passage.

— Tu devrais te changer et te sécher, me dit-il. Tu vas attraper froid.

Je n'ose plus le regarder. Tout ce que j'entends c'est une voix faussement attentionnée.

— Tu n'as fait que mentir depuis le début, réponds-je, en refoulant les larmes que je sens affleurer.

Il tarde à réagir, stupéfait de ma réaction qui lui échappe complètement.

— Je t'assure, tu as été exceptionnelle ce soir, insiste-t-il.

Son enthousiasme traverse le vide qu'il vient de créer en moi.

— Tu m'as menti, répété-je.

Je tente de respirer lentement pour rester maîtresse de moi-même.

— Mais non, enfin. Je… Je ne sais pas quoi te dire pour te rassurer, dit-il tendrement.

Je lève les yeux vers lui. Il a ramené ses boucles noires en arrière pour dégager son front.

Il s'avance près de moi pour poser ses mains sur les miennes, comme il voulait le faire juste avant dans la piscine.

Je ne le laisserai plus faire.

Je le repousse avec vigueur. Il secoue la tête tandis que ses grands yeux noirs brillent d'incompréhension.

— N'approche pas, s'il te plaît. J'ai vu le rapport, dis-je du bout des lèvres.

Il se raidit d'un seul bloc.

— Qu'est-ce que tu as dit ?

Sa voix devient glacée.

— J'ai vu le rapport, répété-je. Celui qui explique aux Juges à quel point je suis dangereuse pour les autres champions. Celui dans lequel tu exiges mon isolement dans cet abri. Ce rapport où tu interdis les médecins de m'enseigner un véritable entraînement de Protectrice !

Ses yeux me caressent pour me rappeler la douceur de ses mains sur les miennes dans la piscine. Ses lèvres tressaillent, sans formuler le moindre mot. J'ai du mal à croire que ces mêmes lèvres étaient sur le point de se poser sur les miennes il y a trois minutes à peine. À présent, tout est différent. Rien que partager le même air que lui m'est insupportable.

— Tu n'aurais jamais dû le voir, mais puisque tu l'as vu je peux tout t'expliquer, Pia. Seulement pour ça, il faut que tu me fasses confiance.

Pour ce que valent ses explications, je refuse d'entendre un mot de plus.

— Depuis le début, tu es du côté de Guilford !

— Non voyons…

— Tu m'as piégée dans ce trou à rat en ruinant mes chances de sauver mon frère !

— Je n'ai pas eu le choix… murmure-t-il en avançant vers moi. Guilford m'y a obligé.

— JE T'AI DIT DE NE PAS APPROCHER !

Il n'a que faire de ma mise en garde, il continue d'avancer en me suppliant de l'écouter.

S'il en arrivait à l'offensive, qu'aurais-je pour me défendre ? Rien, absolument rien. Même mes poings me seraient inutiles. Nos sessions sportives ne laissent planer aucun doute sur la question. Au corps à corps Titus aura toujours le dessus.

— Je voudrais simplement récupérer l'Hexapod, dit-il.

Il désigne l'objet qui est tombé derrière moi, et entreprend de le ramasser dans des gestes lents. Je m'en empare avant lui.

Je repense à ce que j'ai lu dans son rapport et je vois poindre la menace. Je tourne l'objet dans le creux de ma main.

— C'est… c'est avec ça que tu veux m'effacer la mémoire ? crachoté-je, des mèches dégoulinantes en travers du visage.

Au lieu de répondre, il continue d'avancer, un pas après l'autre. Pourquoi ?

— Tu en as vraiment trop vu, finit-il par dire en secouant la tête.

S'il m'efface la mémoire, que me restera-t-il comme souvenirs ? Une insupportable question se présente à moi. Si j'en viens à oublier William, alors comment vais-je me rappeler le marché de Guilford ? Je vais tout simplement oublier mon frère, tout comme le rapport que je viens de trouver.

Je me vois déjà seule avec Titus dans la piscine où il ruserait une nouvelle fois de son charme. Je sens ses mains caresser les miennes, exactement comme s'il ne s'était rien passé.

Une chose est certaine, je serai bien plus docile une fois que j'aurai tout oublié.

Comme en réponse à mes prières, je trouve une solution. Mes yeux tombent sur l'Hexapod que j'avais presque oublié. Son écran s'effritera lorsqu'il aura rencontré le béton ciré, et je serai sortie d'affaire.

Titus me jauge d'un regard serein.

— Tu ne le feras pas.

Son calme me fait bouillir de l'intérieur.

— Ce n'est pas ce que ton rapport avait l'air de dire.

— Tu ne le feras pas, parce que cela porterait préjudice à ton frère.

En qualité d'apprenti Juge, il sait exactement où appuyer pour m'atteindre. Pour que mon psychisme s'effondre en une seconde et me fasse renoncer à toute envie de me battre. Il connaît mes failles, il les a listées dans son rapport.

Plus que jamais, je suis prise au piège. Sans possibilité de me défendre autrement qu'en le laissant brandir son Hexapod face à moi pour dissoudre mes souvenirs un à un.

Nina, William, mes parents, que me restera-t-il d'eux ?

Titus fait un pas vers moi, élève un bras dans les airs. Je parie que c'est pour m'immobiliser pour mieux m'effacer la mémoire sans que je n'oppose de résistance. Avant qu'il ne soit trop tard, je ramène mes bras en bouclier vers mon visage. La surface vitrée de l'Hexapod file entre mes doigts pour retourner à son propriétaire. Quand mes yeux s'ouvrent de nouveau, il le brandit avec nonchalance.

— Un Hexapod n'a jamais effacé la mémoire de personne, lâche-t-il en secouant la tête de dépit.

J'ouvre la bouche pour objecter quelque chose, mais finis par l'abandonner là pour traverser l'étendue de la base en toute hâte. Je m'enferme dans ma chambre qui n'est pas plus une issue qu'une cage pour mieux me contrôler. Je me laisse tomber sur les draps, remonte les genoux contre ma poitrine pour les entourer de mes bras.

29.

SOUVENIR

Je me tiens aux côtés de William et de tous les autres candidats à l'Examen.

Deux Juges, un homme et une femme sont descendus de l'Aérotrain, pour annoncer publiquement les scores. Enveloppés dans leur cape blanche brodée des deux hexagones incarnats, ils nous contemplent de cet air supérieur qu'ont les 950.

L'Examen était d'une difficulté exemplaire cette année et nombreux seront ceux à devoir quitter le Quartier du Milieu. Les cent questions se sont enchaînées à une vitesse telle qu'il m'était impossible de réfléchir après la quatre-vingt-dixième. Le questionnaire a balayé des domaines aussi variés que surprenants. Psycholucidité, réactivité émotionnelle, catégorisation et tant d'autres plus attendus comme les valeurs fondatrices de l'Union. Derrière son écran transparent, le Juge qui m'a examiné a consigné scrupuleusement chacune de mes hésitations, chacune de mes erreurs. Il ne rompait le silence que pour obtenir des précisions sur mes réponses. Plus d'une fois, j'ai cru que je me précipitais droit dans le mur, mais je me suis rappelé que l'Examen est conçu pour nous pousser dans nos retranchements.

Sur l'esplanade, les Juges distribuent les affectations dans la plus grande froideur. Un à un, toujours avec la même cadence, que le Citoyen appelé ait eu ou non le temps de fendre la foule pour se présenter jusqu'à eux. Visiblement, la patience n'est pas une qualité requise pour devenir Juge. C'est à se demander s'ils ont oublié que l'Examen déterminait nos vies. Non seulement il prévoit notre poste pour le reste de nos jours, mais il décide aussi de notre vie privée en répondant à deux questions simples. Vais-je quitter ma famille en changeant de quartier ? Et pour quelle famille, si on m'interdit d'avoir des enfants ?

La foule reste interdite en écoutant attentivement l'annonce des scores.

— 776 ACCOUCHEUR, RANG RETENU 750. QUARTIER DU MILIEU.

— 901 ADMINISTRATEUR, RANG RETENU 900. HAUT QUARTIER.

— 507 LIVREUR DE RATIONS, RANG RETENU 500, BAS QUARTIER.

Les candidats s'avancent puis se retirent. Certains explosent de joie, d'autres fondent en larmes.

Je jette un œil à tous ceux qui patientent encore sur l'esplanade. Aucun d'entre nous ne sera nommé Juge. Pour la simple raison que ça n'est encore jamais arrivé dans l'histoire de l'Union, et que ça n'arrivera jamais. Le Quartier des Juges n'est accessible qu'à partir de 950 points.

Comme dix pour cent de notre score provient de notre mère et dix pour cent de notre père, les chances d'obtenir plus de 950 relèveraient du miracle. Certaines familles du Quartier du Milieu y sont parvenues, mais pas avant trois ou quatre générations.

Je reconnais Tania et ses boucles brunes qui lui nagent dans le dos. Sans m'adresser un regard, elle se présente à son tour devant les Juges. Nous étions amies toutes les deux, avant que sa famille ne lui interdise de me fréquenter. J'ai bien compris que ses parents craignent à leur tour d'être éclaboussés par les problèmes de mon père.

— 411, NETTOYEUSE, RANG RETENU 400. BAS QUARTIER.

Elle enfouit immédiatement ses yeux humides au creux de ses mains. Peu après, une formation d'officiels lui intime de se diriger vers le groupe de Citoyens déclassé vers les Bas Quartiers.

Dans d'autres circonstances j'aurais partagé sa déception, car nous savons tous qu'avec ce classement elle devra s'unir à un 400 de son rang, avec lequel elle aura interdiction formelle d'avoir des enfants. Quand j'aperçois ses yeux rougis, mon cœur se vide de toute émotion.

La Juge, qui est une petite femme boulotte, cite d'abord le nom de mon frère. Celui-ci avance déjà d'un pas martial au centre de l'esplanade.

— 801 Officiel, rang retenu 800, Quartier du Milieu, *prononce-t-elle.*

Mon cœur se fait plus léger ; un bon score, un très bon score. William ne perdra qu'un point avec l'arrondi retenu pour son rang. Dans la foule silencieuse, je cherche mes parents. Le visage contusionné de mon père ressort comme un disque violacé parmi les Citoyens. Ses yeux cernés sont enfoncés dans leurs orbites à longueur d'insomnies. Malgré tout, ses traits se décrispent un instant, pour accueillir la nouvelle. Il sera bientôt convoqué à nouveau au Grand Bureau des Juges pour recevoir son Jugement.

Avec William, l'Union comptera au moins une bonne personne parmi ses officiels, me dis-je, en repensant à ceux qui rouent de coups mon père au nom de l'Union. On dit qu'il faut toujours avoir un officiel dans son entourage proche, c'est d'autant plus vrai quand on se fait déclasser dans les Bas Quartiers.

William bombe le torse avant de venir grossir les rangs de ceux qui resteront dans le Quartier du Milieu.

Les Juges citent mon nom.

Dans un silence glaçant, mes baskets crissent sur le béton tandis que je fais face à une esplanade noir de monde, calme comme une mer d'huile. Mes mains se tortillent sur elles-mêmes, comme si elles échappaient à ma propre volonté. Mon pouls intranquille bat si fort dans mes oreilles que les Juges pourraient prononcer mon déclassement dans les Bas Quartier, je ne l'entendrais pas.

Face à moi, la petite bouche de la Juge s'agite.

Je retiens mon souffle, et entre deux battements de cœur j'entends le score qui changera le reste de ma vie.

— 799 Archiviste, rang retenu 750, Quartier du Milieu.

Même si je perds quarante-neuf points avec l'arrondi, j'expire des bouffées de soulagement.

Une idée ridicule en profite pour s'infiltrer dans ma tête. Je me tourne vers les garçons qui ont déjà reçu leur affectation, parmi lesquels il y a un Accoucheur et un Pollinisateur. Mon regard glisse sur chacun d'eux de façon peu discrète. Si je dois épouser un 750, lequel d'entre eux fera un bon mari ?

Je secoue aussitôt la tête pour rejeter cette pensée inopportune et me contente d'adresser un simple sourire à ma famille avant de laisser ma place à un 600.

Mon bracelet magnétique se met à clignoter. Une nouvelle variable défile parmi les autres : Archiviste, rang 750.

William se jette dans mes bras et me fait tournoyer à quelques centimètres au-dessus du béton. Il me félicite, comme rarement il l'a fait.

La cérémonie touche à sa fin quand les deux Juges demandent à trois d'entre nous de les suivre à l'écart de la foule, derrière les trois murs de béton dressés sur l'esplanade. Il y a l'Accoucheur, qui est un garçon blond élancé, celui nommé dans les Hauts Quartiers et moi. Les jambes courtaudes de la Juge prennent la direction de l'Aérotrain. Deux officiels lui emboîtent le pas, suivis par la procession que nous formons. Une pensée émerge dans mon esprit. Est-ce une façon de me punir pour ce qu'a fait mon père ? Non, sinon il y aurait aussi William à mes côtés.

— Par tous les Fondateurs ! Je n'en reviens pas, je suis Accoucheur... se plaint le blond.

Il caresse compulsivement ses cheveux coupés en brosse.

— Ça vaut toujours mieux que les Bas Quartiers, rétorqué-je avec une pensée pour Tania. D'autres n'ont pas eu cette chance.

— Non, ce que je veux dire c'est que je n'ai jamais approché un gosse de ma vie, et voilà que demain je serai à la Pépinière des naissances, à les tirer du bide de leur mère.

L'image me fait sourire autant qu'elle m'écœure.

— Si ça peut te rassurer, ma mère a accouché seule dans notre Casier. Et c'est mon père qui jouait les Accoucheurs, alors que ce n'est pas vraiment sa tasse de thé.

— Oui, son truc c'est plutôt les intelligences artificielles. Ça n'a pas l'air facile pour lui en ce moment, dit-il sombrement en sautant sur la perche que je viens de lui tendre.

Il lance un regard mauvais aux officiels qui nous escortent.

Je le remercie, sans trop de sincérité, comme je le fais chaque fois que quelqu'un fait semblant de comprendre ce que j'endure. En général, c'est pour mieux évoquer le jugement de mon père et me soutirer quelques informations croustillantes au passage. Je décide de devancer ses questions :

— Tu sais pourquoi les Juges veulent nous voir tous les trois, demandé-je.

— Pourquoi ils veulent nous voir tous les deux, tu veux dire ? dit-il en éclatant d'un rire franc en même temps qu'il désigne le 900 du menton. Lui ? Il embarque avec eux pour les Hauts Quartiers. Tu es quoi, toi ? demande-t-il en se penchant sur mon bracelet pour y trouver une réponse. Archiviste ?

— Ne te gêne pas surtout !

— Désolé… Ouais, j'imagine que ça doit avoir un rapport avec nos postes. Au fait, moi c'est Swan, enchanté, dit-il en opinant du chef.

Il croise mon regard inquiet et nous échangeons encore quelques mots pour savoir si c'est vraiment ce que prévoit la Cérémonie d'Affectation.

Les Juges font monter à bord les deux garçons à tour de rôle. Après un long quart d'heure à observer les Hexagones rouges incandescents sur le blindage du compartiment, je vois Swan ressortir. Il avait raison, le garçon des Hauts Quartiers ne quittera plus le train.

— Par le Juge-mère, murmure Swan d'un air écœuré, ils veulent que je dénonce les enfants interdits… Ils m'ont forcé à m'y engager.

Mon cœur se renverse. J'ai tout juste le temps d'entendre ce qu'il avait à me dire que deux officiels lui ordonnent déjà de quitter les lieux quand un autre me prie d'entrer.

Les Juges sont assis sur une banquette en velours rouge, la couleur de l'Union. Le compartiment est si vaste que je ne vois pas le geste de la Juge qui me demande de m'y engager. En le traversant, je me fais immédiatement la réflexion que cet espace est immense pour seulement deux personnes.

— Vous êtes Archiviste, dit la Juge avec autorité.

Elle m'observe par-dessus ses lunettes rondes et se contente de lire un texte officiel sur son Hexapod pendant que l'autre l'écoute :

— Il est de votre devoir de mettre en sécurité chaque segment du passé, chaque texte de loi, chaque livre, chaque document écrit, quelle que soient sa langue et l'époque durant laquelle il a été rédigé. Les archives sont conservées par la Juge-mère, pour rendre sa conscience encore plus totale. Elle a ainsi pu absorber depuis sa création, tout le contenu numérique qui lui préexistait, grâce au travail de vos prédécesseurs. Sans parler de vos collègues des Hauts Quartiers qui font un *travail remarquable pour ce qui est de l'archivage d'œuvres graphiques bidimensionnelles.*

— Je vous demande pardon ?

— Les œuvres graphiques bidimensionnelles, reprend-elle en levant les yeux au ciel. Les tableaux, photographies, images qui envahissent les archives. Tout doit être numérisé, pour le strict usage des Juges.

— Numérisé ? répété-je.

— C'est bien cela.

— Excusez-moi, mais par numérisé, vous entendez détruit ?

Sa bouche se déforme en une moue autoritaire.

— Le peuple ferait un mauvais usage du passé. Ceci implique aussi qu'il vous est interdit de lire ou de prendre connaissance de quelque manière que ce soit du contenu des archives. Comprenez bien, Citoyenne, que la paix au sein de l'Union dépend de votre travail. Vous engagez-vous à faire disparaître chaque segment du passé des documents que vous manipulerez, au risque d'être vous-même déclassée ?

Elle lève vers moi des yeux en lames de rasoir qui semblent prêts à me découper en miettes si je ne réponds pas maintenant.

— Je m'y engage.

— Parfait, en récompense de quoi vous obtiendrez quatre secondes d'eau courante supplémentaires, ainsi que trois rations quotidiennes de neuf cents calories chacune. Nous vous ferons aussi livrer votre tenue de travail au Département d'Archivage. L'Union est juste, l'Union est notre justice, récitent les deux Juges d'une même voix pour me congédier.

30.

Je me réveille mollement en travers du lit. Encore un cycle de passé. En parcourant la pièce principale, je me rends compte qu'une malle en métal est tombée du conduit durant mon sommeil, tout comme sont tombées nos rations alimentaires le premier jour.

À la demande du Docteur Valerian, je la fais glisser péniblement jusqu'à l'infirmerie dans un fracas épouvantable.

Je soulève le premier compartiment, pour y trouver le MédiDrone qui alourdit la silhouette de tous les Protecteurs que j'ai vus sur les vidéos des précédentes éditions. Il est capable de déplier ses panneaux pour former un caisson de guérison spontanée, une merveille capable de soigner en un temps record les blessures les plus graves. Si seulement on avait ce genre d'équipements dans le Quartier du Milieu. Mais je sais exactement ce qu'on me répondrait. On me répondrait que les Citoyens deviendraient incontrôlables et qu'il y aurait des émeutes rien que pour se faire soigner. Sans compter que le MédiDrone que j'ai devant moi doit être le seul que compte l'Union.

Le dispositif roule jusqu'à moi, écarte ses pinces automatiques pour mieux faire glisser ses panneaux d'aluminium avant de révéler son contenu.

Je fais un rapide inventaire. Tout y est, absolument tout ; du nanodéfibrillateur, en passant par une série de couvertures de survie nouvelle génération, en nombre suffisant pour deux Équipes entières. Des bandages imitant le tissu humain et des poches de sang synthétique passent entre mes mains inexpérimentées. Les ciseaux de suture que je réclame depuis des lustres étincellent de leur éclat argenté sous mes yeux, aux côtés d'une bobine de fil résorbable. Des solutions injectables minutieusement rangées se balancent dans leurs minuscules flacons bien scellés. Avec les comprimés ultra-dosés que je trouve bientôt, il y aurait de quoi soigner une portion non négligeable des malades de mon quartier.

— Enfin ! Je vais enfin pouvoir vous entraîner comme il se doit ! se satisfait le Docteur Valerian, visiblement soulagé. Mademoiselle Lormerot, ouvrez le deuxième compartiment de la malle, s'il vous plaît.

Je m'exécute.

Un cri de surprise m'échappe quand je découvre une silhouette humaine, qui se contorsionne dans un angle impossible. Sa peau presque transparente est parcourue d'un réseau de veines bleues. Une vision fait rejaillir le souvenir des embryons de l'Unité de Biologie pétrifiés dans leur tube de glace.

Mon regard descend le long d'un cou deux fois plus long que la normale au bout duquel s'étire un crâne ovale.

Un mouvement de recul m'échappe. Je me souviens que je dois me méfier des technologies de l'Union.

— N'ayez pas peur, Mademoiselle Lormerot, ajoute le Docteur Valerian. Ceci est la pièce maîtresse de votre entraînement de Protectrice, je peux vous l'assurer !

La silhouette déploie de longs bras membraneux. Sous la transparence de sa poitrine, un cœur plus vrai que nature se met à battre.

— Je vous présente mon assistante, Xinthia, qui illustre mieux que personne mes cours de Protecteur dans les Hauts Quartiers. Xinthia est un mannequin bionique nouvelle génération, capable de régénérer ses tissus synthétiques en quelques minutes, explique-t-il, pendant que je me familiarise avec l'étrangeté de ce corps qui a pris quelques libertés avec ce que je connais de l'anatomie humaine.

— Je vous préviens, poursuit-il, elle a un sens de l'humour bien à elle. Contentez-vous de l'ignorer et tout devrait bien se passer.

Le mannequin me sourit de ses lèvres en silicone, échange avec moi quelques mots rassurants et je comprends qu'elle ne représente aucun danger.

Le Docteur Valerian m'explique la teneur de la session d'entraînement. Il est prévu que Xinthia mime toutes sortes de symptômes pour lesquels je dois lui administrer les traitements appropriés, avant de laisser agir le caisson de guérison spontanée.

Je panique un instant, en récapitulant l'inutilité de l'entraînement de ma précédente instructrice. Mais c'était sans compter le MédiDrone. À chaque fois que Xinthia s'inocule un pathogène, je lui demande de se mettre en position allongée. Le drone déplie systématiquement ses panneaux en un caisson métallique qui englobe la silhouette élancée du mannequin. Sous l'œil attentif du Docteur, il identifie coup sur coup un botulisme et une septicémie. Les pinces articulées me proposent les traitements appropriés qu'il me reste alors à injecter.

L'entraînement me redonne confiance en mes capacités de Protectrice quand, au moment où je m'y attendais le moins, le mannequin s'effondre devant moi pour devenir un poids mort.

J'attrape le MédiDrone qui s'apprête à déployer son caisson par-dessus la silhouette inerte de Xinthia, quand le médecin intervient :

— Sans le drone, je vous prie.

— Juste pour le diagnostic, dis-je.

— Pas cette fois, me coupe-t-il dans mon élan. Le MédiDrone est un outil formidable, mais que se passerait-il si un champion ennemi venait à vous en priver ? Vous devez être capable d'agir seule.

Je sens la détresse arriver quand je vois la tête ovale de Xinthia flotter dans le vide. Je ne peux me défaire de l'image du petit Marius que je tenais à bout de bras. L'enjeu de cet entraînement me revient à l'esprit comme une gifle et je me mets à penser que ce corps sans vie pourrait aussi bien être celui d'Emmy en pleine Épreuve des Sept. Grave erreur, car mes mains aussi moites que tremblantes me rendent soudain incapable de saisir les instruments qui me glissent entre les doigts.

— Je ne devrais pas vous le dire, prononce Xinthia de sa voix de synthèse, mais je ne peux plus respirer.

— Alors, vous n'êtes pas censée parler non plus ! gronde le Docteur Valerian depuis son écran.

Le mannequin serre ses dents de céramique en signe de repentir et baisse les yeux vers sa poitrine.

Sa poitrine ? me dis-je. Mais oui, son cœur a cessé de battre. Comment ai-je fait pour ne pas m'en rendre compte plus tôt ? Je reconnais immédiatement les signes cliniques dont elle souffre.

— ARRET CARDIO-RESPIRATOIRE ! m'écrié-je en direction de l'écran.

Xinthia tourne l'ovale de son crâne vers moi et m'adresse un clin d'œil complice.

Je saisis le nanodéfibrillateur, pour réaliser un geste que j'ai vu des centaines de fois sur les vidéos de mon entraînement. Je choque son corps artificiel qui s'arque à l'extrême avant de retomber lourdement, comme une méduse sortie de l'eau. Je répète l'opération, une, deux, trois fois. Puis je comprends que ce ne sera pas suffisant.

Pourquoi tout semblait-il si simple sur les vidéos ?

À chaque fois, Xinthia me fait un grand sourire pour me rappeler que tout ceci n'est qu'un exercice, autrement je crois que je me laisserais complètement submerger par l'émotion.

— Je dis ça comme ça, mais je n'ai pas peur des aiguilles, ajoute-t-elle, en papillonnant des cils.

Son rire presque humain laisse planer le doute sur sa véritable nature.

— Vous êtes supposée être inconsciente, Xinthia ! lance le Docteur Valerian, particulièrement exaspéré.

Je saisis un des minuscules flacons et peine à croire ce que je m'apprête à faire. J'essaie de ne pas trop réfléchir au moment où j'injecte une dose d'adrénaline en intracardiaque pour refaire partir son cœur synthétique, immobile dans sa poitrine translucide.

Xinthia se redresse immédiatement en position assise pour me féliciter. En un clin d'œil, elle se met à me faire la conversation, l'air de rien, comme si nous étions deux vieilles amies heureuses de se retrouver. J'apprends alors qu'elle a été conçue dans l'une des Hautes Administrations, que des versions antérieures de mannequins ont rendu service à plusieurs Protecteurs avant elle.

Elle parvient à me faire rire alors que mon esprit est encore préoccupé par ce qu'il s'est passé avec Titus. Une chose est certaine, je n'aurais jamais pensé qu'un mannequin bionique puisse être à ce point attachant.

— Vous êtes incroyable, Xinthia, finis-je par dire.

Elle étouffe un petit rire.

— Mon quotient émotionnel dépasse celui du Docteur Valerian, vous vous en rendrez vite compte, je pense !

— Nous ne sommes pas dans un salon de thé ! Les sutures maintenant, Xinthia ! ordonne le médecin.

Rien qu'à entendre ce mot, je blêmis.

— Je me remets seulement de mon arrêt cardiaque, rouspète-t-elle en direction de l'écran, juste pour que nous ayons plus de temps pour discuter.

— Vous savez bien que vous n'avez pas vraiment de cœur, ce sont vos batteries de lithium qui vous alimentent, s'impatiente le médecin.

La main articulée du mannequin court sur le plateau où sont exposés les instruments de chirurgie que j'ai retirés de la malle. Ses phalanges mécaniques s'arrêtent sur un bistouri.

— Vous non plus vous n'avez pas de cœur, Docteur, dit-elle d'un air théâtral.

Je serre des dents quand elle s'incise distraitement l'avant-bras, a priori sans ressentir le moindre chatouillis. La lame aussi droite qu'affûtée commence sa course à son poignet pour remonter jusqu'à son coude.

Je m'inquiète immédiatement de son état, jusqu'à ce que je réalise que le liquide qui suinte de la plaie ressemble à tout sauf à du sang. On aurait plutôt dit une sorte de mousse gélatineuse.

— Mais qu'est-ce que c'est que cette hémorragie ! fulmine le Docteur qui bondit de son siège.

— De la MoussQuiche. Les Administrateurs n'avaient plus que ça en stock ! éclate-t-elle de rire.

— Xinthia ! Vous exagérez ! s'insurge le médecin, pendant qu'elle se penche à mon oreille.

— C'est quand même mieux comme ça, non ? me dit-elle en révélant une nouvelle fois une rangée de dents en céramique.

Je la remercie intérieurement pour cette délicatesse, car je doute que mes yeux d'Archiviste soient prêts à faire face à une véritable effusion de sang. Je saisis les instruments de suture et recouds sa plaie factice, comme je l'ai vu faire à plusieurs reprises en vidéo.

Ce n'est pas plus difficile que de recoudre les déchirures de mes vieilles tenues.

— Quatre minutes dix-huit, annonce le Docteur en arrêtant un chronomètre. Il faut moins de temps que ça pour qu'un champion se vide de son sang. Vous devrez apprendre à être plus rapide, Mademoiselle Lormerot.

Les grands yeux bioniques de Xinthia m'envoient de plates excuses.

— Je peux vous assurer que je me sens comme neuve, Docteur, dit-elle pour pondérer les propos du médecin. Et que dire de cette cicatrice ? Elle est presque invisible !

Elle caresse sa suture du revers de la main, comme si elle était d'un velours soyeux.

— Peut-être, mais nous sommes encore loin d'un entraînement en conditions réelles, fait-il remarquer.

L'entraînement touche à sa fin et l'écran vire au noir.

L'air espiègle qu'affichait Xinthia se volatilise aussitôt :

— Le Docteur Valerian est peut-être dur avec vous, mais c'est pour vous emmener loin, dit-elle, une main articulée posée sur mon épaule.

Puisqu'elle est ici, je décide d'accueillir Xinthia comme mon invitée en lui proposant de découvrir la base souterraine. Ses longues jambes blanches s'envolent au-dessus des marches de l'escalier et ses articulations émettent un bruit de vérin bien huilé que je trouve immédiatement sympathique. Quand elle parvient dans la pièce principale, elle se fige un instant. Les veines bleues qui remontent sous sa mâchoire à la manière d'un récif corallien se crispent un instant.

— Des tensions avec le deuxième occupant… commente-t-elle, d'une voix qui n'appelle pas de réponse.

— Vous arrivez à le sentir ? demandé-je, tout en me demandant ce qu'elle parvient à percevoir d'autre.

Elle se contente d'acquiescer lentement, puis au bout d'un moment entreprend de se présenter à Titus. Quand elle revient, elle ne me pose aucune question à son sujet. Ses capteurs doivent être de véritables éponges à émotions. Xinthia a probablement fait le tour du problème au moment même où Titus a ouvert la bouche.

La page de mon carnet se noircit des croix que j'inscris à chaque cycle de veille et de sommeil. Même si elles sont mon seul repère, je sais qu'elles ne signifient rien de tangible. Quand je me réveille d'un de ces cycles, comment savoir si j'ai dormi deux heures le temps d'une sieste, ou si je viens de terminer une nuit complète ?

Les cycles se succèdent et Xinthia devient rapidement la présence amicale dont j'avais besoin. Je crois bien que sans elle j'aurais fini par devenir folle.

Nous passons une partie du cycle suivant à revoir mon programme d'entraînement, pendant que Titus navigue d'une pièce à l'autre dans le plus grand silence. Je lis dans son regard qu'il semble intrigué par la facilité avec laquelle Xinthia et moi avons pour rire de tout. Rares sont les moments où elle lui adresse la parole, à part pour régler la température de la base, et lui dire quand il peut disposer des pièces dont je n'ai plus besoin.

Je dois bien reconnaître que Xinthia me forme mieux qu'aucun des médecins ne l'a fait jusqu'à présent. Au programme aujourd'hui, les troubles mentaux :

— Au cours de votre entraînement, il se peut que la faim, le stress ou une infection affectent le psychisme des champions. Il faut que vous soyez parée à gérer un état de confusion ou un délire passager… Il est possible que le Mé-diDrone ne soit pas suffisant.

— La confusion… murmuré-je. Il faudrait déjà que je n'en souffre pas moi-même.

— Vous êtes juste un peu désorientée. Ça ne durera pas. Et même si vous l'étiez pendant l'Épreuve ultime, gardez bien ceci à l'esprit : vous pouvez toujours quelque chose pour votre Équipe.

— Vous ne comprenez pas, Xinthia, la Juge Cromber avait suffisamment d'éléments pour m'éliminer lors de la première épreuve. Le Capitaine n'aurait pas dû me choisir. Je n'aurais jamais dû être Protectrice.

— Et moi j'aurais dû finir en drone militaire après mes deux premiers services, mais les Administrateurs en ont voulu autrement. Est-ce que ça fait de moi une mauvaise assistante bionique ? Je ne pense pas, alors pourquoi ça ferait de vous une mauvaise Protectrice ?

J'ai toutes les peines à imaginer Xinthia en drone militaire. Une voix intérieure me dit qu'elle a inventé toute cette histoire pour me rassurer. J'aimerais la croire, penser que j'ai toutes les qualités pour rapporter la victoire, mais être Protectrice, ce n'est pas comme être Ailière ou même Capitaine. Comment suis-je supposée faire gagner l'Union si mon poste est celui qui pèse le moins dans l'Équipe.

— Protectrice, c'est le poste le plus inutile qui soit, finis-je par dire.

Ses grands yeux composés de pixels noirs me découpent en charpie.

— Comment osez-vous dire ça ? dit-elle, en condamnant fermement ce que je viens de dire. Édition numéro 3 de l'Épreuve des Sept, le Protecteur sauve son Équipe d'un empoisonnement à l'eau souillée au plomb. Édition 38, continue-t-elle, sans plus s'arrêter, le Protecteur soigne son Équipe d'un virus ravageur généré par la Juge-mère. Édition 51, il échange des sérums à l'Union Première contre la liberté de deux champions de l'Équipe. Édition 52, il fait recouvrer l'Audition au Messager. Édition 71, il soigne le Capitaine d'Équipe d'une crise délirante. Édition 98, il fait repartir le cœur d'un Ailier. Édition de votre grand-mère, il sauve la vie de champions ennemis. Dois-je continuer ou vous avez compris ?

J'acquiesce vivement.

— S'il vous plaît, ne dites plus qu'un Protecteur est inutile, me demande-t-elle. L'Union a besoin que vous croyiez en vous, Pia.

— Il n'y a pas que l'Union qui a besoin de moi.

— L'Union et votre frère, rectifie-t-elle.

Elle incline la tête, ses yeux me couvrent d'admiration :

— Votre qualité première n'est pas la Discipline, dit-elle, ni même la Résilience, mais bien l'Abnégation. Personne n'a fait mieux que vous à la deuxième épreuve, alors si vous, vous ne méritez pas votre place, qui la mérite ?

Je la remercie d'avoir réussi à trouver les mots qui me donneront le courage pour affronter les jours à venir.

Une fois l'entraînement terminé, elle m'explique qu'elle doit regagner l'infirmerie pour reprendre des forces, ce qui signifie dans son langage que ses batteries sont déchargées.

Je me dis que c'est le bon moment pour tenter d'obtenir les réponses aux questions qui me rendent folle.

— Un instant, Xinthia. Est-ce que vous savez quel jour nous sommes ? lui demandé-je, persuadée que les Juges ont bridé son système et qu'elle ne me fournira pas plus de réponses que ne m'en ont donné les médecins de l'Union.

— Vous êtes désorientée, affirme-t-elle. Il est 4 h 38 du matin.

4 h 38 ? Et je viens de prendre ma ration de la mi-journée. Depuis combien de temps suis-je enfermée ici, pour confondre à ce point le jour et la nuit.

— Tout va bien ? s'enquiert-elle.

J'ai soudain l'impression qu'elle est dans ma tête.

— Arrêtez de lire dans mes pensées !

— J'en suis incapable, je ne fais que percevoir votre anxiété, dit-elle dans le plus grand calme.

— Très bien, arrêtez ça.

— Je ne le ferai plus, dit-elle, en tournant les talons pour regagner sa station de recharge.

Mais en vérité j'ai besoin de parler encore un peu.

— J'avais simplement l'impression qu'on était en début d'après-midi... dis-je, pour la retenir.

— Aucune importance, répond-elle, vous et le garçon avez réglé vos cycles de sommeil sur un biorythme qui correspond à votre efficacité maximum. L'Épreuve des Sept commencera dans neuf jours et d'ici là, je me chargerai de vous calibrer sur le rythme extérieur, si les alarmes ne l'ont pas fait avant moi.

J'ai soudain l'impression de me faire submerger par une vague dont je ne peux même plus estimer la hauteur. Neuf jours. Il me reste neuf jours pour acquérir toutes les compétences de bases attendues chez une Protectrice. C'est certain qu'avec Xinthia, mon entraînement vient de prendre un tournant décisif. Seulement, je suis prête à parier que l'Union Première n'aura pas attendu qu'il reste neuf jours à son Protecteur pour lui prodiguer la meilleure instruction.

31.

L'aurore qui baigne ma chambre caresse mes paupières de ses pinceaux d'or. Il me faut un instant pour me rappeler que sa lumière est aussi artificielle que la voix qui me réveille.

— Bonjour, murmure Xinthia, penchée depuis la porte entrouverte.

— Quelle heure est-il ? demandé-je, avant toute autre politesse.

La question revient à chaque fois dans ma bouche, comme une obsession.

— 20 h 13, pour être précise.

Un petit rire retentit dans la chambre, le mien. Pour moi le soleil se lève, alors qu'à l'extérieur il s'est couché depuis longtemps.

— Les Juges veulent nous calibrer sur le calendrier lunaire ?

— Du sarcasme ? Très bien... Je vois... dit-elle, gênée. Est-ce que je peux espérer de meilleurs sentiments si je vous dis que dès demain, l'éclairage imitera progressivement les alternances jour-nuit de l'extérieur ?

Je sors du lit, en me disant que Xinthia n'a pas à payer à la place des Juges qui ne cherchent rien d'autre qu'à me désorienter un peu plus chaque jour. Sans plus de protestations, je prends connaissance de mon entraînement affiché sur l'écran principal, tout en m'appliquant à ignorer Titus, activité dans laquelle j'excelle.

J'enfile l'une des tenues que les Juges m'ont fait parvenir et m'apprête à prendre mon petit-déjeuner quand Xinthia bondit sur ses jambes interminables. Elle me raconte qu'après la discussion que nous avons eue hier, elle a consacré son temps passé dans la malle à compulser en vitesse accélérée les cent dernières performances de Protecteurs, toutes Unions confondues. Une prouesse que seule une intelligence artificielle peut réaliser.

Elle a établi un répertoire rigoureux des principales erreurs et nous devons plancher dessus toute la matinée.

— Je peux vous la montrer à présent.

— Qui ça ? demandé-je sans comprendre.

Sa voix se fait presque humaine.

— Votre grand-mère. Vous doutiez tellement de vous hier. Pourtant, vous lui ressemblez plus que vous ne le croyez. Regardez par vous-même.

Elle fait passer ses doigts articulés dans mes cheveux pour ranger une mèche derrière mon oreille. À ce moment précis, ses pupilles se changent en écrans de tailles réduites. Pour la première fois, j'aperçois ma grand-mère à son poste de Protectrice pour revivre en images le récit qu'elle nous a raconté maintes et maintes fois, à William, Nina et moi.

Dans les yeux de Xinthia, grand-mère a la fraîcheur de ses jeunes années, comme lorsque son visage a illuminé les façades vertigineuses des Hauts Quartiers. Je la vois s'agenouiller dans la neige, face à un champion de l'Union pour réaliser un cataplasme, puis se reculer de quelques pas afin de laisser les pinces mobiles du MédiDrone exécuter un bandage impeccable. Emmitouflée sous des couches de vêtements chauds, grand-mère déploie une couverture de survie qui claque dans un vent glacial avant d'être emportée dans le ciel sombre aux reflets émeraude.

Les yeux de Xinthia se remplissent de ces lueurs changeantes que seules recèlent les aurores boréales.

— Regardez ses mains. Vous les avez vues quand elle a appliqué la pommade ? Elles tremblent comme les vôtres. Votre grand-mère non plus ne mesurait pas toute l'étendue de ses capacités. Elle doutait, elle aussi. Si votre grand-mère l'a fait, vous pouvez le faire aussi, affirme-t-elle.

Dans son récit, grand-mère n'a jamais fait état de ses peurs ni de ses doutes.

La séquence repasse en boucle dans les yeux brillants de Xinthia. Je m'arrête un instant sur les mains de ma grand-mère.

Les yeux de Xinthia reprennent leur constitution habituelle, pour m'irradier de leur bonne humeur.

— Xinthia, vous êtes vraiment incroyable, bredouillé-je pour tenter de la remercier.

— Allez répéter ça au Docteur Valerian qui doit être en train de faire un ulcère, dit-elle sur le ton de la plaisanterie, mes capteurs m'indiquent qu'il nous attend déjà dans l'infirmerie ! Ne tardez pas trop, vous connaissez son naturel… Alors, imaginez quand on l'oblige à travailler de nuit…

Je termine de suçoter ma ration de SteggŒuf, surprise de constater que Titus a déjà terminé la sienne. Il lui aura fallu près de trois semaines pour s'y faire. D'un autre côté, se laisser mourir de faim avant l'Épreuve des Sept aurait été une erreur stratégique pour un esprit affûté comme le sien. On ne survole pas les sélections comme il l'a fait pour s'engager dans l'Épreuve des Sept au stade de dénutrition sévère.

Avant d'oublier, je rajoute une croix dans la colonne des cycles de veille, ensuite mes jambes prennent machinalement le chemin de l'infirmerie.

Quand je pousse la porte, l'écran qui affiche normalement le portrait du Docteur Valerian demeure éteint. Noir comme un ciel sans étoiles, et la vue des aurores boréales me semblent déjà loin. Xinthia est recroquevillée dans sa position d'origine. Ses vertèbres saillantes décrivent un arc hérissé qui dépasse à peine de la malle.

— Xinthia ? appelé-je, pressentant une anomalie.

Seul le doux vrombissement du MédiDrone me répond.

L'instant d'après, l'écran s'allume.

Un uniforme d'un blanc lumineux envahit l'écran, souvenir douloureux du tête-à-tête avec le drone de vérité qui m'a rendu incapable de discerner toute autre couleur, et qui a fait de moi la pire sœur que l'Union n'ait jamais comptée.

— Juge Quinn ? m'étonné-je.

Je recule jusqu'à ce que mes omoplates rencontrent le mur opposé à l'écran.

— Bonjour, Mademoiselle Lormerot.

Le ton est solennel. Pour la première fois, je me demande l'âge qu'il peut avoir. À en juger son visage, je ne lui donnerais pas plus de quarante ans, malgré sa barbe et ses cheveux piquetés de blanc.

— Que se passe-t-il avec l'entraînement d'aujourd'hui ? Le programme est encore long et…

— Ce que j'ai à vous dire est de la plus haute importance. Votre entraînement avec le Docteur Valerian reprendra immédiatement son cours, ne vous en faites pas.

J'ai envie de lui cracher à la figure combien je suis écœurée par Titus qui a consigné chacun de mes faits et gestes dans son maudit rapport, mais je préfère d'abord obtenir des réponses à mes questions. Après tout, la dernière fois qu'il est venu m'interrompre, c'était pour me sauver la vie.

— Vous avez désactivé Xinthia ?

Depuis l'écran, son regard ricoche sur moi puis sur la silhouette bionique sagement repliée dans sa malle.

— Confidentialité oblige. Vous allez comprendre que tout ceci n'implique que deux personnes : vous et moi.

Je peine à imaginer ce qui pourrait à la fois me concerner et concerner un Juge. S'il vient jouer les arbitres entre Titus et moi, il risque de le regretter, car je sens déjà la colère pulser au bout de mes doigts.

— Vous devez savoir que pour disputer l'Épreuve des Sept, reprend-il en caressant sa barbe poivre et sel, chaque champion a le droit à un Attribut pour constituer son équipement.

Grand-mère avait emporté avec elle le MédiDrone. Je commence à comprendre ce qu'il se passe. Le Docteur Valerian tient à ce que je l'emporte avec moi lors de l'Épreuve des Sept, et le Juge Quinn est venu en faire l'écho en personne. Mais ça n'explique pas la nécessité de laisser Xinthia en veille, ni qu'il vienne empiéter sur mon entraînement.

— Vous intégrerez donc l'Épreuve des Sept avec le drone de vos sélections.

Il l'a prononcé d'un ton qui ne prévoit pas d'objection.

Je sens mes yeux s'agrandir sous l'effet de la stupeur.

— Le MédiDrone, vous voulez dire ? persuadée que sa langue a fourché.

— Non, vous avez bien entendu. Le drone de vos sélections.

Soit ceci est une blague de mauvais goût, soit de la pure folie. Comment les Juges peuvent-ils laisser une telle chose se produire, sachant qu'aux dernières nouvelles Perpétua Cromber avait pointé du doigt le drone comme étant l'arme de l'Essor, censée démanteler les sélections de l'intérieur ?

— Ce drone a failli me coûter la vie quand il a mis fin à la deuxième épreuve, et maintenant les Juges veulent me le remettre entre les mains ? Ça n'a absolument aucun sens ! explosé-je, sans même chercher à me maîtriser.

Le Juge Quinn n'en fait pas cas, et demeure d'un calme olympien.

— J'ai convaincu le Grand Bureau de vous laisser intégrer l'Épreuve des Sept avec ce drone, en prétendant qu'il s'agissait d'une demande de votre part. Demande que nous pouvions légitimement vous accorder, en échange de votre silence lors des interviewes officielles.

Je bondis, droite sur mes jambes :

— Je n'ai jamais fait cette demande !

— Vous avez quand même gardé le silence lors du direct, alors acceptez la contrepartie qui vous revient de droit maintenant : le drone.

— Vous parlez peut-être trop vite, Juge Quinn. À la prochaine interview, je peux très bien décider de tout révéler à Oward Norfolk, à sa potiche de Médiatrice et à toute l'Union par la même occasion ! Comment réagiront les Citoyens quand ils apprendront qu'on m'a enfermée ici à l'écart des autres champions ?

— Ne vous trompez pas d'ennemi, Mademoiselle Lormerot. Je peux vous assurer que vous et moi sommes du même côté.

Il ne me laisse pas le temps de lui répliquer quoi que ce soit :

— J'ai assuré aux Juges que votre drone ne représenterait plus le moindre danger une fois sa mémoire rendue aussi vierge qu'un drone neuf qui sortirait des chaînes de production de nos quartiers.

— Et c'est ce que vous avez fait, lui effacer sa mémoire ?

À croire que c'est une occupation à plein temps chez les Juges.

— Non. Bien sûr que non.

Mes yeux naviguent sur son visage impénétrable.

— Je ne suis pas sûre de vous suivre, Juge Quinn. Vous avez menti au Grand Bureau des Juges ?

— Peut-on parler de mensonge quand il s'agit du bien de l'Union ?

Jamais je n'aurais imaginé entendre une chose pareille de sa bouche. Je reste déstabilisée un moment, avant que la colère ne revienne plus forte que jamais.

— Vous voulez que je prenne votre fichu drone, très bien. Mais vous allez m'expliquer comment je suis censée assurer mon rôle de Protectrice si je n'ai pas le MédiDrone avec moi ? Le Docteur Valerian m'a presque menacée pour que je l'aie sur moi en permanence pendant l'Épreuve !

Rien ne semble pouvoir défaire son calme sourire.

— Vous le récupérerez auprès de Titus, à qui j'ai assigné le MédiDrone. Vous serez en quelque sorte la seule championne à intégrer l'Épreuve avec deux Attributs en sa possession.

— Et je devrais m'estimer chanceuse, je suppose ? Et lui, il n'aura pas d'équipement ?

— Titus n'en aura pas besoin. Il est doué, et il le restera, avec ou sans Attribut.

Je réprime tout le dégoût que m'inspire Titus pour tenter de faire parler le Juge Quinn.

— Ce que vous m'avez dit n'explique rien sur le drone. Pourquoi garder sa mémoire intacte, alors qu'un tel mensonge peut vous coûter un déclassement ?

Il compose un sourire qui se veut complice.

— Je n'en attendais pas moins de vous, Mademoiselle Lormerot. Vous êtes bien la fille de votre père.

Ses paroles sont comme une flèche qui me touche en pleine poitrine. Je maudis les Juges et leur maîtrise parfaite de la psychologie humaine, pour toujours savoir où frapper.

— Qu'est-ce que mon père vient faire là-dedans ?

Ma méfiance atteint des sommets.

Il conserve son flegme, alors que mon cœur bat comme un tambour de guerre.

— Je vous dois en effet quelques explications. Si vous voulez comprendre, il va falloir que vous fassiez un petit effort de mémoire. Car tout nous renvoie au jour du Grand Partage, quand l'Union a eu connaissance de l'invention de votre père, par la Juge-mère en personne.

Je m'en souviens comme si c'était hier.

— Les abeilles…

— Des abeilles clandestines, rectifie-t-il. C'est là tout le problème. Cette nouvelle a fait l'effet d'un coup de tonnerre dans le Quartier des Juges.

Je dévisage le Juge Quinn, dont le port de tête trône fièrement dans son col mao, en me demandant comment tout ceci peut avoir un lien avec les abeilles.

Je me rappelle à quel point nous avons craint que les Juges ne condamnent notre père, après cette vague de protestation dans le Quartier du Milieu. Les officiels n'ont pas perdu une seconde pour nous faire évacuer de force de notre Casier, avant de le fouiller de fond en comble, comme ils l'auraient fait pour des ennemis de l'Union. Ce que nous étions devenus. Je me rappelle ensuite les allers-retours incessants de mon père, dans le Quartier des Juges pour se soumettre à des séries d'interrogatoires desquels il revenait défiguré. Il y est resté plusieurs jours consécutifs, avant de revenir pour de bon. Enfin, c'est ce que nous avions cru.

— Vous avez des choses à m'apprendre sur mon père, Juge Quinn.

Ma voix a le tranchant d'un poignard.

Je pose un regard suspicieux sur le portrait géant du Juge, prête à tout entendre. Titus avait sans doute raison, en affirmant que Jonas Solt faisait partie intégrante de la simulation. Est-ce que c'est possible que tout ce qu'il a dit au sujet de mon père ne soit que pures inventions de mon esprit ? Si les Juges ont en réalité exécuté mon père dans le plus grand silence, à l'issue de son jugement, je veux le savoir maintenant.

— C'est là que je vous dois quelques explications, répond-il, loin de se laisser impressionner. Les abeilles de votre père sont l'étincelle qui a enflammé les Bas Quartiers. Des émeutes se sont mises à éclore un peu partout, comme autant de départs de feu impossible à éteindre. Nous les avons contenues par la force, au nom de l'Union. Mais ces actes de répression jugés injustes par certains furent le terreau idéal pour que se soulève un mouvement rebelle rassemblé sous l'emblème des abeilles de votre père. Un mouvement que nous connaissons tous...

— L'Essor.

— C'est exact. Nous avons vu arriver un homme animé par une passion dévorante. Il a tenté de convaincre mes confrères, en présentant les abeilles comme une invention révolutionnaire, capable de changer l'avenir de l'Union.

Je lutte pour retenir les larmes qui brouillent ma vision.

— Hélas, après un jugement à n'en plus finir, poursuit-il, le Grand Bureau n'a rien voulu savoir et a prononcé la pire condamnation qui soit, celle de haute trahison envers l'Union. Il me semble que vous connaissez l'issue d'une telle condamnation...

Je me contente d'acquiescer sobrement quand je comprends qu'il fait référence au mur d'exécution.

Je sens mes jambes flageoler, comme le corps flasque de Xinthia lorsque son cœur s'est arrêté.

— Mon père est... mort ?

Ma voix se brise.

— Non, soyez rassurée.

J'inspire profondément, comme s'il venait de retirer de mes épaules un poids qui m'accablait depuis toujours.

Mon esprit cherche de la logique dans ses réponses. Je ne sais plus si je dois reconsidérer ou non les paroles de Jonas Solt.

Si mon père a bel et bien rallié l'Essor, le Juge Quinn me le dirait maintenant. Alors je reste pendue à ses lèvres, plus attentive que jamais.

— J'ai été le premier à reconnaître le potentiel de votre père. J'ai compris à quel point l'Union commettrait une erreur irréparable en l'envoyant au mur d'exécution. Lors de son jugement, j'ai défendu sa cause devant le Grand Bureau des Juges, comme j'aurais défendu la mienne. Ce fut loin d'être facile, mais votre père en a finalement réchappé, à une condition.

— Laquelle ?

Ma voix tremble, tout comme mes mains moites agitées de mouvements parasites.

— Nous lui avons demandé de mettre au point des abeilles mécaniques en tout point identiques à celles dont l'Union de Vérité nous a privés. Pour que nos biologistes les réintroduisent ensuite sous les verrières de l'Union. Moins de travail pour les Pollinisateurs, plus de rendement, plus d'estomacs remplis, et surtout moins d'émeutes dans les Bas Quartiers.

— Alors son rêve a finalement vu le jour ?

Pour la première fois depuis que je suis enfermée ici, une chaleur solaire me traverse, comme si on venait de me tirer vers la surface, par un jour d'été.

— Sauf que le Grand Bureau des Juges en a décidé autrement.

Je croise son regard désapprobateur qui me ramène confinée à huit mètres sous terre.

— En devenant emblème de révolte, dit-il, les abeilles n'appartenaient plus aux Juges ni à votre père. Elles appartenaient à l'Essor. Les Juges les ont fait détruire, jusqu'à la dernière.

Voilà pourquoi l'Essor a fait exploser une abeille de feu dans le ciel du Quartier des Juges. Les rebelles se sont emparés de l'abeille, non pas parce que mon père est leur chef de file, mais parce qu'ils en ont récupéré le symbole, pour contester l'autorité des Juges. C'est peut-être ce qu'a essayé de me dire Jonas lors de ma deuxième Épreuve... Pourquoi tout me semble-t-il si confus ?

— Votre père a peut-être renoncé à la pollinisation mécanique pour de bon, mais pas à son ambition de sauver l'Union. Avec l'aide que je lui ai apportée, il s'est lancé dans un nouveau projet. Un projet de la plus haute importance, tenu secret.

Il s'interrompt une seconde :

— Et ce secret, il est temps de vous le révéler, Mademoiselle Lormerot.

Comme une toile de fond morbide qui frappe chacune de mes pensées, ces paroles réactivent le petit arrangement de Guilford qui décidera du sort de mon frère.

— Vous lui avez fait du chantage en échange de lui laisser la vie sauve ! Exactement comme Guilford l'a fait avec moi. Je parie qu'il vous en a parlé !

Son visage frémit pour la première fois dans son col mao.

— Votre père est un homme de conviction, tout comme je le suis, se défend-il. Je ne pense pas me tromper en affirmant que nous sommes devenus amis après ça...

Mon père, ami avec un Juge ? J'écarquille les yeux tant je peine à le croire.

— Alors pourquoi je n'ai jamais entendu parler de vous ?

— Ne me faites pas croire qu'il ne vous a jamais rien caché, à vous et à votre famille.

Je me remémore des souvenirs lointains, tous les efforts de William pour faire taire ma curiosité face aux secrets de mon père.

— Notre père avait ses secrets, dans l'unique but de nous protéger, réponds-je.

Pendant une seconde, j'ai le sentiment qu'il m'observe avec tendresse.

— Parfaitement. Vous y êtes, dans l'unique but de vous protéger.

J'ouvre la bouche pour répliquer, mais il ne m'en laisse pas le temps :

— Pour ce qui est de votre frère, que vouliez-vous que je dise au Juge Guilford, aussi terrible soit sa menace ? Il aurait fini par comprendre que je vous défends et ça n'aurait pas été dans son intérêt. Croyez bien que j'ai une solution pour le sortir de ce mauvais pas.

— Laquelle ? demandé-je, saisie par l'urgence.

Il pose sur moi son regard paisible.

— Je comprends votre insistance, mais laissez-moi vous expliquer. Votre père voulait trouver un remède, pour en finir avec la misère dans laquelle notre Union s'est enlisée année après année.

Il semble si sûr de lui quand il décrit mon père, qu'il se pourrait bien qu'il le connaisse.

— Quel rapport avec le drone ? m'impatienté-je.

— Laissez-moi finir, vous allez comprendre. Et si votre père avait ensuite envisagé les abeilles autrement, Mademoiselle Lormerot ?

— Mon père a mis fin à ses travaux, le jour où les officiels ont réquisitionné le contenu de son atelier, répliqué-je.

— Moi qui pensais que vous aviez déjà compris…

Combien de temps ce petit jeu va-t-il durer ? J'ai l'impression qu'il cherche à me noyer dans les méandres de ses explications.

Les jointures de mes phalanges blanchissent tant mes ongles s'enfoncent dans ma peau.

— Compris quoi ? Je ne vois toujours pas le rapport avec le drone !

Il perçoit enfin que ma patience atteint ses limites.

— Veuillez m'excuser, j'ai tendance à m'égarer… Un vieux défaut de Juge, dit-il d'un air amusé.

En tant qu'Archiviste, vous devez savoir que les Épreuves des sélections sont générées par la Juge-mère. Ensuite il ne reste plus qu'aux Juges d'en moduler les paramètres depuis les Hautes Administrations. Nous pouvons ajouter plus de sel ou plus de poivre pour épicer un peu les épreuves, mais seule la Juge-mère décide du menu.

J'acquiesce lentement, en me faisant vaguement une idée du goût que peut avoir le poivre, quand il s'interrompt.

— Je vais aller droit au but, reprend-il. Votre père a mis toute son inventivité dans une intelligence artificielle capable de s'infiltrer dans la conscience de la Juge-mère. Une intelligence aussi silencieuse que discrète, capable d'établir un lien invisible avec la Juge-mère, pour amener n'importe quel candidat à franchir une à une les épreuves.

— Personne ne peut faire cela. Parce que personne ne peut s'introduire dans la conscience de la Juge-mère. C'est notre mère à tous, récité-je, en me fiant à ce que mon instructrice m'a appris quand j'étais enfant.

— Il ne s'agit pas tant de s'y introduire que d'en faire partie, en établissant un lien indétectable qui permet de détourner la Juge-mère à l'avantage d'un candidat. Après tout, qui mieux que la Juge-mère peut venir à bout des épreuves dont elle seule a les clefs ?

Je le défie du regard.

— C'est impossible.

— Impossible non, puisque votre père l'a fait. Et que son invention vous a menée aux portes de l'Épreuve des Sept.

Je fronce des sourcils pour tenter de rassembler les pièces du puzzle qu'il vient de jeter d'un seul coup devant moi. À ce moment-là, l'infirmerie, Xinthia, et tout ce qui m'environne disparaît. Il n'y a plus que le Juge Quinn et moi.

— Vous voulez dire que…

Mon cœur cogne dans ma poitrine, dans mes tempes et jusqu'au bout de mes doigts, quand je me rends compte de la gravité de la situation dans laquelle je suis impliquée.

— Oui, Mademoiselle Lormerot, ce dont je suis venu vous parler est contenu dans l'un de nos drones. Un drone quelconque par ailleurs, dans lequel j'ai introduit l'abeille ultime, que votre père a conçu pour l'Union. Une reine. Il ne me restait plus qu'à m'assurer que le drone soit affecté à votre frère William pour sa première épreuve, comme le souhaitait Félix.

Je songe aux bruits que j'entendais dans le drone, quand il était collé contre mon oreille dans le dortoir. Un genre de stridulation.

— Mais, l'échange de bracelets…

Il m'interrompt.

— Un regrettable incident que même votre père n'aurait pu anticiper. Mais en définitive, peu importe que ce soit vous, votre frère ou le dernier candidat des Bas Quartiers. Le drone est conçu pour vous guider vers le meilleur choix, celui qui vous fera toujours réussir. Voyez les épreuves comme un arbre, où chaque décision à prendre est une nouvelle branche. La reine contenue dans le drone sélectionne la meilleure branche dans l'arborescence des possibles.

Je demeure bouche bée pendant un temps interminable, au point que ma mâchoire pourrait se décrocher. Je tente de me repasser mentalement les épreuves que j'ai disputées.

— Dans le sous-marin, poursuit-il comme s'il lisait dans mes pensées, le drone a fait apparaître votre frère quand vous étiez en mauvaise posture. N'était-ce pas ce qu'il vous manquait pour prendre confiance en vous et le sauver de la noyade en même temps que tout l'équipage ? Vous le devez au drone, Mademoiselle Lormerot. Ce même drone qui vous a protégée, en modifiant l'enregistrement, et sans lequel la Juge Cromber vous aurait démasquée. Je suis sûr que cela ne ne vous a pas échappé non plus. Pendant votre deuxième simulation, continue-t-il comme pour me mettre devant le fait accompli, les portes de l'Unité de Biologie se sont ouvertes les unes après les autres à votre passage. Pensez-vous que ce soit seulement de la chance ? En croisant vos simulations, le drone a envoyé Titus pour qu'il vous fasse sortir du tube cryogénique dans lequel vous vous êtes retrouvée piégée. Encore une fois, le drone a provoqué votre succès, reconnaissez-le. Quelqu'un comme vous ne pouvait pas rester insensible face au savant dosage d'injustice qui a fait surgir vos qualités de Protectrice. Le drone a fait avec ce qu'il a trouvé en vous et n'a fait que vous pousser dans vos retranchements. D'abord avec l'oiseau qui vous a attendri, mais surtout avec ce rebelle que vous avez sauvé au péril de votre propre vie. Parce que le drone savait exactement comment vous alliez réagir. Et c'est encore une fois le drone qui a interrompu l'épreuve quand vous étiez sur le point de vous administrer cette fléchette paralysante. Non pas parce que vous alliez mourir, ce n'était qu'une simulation, mais parce que vous alliez échouer. Impossible qu'il laisse faire une chose pareille ! C'est algorithmique, il y a toujours une alternative qui mène vers la réussite de l'épreuve, et le drone vous a systématiquement conduite sur ce chemin. Depuis l'instant où vous avez pris place dans la salle de simulation, le drone guide chacun de vos pas. Il a sans cesse été là, pour corriger votre trajectoire et vous détourner de l'erreur.

J'encaisse chacune de ses explications comme autant de coups qui me sont portés. J'ai l'impression que mon crâne va finir par se fendre par son sommet.

— Vous êtes en train de me dire que tout ceci aurait pu être fait par quelqu'un d'autre et qu'en réalité celui qui aurait dû se retrouver à ma place c'est William ?

— Ah ! Le mérite, valeur fondatrice de l'Union… Regardez plutôt où vous en êtes à présent.

— Pourtant j'ai bien cru que j'allais mourir congelée…

— Peut-être, m'interrompt-il, mais ce n'est pas arrivé. Vous n'avez pas encore compris ? À chaque fois que vous pensiez être dépassée par les évènements, le drone avait en fait la situation sous contrôle.

— Mais je ne comprends pas, dans ce cas, pourquoi je n'ai pas obtenu le score maximal à la première épreuve ?

Il retrousse ses lèvres perdues dans sa barbe finement taillée.

— Ça aurait été un peu suspect qu'une candidate qui sort de nulle part se mette soudain à remporter coup sur coup les épreuves, ne trouvez-vous pas ? Le drone est plus subtil que ça. Et c'est précisément la raison pour laquelle votre père avait choisi votre frère William, un candidat connu pour son exemplarité, afin d'éviter d'attirer les soupçons. D'autant que, reconnaissons-le, la Juge Cromber a eu du flair vous concernant.

— Vous étiez au courant de tout ça depuis le début et vous l'avait laissée prononcer mon exécution ! J'ai failli être exécutée par votre faute !

— Et je vous ai défendue, puis sauvée, exactement comme je l'ai fait pour votre père, merci de terminer vos phrases pour présenter les choses comme elles se sont passées ! C'était d'ailleurs la partie la plus compliquée, car une fois sortie des épreuves, le drone ne pouvait plus rien pour vous.

Comment fait-il pour rester aussi calme alors que je suis à bout de nerfs ?

— C'est à cause de vous que ce foutu drone de vérité a failli me rendre aveugle ! À cause de vous que j'ai livré William aux Juges !

Ma voix se brise de nouveau.

— Tout ceci ne valait-il pas mieux qu'une exécution pure et simple ? Il fallait que je gagne du temps pour convaincre Guilford de vous garder en vie. En vous choisissant dans son Équipe, Sven Nilsson vous a rendue intouchable. Il fallait que Guilford entende de la bouche de la Juge-mère en personne qu'il ne pouvait s'opposer au règlement et le tour était joué.

Mes pensées s'entrechoquent et je ne sais plus si je le déteste ou si je l'admire.

— Attendez, c'est… vous qui avez placé le drone dans mon lit, dans le dortoir !

Il se met à rire avec sympathie.

— Exact, encore une fois.

Sous mon crâne, mes pensées s'emmêlent et se démêlent jusqu'à ce que les questions deviennent des évidences.

— Mais pourquoi tous ces efforts pour me faire réussir les épreuves ? Pourquoi un tel mensonge envers le Grand Bureau des Juges ? Ça n'aura servi à rien, maintenant que les sélections sont terminées !

— Les sélections, peut-être, mais l'Épreuve des Sept ne fait que commencer.

Mon cerveau tourne à plein régime. J'ai peur de ce que je suis en train de comprendre et manque d'avaler ma salive de travers.

— Vous voulez dire que… ce qui est valable pour les sélections est aussi valable pour l'Épreuve des Sept ?

— Je vous l'ai dit, Mademoiselle Lormerot, le drone est conçu pour vous assurer la victoire aux épreuves. Toutes les épreuves.

Il bat des paupières avant de reprendre :

— L'Épreuve des Sept n'est-elle pas une épreuve ?

— Alors les autres Unions n'ont aucune chance ? Jamais mon père n'aurait été d'accord avec ce que vous dites ! protesté-je.

— Au contraire, réjouissez-vous, le drone va guider votre Équipe à chaque instant. Imaginez un peu à quel point nos vies vont changer quand notre Union sera rebaptisée Union Première. Vous êtes en passe de nous assurer la victoire. Voilà le remède que votre père nous promet à tous. Et voilà comment vous allez sauver votre frère, William, sans la moindre difficulté.

Je reste bouche bée ne sachant quoi en penser. Je suis sur le point de devenir complice d'une tricherie d'ampleur diplomatique.

Comment puis-je le croire aveuglément alors que son fils adoptif s'est joué de moi d'une tout autre manière ? Seulement, ai-je vraiment le choix de remettre en doute sa confiance, si c'est là la volonté de mon père ? J'aurais tant besoin de l'entendre de sa propre bouche.

— Attendez une minute… Si mon père est vivant, alors où est-il ?

Il prend une profonde inspiration qui gonfle le plastron de son costume immaculé.

— Au risque de vous décevoir, nul ne sait où est passé Félix. Votre père a disparu sans laisser la moindre trace, sûrement pour échapper à l'Essor. Le Grand Bureau a lancé ses propres investigations, sans succès. J'ignore où il se trouve, mais ce que je sais, c'est que vous, lui et moi, voulons tous cette victoire tant attendue. Il a désigné votre frère pour mener à bien son œuvre, mais d'une certaine manière c'est vous qui en êtes désormais la digne héritière.

Le Juge Quinn a sauvé la vie de mon père comme il a sauvé la mienne et il m'offre la chance inespérée de ramener William sain et sauf au quartier. Comment puis-je encore douter de lui ? Je tente de me raisonner.

— Mademoiselle Lormerot, reprend-il avec gravité, c'est pour cette raison que vous allez intégrer l'Épreuve des Sept avec le drone de vos sélections. Si vous ne terminez pas le travail que votre père a commencé, personne ne le fera.

— Et si la Juge-mère détecte une intrusion ? Notre Union pourrait tomber en bas du classement et...

— Ceci n'arrivera pas.

L'intensité de son regard ne me laisse plus le choix. Définitivement, le Juge Quinn n'est pas un Juge comme les autres. Il vient d'éclaircir le mystère qui est tombé sur ma famille et qui n'a fait que s'épaissir depuis les sélections.

Une petite voix me convainc de lui faire confiance, parce que mon père lui a fait confiance avant moi. Au moment où je veux lui répondre, l'écran grésille de longues secondes, moucheté par une tempête de points noirs et blancs.

Le Juge est déjà parti.

Xinthia s'extrait de son état de veille, déroule la courbe de ses vertèbres articulées pour diriger vers moi l'ovale de son visage. Les pixels de ses pupilles s'affolent dans leurs orbites numériques :

— Bon sang, nous avons pris du retard ! Mes batteries ne sont plus ce qu'elles étaient. Le Docteur Valerian pourrait me faire démanteler pour moins que ça !

Je vois dans ses pupilles artificielles qu'elle est plus inquiète pour moi qu'elle ne l'est pour elle-même. Pour la première fois, les rôles s'inversent, car je suis en mesure de la rassurer :

— Tout va bien se passer, Xinthia. Qui penserait à vous démanteler quand mon Équipe aura ramené la victoire à l'Union ?

Un arc électrique de soulagement remonte dans ses connexions principales, car elle me sourit de ses dents de céramique.

— La pensée positive est au programme de demain, mais je vois que vous ne m'attendez pas pour prendre de l'avance sur votre entraînement !

32.

Dans ma chambre, je fais l'inventaire des différents antidotes et des toxines qui leur correspondent. J'ai pris soin de laisser la porte entrouverte, pour garder Titus à l'œil. Soudain, j'entends quelque chose d'inquiétant. La lourde trappe grince à m'en faire trembler les os. Ce bruit je le connais, c'est le dernier que j'ai entendu avant qu'on m'enferme ici, comme un rat dans sa cage. Quelqu'un vient de l'ouvrir. Sûrement des officiels, pour nous faire rejoindre les autres. Je profite de l'appel d'air, un semblant de brise me caresse la joue, comme un appel vers l'extérieur.

Je tends l'oreille, l'échelle grince à son tour. Quelqu'un la descend. Un officiel aurait déjà dû s'identifier et réciter la devise de l'Union. Rien, jusqu'à ce que la voix de Xinthia perce le silence du bunker telle une fusée de détresse :

— ALERTE ! UN INTRUS EST ENTRE DANS LA BASE !

Mon cœur bondit dans ma poitrine, j'ai tout juste le temps d'aller dans le couloir. Xinthia accourt, ses jambes bioniques me coupent le chemin, pour faire rempart contre l'intrus. Elle ne m'accorde pas un regard, ses capteurs ont détecté un niveau élevé de dangerosité. La seule issue, c'est la trappe que vient d'emprunter notre visiteur.

Je bats cent fois des paupières quand j'aperçois ce qui recouvre le sol près de l'escalier. Une nappe de MoussQuich décrit une flèche quasi parfaite vers les marches de l'escalier. Alors, je comprends. Xinthia n'a pas l'intention de me faire évacuer la base, elle n'a pas voulu trahir ma présence en me parlant. Elle est si intelligente. Elle cherche uniquement à ralentir l'intrus pour me laisser le temps de me cacher.

Je suis tentée de suivre la flèche. Juste avant, je jette un dernier regard à Xinthia depuis mon poste d'observation. C'est alors qu'apparaît une silhouette enveloppée de noir. Celle d'un homme jeune et élancé qu'un entraînement rude a changé en soldat. Il se déplace prudemment vers Xinthia, mesurant chacun de ses gestes. Mes yeux glissent le long du canon de son arme qui repose contre sa cuisse. L'engin a été bricolé à partir de débris de métaux et d'armes de l'Union. Elle n'en reste pas moins mortelle. Mon cœur se contracte comme un poing. Plus aucun doute, l'intrus est un rebelle de l'Essor.

J'entends un coup de feu et son impact visqueux dans la poitrine de Xinthia. Elle n'est peut-être pas humaine, pourtant elle est mon amie. Je veux l'assister, lui venir en aide, mais cela voudrait dire qu'elle a pris tous ces risques pour rien.

Je dois me cacher. Tout de suite. Puisque c'est ce qu'elle voulait. Je suis pieds nus. Mes jambes avalent les marches, direction la salle d'entraînement physique.

Le loup est maintenant dans la bergerie et je tente de comprendre pourquoi. Pourquoi et comment ? Le bunker est aussi secret qu'impénétrable, ou c'est ce qu'on a voulu me faire croire. Comment un rebelle a-t-il pu y pénétrer aussi facilement ? Il est venu pour Titus et moi.

Je continue de réfléchir à toute vitesse, dans un état de vigilance extrême. L'Essor... L'Essor veut nous éliminer avant qu'on ne rejoigne les autres sélectionnés. Nous tuer, pour que l'Épreuve n'ait jamais lieu. Titus Quinn, un apprenti Juge et moi, Pia Lormerot. Celle qui a dénoncé l'un d'entre eux. Éliminés d'un seul coup. Du pur génie.

Je me rue dans le dernier couloir qui débouche sur la salle d'entraînement. Une présence. Je sens une présence, là juste dans l'ombre du couloir. Se peut-il qu'ils soient plusieurs ? Combien au juste ? J'entends une respiration, toute la haine qu'elle contient. Rien ne fera plus reculer le rebelle qui m'attend, tant qu'il n'aura pas mené sa mission à son terme.

Je refuse de mourir, pas maintenant. Pas de cette façon. Trop de personnes comptent sur moi. L'adrénaline me saisit et tout se passe en un éclair. Exposée à la menace qui s'apprête à frapper et animée par un courage indéfectible, j'arme mon poing dans les airs. Ma seule chance de survie. La silhouette surgit comme une ombre, je suis la première à porter le coup.

Aussi dur que de la pierre, mon poing termine sa lancée dans l'arcade sourcilière de Titus. Un cri de douleur lui échappe.

— Par la Juge-mère ! fulmine-t-il, en frottant son œil contusionné. OUTCH ! Ça m'apprendra à partir à ta recherche ! J'ai entendu des coups de feu, tu n'as rien ?

Je secoue la tête de confusion. Moi qui rêvais qu'on devienne de parfaits étrangers l'un pour l'autre, voilà qu'il fait comme si de rien n'était.

— Xinthia… parviens-je tout juste à dire.

— Elle est bionique, elle ne craint rien. Maintenant, suis-moi. Tant que tu restes derrière, je peux t'assurer qu'il ne t'arrivera rien, dit-il en brandissant l'écrin du drone de mémoire devant lui, comme il aurait porté un bouclier pour se défendre. Je vais faire regretter à cette ordure d'être venu au monde !

— Vas-y tout seul.

Il m'attrape par le poignet, comme William le faisait quand il voulait me protéger avant mon passage devant la Juge de l'Inspection. La ressemblance s'arrête là. William a le sens de l'honneur, là où Titus ment comme il respire. Alors, qu'il aille tout seul se mettre dans la ligne de tir du rebelle, s'il en a envie.

— Parce que tu crois qu'on a vraiment le temps de discuter, peut-être ? dit-il au comble de l'exaspération. Je sais qu'on a eu des problèmes, toi et moi, mais à l'heure où je te parle, il y a un rebelle qui est entré dans la base secrète, précisément pour nous tuer.

— Moi qui pensais que tu avais organisé une petite réception, comme vous savez si bien le faire dans le Quartier des Juges.

— Arrête ça, s'il te plaît.

De nouveaux coups de feu retentissent. Je ne peux pas m'empêcher de tourner la tête en direction de la boucherie où se trouve Xinthia. Je me demande dans quel état je vais la retrouver. Jusqu'à quel point peut-elle se régénérer, si on la crible de balles, ou si on finit par détacher sa tête de son corps ?

— Je t'assure qu'elle va s'en remettre, mais si tu ne suis pas mes ordres, le prochain risque d'être l'un d'entre nous !

Ses yeux noirs me foudroient.

Je suis prête à parier qu'il s'agit d'une énième manœuvre pour obtenir de moi exactement ce qu'il veut. Il ne mérite que de l'ignorance.

— Écoute, ça n'a rien d'un jeu, reprend-il comme si chacun de ses mots lui était compté. S'il t'arrivait quelque chose, je ne me le pardonnerais pas. Tu entends, je ne me le pardonnerais pas ! Maintenant, suis-moi. Ce n'est pas le Messager qui te parle, c'est le Juge !

La phrase de trop. J'entrouvre la porte de la salle d'entraînement pour mieux me débarrasser de lui.

De nouveaux coups de feu. Titus se crispe un peu plus. Il doit choisir : me rejoindre ou descendre se battre.

— Comme tu voudras, finit-il par dire. Je viendrais te chercher quand je lui aurai réglé son compte. Après ça, j'espère que tu auras compris que toi et moi on est dans la même équipe.

La porte se referme derrière moi. Je m'éloigne du projecteur central pour mieux me fondre dans l'obscurité. Très vite, des bruits de combat me parviennent, étouffés par l'épaisseur du béton. Au moins, il n'y a pas de nouveaux coups de feu, me dis-je pour tenter de me rassurer. Puis, j'éprouve le poids du silence. Les secondes s'étirent comme des heures. Depuis combien de temps suis-je là, à attendre ? Et pourquoi Titus et Xinthia ne sont-ils pas déjà venus me dire que je pouvais sortir en toute sécurité ? Il y a de bonnes chances pour que le rebelle ne soit plus que de l'histoire ancienne, à présent. Titus lui a ramolli la cervelle avec son drone de mémoire et Xinthia l'a catapulté en dehors du bunker, ce qui devrait dissuader l'Essor de lancer une nouvelle attaque.

Je finis par descendre avec prudence les escaliers, pour gagner la pièce principale. Sous mes yeux, les restes d'une scène de lutte. Tout ce qui pouvait être déplacé a été jeté au sol. Les néons cassés crépitent dans une semi-obscurité inquiétante. Où sont passés Titus et Xinthia ?

Soudain, je la vois, la trappe. Ouverte sur la nuit et les étoiles. La liberté m'appelle. Sauf que je ne peux pas faire ça, je dois faire ce que les Juges attendent de moi.

Dans mon dos, je sens la pression d'un regard. On m'observe depuis que j'ai quitté ma cachette. Le rebelle est encore là. Juste derrière moi. Je me retourne, sur le qui-vive. Sous la cagoule, ses yeux me transpercent, comme pourrait le faire l'une des balles chargées dans son fusil. Est-ce qu'il va me tuer maintenant ? Mon regard paniqué tombe sur sa poche ventrale dans laquelle une lame étincelle d'un rouge vif et visqueux. Le sang vient de couler. Titus. Qu'est-ce qu'il a fait à Titus ? Quelque chose se brise au fond de moi, car je suis la suivante. Je retiens les larmes qui embuent ma vision, pour rester digne, pour me laisser une chance, une dernière. L'homme se fige, comme se fige le fil de mes pensées. Il faut que je dise quelque chose, n'importe quoi qui le ferait renoncer à son acte. Il y a quelque chose dans son regard qui me fait croire que je peux encore l'espérer. Un je-ne-sais-quoi familier que j'ai déjà vu ailleurs, chez quelqu'un d'autre peut-être.

— Si vous me tuez, vous savez que les Juges vous retrouveront et vous exécuteront ! aboyé-je.

Même s'il me laisse en vie, il sait aussi bien que moi que les Juges l'exécuteront pour avoir tué Titus.

Mes yeux ne lâchent pas la lame qui dégouline. Au moindre mouvement, je roule au sol et mets en pratique les techniques de combat rapproché.

Quelque chose me met en confiance. Est-ce la forme de ses épaules ou ses yeux calmes ? Je l'ignore. Il n'a pas l'attitude d'un meurtrier. Pourtant, le rebelle glisse une main dans sa poche et je me maudis d'avoir relâché ma garde. Mon souffle s'arrête tandis qu'il ouvre sa main gantée. Une abeille mécanique repose au creux de sa paume.

Sans le savoir, il vient de déclencher ma colère :

— DITES-LE. Dites que vous avez tué mon père !

Je fais le tour du grand canapé éventré, en évitant les débris qui jonchent le sol. L'homme me traque d'un pas tranquille, tout en gardant le silence. Pourquoi est-ce qu'il ne parle pas ? Qu'il ait au moins le courage d'assumer ses actes.

— Lâche ! m'écrié-je. Vous êtes lâche au point d'être incapable de reconnaître ce que vous avez fait à mon père. Je vais vous le faire payer !

Soudain, je me rappelle que je suis mal placée pour proférer des menaces.

Alors que j'entends sa respiration s'accélérer, alors que je suis persuadée que je vais finir sur sa lame, le rebelle attrape sa cagoule par son sommet. Elle glisse calmement le long de son visage, en épouse les contours.

Je connais la mâchoire qui se dévoile et ces cheveux dorés coupés court. Je sais aussitôt qu'il ne me fera aucun mal.

— Je te promets que l'Essor n'a jamais fait le moindre mal à ton père, dit le jeune homme séduisant que je reconnais.

— Swan ? murmuré-je, envahie par le trouble. Mais qu'est-ce... Depuis combien de temps tu les as rejoints ?

— Ça fait un bail. Comment ça va, sinon ? dit-il d'un air faussement détaché.

— Mal ! Très mal ! Rends-toi compte, tu as tué Titus !

En prononçant ces mots, je prends seulement conscience de la dimension irréversible de sa mort.

— Tué ? répète-t-il en secouant la tête. Juste blessé. Cet enfoiré m'a dit que le truc bizarre qu'il tenait dans sa main était plus puissant que mon flingue. Une technologie des Hauts Quartiers, j'suis sûr. J'étais obligé de le taillader pour ne prendre aucun risque.

— Où est-ce qu'il est ? Je suis la Protectrice, je suis censée le soigner !

— Tu n'auras plus ce poids sur les épaules, une fois qu'on aura rejoint l'Essor. Et ne t'en fais pas pour lui, les médecins de l'Union vont tous se bousculer pour faire le petit pansement du petit Titus.

— Swan, espèce d'idiot ! Va-t'en avant que les officiels ne te tombent dessus !

— Tu sais que je me suis immédiatement porté volontaire, quand j'ai su qu'ils allaient envoyer quelqu'un pour venir te chercher.

— Me chercher ? répété-je, hébétée. Qu'est-ce qui ne va pas chez toi, Swan ! Je ne mérite pas que tu risques ta vie pour venir me chercher !

— En fait, il y a autre chose. Une autre raison. Mais je n'ai pas le temps de t'expliquer, les officiels vont rappliquer d'une minute à l'autre. Ce qui veut dire qu'il faut que tu quittes cet endroit au plus vite. Regarde, Pia, tu es libre, dit-il en me montrant le ciel rempli d'étoiles. Nous n'avons qu'à courir ensemble comme on avait l'habitude de le faire au quartier. Ce ne sera pas très différent. Il faut juste courir plus vite que les officiels.

Il escalade les barreaux jusqu'à l'extérieur, tandis qu'en bas je secoue la tête d'exaspération.

— Ils ont les fourgons de l'Union et des aéronefs.

— Et nous du courage. Prête ? À trois, tu sors d'ici et on se met à courir. Un… Deux…

— Tu le fais vraiment exprès ?

— Deux et demi ?

— Je dois rester, je n'ai pas le choix ! C'est le seul moyen de sauver William.

Je sais que Swan n'a jamais beaucoup aimé William à cause de sa mentalité d'officiel. Il est absolument tout le contraire, contestataire, rebelle… Comment ai-je fait pour ne jamais m'être doutée qu'il avait infiltré l'Essor ?

— En tant qu'Accoucheur, je n'ai jamais dénoncé un seul enfant interdit, Pia. Jamais. Est-ce que tu crois que ton Juge et William peuvent en dire autant ? Maintenant, rejoins l'Essor avec moi. Ne m'oblige pas à venir te chercher, dit-il, du haut du conduit.

Tout à coup, j'entends Xinthia qui fonce vers la cuisine, elle a passé la lanière du MédiDrone sur l'une de ses épaules.

— TROIS ! m'écrié-je. Personne ne doit voir ton visage ou je ne donne pas cher de ta peau !

Swan rabaisse sa cagoule.

— Un jour, tu comprendras que l'Essor est vraiment la seule solution. Ce jour-là, je veux que tu penses dur comme fer à l'abeille de ton père.

Pourquoi est-ce qu'il profite de ce moment pour raviver la douleur liée à mon père ? Ce n'est pas son genre. En levant la tête, je ne vois rien d'autre que la nuit étoilée. Swan est déjà parti, j'entends des foulées s'éloigner dans les cailloux.

Je me concentre sur Xinthia qui semble au sommet de sa forme. La peau de son visage paraît encore plus lumineuse qu'à l'ordinaire.

— Rien de tel qu'un petit gommage à balles réelles, me sourit-elle.

— Où est Titus ? demandé-je en la suivant dans la cuisine.

— Accrochez-vous, Pia. Ce n'est pas joli joli.

Quand je trouve enfin Titus, mes nerfs lâchent comme la corde usée d'un violon. Il est effondré sur le sol, le visage déformé par la douleur. Il est en vie. Faible, mais en vie. On peut dire que Swan ne l'a pas épargné. L'effusion de sang a imbibé sa veste impeccable. Je découpe le tissu aussi vite que possible pour voir l'étendue des dégâts. À la place de son épaule, des lambeaux de chair pendent dans le vide. Si je le laisse dans cet état, Guilford me le fera payer d'une manière ou d'une autre et les promesses du Juge Quinn se désagrégeront quelque part huit mètres sous le niveau de la terre.

— Il faut recoudre sa plaie, dis-je, et lui faire une transfusion de sang synthétique.

— Je n'aurais pas dit mieux, dit Xinthia.

Au sol, le visage de Titus, plus pâle que jamais, se tourne vers moi :

— Comment tu as fait… pour le faire partir ? murmure-t-il. Est-ce qu'il… t'a fait du mal ?

Il n'a pas encore compris que je n'avais aucune envie de lui parler ? Je suis de toute façon bien trop occupée à trouver l'antibiotique qui le sauvera.

— Ce sont peut-être mes… dernières paroles, Pia…

— Alors boucle-la et économise tes forces.

Mon ton est cinglant.

— C'est vraiment… la dernière chose que… tu veux me dire ?

— Il n'avait pas l'intention de nous tuer. Maintenant, tais-toi !

— Et ça c'était juste… pour faire connaissance ? crachote-t-il, en désignant son épaule d'un geste maladroit.

— Xinthia ! Dites-lui d'arrêter de gesticuler comme ça, ou je me charge moi-même de l'achever !

— Pia a raison, dit-elle en arrivant à mon secours. L'Essor cherchait quelque chose, son but n'était pas de vous tuer. Mes capteurs… dit-elle. Mes capteurs l'ont senti.

— Qu'est-ce… que le rebelle… cherchait ? expire Titus.

— Titus, je vous recommande de souffrir en silence, s'il vous plaît. À la prochaine prise de parole, je serai dans l'obligation de vous gaver la bouche de MoussQuiche pour vous faire taire. Mais comme je ne peux pas rester insensible à votre douleur… vraiment non… ce serait cruel, et que je ne peux pas non plus courir le risque que vous me fassiez démanteler, dans l'hypothèse où vous surviviez à vos blessures, je vais quand même vous répondre…

— C'est fort… aimable à vous… souffle Titus.

— Attention, je tire plus vite que mon ombre ! prévient Xinthia en levant l'index d'où s'échappe un petit jet de MoussQuiche, comme d'un pistolet à eau.

Je me mords les lèvres.

— Je n'ai pas la moindre idée de ce qu'il cherchait ! annonce Xinthia. Pas la moindre ! Sûrement quelque chose qui valait la peine qu'il risque sa vie. J'ai senti sa frustration de ne pas avoir trouvé ce qui l'a amené ici. Ça, et tant d'autres choses encore, dit-elle en levant ses grands yeux expressifs vers moi, comme si elle savait exactement qu'il s'agissait de Swan et non d'un inconnu.

Au même moment, Titus perd connaissance. J'attrape de toute urgence le MédiDrone et une pochette de sang artificiel.

33.

Je découvre Titus, étendu sur son lit. Son visage d'une blancheur inquiétante est marbré de veines bleues.

— Bonjour, dit-il.

J'entends dans sa voix qu'il a repris des forces. Je ne réponds pas. Je m'efforce d'éviter son regard en me promettant de rester insensible à ses paroles d'apprenti Juge. Je saisis son poignet pour prendre ses constantes. Son pouls est la seule chose chez lui qui soit incapable de mentir.

Je descends le drap de satin qui dévoile son torse nu.

Le MédiDrone a fait des prouesses. En quelques heures, il a reconstruit l'épaule de Titus, et replacé l'articulation dans son axe. Sa peau termine sa cicatrisation. Un résultat bluffant, même son œil au beurre noir a disparu. Encore un peu et Guilford pourrait croire que son Messager s'est juste fait un vilain bleu.

— Pour l'intimité, on repassera, sourit Titus.

Je lâche aussitôt le drap au-dessus de son buste, comme s'il était hautement contaminé.

L'écran digital de la chambre donne sur une vue plongeante du Quartier des Juges. Sa lueur bleutée se reflète sur le visage de Titus.

— J'ai pensé que me croire chez moi m'aiderait à me sentir mieux, précise-t-il.

Qu'il n'espère pas récupérer un peu de ma pitié. Oward et Mellicent ont déjà épuisé les stocks lors de mon passage à l'écran.

Mes yeux balaient la pièce plongée dans l'obscurité. J'aperçois sa veste découpée qui repose sur un fauteuil en velours rouge et saisis une fiole d'insuline dans la poche intérieure, avant de la remettre à sa place.

— À quand remonte ta dernière injection ? suis-je obligée de lui demander.

— À vrai dire, ça m'est sorti de la tête. Deux cycles peut-être ?

Je secoue la tête d'exaspération. Ça décroche un score inégalé à l'Examen, mais ça ne sait même pas prendre soin de soi.

— Je ne pensais pas en avoir besoin avant l'Épreuve, dis-je en extirpant une perfusion des panneaux coulissants du MédiDrone.

— Non… dit-il en repoussant ma main, d'un geste si faible qu'il en est pathétique. Laisse le drone me soigner lui-même.

Je le fusille du regard. Je lis dans ses yeux une forme de crainte.

— Quoi ? Tu penses que je suis assez stupide pour t'empoisonner ?

— Le drone… s'il te plaît.

— Tu n'en as pas besoin, c'est juste pour réguler ta glycémie.

Il doute peut-être de mes compétences médicales ? Qu'il s'en prenne à lui-même, c'est sa faute si mon début d'entraînement a été un fiasco.

J'attrape son avant-bras, reproduis les gestes que j'ai appris en piquant dans l'une de ses veines. Je convoque toutes les raisons qui font que je le déteste et appuie un peu plus qu'il ne le faudrait sur l'aiguille.

Il étouffe un gémissement dans son oreiller.

— Rassure-moi, tu es plus douce avec Xinthia ? demande-t-il.

Je me contente d'injecter la solution ultra nutritive dans le goutte-à-goutte.

— Xinthia va rester avec toi en observation, dis-je en m'apprêtant à quitter la pièce.

— Attends… s'il te plaît.

Mes yeux croisent enfin les siens. Un mélange de sentiments confus me parvient et je sens déjà que le mur mental que j'avais érigé entre nous pourrait bien s'effondrer d'une seconde à l'autre.

— Tu as besoin de te reposer.

— Je sens que ça va déjà mieux.

Il esquisse un demi-sourire sur son visage pâle.

— Tu as raison de m'en vouloir. Je mérite que tu me punisses à ta manière.

— À ma manière ? Ta punition sera d'ingurgiter quatre rations par jour de MoussQuiche à compter de maintenant. Je demanderai à Xinthia de te donner la becquée si tu es incapable de le faire tout seul.

Il étouffe un rire qui ressemble à une quinte de toux.

— Xinthia ? Sans moi, elle ne serait pas là. J'ai signifié aux Juges que tu étais prête pour l'entraînement, pour qu'on t'apporte le MédiDrone et Xinthia.

— Mais pas pour avoir des couteaux, ni de fourchettes dans la cuisine, pour manger autre chose que ces bouillies que tu adores.

— Je m'étais dit que tu me pardonnerais plus facilement, si je réparais mes erreurs.

— Comment tu as pu croire que ce serait suffisant !

J'en ai assez entendu ; je suis sur le point de claquer la porte de sa chambre, quand ses paroles traversent le vide qui nous sépare :

— Est-ce que mon oncle est venu te parler du drone ?

Je me fige, plantée au milieu de la pièce. Mon regard se perd sur le mur Inter-Union qui serpente sur l'horizon recréé de toutes pièces par le panneau digital.

Alors, Titus était au courant depuis le début, lui aussi ? Lui et son oncle, unis par le même secret. Celui qui me relie à mon père. Mes neurones sont à l'arrêt, incapables de penser quoi que ce soit.

— Je… je ne t'ai jamais voulu aucun mal. Ni ici ni dans l'Auditorium. Je ne faisais que veiller sur toi, en m'assurant que tu avais bien le drone avec toi en permanence. C'est tout.

Sa respiration se fait saccadée.

Je repense aux regards suspicieux qu'il me jetait constamment, à la nuit où il m'a suivi quand j'ai retrouvé William. Alors, Titus était simplement en train de veiller sur moi ?

— Je ferais mieux d'y aller, dis-je d'un air absent.

Les inflexions de ma voix disent pourtant le contraire. Je voudrais l'entendre dire qu'il n'a jamais rédigé ce maudit rapport qui me vaut d'être encore enfermée ici.

— Je voudrais te parler de quelque chose qui n'aurait jamais dû se produire, commence-t-il. Je voudrais te parler du rapport… dit-il, comme s'il lisait dans mes pensées. Ce sont les Juges qui m'ont demandé de le remplir, pour savoir s'ils pouvaient te réintégrer dans le bunker principal avec les autres, mais cela tu le sais déjà. J'ai dit aux Juges que tu étais instable et dangereuse. Oui, c'est vrai. En leur disant cela, je savais qu'ils te garderaient ici. Mais… je n'en pensais pas un traître mot. Si je l'ai écrit… c'est uniquement pour rester ensemble. Tous les deux.

Tous les deux. Ces trois mots sont comme un coup qu'il vient de m'asséner sur le crâne. Suffisamment fort pour m'étourdir, déconstruire mes certitudes et les réorganiser autrement.

— Je n'avais pas envie qu'il y ait qui que ce soit entre toi et moi, reconnaît-il. C'est égoïste de ma part. Et jamais je n'aurais écrit tout ceci si j'avais su que tu le lirais et que tu me détesterais au point de ne plus m'adresser un regard. Alors… Alors, pour tenter de réparer mon erreur j'ai fait de mon mieux pour concrétiser toutes tes demandes en t'envoyant Xinthia et le MédiDrone. Et lors du prochain cycle, nous intégrerons le bunker principal.

Le bunker principal ? J'entrevois le bout d'un tunnel que la colère vient sauvagement obstruer.

— Dis plutôt qu'on doit quitter cet endroit à cause de l'attaque de l'Essor. J'ai connu des secrets mieux gardés que cette base secrète !

— C'est une raison suffisante, mais il y en a deux autres. Primo, la pièce principale est ravagée, la base n'est plus habitable en l'état. Secundo, je me rends bien compte que tu n'es pas heureuse ici. Tu te sens comme… enfermée.

— Non, sans rire ? Tu devrais préciser : enfermée avec un sale type qui a voulu me retirer mes souvenirs avec son Hexapod !

Ma voix se répercute en écho dans la pièce.

— Je t'ai déjà dit qu'on ne retire pas les souvenirs de quelqu'un avec un Hexapod, mais avec un drone de mémoire. Si je me suis avancé vers toi l'autre jour, ce n'était pas pour t'effacer tes souvenirs, c'était pour essayer de te ramener à la raison. Il aurait fallu que tu te voies, tu étais dans un état !

— Si tu ne pensais pas l'utiliser contre moi, dans ce cas, pourquoi en avoir un ?

— Les Juges m'en ont confié un dans la malle que nous avons reçue le premier jour. C'est une option qu'ils se gardaient. Eux, pas moi. Jamais je ne l'aurais utilisé contre toi. Regarde dans ma veste, il y est encore.

Je fouille la poche de sa veste en lambeaux, pour extraire un écrin frappé de l'emblème de l'Union.

— Il est scellé, dit-il en me voyant faire. Je ne l'ai pas utilisé contre le rebelle. Je voulais que tu aies la preuve que je ne l'avais encore jamais employé. Ni sur lui, ni sur toi, ni sur personne.

Mes ongles tapotent nerveusement l'écrin de verre solidement fermé. Comme neuf, avec sa lentille de protection.

Titus savait qu'il n'avait aucune chance contre la lame aiguisée et le fusil de Swan. Il le savait et pourtant il a pris ce risque pour me prouver qu'il n'a jamais utilisé le drone de mémoire contre moi.

Je repense à l'intrusion de Swan. Tout s'est passé si vite. D'abord Xinthia a lancé l'alerte, puis Titus a tenu à ce que je le suive. Nous aurions été protégés par le drone de mémoire. Le moment venu, il l'aurait enfin libéré de son écrin et la mémoire de Swan ne serait plus que de la bouillie de

PattFumé. Tout se serait passé sous mes yeux, avec la preuve que Titus me disait la vérité.

— Tu n'as qu'à le garder en gage de ma parole, dit-il.

Mes phalanges se referment sur l'écrin que je glisse machinalement dans une poche.

Je recule comme s'il était en possession d'une arme dangereuse. Sauf qu'il est allongé dans son lit et que ses armes sont des mots, redoutables, capables de réduire en poussières des forteresses de conviction. Je suis entrée dans cette chambre en le détestant du plus profond de mon être. Maintenant, des sentiments contraires me gouvernent. Je veux l'insulter et le voir souffrir. La seconde d'après je veux m'excuser pour ne pas l'avoir cru et pour les risques qu'il a encourus par ma faute.

Je tente de garder le cap de mes pensées sur les seules choses qui aient véritablement de l'importance. Swan a échappé au pire, et si ce que m'a dit le Juge Quinn est vrai, William est pratiquement hors de danger. Oui, le drone conduira mon Équipe à la victoire. Tout le reste est superflu.

— Quand ? Quand est-ce qu'on nous réintègre avec les autres ? demandé-je.

— Dès que l'aurore artificielle nous réveillera. Et Xinthia vient avec nous.

Je prends congé de Titus, sans ajouter un mot. Je retrouve la silhouette élancée de Xinthia juste derrière la porte. Elle décrypte mes émotions en une fraction de seconde.

— Je ne sais pas si c'est ce que vous voulez entendre, Pia. Mais il n'est pas si mauvais que vous le croyez. J'ai détecté un haut niveau de sincérité chez Titus. Ainsi que du regret. Et une profonde affection.

Je la remercie froidement et hésite avant de demander :

— Vous savez n'est-ce pas ?

— Pour le rebelle ? Soyez sans crainte, dit-elle en percevant une détresse naissante dans mon regard. Tant que mes circuits fonctionneront, votre secret sera bien gardé. Il faut savoir protéger les vraies amitiés, même quand le système ne les cautionne pas.

34.

Nous sortons de la base souterraine comme nous y sommes entrés. Les officiels font tomber deux bandeaux depuis la trappe qu'ils ont déverrouillée. Titus se propose d'attacher le mien quand je lui rappelle qu'il doit économiser ses forces. En réalité, je préfère qu'il tienne ses distances.

Je remonte les barreaux, guidée par le seul courant d'air qui provient de l'extérieur. Une fois à la surface, je m'aperçois que j'ai oublié la chaleur du soleil sur ma peau. Titus et moi restons là, quelques minutes, à respirer à pleins poumons l'air qui nous a tant manqué.

Devant nous, j'entends les officiels faire des commentaires sur mon passage à l'écran. Titus rassemble ses forces pour les rappeler immédiatement à l'ordre.

On m'appuie bientôt sur le crâne pour éviter que je ne me cogne en entrant dans le fourgon militaire. Celui-ci démarre et s'arrête une vingtaine de minutes plus tard.

Cette fois, pas d'échelle à escalader, mais un important escalier métallique à descendre. Nous évoluons dans sa spirale jusqu'à sentir une odeur de terre humide. Des gouttes tombent du plafond dans un écho sonore, ce qui me laisse imaginer que nous arpentons maintenant un tunnel. Titus et moi sommes devant, les officiels ferment la marche. Nous progressons à l'aveuglette, les bras tendus devant nous, nous fiant seulement à leurs ordres. Par moment, Titus échange quelques mots avec moi pour m'indiquer sa position. Le savoir à quelques mètres m'effraie autant que ça me rassure. Il est à la fois celui dont je me méfie le plus et mon unique repère.

— Bordel ! Qu'est-ce que ce truc est lourd ! se plaint l'un des officiels.

J'imagine qu'il tient l'une des poignées de la malle qui renferme Xinthia.

— C'est bon, on peut les laisser là, souffle l'autre.

Il doit certainement scanner son bracelet magnétique. La seconde d'après, j'entends une porte coulisser dans un étrange bruit d'air comprimé.

Les officiels s'éloignent en remontant le tunnel tandis que des pas précipités viennent ramasser nos affaires qui ont échoué devant l'entrée de la base.

— Ne bouge pas, Pia. Je défais ton bandeau.

Je reconnais la voix d'Emmy.

J'ignore ce qu'on lui a dit sur mon isolement, peut-être même qu'elle pense que je suis une rebelle.

Sa tenue impeccable la rend magnifique. Elle me serre dans ses bras, le visage rayonnant. Sa crinière rousse envahit mon champ de vision alors que je découvre le visage des autres champions.

— J'ai eu si peur pour toi... me dit-elle, au creux de l'oreille. Tu n'as rien ? Ce bon à rien n'a même pas su te défendre.

Elle jette un regard mauvais à Titus, puis me souffle qu'elle sait pourquoi les Juges m'ont isolée.

— Je n'ai pas cru une seconde que tu étais du côté de l'Essor. L'intrusion dans votre base prouve même le contraire.

— Je voulais tout t'expliquer dans l'Auditorium... commencé-je.

Son visage m'illumine.

— Je sais, me coupe-t-elle avec douceur, tu n'avais pas le choix. Tu ne faisais que protéger ton frère. Sven nous a expliqué pour vos bracelets. Mais regarde, te voilà saine et sauve !

Alors les Juges ont tout dévoilé à Sven ? J'imagine à quel point il a dû regretter de m'avoir choisie.

Évidemment, aucun des champions ici présents n'est au courant du chantage de Guilford. Je repousse cette idée et retourne à Emmy son sourire en lui disant combien je suis soulagée d'intégrer enfin le bunker principal.

Quelque chose paraît la préoccuper :

— Ce qu'on a vu lors de ton interview entre toi et Titus, c'était…

Ses yeux pétillants cherchent l'approbation sur mon visage.

— Une mise en scène ! Rien d'autre qu'une mise en scène, l'interromps-je fermement.

Ma réponse semble la soulager.

Les autres champions accourent pour faire les présentations. Rowan et Johanna sont les premiers à venir à ma rencontre. Rowan arbore une élégante chemise en flanelle, tandis que Johanna porte une robe à dos nu. Ils me disent qu'ils ont bien ri quand j'ai répondu à Mellicent Shu qu'ils figuraient tous deux parmi mes champions de cœur.

— Maintenant on n'a plus le choix, dit Johanna en agitant une longue queue-de-cheval qui lui tombe dans la nuque. On a intérêt à montrer qu'on est les meilleurs amis du monde, tout à l'heure !

— Tout à l'heure ? répété-je, en avalant de travers.

— Pour l'interview d'Équipe, précise-t-elle. Ça fait des jours que Sven la repousse. On ne pouvait pas la faire sans vous.

Je comprends mieux pourquoi ils sont tous tirés à quatre épingles. Le pire dans tout ça, c'est qu'il va falloir que je me prépare à une nouvelle vague de gloussements exaspérants.

Je les observe longuement tous les deux, j'ai immédiatement beaucoup de sympathie pour eux. La manière dont Rowan fait rire son épouse est comme une bouffée d'oxygène. Leur bienveillance mutuelle est saisissante. Il me saute aux yeux que tous deux veillent l'un sur l'autre, sans avoir à se poser toutes sortes de questions.

— Ça s'est passé comment avec Titus ? me demande Rowan, une ride sur le front. Emmy nous a dit que c'était quand même un drôle de type.

Les derniers évènements défilent à une vitesse fulgurante dans ma mémoire.

— Nous avons eu le temps d'apprendre à nous connaître, réponds-je.

Je préfère garder pour une autre fois ce que j'ai vraiment sur le cœur.

— On s'est fait du souci pour toi, tu sais, surtout quand on a su pour le rebelle qui s'est infiltré… ajoute Rowan, en accordant un regard tendre à Johanna.

Vient le tour de Hansen. C'est de loin le plus jeune de l'Équipe, il semble tout juste sortir de l'enfance avec son visage imberbe et ses cheveux blonds.

— Alors, il paraît que vous avez un genre de robot qui joue les Nourriciers à ses heures perdues ? plaisante-t-il, en montrant Titus du menton.

— C'est vrai que Xinthia a failli le gaver de MoussQuiche, réponds-je. J'espère qu'il fera moins la fine bouche avec toi.

Je jette un regard oblique à Titus, qui semble déjà parti dans une longue discussion avec Sven Nilsson.

— Justement, j'ai préparé un repas en votre honneur, dit Hansen. Il faut dire qu'ici on nous a livré des conserves à tour de bras. C'est étrange que vous n'en ayez pas reçu, d'ailleurs.

— Probablement parce qu'il faut un ouvre-boîte pour les ouvrir… dis-je en faisant tous les efforts du monde pour éviter de lâcher que les Juges peuvent se les mettre où je pense leurs conserves.

Ses grands yeux bleus se plissent dans une expression d'incompréhension, pendant que mes pensées gigotent sous mon crâne.

Absorbée à essayer de me demander ce que Titus et Sven Nilsson peuvent avoir à se raconter, je n'entends plus Hansen qui continue de me parler.

Les présentations et les embrassades s'enchaînent, je me retrouve maintenant face au double mètre du Capitaine. La dernière fois que je l'ai aperçu, c'était lors de la deuxième épreuve. J'avais entendu plusieurs fois ses ordres terribles résonner dans ma tête.

Je lève la tête à m'en casser le cou :

— Je vous dois quelques remerciements. Sans vous, je n'en serais pas à échanger des poignées de mains à cette heure-ci.

Ma paume se perd dans la sienne.

Pour la première fois, je le vois esquisser un sourire.

— Tu mérites ta place au sein de l'Équipe autant que chacun d'entre eux, dit-il en ouvrant un bras vers les autres champions. Sois la bienvenue dans l'Équipe, Protectrice.

Dirait-il la même chose s'il savait que je dois uniquement ma réussite au drone ? Je doute que Sven Nilsson ait un quelconque penchant pour les tricheuses.

— Toi et le Messager, dit-il, vous feriez mieux de suivre Hansen en cuisine pour prendre des forces avant l'interview.

Il l'a dit sans aucune sympathie. Comme si la discussion qu'il a eue avec Titus l'avait contrarié.

Je me rends vite compte que leur base est encore plus spacieuse que la nôtre. Dans la cuisine, Titus et moi avalons notre premier repas composé de vrais aliments. Salade assaisonnée aux agrumes en entrée, suivi d'un risotto incroyable et tarte aux poires pour le dessert.

Je dévore mon assiette tandis que Titus fait la fine bouche :

— On est bien loin des rôtis de paon recréés génétiquement qu'on nous sert dans le Quartier des Juges, mais ça a le mérite de nous remplir la panse.

J'écarquille les yeux et il comprend qu'il a perdu une occasion de se taire.

— C'est vrai ce qu'on dit, que les Juges s'empiffrent parfois jusqu'à s'en faire vomir ?

— Seulement quand le repas est vraiment exquis. Estimons-nous heureux d'avoir eu autre chose que des poches sous vide, cette fois ! lance-t-il, pour se rattraper.

Je le jauge en silence. Son œil est vif, de toute évidence ses constantes sont revenues à la normale.

Sven nous invite ensuite à nous préparer pour l'interview. Lorsque nous redescendons, il nous fait prendre place dans la pièce principale où flottent plusieurs rangées de lustres à pampilles hexagonales. D'immenses baies vitrées s'ouvrent sur un pic enneigé, plongé dans une brume matinale. Pendant un instant, la magie du trompe-l'œil opère. J'en oublie que je suis sous terre et me crois dans les hauteurs glacées d'une montagne.

— Des panneaux digitaux, commente Emmy qui perçoit mon intérêt pour le paysage. Sven dit que c'est mieux pour notre moral.

Mon regard se perd dans le lointain.

— Le repas vous a plu ? demande Hansen.

J'acquiesce vivement en lui rendant son sourire quand je me rappelle l'interview. Tout à coup, je regrette d'avoir autant mangé.

Chacun d'entre nous trouve bientôt une place sur l'immense canapé d'angle. Sven me fait m'asseoir à côté de Titus, tandis que lui en Capitaine, préside en face, de sorte qu'il puisse nous embrasser d'un seul coup d'œil.

En attendant que les Médiateurs n'apparaissent sur l'écran géant de la pièce, Sven nous interroge sur nos entraînements respectifs. Nous apprenons que c'est lui, en personne qui s'est chargé de nous faire parvenir nos objectifs.

— Une façon pour moi de m'assurer que vous seriez au niveau, dit-il.

Il se félicite de l'entraînement de ses Ailiers, Rowan, Johanna et Emmy, qui ont travaillé sans relâche depuis la fin des sélections. Pendant quelques minutes, Titus et moi sommes au centre de l'attention. Ils veulent tous savoir comment nous sommes venus à bout du rebelle qui s'est introduit dans le bunker. Heureusement pour moi, c'est Titus qui prend largement la parole. J'ai droit à une reconstitution fidèle de la scène. Il fait de grands gestes pour reproduire le coup de couteau de Swan, puis rabat le col de sa chemise pour montrer aux autres son épaule. Un travail qu'il qualifie d'éblouissant. Il dit que sans moi, il ne serait plus de ce monde. Je vois des yeux briller d'admiration. Je m'applique à croiser le moins possible le regard de Titus, en souriant aux autres à chaque fois que je l'entends citer mon prénom.

Soudain, l'écran géant de la pièce principale éclaire nos visages de couleurs criardes. Une voix stridente agresse mes tympans.

— Ils sont magnifiques, ma-gni-fiques ! s'exclame Mellicent Shu depuis sa banquette molletonnée.

Elle n'en dit pas plus, interrompue par un tonnerre d'applaudissements numériques.

— Pas un mot sur l'intrusion, me souffle discrètement Titus. Rappelle-toi, nous sommes censés nous trouver avec les autres depuis le début.

— Et regardez nos deux tourtereaux, lance Oward Norfolk en nous voyant côte à côte, Titus et moi.

Ce dernier se sent obligé de passer ses doigts dans les miens, sous le regard épouvanté d'Emmy. Il est trop tard pour que je les retire, maintenant que la caméra zoome sur nos mains entrelacées. Mon cœur fait un bond dans ma poitrine, alors que je réprime l'envie soudaine de le gifler.

— Je peux savoir à quoi tu joues ! soufflé-je à l'oreille de Titus, les dents serrées.

Je crois bien que mes ongles s'enfoncent dans ses doigts agiles.

— Efforce-toi de paraître naturelle, me chuchote-t-il tout en souriant pour la caméra.

Mellicent Shu applaudit si vite qu'on dirait à nouveau qu'elle est prise de convulsions.

— Si je ne me trompe pas, ça fait au moins deux couples au sein de l'Équipe, commente Oward Norfolk, c'est bien cela, cher Capitaine ?

Toutes les têtes se dévissent vers Sven qui nous assassine du regard, Titus et moi.

— Qu'ils en profitent maintenant, articule-t-il, le ton tranchant. Au cours de l'Épreuve, je ne laisserai aucun membre de mon Équipe se détourner de son poste et gaspiller son énergie aussi futilement.

Son regard en lame de rasoir se porte alternativement sur Titus et moi, puis sur Rowan et Johanna. Ces derniers s'enfoncent dans le canapé pour tenter de se faire oublier. Je pense que Titus va en faire autant, jusqu'à ce qu'il prenne la parole en soutenant le regard furibond de Sven.

— Que le Capitaine n'ait crainte. Pia et moi, nous nous battrons pour l'Union.

La tension palpable entre Titus et Sven n'échappe à aucun occupant.

— À ce propos, Monsieur Quinn, reprend le Médiateur, vous avez beaucoup de succès dans les Bas Quartiers. Mais dans les Hauts Quartiers, c'est tout le contraire. Pour ne rien vous cacher, les Citoyens des Hauts Quartiers se sont même indignés qu'un 950 comme vous se rapproche d'une 750. Vous n'êtes pas sans ignorer la loi de rang ?

Avant de répondre, Titus m'adresse un sourire triste qui est en ce moment même retransmis aux quatre coins de l'Union.

Impossible de défaire ma main de la sienne. Je ne peux pas m'empêcher de jeter des regards de détresse à Emmy qui semble tout aussi scandalisée que Sven.

— La loi de l'Union est dure, mais c'est la loi, répond Titus. Nous savons qu'il nous sera interdit de nous fréquenter une fois l'Épreuve terminée, parce que nos rangs ne peuvent se mêler l'un à l'autre. Nous nous dirons simplement au revoir le moment venu, lorsque nous devrons regagner nos Quartiers respectifs.

Emmy en reste bouche bée, et moi aussi.

— Ils profitent de quelques instants volés avant de se dire adieu, minaude Mellicent Shu qui éponge une larme imaginaire au coin de sa paupière.

— Mellicent, ces jeunes gens nous rappellent combien la loi de rang est cruelle, commente Oward.

— Personne ne devrait avoir à renoncer à celle qu'il aime, au motif qu'elle est de rang différent, complète-t-elle, d'une petite voix.

Sven Nilsson se racle la gorge, atterré par la tournure que prend l'interview.

C'est désormais son visage qui s'affiche à l'écran et d'un geste sec j'en profite pour dégager ma main de l'étreinte de Titus.

— Il me semble que nos Citoyens se préoccupent de sujets plus importants, comme l'Épreuve des Sept, pour ne citer qu'elle ! lance Sven, particulièrement excédé.

Ses yeux envoient des éclairs de défi à Titus.

— Mais certainement, certainement, dit Oward Norfolk qui peine à enchaîner sur quelque chose de plus sérieux. Par où commencer ? Les Attributs de nos champions, peut-être ?

De ses ongles aux teintes agressives, Mellicent Shu pose des lunettes à la monture minuscule sur l'arête droite de son nez :

— Johanna Attourney entrera en scène avec un équipement d'alpinisme, une grimpeuse née, lit-elle sur son Hexapod. Un drone de mémoire pour Emmy Johnson, rien de plus normal pour une Administratrice des mémoires et… un drone de simulation pour Pia Lormerot ? s'exclame-t-elle au comble de l'étonnement.

Elle attrape la branche de ses lunettes pour les arracher de son nez :

— Expliquez-nous votre choix, Capitaine Nilsson !

— Non, expliquez-le-moi, Mellicent ! s'emporte Sven. Ou plutôt, que les Juges m'expliquent pourquoi ils ont attribué à ma Protectrice un vulgaire drone qui ne lui servira absolument à rien.

Le regard de Sven me découpe en morceaux.

— Si je peux me permettre, intervient Titus en se passant la langue sur les lèvres, respectons la volonté des Juges. Le Capitaine peut être rassuré, j'aurai le MédiDrone en ma possession.

Sven se redresse sur le grand canapé d'angle.

— C'est absurde !

Sa voix claque comme un coup de fouet :

— C'est à se demander si les Juges n'essaient pas de me faire payer quelque chose ! Mais peut-être que le Messager pourrait m'expliquer ?

J'essaie de comprendre ce qu'il se joue sous mes yeux. Sven pense que les Juges m'ont confié le drone de simulation pour se venger ? Parce qu'il m'a nommée Protectrice sans suivre leur avis ? Et il est persuadé que Titus est mêlé à ça ? Je comprends mieux pourquoi il déverse sa colère sur lui. Peut-être même que Sven le mettait en garde déjà tout à l'heure, quand nous faisions les présentations. Seulement, le Capitaine ignore que le drone de simulation représente nos meilleures chances de victoire, et ni Titus ni moi ne pouvons le lui dire. Encore moins sous l'œil impitoyable des caméras de l'Union.

Pendant de longues minutes, Titus éprouve la colère de Sven dans le plus grand silence.

Les deux Médiateurs de l'Union étaient visiblement plus à l'aise pour parler de loi de rang et d'amour interdit. L'ambiance devient tout à coup très étrange. Mellicent Shu tente de faire diversion avec quelques interventions futiles. Pendant quelques minutes, ils font tout pour faire oublier que le Capitaine vient de sous-entendre que les Juges ont intentionnellement réduit nos chances de l'emporter en m'attribuant un drone qui ne sert à rien.

L'hymne officiel retentit prématurément et le direct cesse aussitôt, sous les applaudissements enregistrés.

Maintenant que nous ne sommes plus que tous les sept, Sven Nilsson, fou de rage, bondit de son siège, un index accusateur pointé vers Titus :

— Je te préviens, si je découvre que tu y es pour quelque chose, je jure de te faire bouffer son drone par l'arrière-train !

Aucun des champions n'ose plus bouger, nous attendons tous la fin de la tempête Nilsson.

— Et par la Juge-mère, tonne-t-il en me désignant, j'avais dit pas de démonstration d'affection sous l'œil des caméras ! Chaque fois que je te verrai prendre sa main, ce sera la mienne que tu te prendras !

Titus se lève, sans mot dire, et disparaît dans l'une des innombrables pièces de la base.

— Tu n'y es peut-être pas habitué, hurle Sven, mais c'est moi qui fais régner la Discipline ici, tant que tu ne seras pas retourné dans ton quartier !

Sven souffle comme un bœuf en croisant mon regard et je dois maintenant faire face à l'expression de désolation d'Emmy.

Elle se lève à son tour, le visage fermé.

Seuls Johanna et Rowan sont encore dans la pièce principale, le regard perdu vers les nappes de neige qui recouvrent le paysage extérieur.

— Pas étonnant qu'il se soit mis dans une colère noire, soupire Johanna.

— Sven ne veut pas qu'on s'écarte de notre mission, dit Rowan. Il n'a pas arrêté de mettre Titus en garde par rapport au couple que vous formez.

— Ce n'est pas ce que vous croyez. Titus et moi… Il n'y a pas de Titus et moi ! me justifié-je.

Je quitte à mon tour la pièce, bien décidée à m'expliquer avec lui. Comme si tout ce qu'il avait fait avant n'était pas suffisant ! La dernière fois que nous avons discuté, il semblait prêt à se racheter. Alors, pourquoi m'avoir agitée comme un trophée de chasse devant toute l'Union en faisant tout le contraire de ce que lui a demandé le Capitaine ?

Voilà des semaines que j'attends de retrouver les autres champions et en moins de temps qu'il ne faut pour le dire, Titus est parvenu à nous les mettre à dos. Mes baskets résonnent dans un escalier aux larges marches et je le trouve enfin, enfermé dans une chambre vide.

J'inspire profondément avant d'y pénétrer. Cette fois, le mur mental que j'érige entre lui et moi est aussi lisse qu'une paroi en verre, de sorte qu'il n'ait aucune prise, aucune aspérité à laquelle s'agripper.

— Le consentement, ça te dit quelque chose ? explosé-je, mourant d'envie de me désinfecter la main qui porte encore son odeur. Sven t'avait pourtant mis en garde qu'il ne tolérait pas ce genre de rapprochement ! Et puis tu veux vraiment qu'on soit condamnés pour ne pas avoir respecté la loi de rang ?

— Les lois de l'Union ne s'appliquent pas pendant l'Épreuve ni pendant le mois d'entraînement, répond-il laconiquement.

— Peu importe, je ne veux plus avoir affaire aux Juges ! tempêté-je.

Il lève des yeux calmes vers moi.

— Je n'avais pas non plus envie de te prendre la main comme ça, car je savais que tu n'apprécierais pas.

— Alors pourquoi est-ce que tu l'as fait ?

Cette fois, ma patience m'a définitivement quittée.

— Pourquoi ? Mais tu ne vois pas que j'ai fait ça pour toi, enfin ?

— Pour moi ? m'étranglé-je.

J'aurais claqué la porte en le laissant se mettre à dos les autres champions, si je n'avais pas perçu quelque chose trembler dans ses yeux noirs.

— J'ai peur, Pia. J'ignore ce que Guilford prévoit pour toi, une fois l'Épreuve terminée.

Je débite machinalement le plan d'action auquel je me cramponne depuis qu'on m'a nommée Protectrice :

— C'est pourtant clair ! Si Guilford tient parole, William et moi on retourne au Quartier du Milieu.

— Si Guilford tient parole…

Un courant d'air glacial remonte le long de ma colonne vertébrale. J'étais tellement concentrée sur le fait de ramener la victoire que je n'envisageais plus la possibilité que Guilford trahisse sa promesse.

— À défaut de l'avoir de notre côté, je viens de nous rendre importants aux yeux des Citoyens, dit Titus, résolument sûr de lui.

— Tu as entendu ce qu'Oward a dit ? Les Hauts Quartiers te détestent ! répliqué-je, à bout de nerfs. Ils te détestent !

— Peu importe, quatre-vingt-quinze pour cent de l'Union vit dans les Bas Quartiers et le Quartier du Milieu.

Je visualise mentalement la pyramide des Quartiers que mon instructrice m'a présentée quand j'étais enfant. Les Hauts Administrateurs et les Juges ne représentent qu'une fraction de l'Union.

— Et si tu as entendu Oward, dit-il, tu auras compris que les Bas Quartiers t'ont remarquée. Dans le bon sens du terme. Parce qu'ensemble nous bravons les interdits. Un 950 avec une 750, c'est du jamais vu ! Qui a osé avant nous ? Personne. Quand ils nous voient à l'écran, nous sommes la lueur d'espoir qui leur permet d'envisager autre chose qu'une union de rang. Quand ils nous voient, c'est eux qu'ils voient… Et si tu es importante aux yeux des Citoyens, crois-moi, ça va devenir très compliqué pour Guilford de te faire disparaître d'un claquement de doigts, une fois l'Épreuve terminée.

Je reste bouche bée face à ses explications. Titus a toujours eu une longueur d'avance sur moi. Ce n'est pas l'Épreuve des Sept qui occupe ses pensées, c'est ce qu'il se passera ensuite, une fois que j'en serai sortie. J'ai beau vouloir me persuader du contraire, à chaque fois qu'il a un comportement étrange, c'est en réalité pour me protéger.

— Est-ce que tu comprends ? finit-il par dire. C'était la dernière interview avant l'Épreuve, si cela peut te rassurer. Je devais agir maintenant, pour rester dans l'esprit des Citoyens, après il aurait été trop tard.

— Alors voilà un problème de réglé, dis-je, l'esprit ailleurs.

— Pour ce qui est de Sven, il risque de rester suspicieux un moment pour le drone qui t'a été attribué.

— On pourrait lui dire la vérité sur le drone, proposé-je.

Il fronce ses sourcils noirs.

— Pour qu'elle éclate au grand jour ? Sûrement pas. Je vais tâcher de ne plus le contredire, pour éviter qu'il ne se remette à faire du vent pour rien.

Titus a raison, moins nous serons nombreux à partager le secret du drone, mieux ce sera.

Année après année, les Unions ont répété le schéma prévu par les Fondateurs. Une épreuve unique pour se répartir les ressources restantes, en récompensant les Unions les plus méritantes. Le plan du Juge Quinn est contraire à l'esprit même de ce système qui repose sur le mérite. Qu'arriverait-il si les Unions ennemies finissaient par découvrir la vérité ? Une disqualification qui nous conduirait à la dernière place, ou pire ? Je ne préfère pas l'imaginer, mais l'air grave qu'affiche Titus me fait dire que je vais bientôt le savoir :

— Rends-toi compte, dit-il en essayant de mesurer ses propos, si les autres Unions venaient à apprendre que nous disposons d'un drone qui nous assure la victoire, tout ceci n'aurait rien d'une simple défaite. C'est l'équilibre du système lui-même qui serait rompu. Les Citoyens des autres Unions n'auront plus foi en la Juge-mère.

Il me considère, plus soucieux que jamais :

— Si les autres l'Unions venaient à l'apprendre, alors une guerre sans précédent risque d'éclater. Et si cela arrive, ce sera soit notre faute, soit celle de l'Essor.

— Qu'est-ce que l'Essor vient encore faire là-dedans ?

Ses paupières se plissent :

— Je pense que l'Essor n'est pas venu pour rien dans notre base. L'Essor cherchait quelque chose qu'il n'a pas trouvé, parce que cette chose est conservée ici même, dans l'autre base. Je pense qu'il cherchait ton drone des sélections. Ce qui veut dire que l'Essor est depuis longtemps au courant de tout.

Voilà ce que Swan ne pouvait pas me dire.

35.

Nous nous réunissons une nouvelle fois dans la pièce principale où Sven nous distribue nos objectifs de la journée.

Les champions font la connaissance de Xinthia. Elle peine à détendre l'atmosphère malgré quelques rires qu'elle obtient de Hansen et de Johanna, par un numéro de jets de MoussQuiche qui jaillit du bout de son index.

Nous savons que notre entraînement touche à sa fin. L'Épreuve des Sept arrive à grands pas et revient naturellement dans toutes les bouches. Comme pour mieux apprivoiser l'inconnu qui s'étend devant nous à la manière d'une nappe de brouillard, Hansen, Johanna et Emmy se lancent dans des pronostics que j'écoute avec perplexité :

— Ça se passera encore dans une ville désaffectée, assure Emmy, ça fait onze années de suite, alors pourquoi ça changerait ? C'est d'ailleurs bien pour ça qu'un Ailier embarque toujours de quoi escalader les façades des gratte-ciel.

— Justement, ça fait trop, estime Hansen. Pourquoi pas une zone volcanique, ou un labyrinthe ?

Emmy lève les yeux au ciel, par-dessous ses longues mèches flamboyantes.

— Ou des ruines nucléaires, comme il y a quinze ans ? suggère-t-elle.

— Pas question ! se révolte Hansen. Vous ne vous rappelez pas ? Ils ont quasiment tous failli crever de faim. Même avec un drone fureteur, je ne suis pas sûr de trouver ne serait-ce qu'une miette à se mettre sous la dent, là-dedans.

— C'est bon, je plaisante ! s'empresse-t-elle d'ajouter. Les combinaisons de Rowan protègent aussi des radiations, si ça peut te rassurer.

— J'espère que tes prévisions ne nous attireront pas la poisse ! Sinon tu rigoleras moins, la prévient-il.

Elle incline sa tête dans une expression songeuse.

— Ton drone fureteur, tu me le passerais après l'Épreuve, s'il est capable de trouver de la bouffe dans les Bas Quartiers ? Je crois que je n'arriverai plus à avaler quoi que ce soit qui vienne d'un emballage conditionné par l'Union.

— Je prends ça pour un compliment sur ma cuisine.

Johanna intervient, en se tournant vers Emmy :

— Tu n'en auras plus besoin une fois que l'Union sera arrivée première, dit-elle. On a rarement eu un aussi bon Capitaine que Sven, c'est grâce à lui qu'on va ramener la victoire cette année.

Je me rends compte que chacun des occupants a énormément de respect pour Sven. En l'ayant offensé, c'est toute l'Équipe que Titus a offensée par la même occasion. Sans lui accorder un seul regard, Sven établit les binômes dans le but de nous entraîner à manier l'Attribut qui nous reviendra pendant l'Épreuve. Comme je m'y préparais, il prend soin de me séparer de Titus, en me demandant de faire équipe avec Emmy, ce qui n'est pas pour me déplaire.

Une fois les binômes constitués, nous suivons Sven dans un couloir qui m'est inconnu. L'instant est solennel lorsqu'il déverrouille la salle des Attributs d'un simple coup de bracelet magnétique.

— Ton Attribut t'attendait ici depuis un bout de temps, me dit Emmy. Rapporte-le à la fin de ton entraînement, c'est la règle. Sven ne veut prendre aucun risque avant l'Épreuve.

— Je n'aurais pas mieux dit, prononce l'intéressé derrière nous.

Nous nous engageons ensemble dans cette pièce étrange, blindée à la manière d'un coffre-fort. Bientôt, tous les regards convergent vers les sept portants métalliques, suspendus dans les airs. Sur chacun d'eux, les Attributs que nous devrons utiliser lors de l'Épreuve. Un éclairage zénithal les magnifie sur leur immense présentoir de velours rouge. La lumière étincelle sur l'acier rutilant, coule sur les cloches de verre protectrices qui se soulèvent comme par enchantement, telles des bulles de savon, avant de disparaître dans le plafond.

La plupart des Attributs me sont inconnus, mais je reconnais malgré tout l'équipement d'alpinisme de Johanna et bien évidemment le MédiDrone que Titus récupère.

Au fond, sur le dernier coussin, le drone de mes sélections m'attend ; son cou disproportionné pivote à mon passage. Il me contemple de ses billes bleu nuit. Je vois chez lui autre chose que l'aberration technologique qui a manqué de me conduire au mur d'exécution. À présent, j'y vois l'œuvre de mon père. Je sais qu'en son cœur recèle une forme d'intelligence inouïe. Une reine, apte à tous nous sauver, à condition d'en taire l'existence.

Pendant un instant je suis ailleurs, une image se fixe dans ma tête. Je revois la détermination brillant dans les yeux de William à notre arrivée dans la gare désaffectée, lui qui tenait plus que personne à intégrer l'équipe. Je vois ses cheveux en bataille flottant dans l'air glacial du Quartier des Juges, et je jurerais pouvoir entendre ses encouragements pour m'aider à me dépasser.

Les mains qui se referment sur le corps maigrelet du drone ne devraient pas être les miennes, mais celles de mon frère. Il en aurait fait meilleur usage, c'est certain. Alors, pour lui, et pour lui seul, je me promets d'être à la hauteur.

Je reviens à la réalité en entendant marmonner Sven. Les poings serrés, il me voit ressortir avec le drone de simulation sous le bras.

— Nous, on va à la falaise ! lance Johanna, Titus à ses côtés.

Celui-ci semble encore plus pâle que d'habitude. Je ne comprends pas pourquoi, il avait l'air d'avoir repris du poil de la bête.

— La falaise ? m'étonné-je. C'est un genre de simulation, c'est ça ?

— Pas du tout. Il y a même un lac souterrain entièrement naturel, me répond-elle. Rowan et Hansen y vont pour tester l'équipement de plongée et le drone fureteur qu'ils ont reçus.

Mon cœur se serre quand je vois passer les bouteilles d'oxygène qui me rappellent bien trop la première épreuve. Je songe à ma grand-mère, à qui cet équipement aurait été des plus inutiles en plein blizzard. Mais après tout, comme me l'a dit Titus, il faut être paré à affronter tous les terrains, toutes les éventualités.

— Il se remet d'une méchante blessure, interviens-je, en désignant Titus du regard. Je ne suis pas sûr que ce soit une très bonne idée.

Johanna fait danser sa queue-de-cheval de guerrière en passant son équipement d'alpinisme sur une épaule.

— Dis ça à Sven, me répond-elle. Mais à ta place, j'éviterais. Ça risque encore de faire des étincelles.

Elle bifurque avec Titus à la première intersection. Hansen et Rowan prennent la direction opposée pour se rendre au lac.

Emmy et moi remontons la base, en voyant les pièces défiler. Je regrette qu'elle se montre plus distante qu'à l'ordinaire et quelque chose m'incite à croire que le comportement de Titus devant les caméras n'y est pas étranger. Je ne trouve pas l'énergie de lui expliquer qu'il s'agissait une fois de plus d'une mise en scène. Si je me lance dans des explications, je devrais aussi lui expliquer que tout ceci a un rapport avec le chantage de Guilford.

Elle pousse une porte qui ouvre sur une longue pièce exiguë, semblable à un couloir, à ceci près que des impacts incrustent les murs. Xinthia, qui nous a suivies, s'y engouffre en jetant des coups d'œil circulaires.

— La salle de tirs, dit Emmy. Ce sera parfait pour commencer.

Mes sourcils se froncent :

— Mais… Il n'y a aucune arme à feu dans nos Attributs.

Elle rejette sa tête en arrière en riant, sa crinière indomptable retombant sur ses épaules.

— Sven ne nous a pas appris à tirer, mais à esquiver les tirs. Imagine un peu que les champions ennemis aient des armes ? Dis-toi que ça te fera moins de boulot. Mais assez discuté, il faut qu'on découvre à quoi sert ton drone, ça urge le coup d'envoi de l'Épreuve est pour après-demain !

— Tu sais, je l'ai uniquement pour faire plaisir aux Juges, mens-je.

Je me flagelle mentalement d'avoir dit pareille chose, mais parler du drone est un terrain trop glissant pour que je m'y aventure.

— Tu as raison, continue-t-elle, captivée par le drone, si les Juges ont insisté à ce point pour te le confier, c'est qu'il y a forcément une bonne raison.

— Ah ?

Comment mettre fin à cette discussion ? Les propriétés de mon drone sont censées rester secrètes.

— J'ai appris deux trois trucs sur le MédiDrone, je devrais peut-être aller le chercher ? proposé-je, à tout hasard.

— Deux trois trucs ? répète Xinthia, effarée. Je préfère prendre ça pour de la fausse modestie !

Emmy nous ignore, préférant s'intéresser à la tête effarouchée du drone qui dépasse entre mes bras. Plus elle s'en approche, plus son visage constellé de taches de rousseur se change en grimace.

— Peut-être qu'il peut créer des simulations… Un peu comme des mirages pour leurrer les ennemis… suggère-t-elle, visiblement peu convaincue.

Le drone se met à s'affoler, sa tête roulant dans toutes les directions, sans qu'il ne se passe rien ensuite.

— Enfin, c'est sûrement beaucoup lui demander… dit-elle d'un air navré. Oh, Pia, attends ! On devrait demander à Xinthia, c'est un peu un genre de voyante extralucide, tout ça, tout ça. Elle pourra peut-être nous dire à quoi sert le drone !

— Je suis sensible aux émotions humaines, se vexe Xinthia. Et… désolée, mais ce drone n'éprouve pas la moindre émotion, reprend-elle avec fermeté. Ce n'est rien d'autre qu'un sac à puces électronique.

Je remercie secrètement Xinthia d'être venue à mon secours.

— Tu entends ? dis-je à Emmy. Rien d'autre qu'un sac à puces électronique. On devrait peut-être commencer par ton Attribut, plutôt ?

Je me rappelle alors qu'elle a en sa possession un drone de mémoire à propos duquel j'ai un million de questions à lui poser.

— Au moins quelque chose qui nous sera utile pendant l'Épreuve, dit-elle.

Elle sort alors quelque chose de sa poche. Il s'agit d'un disque blanc, du diamètre d'une pièce, avec un trou central.

— Xinthia, nous aurons besoin de vous, dit Emmy qui place déjà le drone de mémoire entre son pouce et son index.

Je repense aux jours passés avec Titus dans l'autre base, à la mention du drone de mémoire dans son rapport, quand tout à coup je me rappelle qu'il m'a confié le sien, en gage de sa parole. L'écrin est si petit que j'avais oublié que je l'avais mis dans ma poche. Est-ce que je dois dire à Emmy que j'en ai un exemplaire ?

— Xinthia, vous êtes d'accord, vous avez tout d'une humaine ? demande Emmy.

— Je pense que oui, répond l'intéressée en grattant son crâne ovale.

— Alors ça devrait marcher.

Emmy croise mon regard inquiet quand je comprends qu'elle s'apprête à braquer le drone de mémoire vers les yeux de Xinthia.

— Pas plus d'une minute de souvenirs, me dit-elle.

— Je doute que ce soit suffisant pour me faire oublier toutes les critiques du Docteur Valerian… Et les horribles jérémiades de Titus, plaisante le mannequin.

— Xinthia, mettez-vous en face au niveau des cibles, s'il vous plaît, ordonne Emmy.

Des bruits de vérin émanent des longues jambes qu'elle déroule pour gagner l'autre bout de la salle de tirs. Elle s'immobilise devant une silhouette en carton criblée d'impacts.

— Très bien, dit Emmy, à mon signal vous me porterez un grand coup en pleine poitrine. Frappez de toutes vos forces.

Xinthia incline son long cou bionique, d'un air dubitatif.

— Je ne suis pas certaine que ce soit une bonne idée… objecte-t-elle de sa voix de synthèse.

— Profitez-en, insiste Emmy, pour toutes les fois où vous vous êtes fait charcuter par un médecin de l'Union !

— C'est une charmante attention, mais je pourrais me faire démanteler pour moins que ça. Bon… puisque mes capteurs m'indiquent que vous êtes sûre de vous… Alors dans ce cas…

— Au pire, la Protectrice est avec nous s'il m'arrive quoi que ce soit, répond Emmy, confiante.

J'ouvre la bouche pour faire remarquer que c'est Titus qui est en possession du MédiDrone à l'heure actuelle, mais Xinthia est déjà en train de traverser la pièce d'un pas furieux, prête à frapper Emmy. À mi-chemin, elle arme son bras articulé au-dessus de son épaule. Je découvre qu'elle est en réalité dotée d'une force prodigieuse. En la considérant comme une amie, j'en ai presque oublié sa condition de machine. Je me rappelle alors que ses muscles et son métabolisme sont factices et qu'ils n'ont été ajoutés que pour un usage pédagogique. Sous cette imitation de tissus et de réseaux veineux, c'est bien un squelette en titane qui plonge droit sur Emmy, en ignorant parfaitement les limites matérielles du corps humain.

Il est déjà trop tard.

Je vois déjà Emmy se tordre par terre, ses os se briser sous le feu de la douleur, comme des allumettes qu'on aurait cassées par centaines avant de s'embraser toutes en même temps. Je meurs d'envie de crier à Xinthia de dévier son coup, mais Emmy m'intime de me taire d'un revers de main. Plus sereine que jamais, elle prend son temps pour brandir le drone de mémoire. Une lueur se reflète un instant dans les grands yeux composés de Xinthia.

Juste au niveau de son vide central, le drone de mémoire produit un éclair rose qui illumine la pièce une seconde, comme si le sol et le plafond venaient d'être plongés dans une aube féérique. Au même moment, Xinthia cligne des yeux avant de s'arrêter net.

— Excusez-moi ? Vous... Vous avez dit quelque chose ? demande-t-elle, l'air perdu.

C'est comme si toute volonté de frapper venait de lui échapper. Ses grands yeux balaient la pièce, comme si elle la découvrait pour la première fois. Elle semble soudain si innocente. Impossible de se douter qu'elle s'était changée en machine de guerre la seconde d'avant.

— Un flash d'une seconde permet d'effacer environ une minute de souvenir, mais si je lui avais fait fixer la lumière plus de trente secondes, elle en aurait oublié jusqu'à son prénom. C'est pour ça qu'il ne faut jamais l'utiliser plus de quelques secondes. Sinon, bonjour les dégâts...

J'acquiesce lentement, en me rappelant que les Juges auraient pu demander à Titus de désagréger mes souvenirs, comme Emmy vient de le faire avec la mémoire à court terme de Xinthia.

— Vous n'étiez pas censée m'effacer la mémoire ? demande Xinthia, au milieu de la pièce.

— Peut-être une prochaine fois, lui répond aimablement Emmy.

Je souris bêtement.

— Mes capteurs sentent quelque chose d'inhabituel, dit le mannequin bionique.

L'expression de son visage a changé et je crois bien que je ne l'ai jamais vue à ce point perturbée.

— Rien de plus normal, réplique calmement Emmy.

Je cherche un moment où j'aurais pu me sentir confuse comme Xinthia. J'étais constamment désorientée, sans notion de l'heure, du jour ou de la nuit. Ma main descend au fond de ma poche, palpe l'écrin que j'y ai rangé. Scellé, comme l'a assuré Titus.

— Que sont devenus ses souvenirs ? demandé-je, pour savoir s'il existe un moyen de vérifier les dires de Titus.

— Intégré quelque part dans la conscience de la Juge-mère. Et si tu veux mon avis, c'est mieux comme ça.

Je plisse des yeux.

— Alors il est impossible de retrouver un souvenir qu'on nous a retiré ?

— Impossible, non. Techniquement, il suffit de consulter la Juge-mère pour faire affleurer à sa conscience le souvenir qui lui a été intégré, mais pour quoi faire ?

Je secoue la tête d'incompréhension :

— Qui voudrait se rappeler d'un souvenir dont il s'est débarrassé ? explique Emmy, en partant d'un petit rire qui me fait penser que ma question est dénuée de sens. Pour Xinthia, ce n'est pas gênant, mais la plupart du temps ce sont des officiels ou des Contrôleurs de naissances qui appellent les Administrateurs de mémoires pour qu'on leur prélève un souvenir atroce avec lequel il est trop compliqué de vivre. Il faut dire qu'ils sont régulièrement confrontés à la mort, lors de leurs missions.

C'est trop facile, me dis-je. Ils peuvent arracher des enfants à leurs parents, au nom de la loi de rang. Ils peuvent armer des drones militaires et tirer sur des Citoyens innocents. Ensuite ils n'ont qu'à se purger de ces souvenirs insupportables en les confiant à la Juge-mère, pour recommencer les mêmes missions encore et encore.

C'est trop facile.

— Pourquoi toutes ces questions ? Tu penses que quelqu'un t'a effacé un souvenir, ou quoi ? demande-t-elle en éclatant de rire.

Mon regard tombe sur mes vieilles baskets.

— Cette fois, c'est sûr, il se passe quelque chose là-bas ! s'empresse Xinthia. Tous mes capteurs sont en ébullition !

— Il y a quelque chose qui cloche… s'inquiète Emmy, qui me jure que ça n'a rien à voir avec les effets secondaires du prélèvement de souvenirs.

Emportée par un sentiment d'urgence, Xinthia traverse la salle de tirs en quelques enjambées et disparaît. Emmy et moi échangeons un bref regard et décidons de la suivre, guidées par les bruits de piston de ses articulations.

Nous poussons une nouvelle porte blindée que vient de franchir Xinthia. L'humidité s'engouffre dans mes poumons et les herbes noires recouvrent maintenant un seul minéral. Très vite, mes pieds s'enfoncent dans leurs lianes tentaculaires, pareilles à des filets spongieux.

— Nous sommes… à l'extérieur ? demandé-je hors d'haleine, en même temps que je devine où Xinthia vient de nous emmener.

La falaise.

À quelques pas, Sven et Johanna sont plantés aux pieds de la verticale rocheuse qui n'en finit pas de se dresser face à nous, comme si elle venait de sortir de terre. À son sommet, un puissant projecteur joue le rôle de soleil artificiel.

— C'est bien ce que je craignais, marmonne Xinthia la tête levée vers un minuscule point agrippé à la paroi de la falaise.

— C'est un animal, ce que je vois ? demande naïvement Emmy.

Comme moi, elle porte une main en visière pour tenter d'identifier de quoi il s'agit. À contre-jour, je devine Titus en train de gravir la roche humide à mains nues.

Pendant un instant je me demande si tout ceci fait encore partie de l'entraînement.

— Il faut le faire redescendre ! crie Johanna qui lance des regards insistants au Capitaine.

Je comprends peu à peu que c'est elle qui tient à bout de bras la corde qui passe au travers du piton planté à même la roche et qui la relie à Titus.

— Laisse-le admirer la vue encore un peu, répond-il, un rictus au coin des lèvres.

Je suis frappée par l'évidence. Sven veut régler ses comptes avec Titus.

— IL TETANISE ! s'essouffle Johanna, impuissante face à la colère noire qui a pris possession de Sven.

Une ombre passe dans le regard du Capitaine.

— Alors, détache la corde, ça devrait soulager un peu ses bras.

Elle le dévisage, comme s'il venait de condamner Titus à une mort certaine :

— JOHANNA, DETACHE LA CORDE ! répète-t-il, plus fort.

— Je… Je ne peux pas faire ça.

Elle est maintenant en nage, les muscles saillants de ses bras se crispent un peu plus sur la corde. Emmy s'approche pour lui prêter main-forte, mais Sven la repousse d'un coup de coude.

— Alors, laisse-moi faire.

Il tire sur la corde pour la détacher du harnais de Johanna. Celle-ci ferme les yeux un instant, refusant d'admettre ce qui est en train de se produire.

Le nœud coulisse sur les anneaux d'acier, libérant ainsi la corde qui se répand sur le sol tel un serpent mort.

Johanna, Emmy et moi sommes bouleversées par ce qui vient de se produire. Nous restons là, impuissantes, en sachant qu'à présent toute chute serait fatale.

— Il faut qu'il comprenne qui fait régner la Discipline, ici et pendant l'Épreuve, dit Sven.

— RACCROCHEZ-MOI ! laisse entendre la voix à peine audible de Titus, comme si elle avait parcouru des kilomètres avant de nous parvenir.

Des concrétions de pierres se mettent à rouler comme des billes le long de la paroi, pour venir se planter dans les herbes noires. D'un revers de manche, j'en essuie les projections moites qui m'éclaboussent le visage.

Titus est peut-être bon au combat, mais je ne suis pas du tout certaine qu'il sache affronter une paroi friable.

— IL VA GLISSER ! prévient Johanna. Il m'a dit qu'il avait le vertige tout à l'heure…

Ses regards obsessionnels alternent entre le haut de la falaise et le Capitaine.

— Les herbes noires amortiront sa chute, répond celui-ci, en basculant son regard vers moi. Et nous avons notre Protectrice et son MédiDrone à portée de main.

— Je doute que le MédiDrone puisse assembler ensemble des bouts de cervelle ! m'écrié-je.

Attirés par les cris qu'ils ont entendus depuis le lac souterrain, Rowan et Hansen arrivent au pas de course, en tenue de plongée. Ils suivent nos regards, tournés vers la minuscule silhouette qui épouse la roche.

— Il n'est pas attaché ? s'exclame Rowan, horrifié.

Johanna lui répond par une expression coupable.

— À quoi tu joues Sven ? lance l'Ailier, qui prend conscience de la gravité de la situation.

Sven détourne le regard, concentré sur la falaise, tandis que Rowan vient se placer en face de lui, en lui arrivant à peine sous le menton.

J'interviens à mon tour, pensant que nous ne sommes pas trop de trois pour le ramener à la raison.

— Oui, il vous a manqué de respect, reconnais-je. Oui, les Juges auraient dû me décerner le MédiDrone, mais est-ce que ça mérite de le tuer ?

— Par la Juge-mère, il t'a dit qu'il n'y était pour rien ! renchérit Johanna, le souffle court.

Rien ne semble faire ployer le Capitaine. Des applaudissements glauques et exagérément lents résonnent en écho, et captent finalement son attention. C'est Rowan qui cherche la provocation :

— Sven Nilsson, ô le grand Sven Nilsson. Le seul Capitaine qui aura réussi l'exploit de tuer l'un de ses champions, juste avant le coup d'envoi de l'Épreuve des Sept. Voilà ce que les Citoyens retiendront du grand Sven Nilsson !

Chacun de nous retient son souffle, espérant que ces derniers mots soient suffisamment convaincants. Un silence pesant tombe sur la caverne souterraine.

— Johanna, raccroche la corde ! ordonne finalement le Capitaine, sans exprimer le moindre regret.

Avant qu'elle n'ait pu s'exécuter, d'autres pierres roulent le long de la falaise. Le bruit de la roche qui se casse est bientôt rejoint par les cris de Titus qui traverse le vide en direction du sol. La chute libre déroule avec fulgurance les lacets de corde répandus sur les herbes noires. La longueur de corde est sur le point de disparaître dans les airs quand Johanna se précipite sur l'extrémité. Elle profère des insultes, brûlée par les mètres qui défilent entre ses doigts. Les hurlements de Titus se rapprochent. Les gestes de Johanna sont aussi rapides que précis, et en un temps record, elle parvient à exécuter un nœud à son harnais. La corde se tend à l'extrême, pour amortir de justesse la chute de Titus. Le transfert de forces projette vivement Johanna en avant, qui termine sa course en marchant à la verticale, échappant l'espace d'un instant à la pesanteur. Dans le même temps, le corps de Titus s'écrase dans un bruit inquiétant contre le flanc de falaise.

Tout le monde se regarde dans le blanc des yeux, craignant une nouvelle blessure.

— Qu'est-ce que tu attends ! me lance Sven.

Je lui jette un regard assassin. J'attrape la sangle du MédiDrone et fonce vers Titus qui semble groggy. Je le décroche de la corde.

— Cette fois, j'y ai droit ? demande Titus, en pointant le MédiDrone des yeux.

Trop occupé pour lui répondre, je me contente de le faire rouler sur le côté.

— Par la Juge-mère, ça fait un mal de chien ! se plaint-il.

— Alors, prends ça.

À défaut de MoussQuiche, je lui fourre un morceau de corde dans la bouche pour le faire taire. J'ai besoin de réfléchir.

J'enclenche le MédiDrone. L'appareil commence à faire glisser ses panneaux qui se fondent les uns sur les autres pour former le caisson de guérison.

Le diagnostic s'affiche en toutes lettres sur le petit encart digital : *Fracture de la clavicule.*

— Fracture de la clavicule, dis-je au reste de l'Équipe suspendue à mes lèvres.

Titus a maintenant totalement disparu sous le caisson. Les pinces articulées du MédiDrone passent devant les innombrables flacons rangés derrière ses panneaux coulissants. Elles s'arrêtent sur le sérum calcificateur.

Ça devrait suffire, me dis-je, sans savoir si je parle tout haut où pour moi-même.

J'injecte le liquide au niveau de la zone lésée, rendue accessible par le caisson. Les gémissements de Titus qui proviennent de l'intérieur m'indiquent qu'il commence déjà à faire effet.

— Alors ? demande Sven, l'air vaguement préoccupé.

Titus réapparaît, sans la moindre douleur à l'épaule.

— Il faut peut-être une demi-seconde pour lui briser les os, mais il faut plus que ça pour les reconstruire ! Heureusement que le sérum est puissant. Il devrait être totalement remis sur pied pour l'Épreuve.

De là où je suis, j'entends le soupir de soulagement des Ailiers et du Nourricier. Je viens de leur confirmer que l'Équipe intégrera l'Épreuve des Sept au complet.

— J'espère que le message est passé, Messager ! crache Sven. Fin de l'entraînement, déclare-t-il froidement aux autres, avant de regagner la base.

Je me penche vers Titus pour terminer le bandage, quand il recrache le morceau de corde que je lui ai fourré dans la bouche. Johanna accourt pour lui retirer son harnais :

— C'est moi l'Ailière, c'est moi qui aurais dû grimper… se confond-elle en excuses.

— Ne vous en faites pas, lui répond Titus. Les ordres sont les ordres. Il voulait être sûr que je ne renverse pas son autorité. L'Épreuve des Sept se rapproche à grands pas et je crois bien que notre Capitaine commence à avoir peur.

36.

Nous y sommes.

À 6 heures du matin, nous quitterons définitivement la base. Les officiels descendront pour nous escorter jusqu'à l'endroit où se tiendra l'Épreuve des Sept. Une fois que nous aurons franchi le mur Inter-Union, il n'y aura plus que nous sept contre les autres Unions.

L'Union Juste, contre toutes les autres.

Sur les panneaux de la pièce principale, le massif enneigé a cédé sa place à un compte à rebours géant, répliqué en vingt exemplaires. Impossible d'échapper au lent défilement des minutes qui nous rappellent que nous avons encore tout à prouver. Dans quelques heures, j'entrerai dans la peau de Protectrice de l'Union pour plusieurs jours, et je ne me déferai de ce poste qu'une fois l'Épreuve arrivée à son terme.

Les esprits se tendent, les visages se font soucieux, plus concentrés que jamais.

Rowan et Johanna s'isolent un long moment. Hansen, cramponné à son drone fureteur, n'adresse plus la parole à qui que ce soit. Avec ses yeux clairs et son air juvénile, il me fait penser à Nina quand elle était en état de choc après vu en pleine nuit l'abeille géante de l'Essor. En essayant de discuter avec Hansen, je comprends qu'il mesure autant que moi les responsabilités qui pèsent sur ses épaules. J'aimerais pouvoir lui révéler la vérité sur mon drone pour le rassurer, mais je me l'interdis. Je me contente de trouver les mots qu'il convient de prononcer en pareilles circonstances, tout en étant parfaitement convaincue qu'ils sont d'une banalité affligeante. Il finit par me répondre par un sourire indulgent.

H-24, Sven nous sert son discours d'encouragement, ou d'intimidation, je ne saurais dire. Il rappelle les rôles de chacun, comme si un mois d'entraînement plus toute une vie n'avaient pas suffi à savoir ce que l'Union attendait de nous. Il se tourne d'abord vers Emmy, Johanna et Rowan.

— Les Ailiers, vous avancerez vers le danger, dit-il avant d'aviser le Nourricier. Hansen, aidé de ton drone fureteur, tu trouveras l'eau potable et les vivres que nos corps réclameront plus vite que tu ne le crois. Tu n'imagines pas ce dont l'être humain est capable quand arrivent les hallucinations causées par la déshydratation.

Très lentement, il a ensuite tourné la tête pour planter son regard dans celui de Titus :

— Titus, tu négocieras auprès des autres Unions pour tisser les alliances dont nous aurons besoin dans un premier temps. Pourvu que tu saches les séduire, comme tu l'as fait avec notre Protectrice, dit-il en faisant glisser ses yeux vers moi. Et toi, Pia, tu nous protégeras du danger et nous soigneras. Je ne veux perdre aucun membre de mon Équipe tant que l'Épreuve n'est pas terminée.

— Ça veut dire qu'on peut crever tranquillement, quand c'est fini ? me souffle Emmy à l'oreille.

Nous croyons que Sven a terminé, mais il ajoute quelque chose :

— Que celui qui veut prendre la place de Capitaine le dise maintenant, et qu'il en assume les conséquences.

L'avertissement qui a sonné comme un coup de semonce est pour Titus. Nous restons tous les six immobiles un moment, jusqu'à ce que Johanna rompe le silence :

— On est tous d'accord pour dire que tu es le seul Capitaine de cette Équipe, Sven.

Une façon de dire qu'il est urgent d'enterrer la hache de guerre.

— Personne ne veut votre place, ajoute Titus, car nous échouerions tous à ce poste, comme nous avons tous échoué au test du Capitaine. Mais nous sommes meilleurs que personne à chacun de nos postes, et nous allons le prouver à l'Union.

Une réponse qui a le mérite d'apaiser les tensions à quelques heures du lancement de l'Épreuve, car dans le regard de Sven, il y a quelque chose qui veut dire : *content que tu aies enfin compris.*

Une joue sur l'oreiller, je contemple dans la pénombre le drone de mes sélections qui sera bientôt ma seule boussole pour guider mon Équipe. Son corps allongé, ses ailes rabattues comme un oiseau sans plumes. Je n'ai plus qu'à attendre qu'il sélectionne la combinaison de choix impossibles qui nous propulsera tout en haut du classement. Je ferme les yeux juste une seconde, une image se forme sous mes paupières. Je peux y lire en lettres d'or que L'Union Juste a été rebaptisée Union Première.

Je me rassieds sur le lit, le mouvement fait se rallumer l'écran digital. Les Juges ont renoncé à afficher le compte à rebours dans nos chambres pour nous assurer quelques précieuses heures de sommeil. Sur le panneau, je contemple les rouleaux des vagues qui se préparent à se briser contre les rochers.

L'écume explose dans les airs à la rencontre de l'eau et de la pierre.

Maman, si tu voyais ça, c'est magnifique.

Sauf que tout ceci est factice. Tout comme la victoire que promet le Juge Quinn. Une victoire, non pas obtenue à la loyale lors de l'Épreuve des Sept, mais grâce au talent de mon père et par l'ambition d'un Juge.

Je songe à tous ces Citoyens de la Dernière Union, par-delà le mur, qui attendent depuis des décennies que ce système qu'ils croient juste leur rende ce qu'il leur a pris toutes ces années. Ils ignorent qu'ils devront trouver la force de survivre une année de plus.

Bien ou mal, quelle différence ? Je n'ai plus le droit de me poser cette question. Le choix ne m'appartient plus.

Sur le panneau digital, la langue d'eau venue s'échouer se retire vers le large.

Je passe le drone dans mes mains, comme je l'ai déjà fait un million de fois depuis que je suis à l'abri des regards.

Si la Juge-mère venait à se rendre compte de quelque chose, sa neutralité l'obligerait à en avertir les autres Unions, et elle aurait raison de le faire. C'est pour cette raison que les Fondateurs l'ont créée. Seulement, l'Union Première et l'Union de Vérité ont les armes pour répliquer. Elles n'auront qu'à survoler le mur Inter-Union en aéronef pour que leurs bombes nous atteignent.

Rien n'a changé depuis la menace de Guilford. Je dois me taire, c'est aussi simple que ça.

Une nouvelle vague s'écrase contre les rochers.

Mes bottines de Protectrice foulent les hauteurs d'une digue cernée par les eaux. À perte de vue, les gratte-ciel d'une ville engloutie me rappellent qu'il y avait un jour de la vie ici. Je cours aussi vite que mes jambes me le permettent. Pendant un instant je songe même à laisser derrière moi le Médi-Drone qui me ralentit, pour échapper à celui qui me poursuit.

Un Ailier ennemi.

Je veux me retourner, mais je sais que je perdrai de précieuses secondes. Pourtant, j'ai la certitude qu'il n'en a pas après moi ; il veut ce que j'empoigne dans ma main et que je ne lâcherai pour rien au monde. J'ignore ce que ça peut-être, mais je crois bien qu'avec ça, nous passerons en tête des Unions. Non, je ne le crois pas. Je le sais.

Je suis à bout de souffle et la digue n'en finit pas de s'étirer devant moi, quand une silhouette arrive enfin à ma rencontre. Quelqu'un prêt à prendre le relais pour protéger, au péril de sa vie, ce que renferme ma main, et qui conduira la Juge-mère à proclamer la victoire de l'Union Juste.

C'est William qui me sourit, ses cheveux s'agitent dans la brise marine. Par la Juge-mère, que fait-il ici ? Je le somme de s'enfuir, mais il ne m'écoute pas.

— William ! hurlé-je, le front ruisselant sur mon oreiller.

Une alarme me fait me lever d'un bond. Je n'ai pas le temps de me redresser dans mon lit que deux officiels sont déjà en train de le faire à ma place.

Portée par les deux hommes, je traverse la salle principale où les comptes à rebours clignotent comme pour annoncer un danger imminent. En un clin d'œil, les officiels m'amènent hors de la base, où je retrouve les autres champions. L'alarme continue à hurler dans mes oreilles. Si je n'avais pas su que c'était pour le début de l'Épreuve, j'aurais pensé à une nouvelle attaque de l'Essor.

— On se grouille ! lance l'officiel haut gradé à qui les autres obéissent. Si les champions n'y sont pas à temps, l'Union sera disqualifiée.

L'un d'entre eux m'attrape par le bras et s'apprête à refermer des menottes sur mes poignets.

Je suis peut-être ensommeillée, mais assez lucide pour avoir un mouvement de recul.

— C'est les Juges qui ont insisté, dit-il en les faisant cliqueter avec impatience.

— Quand est-ce que je ne serai plus leur prisonnière ? répliqué-je, les dents serrées.

Le double mètre de Sven s'avance.

— Il vaut mieux que ce soit moi qui le fasse, dit-il en s'avançant vers l'officiel avant de se tourner vers moi. Je te les retire dès qu'on sort de l'Union.

Je n'ai pas la force de résister. Je sens déjà le métal glacial répondre au contact de ma peau. Un nouvel officiel qui sort de nulle part me flanque le drone entre les mains, que je parviens tout juste à tenir du bout des doigts à cause des menottes. Un rapide coup d'œil au reste de l'Équipe m'indique que tous les autres sont déjà en possession de leur Attribut.

Une main articulée se pose sur mon épaule. C'est Xinthia qui est venue me souhaiter bonne chance. Je la serre dans mes bras, en la remerciant du fond du cœur. Sans elle, je me demande encore comment j'aurais fait pour survivre à ces trente jours d'isolement.

— Je ne vous oublierai pas, dis-je.

— Et-moi, comment pourrais-je vous oublier ? Je suis partie pour visionner vos performances avec les futurs Protecteurs… Soyez prudente et veillez sur eux, me dit-elle en embrassant du regard le reste de l'Équipe.

Je lui rends son sourire.

L'ovale de son visage s'incline d'un côté puis d'un autre, comme si elle était en proie à l'hésitation :

— Avant, il faudrait que je vous dise une dernière chose. Je suppose que je peux, à présent…

Des officiels se dirigent vers moi pour me contraindre à avancer dans le tunnel souterrain.

— Faites vite.

Elle me contemple de ses grands yeux aux pixels brillants :

— L'Attribut du Messager, ça aurait dû être moi.

— *Vous ?* murmuré-je.

Deux officiels nous séparent.

Je remonte le tunnel avec le reste de l'Équipe, puis les escaliers métalliques, escortés par tout un escadron qui garde un œil prudent sur le compte à rebours de l'Épreuve.

Je me rappelle ce que m'a dit le Docteur Valerian. Xinthia est un mannequin bionique nouvelle génération et peut-être le seul en son genre à percevoir les émotions humaines avec une telle acuité. Elle aurait incontestablement aidé Titus dans sa mission si son père ne l'avait pas affublé de mon MédiDrone. Après tout, un Messager ne fait qu'obtenir ce qu'il veut des autres, et connaître leurs états d'âme est une arme supplémentaire dans l'artillerie de la Persuasion.

Un cortège de fourgons aux couleurs de l'Union nous attend à la surface. Sven tient à me faire embarquer avec Titus, probablement parce que c'est lui qui a le MédiDrone. J'ai compris depuis un moment qu'il attendait de moi que je suive Titus comme son ombre et le voir prendre place à mes côtés ne fait que me le confirmer.

À travers le pare-brise, je savoure la lumière dorée des premiers rayons du jour qui crèvent l'horizon. Nous remontons les larges avenues du Quartier des Juges. L'hymne de l'Union se déverse des haut-parleurs, comme pour nous appeler à notre devoir.

Sur les écrans géants, j'entends les voix d'Oward Norfolk et de Mellicent Shu, filtrées par le blindage du fourgon. Ils commentent notre passage à travers les gratte-ciel, en repassant à qui veut l'entendre notre palmarès, depuis notre vie dans nos quartiers respectifs jusqu'à nos scores aux sélections.

La lumière de l'aurore s'engouffre dans les larges avenues qui se coupent à angle droit. Les Juges ont déployé quantité d'officiels pour assurer le passage du cortège à travers les artères bouillonnantes. La foule se presse contre les vitres, on hurle en même temps mon nom et celui de Titus comme s'ils ne formaient plus qu'un. Les acclamations tonitruantes et les applaudissements enfiévrés continuent de poursuivre le cortège de fourgons, où qu'il aille. L'Union nous fait honneur, pour que nous lui fassions honneur à notre tour.

Dans tout le quartier, des étendards représentant le U de l'Union, formé à la rencontre des deux hexagones incandescents, flottent depuis les étages les plus élevés. Titus pointe du doigt une oriflamme à mon nom qu'il a vu défiler sur notre route. À sa façon de lever le bras, je constate que sa clavicule va mieux.

Nous passons une série de barrières tenues par des officiels de haut grade, chargés de filtrer les fourgons. Le nôtre finit par s'immobiliser dans le Quartier des Juges, à quelques encablures du mur Inter-Union. À cette distance, un halo rayonnant émane de sa surface sombre. Le nom des espèces disparues, inscrit en lettres de lumière, émerge des ténèbres comme de vives constellations.

Soudain, un officiel presse Titus de sortir du fourgon. Le vacarme assourdissant de la foule s'engouffre dans l'habitacle. Je tente d'ouvrir la porte en faisant tinter mes menottes, mais un autre homme m'en empêche. Tant pis pour lui ! Je force en faisant claquer la porte blindée sur l'arrière de ses cuisses, quand j'entends quelqu'un s'installer à la place qu'occupait Titus il y a un instant.

De longs cheveux blonds retombent sur une combinaison à la blancheur sans pareille.

— Eh bien… Tu sembles surprise de me revoir, dit Perpétua Cromber, une lueur malveillante dans le regard. Tu entends ça ? Écoute-les un peu.

Elle tend l'oreille en levant un index :

— Ces applaudissements et ces encouragements, tu penses qu'ils sont pour toi ? Non, se met-elle à rire froidement, puisque tu les as volés. Les Citoyens ne sont peut-être pas encore au courant, mais toutes les deux nous savons très bien que ta place dans l'Équipe n'est rien d'autre qu'une imposture grotesque. Alors, j'ignore qui te protège depuis ta première épreuve, mais je te garantis que je le découvrirai bien assez tôt. Et quand je l'aurai fait, les drones militaires se chargeront de toi, et tu ne seras plus l'héroïne de personne, articule-t-elle lentement.

Elle détache enfin son regard du mien et s'apprête à ouvrir la portière :

— L'Union est juste, l'Union est notre…

Elle n'a pas le temps de finir de réciter la devise de l'Union, que j'ai déjà envoyé un crachat sur son visage impeccable.

Elle se fige, essayant de recouvrer un semblant de dignité en s'essuyant le visage :

— Tu sais ce que tu es ? grimace-t-elle. Rien, tu n'es absolument rien. Et certainement pas la Protectrice. La preuve, tu t'es rendue incapable de sauver la vie de ton propre frère.

Ses mots sont des griffes qui arrachent mon cœur de ma poitrine.

— William ? Qu'est-ce que vous lui avez fait ?

Je secoue la tête pour rejeter au loin cette pensée insupportable tandis que les yeux perfides de la Juge se satisfont de ma détresse.

— Le coup d'envoi de l'Épreuve des Sept est le moment idéal pour affirmer la suprématie de l'Union sur ses ennemis. Quoi de mieux que l'exécution publique d'un traître pour unir les foules ? Officiel, ordonne-t-elle au conducteur, conduisez la Protectrice au mur d'exécution, je vous prie. Il y a un petit spectacle qui l'attend.

Elle se tourne vers moi, dans un froissement d'étoffes satinées :

— Ne te fais pas trop d'illusions, Pia. Quand tu arriveras, il sera trop tard.

Claquement de portière.

On ordonne à Titus de regagner sa place à mes côtés.

— Qu'est-ce qu'elle te voulait ? demande-t-il, les sourcils froncés.

En voyant ma réaction, le trouble naît dans ses yeux noirs.

Je n'ai pas le temps de lui répondre, trop occupée à crier à l'officiel de foncer vers le mur d'exécution.

Je prie pour que ce soit une énième tentative d'intimidation de la Juge Cromber, celle qui donne le coup de grâce. Guilford aurait pu ordonner l'exécution de mon frère oui, mais pas avant la fin de l'Épreuve. Seulement, il faut que je sache maintenant. L'attente est insoutenable. Le temps semble s'étirer douloureusement pour mieux me rendre folle.

— Elle m'envoie au mur d'exécution… arrivé-je enfin à dire.

— Pardon ? Mais qu'est-ce que tu racontes ? Tu es la Protectrice. Elle ne peut pas se débarrasser de toi comme cela. Personne ne le peut, même si elle te déteste ! Imagine, à six au lieu de sept, l'Union serait condamnée.

Je n'ai pas la force de lui expliquer. Mon frère va peut-être mourir à cause de moi, pendant que je suis confortablement installée dans ce fourgon qui semble incapable d'avancer. Pourquoi roule-t-il si lentement ? Je veux sauter en marche et finir en courant, mais comme je le craignais les portières ne se déverrouilleront qu'à l'arrêt.

— C'est William. La Juge a dit que mon frère allait être exécuté, dis-je en prenant conscience de la dimension réelle des mots que je formule.

Je retiens des larmes de fureur, alors que je lis un soulagement écœurant dans le regard de Titus.

Il préfère savoir que c'est William qui risque de mourir.

— Si c'est le cas, dit Titus comme pour masquer la pensée qui vient de le traverser, jamais je ne le laisserai faire. Jamais.

La crête du mur apparaît bientôt à travers le pare-brise teinté. Dans les airs, plusieurs drones militaires en vol stationnaire attendent de tirer leur prochaine salve de fléchettes mortelles.

De l'autre côté de la grille qui sépare l'avant du véhicule de l'arrière, j'ordonne au conducteur d'accélérer. Ni mes menaces ni mes coups de poing furieux ne changent quoi que ce soit, le fourgon peine à évoluer dans la foule aussi dense que des sables mouvants.

Le mur se rapproche lentement, bien trop lentement. Je suis encore loin, mais même à cette distance je distingue une masse plus sombre en son centre, arrosée du sang de ceux dont le verdict a été rendu depuis longtemps.

Le fourgon entre maintenant dans l'ombre du mur, qui s'étire dans le lever du jour. Dans le ciment, je peux voir les impacts des fléchettes, comme autant de tirs ratés qui criblent la matière.

Je crie au conducteur de s'arrêter devant les rangs resserrés d'une foule de Citoyens des Hauts Quartiers, captivés par le spectacle qui va se jouer sous leurs yeux. Je les envoie à tous les diables en tentant de me frayer un chemin en les repoussant de furieux coups de coude, mais la foule compacte me ralentit terriblement. Je nage entre des épaules et des dos arrondis d'hommes et de femmes. De mes mains liées, j'appuie de tout mon poids sur des têtes que je fais fléchir parce qu'elles m'empêchent d'identifier s'il s'agit de mon frère ou d'un inconnu.

Faites que je me trompe, supplié-je la Juge-mère.

— Regardez… c'est la Protectrice ! disent certains, impressionnés par ma présence ici.

Ces paroles sonnent comme une formule magique qui écarte miraculeusement les rangs à mon passage. Devant leur efficacité, je me mets à hurler à pleins poumons en espérant remonter jusqu'aux barrières avant qu'il ne soit trop tard :

— Je suis la Protectrice ! Laissez-moi passer, je suis la Protectrice !

Les regards se détournent du condamné pour m'embrasser dans un mélange d'admiration et d'incrédulité. Je finis par gagner les premières rangées. Mes yeux se plissent autant qu'ils peuvent quand la lumière rasante du soleil révèle la silhouette droite de William, au pied du mur d'exécution. Ce que je vois m'arrache un cri de douleur et m'enfonce dans une nuit noire où tous mes espoirs se changent en poussières.

Mes yeux rencontrent le regard puissant de mon frère.

Un drone militaire pointe un laser rougeoyant sur sa poitrine. William ouvre la bouche pour prononcer mon nom. Au même moment il s'écroule par terre, parcouru de convulsions.

J'ai franchi la barrière et le cordon d'officiels sans m'en rendre compte. Mes jambes me portent vers lui. Je n'entends rien d'autre que mon cœur battre dans mes tempes et mes supplications incessantes tourner en boucle dans ma tête.

Pitié, faites que tout ceci ne soit jamais arrivé. Faites que ce soit une simulation.

Mais les mèches brunes qui battent au vent sont celles de William, allongé face contre terre. Je deviens folle quand je comprends qu'une fléchette paralysante a piqué son épaule, mouchetant en même temps sa barbe naissante d'une gerbe de sang.

Elle s'est enfoncée au maximum. Je la lui retire, en la posant quelque part dans le vide qui m'environne.

Toute la cruauté du monde s'abat sur moi en une seconde. Je suis prise de secousses irrépressibles au point que je pense avoir été moi aussi la cible des drones. Je sens des larmes dévastatrices se déverser sur mes joues, avant de tomber à genoux devant le visage sans vie de mon frère.

Titus s'est avancé vers la barrière.

Soudain, je me maudis d'avoir perdu autant de temps avant d'agir. Dans un dernier espoir, je me précipite sur lui pour lui arracher des mains le MédiDrone. Je le couvre d'injures, sans pouvoir maîtriser ce qui sort de ma bouche alors que je sais qu'il n'y est pour rien. C'est moi qui ai révélé aux Juges où William se cachait. J'aurais dû être exécutée pour ça.

Bien qu'empêchée dans mes mouvements, je répands le drone aux pieds de William. J'ai exécuté ces gestes tant de fois, que je pourrais les reproduire les yeux bandés.

Une pince articulée extrait un flacon d'adrénaline. Je dévisse le flacon à toute vitesse du bout de mes doigts, termine en arrachant le couvercle avec les dents. Je remplis de toute urgence une seringue que je plante, les mains jointes, dans le cœur de mon frère. J'injecte le liquide d'une brève pression, les phalanges tremblantes, avant de choquer son corps d'un puissant courant électrique. Le buste de William se soulève à quelques centimètres au-dessus du béton couvert de sang séché. Je donne une nouvelle décharge, en me rappelant combien je me déteste, combien je les déteste tous. Son corps s'arque à l'extrême une seconde fois. Bientôt, le drone déplie ses feuillets métalliques les uns sur les autres et William disparaît pendant un temps interminable sous le caisson de guérison spontanée.

L'attente est éternellement longue.

C'est parce que le drone le réanime, me dis-je, incapable d'interrompre les hoquets sonores qui m'empêchent de respirer.

Les lettres que je lis sur l'écran de diagnostic sont d'une violence sans égale. *Décès.*

Les panneaux coulissent les uns sur les autres pour faire réapparaître le corps de mon frère. Je sens mes poings joints marteler désespérément les panneaux d'aluminium, j'entends des hurlements sortir de ma gorge.

Tu ne peux pas me faire ça, William. Tu n'en as pas le droit !

Je reproduis les gestes que je viens de réaliser, parce qu'ils sont la seule chance que j'ai de le ramener. Le caisson se referme une nouvelle fois autour de lui. *Décès.* Je répète l'opération, une troisième puis une quatrième fois. Encore, encore et encore. Je n'arrêterais que lorsque j'entendrais l'air siffler dans ses poumons et son cœur repartir.

Quelqu'un est arrivé à ma hauteur. C'est Titus, je crois. Je le sens poser une main compatissante sur mon épaule. Je la rejette vivement :

— VA-T'EN ! hurlé-je, sans lui accorder un regard.

Les larmes dans lesquelles je baigne rendent mes paroles inintelligibles.

— C'est fini… murmure-t-il, d'une voix faible, le visage fermé.

Mais je refuse de l'écouter.

— LE CAISSON VA LE RAMENER ! hurlé-je, en voyant les traits sereins de William disparaître une nouvelle fois sous les feuillets d'aluminium.

— Le caisson a le pouvoir de soigner, pas de ramener à la vie. Il est trop tard. Je suis sincèrement désolé, Pia.

Sa voix est douce, mais ses mots durs comme l'acier enfoncent en moi leur cruelle vérité. Je perds la notion des choses, incapable de me rendre compte de ce que je fais. Je crois que c'est le sol de béton que je frappe de mes poings. Titus doit me retenir pour m'empêcher de me blesser.

— C'est terminé, déclare-t-il, avec plus de fermeté cette fois.

Je lève vers lui un regard vitreux avant de contempler mon frère, étalé là devant moi, face à la foule qui me dévisage sans comprendre.

J'entends quelqu'un répéter inlassablement un « *non* » plaintif, jusqu'à ce que je me rende compte que c'est moi qui en suis à l'origine. Tout comme je suis à l'origine de la mort de mon frère. Moi, Pia Lormerot, la Protectrice, censée protéger et sauver.

William, je suis tellement désolée…

Des larmes glissent le long de ma mâchoire tremblante. Mes doigts passent dans les mèches de mon frère, caressent sa joue jusqu'à la commissure de ses lèvres, dans l'espoir d'y voir se dessiner un sourire, de l'entendre reprendre sa respiration et me dire quelque chose. Je sens ma peau humide se coller à son front pour que jamais sa chaleur ne me quitte.

Je me redresse et fais volte-face vers les officiels que mes yeux mitraillent :

— QUI A DONNE L'ORDRE DE L'EXECUTER ? hurlé-je. MON FRERE ETAIT L'UN DES VOTRES !

J'entends des rangs entiers de Citoyens laisser échapper des exclamations en comprenant que la Protectrice a pour frère un ennemi de l'Union.

— QUI A DONNE LES ORDRES ? explosé-je en avisant la foule.

Mais tous se murent dans un silence dont je ne ferai rien. L'instant d'après, je reviens à William, que je berce comme nous berçait notre mère dans notre lit jumeau quand nous étions enfants. Je perds toute notion du temps et de ce qui m'entoure.

Un détail m'extrait de mon état catatonique. On a demandé à William de retirer son uniforme d'officiel pour revêtir une tenue tout à fait ordinaire. Mon frère est mort sans aucun honneur, alors qu'il s'est battu toute sa vie pour l'Union. C'est l'insigne hexagonal frappé du U incandescent qui devrait briller sur sa poitrine, et non la tache de sang qu'a fait couler la fléchette paralysante.

Je continue de bercer doucement sa tête, quand l'angle que forme son bras droit m'est douloureux. Alors, je le ramène le long de son corps immobile lorsque mes yeux tombent sur son poignet. Malgré ma vision brouillée, je discerne un nombre incalculable de valeurs défiler sur son bracelet magnétique en parfait état de fonctionnement. Je veux le briser avec mes dents, en refusant de croire qu'un malheureux échange a pu lui prendre la vie. Je suis percutée par une autre réalité quand une mention clignote tout à coup à la surface du bracelet : *Chargement réussi.*

La tristesse infinie se meut en une froide vengeance et le décor qui m'entoure se recompose.

Guilford.

J'entends le vrombissement des drones militaires planer au-dessus du mur d'exécution.

Guilford a trahi sa promesse, reniflé-je.

Quelqu'un est responsable de la mort de mon frère. C'est le bracelet de William qui m'aidera à le découvrir et je jure que le coupable va en payer le prix.

37.

— Il faut y aller, dit Titus, qui semble réellement attristé par ma douleur. L'Épreuve… L'Épreuve nous attend.

Ses paroles résonnent en moi comme elles auraient résonné dans le vide. Mon frère vient de mourir et lui ne pense qu'à l'Épreuve ?

Il passe un bras sur mon épaule, je n'ai plus l'énergie de le rejeter. La foule ouvre un passage jusqu'au fourgon dans lequel nous remontons, sans échanger un mot de plus. Je me retourne à plusieurs reprises, la dépouille de William s'éloigne sous les rayons du soleil levant.

Anéantie, je refoule des larmes qui ne demandent qu'à couler, lorsqu'on nous évacue au pied du mur Inter-Union pour terminer le chemin avec les autres champions.

— Vous voilà enfin, bon sang ! rugit Sven qui a déjà rassemblé tous les autres près du mur Inter-Union. Pour sortir de l'Union, nous allons devoir escalader le mur, lance-t-il à toute l'Équipe, tandis que des officiels font déplier un escalier métallique à cet effet. Ensuite un aéronef viendra nous chercher pour nous emmener sur la zone de l'Epreu…

— Je veux parler à ma grand-mère. Maintenant !

Tous l'écoutaient attentivement, lorsque ma voix noyée de larmes a soudain couvert la sienne. Le Capitaine me considère sans ciller, comme si je nageais en plein délire.

— Par tous les Fondateurs, qu'est-ce qu'elle a ? demande-t-il en pivotant vers Titus.

Je me décompose. Au même moment, Johanna me masse le bras en me demandant ce qu'il s'est passé.

— C'est son frère, commence Titus. Il est... Il est...

Tous le regardent avec la plus grande attention.

— Mort, finis-je.

Je les fusille du regard, comme s'ils étaient les responsables.

— Par la Juge-mère... souffle Emmy qui se précipite vers moi. Pia, je suis tellement désolée...

Elle me prend dans ses bras, mais je n'ai que le vide creusé dans ma poitrine auquel me raccrocher. Celui-ci ne fait que s'agrandir, comme le feu qui ronge le papier des ouvrages que j'incinère pour les transformer en fumée.

J'entends vaguement Sven grommeler qu'à quelques heures de l'Épreuve, il lui faut absolument une Protectrice en possession de tous ses moyens. Il tire un instant Titus et Rowan du groupe, pour les consulter en aparté.

— Je crois qu'elle a besoin de se recueillir... murmure Titus, par-dessus l'épaule de Rowan en me considérant avec un mélange de tristesse et de tendresse.

Pendant un instant, je me demande s'il est plus inquiet pour l'Union que pour moi, mais cela n'a plus la moindre importance, William est mort.

Sven me tourne le dos, mais sa voix me parvient :

— Se recueillir ? À moins de quatre heures de l'Épreuve ? C'est une plaisanterie, j'espère !

Il s'en prend ensuite à Titus. Je l'entends dire que je n'arriverai à rien dans ces conditions, que je ne serai rien d'autre qu'un fardeau pour l'Équipe. Johanna et Emmy prennent immédiatement ma défense.

— Mets-toi à sa place une seconde, Sven ! s'insurge Johanna.

— Sa grand-mère était Protectrice, elle aussi, précise Titus. Elle trouvera peut-être les mots.

Sven se retourne enfin vers moi pour ne plus me lâcher du regard. Même si à présent plus rien ne peut me faire peur, je sens qu'il est prêt à exploser à tout moment.

— Je lui accorde quarante minutes, tranche-t-il.

— Il nous faut une heure pour nous rendre en aérotrain jusqu'au Mémorial de la Juge-mère, dans les Bas Quartiers.

— Quoi ? Sa grand-mère aussi est morte ?

Dans les bras d'Emmy, je suis secouée de sanglots puissants et sonores.

— Prenez l'aéronef dans ce cas, concède le Capitaine, chez qui il semblerait que je vienne d'attirer une pitié insoupçonnée.

— Je l'accompagne, annonce Titus qui fait un pas vers moi.

— Certainement pas, rétorque Sven en l'attrapant aussitôt au biceps.

Je veux répondre, mais aucun mot ne sort de ma gorge alors je ne fais que secouer la tête.

— Je regrette, mais ce n'est pas une option. Je suis apprenti Juge, et de toute évidence Pia n'est pas en état de voyager seule.

Il arrache son bras de la prise du Capitaine.

— Dans quarante minutes, vous êtes avec nous de l'autre côté du mur, déclare celui-ci d'un air grave. Sinon… Sinon l'Union est foutue.

Titus acquiesce pour mieux se débarrasser de Sven et me prend la main pour gravir ensemble le mur Inter-Union.

Je mobilise les dernières forces qu'il me reste pour escalader le grand escalier chromé qui m'élève marche après marche. Aux noms des espèces disparues qui brillent en lettres de lumière, je voudrais ajouter celui de William.

Une fois parvenus au sommet, le no man's land de la zone neutre s'ouvre devant nous. Des officiels que je maudis en silence font dérouler des cordes pour nous faire descendre en rappel de l'autre côté du mur. Au moment où nos pieds s'enfoncent dans la glue des herbes noires, Titus me signifie qu'il faut presser le pas vers l'un des deux aéronefs réservés aux Juges et aux champions de l'Union.

Nous montons à bord d'un appareil, qui ne dispose d'aucune commande. Sur la vitre découpée en un biseau aérodynamique, un message s'affiche demandant nos ordres.

— Mémoriel de la Juge-mère, Bas Quartier, articule Titus, en validant la destination sur une carte interactive qui vient de jaillir de nulle part.

Nous prenons place sur les deux rangs de sièges qui s'alignent l'un en face de l'autre. L'appareil décolle à une vitesse fulgurante, l'accélération fait remonter mes larmes jusqu'aux coins de mes paupières.

Mes pensées défilent devant des paysages engloutis sous la monoculture d'herbes noires. Au bout d'un moment, l'aéronef s'élève dans la basse atmosphère, crève une couche de nimbostratus et l'Union disparaît sous une nappe filamenteuse.

Plusieurs fois, j'aperçois Titus lever les yeux vers moi, mais il sait qu'il a tout à gagner à se taire. Les seules personnes à qui j'ai envie de parler ne sont plus de ce monde.

Plus vite que je ne l'aurais cru, les hélices magnétiques perdent en altitude, et je sens déjà la fournaise qui règne dans les Bas Quartiers irradier dans l'habitacle.

L'appareil descend en ligne droite à travers les empilements de Casiers, en soufflant d'épaisses fumées sur les bâtiments encrassés. Il finit par se poser à deux pas du Mémoriel que j'ai visité étant enfant, là où j'ai maintes fois entendu comment grand-mère avait changé le cours de l'Histoire.

Sur ordre de Titus, un officiel nous ouvre l'accès. Les portes coulissent sur toute leur hauteur, et bientôt la silhouette éthérée de la Juge-mère se présente à nous.

Nous posons tous deux un genou au sol, en récitant la devise de l'Union, comme le veut le protocole.

— Bonjour Pia, bonjour Titus, soyez les bienvenus, dit-elle de sa voix de velours, exactement comme si elle attendait notre venue.

Titus se rengorge pour faire bonne figure :

— Pia Lormerot, ici présente, souhaiterait parler à sa grand-mère, dit-il solennellement.

— NON, dis-je plus fort, alors que j'avance d'un pas vers la silhouette évanescente. Je veux parler à mon frère, William Lormerot.

Dites-moi qu'il est ici… Je vous en prie, dites-le-moi.

Dans ma vision périphérique, je remarque que Titus paraît interloqué. La Juge-mère pose un regard intense sur moi, comme si elle était réceptive à ma douleur.

— Qu'il en soit ainsi. William vous attend de ce côté, dit-elle de sa voix enveloppante.

Dans le même temps, elle ouvre le bras vers un dédale de couloirs enténébrés.

J'avais raison, son bracelet a chargé sa conscience. Sans attendre une seconde de plus, je progresse à travers les panneaux bleu nuit qui semblent se refermer sur moi.

Titus finit par rompre le silence :

— Sven voulait que tu parles à ta grand-mère.

— Pour quoi faire ? Aller mieux ?

Comme si c'était possible. J'éclate d'un rire sans joie et je lis dans ses yeux noirs qu'il a compris quelque chose.

— Tu veux savoir si c'est Guilford qui a fait tuer ton frère, n'est-ce pas ?

— Cette raclure devait tenir sa promesse.

— Je suis sincèrement désolé pour ton frère, et ce qu'a fait Guilford est tout simplement impardonnable, mais tu dois penser à l'Épreuve maintenant. Guilford sera jugé ensuite.

J'en ai assez entendu comme ça.

— Je préfère consulter mon frère seule, dis-je d'une voix coupante comme du verre.

— C'est parce que je suis fils d'un Juge ?

Son visage se ferme, je comprends que je viens de le blesser.

— Ce n'est pas ce que j'ai dit. Ce moment m'appartient, c'est le dernier que j'aurais avec William avant l'Épreuve, alors s'il te plaît…

Sans protester davantage, il me répond par un bref hochement de tête et se fige sur place pour me laisser progresser seule à travers le labyrinthe de panneaux. Du revers de la main, je les caresse un par un, intimement convaincue que celui qui abrite mon frère répondra à mon toucher. Je jette un coup d'œil derrière moi, la silhouette de Titus s'éloigne à mesure que je m'enfonce dans les profondeurs obscures, jusqu'à disparaître totalement.

Que va devenir William, à errer de façon perpétuelle dans la conscience de la Juge-mère alors qu'après l'Épreuve ma vie reprendra son cours ? Soudain, je reconnais sa voix.

— Pia ? C'est toi ?

Je plaque mes mains contre la vitre sombre, en sentant aussitôt de nouvelles larmes rouler sur mes joues. Des scintillements découpent la silhouette de William dans l'épaisse masse sombre qui l'enveloppe.

— Par la Juge-mère, tu as une tête de déterrée, ma pauvre ! dit-il en voyant mes yeux humides et rougis. Bon… Je sais que je suis mal placé pour faire ce genre de remarque !

L'entendre ne fait que me rappeler combien il me manque et combien il va encore me manquer. Je déploie des efforts surhumains pour me maîtriser et ne pas gaspiller en pleurnichages le temps que Sven m'a accordé. Will mérite mieux que ça, et comme s'il me fallait une raison supplémentaire, ça ne ferait que me détourner de la raison de ma venue. Je dois savoir à tout prix qui l'a tué. Je me jure de ne pas repartir d'ici sans avoir le nom de celui qui devra payer. Mais avant, je lui dois la vérité. Celle qui dit que je l'ai dénoncé aux Juges.

— Je suis tellement désolée, Will…

Je veux sentir son contact, mais il n'a de matériel que le verre qui nous sépare. Je ne peux m'empêcher de repenser à son corps inerte, tombé quelques minutes plus tôt au pied du mur d'exécution.

— Je n'ai pas su te ramener… murmuré-je.

Au fond de moi, je donne raison à Perpétua Cromber. Je ne suis rien du tout et certainement pas une Protectrice.

— Tout est ma faute, Pia.

Je bondis.

— Je ne te laisserais pas dire une chose pareille !

Qu'il dise que c'est ma faute, que c'est celle des Juges, ou celle des officiels qui ont armé les drones, mais qu'il ne dise pas que c'est la sienne. Et s'il le pense vraiment, c'est qu'il ignore que c'est moi et moi seule qui ai révélé aux Juges l'endroit où il se cachait dans l'Auditorium.

Il secoue la tête avec bienveillance, comme si je venais de raconter une plaisanterie grotesque.

— Écoute, il faut que tu le saches : tu n'y es pour rien. Absolument pour rien, redit-il avec une douceur que je ne lui connais pas. Et je ne te laisserai sûrement pas avoir ma… *disparition* sur la conscience.

Il pose sur moi un regard tranquille, de petits flocons de lumière dansent au fond de ses pupilles.

— Mais c'est moi qui ai échangé nos bracelets ! m'écrié-je.

— Tu n'as pas encore compris ? Tout était joué d'avance. Tout était prévu, depuis l'Inspection. On n'avait aucune chance de s'en tirer à deux. Aucune. Et si je t'avais écoutée au bon moment, alors rien de tout ça ne serait arrivé. Maintenant, il faut absolument que tu m'écoutes…

Impossible pour moi d'en entendre davantage. Ce qu'il dit n'a pas le moindre sens, alors il doit savoir, il faut qu'il l'apprenne de ma bouche et tant pis si après ça il me déteste.

— Non, c'est toi qui vas m'écouter, parce que c'est moi qui ai dit aux Juges où tu te cachais ! avoué-je. Personne d'autre que moi ! Je t'ai trahi au moment où tu comptais le plus sur moi…

Ma voix s'éteint dans les profondeurs du Mémoriel.

— Parce que tu penses que ça te rend responsable de ma mort ? me sourit-il. Je parie que les Juges y sont arrivés avec un drone de vérité, j'ai raison ?

J'acquiesce en ravalant péniblement les larmes que je m'étais interdit de verser.

— Personne ne peut y résister, tu croyais quoi ? Que toi, si ? dit-il.

Il rit de bon cœur, ce qui a pour effet de me faire sourire et pleurer en même temps.

— C'est ma faute, entièrement ma faute, Will…

— Je me tue à te dire que non, alors s'il te plaît, dit-il en prenant un air grave, pour une fois dans ta vie écoute-moi…

À travers l'épaisseur du verre, ses mèches brunes, à présent argentées, virevoltent dans un courant d'air imaginaire.

— Will, ils ne m'ont pas laissé beaucoup de temps, dis-je sans avoir la moindre notion des minutes qui se sont déjà écoulées. Il faut que tu me dises qui a donné l'ordre de t'exécuter. Il faut que je sache, j'ai besoin de savoir… car si Guilford avait tenu parole…

— Alors je serais encore en vie, c'est ça ?

Mes larmes enduisent la vitre qui nous sépare.

— J'ai le droit de savoir, l'imploré-je.

Mais il n'essaie même pas de me comprendre.

— Par tous les Fondateurs, tu vas finir par m'écouter ! Ou tu préfères que je sois mort pour rien ?

Comment peut-il dire ça ? Cette remarque me réduit au silence.

— Pia, tout ceci n'était qu'un piège ! dit-il en plaquant la paume de ses mains éclatantes contre la paroi. Tu entends, un piège !

Il fait sûrement référence au drone que j'ai remis à Sven et qui permettra à l'Union de l'emporter à coup sûr. Sauf que je ne vois pas comment le vérifier sans éveiller les soupçons de la Juge-mère qui pourrait m'entendre à tout moment. Et si Titus a raison, si la Juge-mère finit par en avertir les autres Unions, cela reviendrait à allumer la première étincelle qui aurait pour réaction en chaîne de déclencher une guerre qui opposerait l'Union à toutes les autres.

Évidemment que William est incapable de consentir à ce que sa sœur trahisse en même temps la Juge-mère et la pensée des Fondateurs. Évidemment qu'il veut empêcher que n'éclate un conflit sans précédent.

— Oui, si tu veux, tout ceci n'est qu'un piège, répété-je avec lassitude.

Ses contours de lumière s'animent avec énergie.

— J'aurais dû le comprendre dès qu'on m'a remis mon bracelet !

— Attends, qu'est-ce que le bracelet vient faire là-dedans ? Je n'y comprends plus rien.

Il me considère avec gravité, comme si je n'étais pas préparée à ce qui allait suivre. Je le connais suffisamment pour savoir que ce que je vais entendre va me déplaire.

— Il vaut mieux que tu le voies de tes propres yeux. Autrement… autrement, je te connais, tu ne me croiras pas. Mais je préfère te prévenir, il va falloir que tu t'accroches !

— Je n'ai pas le temps, Will…

— L'un de tes souvenirs est conservé ici, Pia. Il faut que je te le montre. C'est la seule façon pour que tu comprennes.

— Personne ne m'a retiré mes souvenirs, dis-je.

Titus m'a juré ne pas l'avoir fait. L'écrin qu'il m'a donné était scellé du sceau de l'Union. Alors, pourquoi est-ce que je sens les muscles de mon dos se raidir ?

— Si tu pouvais être un peu moins bornée juste pour une fois ! Tu veux comprendre pourquoi papa a disparu ? Tu veux comprendre pourquoi on m'a tué ? Alors, regarde !

Les filaments de lumière qui tourbillonnent sur eux-mêmes pour former le visage de mon frère s'évanouissent derrière le panneau de verre.

Je veux lui crier de revenir, de ne plus jamais me quitter quand je vois apparaître un endroit que je ne connais que trop bien. L'intérieur de notre Casier. J'avais alors seize ans et mon bracelet magnétique était encore vierge de toute inscription.

Je me vois avaler les marches des escaliers qui mènent au Casier avant d'y entrer, quand j'entends une voix qui n'est pas celle de mon père :

— *Il me semble que nous avons conclu un marché,* dit une voix que je reconnais.

— *C'est exact,* répond mon père.

C'est alors que je comprends qui est l'auteur des lettres gravées sur mon ancien bracelet magnétique. L'inscription n'était pas là pour me causer du tort devant la Juge qui m'a inspectée. Non, elle était là pour m'avertir du danger.

38.

SOUVENIR

J'ai quitté le Département d'Archivage, dès que Matt a pris mon relais. J'aurais voulu rejoindre mon père, certainement en train de travailler au Casier, sauf que depuis ce matin mon bracelet magnétique me lance des picotements à la limite du supportable pour m'ordonner d'aller courir.

Une fois les kilomètres parcourus à travers les souterrains du Quartier, je remonte hors d'haleine l'escalier en ferraille qui dessert le Casier, soulagée d'être dispensée de courir pour les prochaines vingt-quatre heures.

Je saute depuis les marches, pas plus larges que des barreaux d'échelles, pour gagner la porte en tôle gondolée que j'ouvre, la bouche sèche. Lorsque je m'apprête à puiser deux secondes d'eau potable à l'évier, j'entends une voix filtrer à travers les vieux volets qui servent de cloisons improvisées.

— Il me semble que nous avons conclu un marché, dit un homme plein de suffisance.

Je frémis en découvrant le costume immaculé qui ne peut être que celui d'un Juge. Ne me dites pas que les problèmes de mon père l'ont rattrapé ?

— C'est exact, Juge Quinn, répond mon père.

Je me faufile discrètement entre les uniformes de William tous piqués de l'insigne de l'Union, pour mieux me dissimuler derrière le bric-à-brac d'appareils scientifiques qui encombre le Casier. Quelque chose me dit que je n'ai rien à faire là, mais personne ne semble avoir remarqué ma présence.

Je prie la Juge-mère pour qu'un Juge ne soit pas venu une nouvelle fois convoquer mon père devant le Grand Bureau. C'est déjà une chance d'avoir accepté de nous laisser vivre au Quartier du Milieu, après tout ce qui est arrivé. Ils avaient assez de charges contre nous pour nous expulser une bonne centaine de fois.

— Alors quand est-ce qu'elle sera prête ?

— Elle l'est presque, répond mon père.

Mais de quoi sont-ils en train de parler ? J'ai tout à coup un mauvais pressentiment. Ceci ressemble de moins en moins à un rappel à l'ordre.

— Très bien. Dans ce cas, je peux la voir ?

Mon père attrape un trousseau qui cliquette à sa taille. Il se dirige vers l'angle qui lui sert d'atelier, donne trois tours de clef dans un caisson métallique. J'entends quelque chose tomber lourdement. Probablement un double fond dont j'ignorais l'existence. Il passe un bras dans la profondeur du caisson, pour en ressortir un boîtier en verre qui étincelle sous la lumière intermittente du néon. À l'aide d'une pince à épiler, il va y chercher quelque chose qui brille de reflets argentés et qu'il fait tomber dans la paume du Juge.

— Parfait. Magnifique, se félicite le Juge aux cheveux poivre et sel. Elle est magnifique.

Mes yeux se plissent comme des meurtrières, quand je discerne une abeille à l'abdomen plus volumineux que toutes celles qu'il m'a été donné de voir.

Je retiens l'incompréhension et la colère qui affluent, car mon père avait juré mettre un terme à ses travaux.

Le Juge se tourne sur sa droite pour échanger un regard avec un garçon que je n'avais pas encore remarqué. Ses cheveux d'un noir de jais répondent à ses yeux ténébreux.

— Et quand pensez-vous la terminer ? demande le Juge.

Dans sa voix, je perçois toute l'avidité qu'il a pour la chose qu'il vient de découvrir.

Mon père pince des lèvres et le Juge perçoit son malaise :

— Avez-vous oublié que je vous ai sauvé du mur d'exécution, Félix ?

Mon esprit tourne à plein régime, alors que je tente de comprendre ce dont je suis témoin.

— Je n'irai pas plus loin. Même si vous avez tenté de me persuader du contraire, je maintiens qu'une telle chose n'est pas équitable envers les autres Unions. Vous savez aussi bien que moi que les autres n'auraient plus la moindre chance.

Le Juge part d'un petit rire argentin, alors que je tente de mettre bout à bout les informations incompréhensibles que je saisis au vol.

Est-ce que mon père a pu créer un moyen de l'emporter à coup sûr ? Je secoue la tête tant je me trouve ridicule et ferme mon esprit à cette ligne de pensée absolument irréaliste.

— Sous couvert de bons sentiments, vous voulez renoncer à changer nos vies à tous ? Pensez à vos enfants. Nina, Pia et William, c'est bien ça ?

— Je refuse que leur père soit un traître.

Tout cela ne me dit rien qui vaille, alors je dégrafe l'insigne doré qui brille sur l'uniforme d'officiel de mon frère, son épingle tendue comme un aiguillon prêt à piquer, s'il le faut.

— Allons, allons, mais de quelle trahison parlez-vous ? Vous agissez dans l'intérêt de l'Union. Je pensais que vous l'aviez compris.

— Peut-être, mais c'est profaner les principes de ceux qui ont pensé ce système.

— Vous parlez des Fondateurs ? ricane le Juge. Ils ne sont plus là pour nous faire obstacle à présent.

— L'Épreuve des Sept sert à répartir les ressources de façon juste.

— Parce que vous avez l'impression que c'est le cas ? s'exclame-t-il, comme si mon père venait de lui proférer une injure au visage. Regardez dehors, regardez votre quartier, je ne vois rien d'autre que des Citoyens qui luttent pour survivre jour après jour. Je dois dire que je vous espérais plus lucide sur les chances qu'a l'Union de s'en sortir, Félix. Aucune, elle n'en a aucune. Du moins si nous continuons à nous faire dépouiller de ce qui nous reste. C'est bien pour cette raison que nous n'avons pas d'autre choix que de l'emporter d'une tout autre façon. Vous avez toujours défendu une troisième voie, une façon alternative de s'en sortir. Et maintenant, vous faites machine arrière ?

Je n'aime pas le ton menaçant qu'il prend.

Mon père replace l'abeille imposante dans son étui en verre qu'il tend une nouvelle fois au Juge.

— Prenez la reine. Prenez tous mes travaux, si vous y tenez vraiment.

Il fait émerger des quantités de dossiers inconcevables du renfoncement du caisson. Il les fourre dans les bras du Juge qui choisit de poser le tout par-devers lui.

— Mais il faudra que vous trouviez quelqu'un d'autre pour les achever, dit mon père, sur un ton qui ne prévoit pas d'objection.

— Vous savez très bien que vous êtes le seul à pouvoir y arriver, rétorque le Juge. Mais, dites-moi un peu, Félix, quand est-ce que l'idée de mettre un terme à notre accord a commencé à germer dans votre esprit ?

— Quel genre de père aurait accepté que son propre fils soit désigné lors de ses prochaines sélections pour exécuter votre plan ? Un plan dont les enjeux nous dépassent tous.

— Je vois… fait le Juge en caressant sa barbe piquetée de blanc.

— Vous n'avez pas idée de ce que les sélections représentent pour William, reprend mon père, et je refuse de le mêler à une chose pareille.

— Si elles sont à ce point importantes pour lui, il sera honoré de la mission qui lui revient.

Mon père se met à sourire en secouant la tête.

— Vous ne connaissez pas William. Jamais il ne vous écoutera.

— Pourtant, c'est un apprenti officiel. Et les apprentis officiels obéissent aux Juges.

— Peut-être, mais c'est un garçon intègre, pas comme vous.

— Dans ce cas, nous lui tairons notre petit marché et il accomplira la mission qui lui revient sans même le savoir.

— C'est absolument hors de question. Laissez-le en dehors de ça. Vous n'avez qu'à envoyer votre fils adoptif, dit mon père en élevant le ton.

— Titus ? Soyez un peu sérieux.

Le Juge se met à réfléchir tout à fait calmement :

— C'était il y a cinq mois environ que j'ai désigné William comme celui qui mènerait à bien cette mission, n'est-ce pas, Félix ?

Mon père acquiesce lentement, avec méfiance, comme s'il pressentait que quelque chose allait bientôt se produire.

— Dans ce cas, dit le Juge, prenons une marge d'erreur et disons six mois.

Il se tourne vers le garçon aux cheveux d'un noir de jais :

— Neuf secondes devraient suffire pour le remettre au travail, Titus.

Mon père pressent le danger qui arrive et lève le coude pour se protéger le visage.

Trop tard. Celui qui répond au nom de Titus dirige vers lui un appareil de la taille d'une pièce, troué en son centre. La seconde d'après un éclair d'un rose vif illumine le Casier de sa lumière étrange.

Si je ne fais rien, j'ai l'impression qu'il ne s'arrêtera jamais.

Sans bien mesurer ce que je suis en train de faire, je leur hurle d'arrêter, tout en fonçant sur le garçon qui s'en prend à mon père. Il semble surpris un instant.

— Qui est-ce ? demande-t-il, avant de me repousser avec une facilité déconcertante.

— L'une de ses sauvageonnes de filles, je présume, répond le Juge.

— Pia ? m'appelle mon père qui revient à lui. Mais tu ne devrais pas être en train de te présenter aux sélections avec ton frère ?

Sa réponse aurait pu être normale, si William et moi n'avions pas disputé nos deuxièmes sélections, il y a exactement six mois. Mon père se relève, décontenancé, comme s'il avait tout oublié de l'agression qu'il vient de subir.

Je comprends aussitôt que le Juge et le garçon viennent de retirer à mon père ses souvenirs récents. Son présent à lui est en réalité le passé que j'ai vécu six mois plus tôt.

Pour le mettre en garde, je veux répéter à mon père tout ce que j'ai entendu, tout ce qu'il vient de se passer sous mes yeux. Seulement, avant même qu'il n'ait pu remarquer la présence des deux étrangers, le Juge impulse un nouvel éclair rose droit vers son visage. Cette fois mon père perd connaissance.

— Ne vous inquiétez pas, il finira par se réveiller, me dit le Juge avant d'aviser le garçon. Donne-moi le drone de mémoire, Titus, et occupe-toi de la fille, elle en sait trop.

Je sens immédiatement des bras s'enrouler autour de mon cou. Ils ne cherchent pas à m'étrangler, mais à m'immobiliser pendant que le Juge pointe sur moi l'appareil qui tôt ou tard va remplir la pièce d'un nouvel éclair rose.

Mon cœur bat dans ma poitrine comme pour m'ordonner de me dé-battre. Alors, j'enfonce l'arête saillante de mon coude dans le ventre du garçon qui m'empêche de m'enfuir. Plus d'une fois, je songe à lui planter l'épingle que porte l'insigne de William, mais c'est tout juste si je peux bouger les mains.

Le Juge braque sur moi ce qu'il a appelé le drone de mémoire. Un nouvel éclair déchire le Casier.

Malgré toute ma volonté pour fermer les yeux, impossible de lâcher la lumière envoûtante dont mes pupilles se remplissent.

Je sais que d'ici quelques secondes, j'aurais tout oublié à mon tour. Où que ces deux-là m'emmènent ensuite, je refuse d'oublier ce qu'il vient d'arriver. Il faut à tout prix que j'en garde une trace, pour tout raconter à mon père.

Aveuglée, je saisis la pointe de l'insigne et commence à graver sur mon bracelet magnétique la seule chose dont je me souvienne. Le prénom que j'ai entendu un peu plus tôt : Titus.

Dans la panique, j'imprime tant bien que mal un T majuscule dans l'acier, suivi de quatre autres lettres, sans plus me souvenir de ce que j'étais en train de faire, ni pourquoi je le faisais. Mes souvenirs récents viennent déjà de se désagréger et bientôt j'en aurais oublié jusqu'aux visages de mes agresseurs.

Sauf que je n'ai plus le temps de me poser davantage de questions ni d'avoir peur, car j'ai déjà oublié absolument tout ce dont je viens d'être témoin.

Le silence.

Je suis seule dans le Casier. Mes paupières collantes s'ouvrent péni-blement, avec l'impression désagréable de me réveiller d'un sommeil de cent ans.

Encore somnolente, je jette un rapide coup d'œil à mon bracelet ma-gnétique. Comment le temps a-t-il pu filer à une telle vitesse ? Je devrais déjà être en train de courir, mais étrangement on dirait qu'aujourd'hui mon bracelet m'a oubliée.

Je savoure ces minutes de tranquillité, passe mon bras devant le lec-teur afin de tirer un grand verre d'eau à l'évier. Une puis deux secondes coulent du robinet. Pourquoi suis-je à ce point morte de soif alors que je n'ai fait que dormir ?

Je profite d'être seule pour me diriger vers le bac de douche, car pour une raison que je n'explique pas, je ressens un besoin urgent d'épuiser les quinze secondes d'eau courante qu'il me reste pour me rafraîchir. Je fais coulisser le vieux volet cabossé qui nous sert de paravent. Vu l'heure, je ferais mieux de me dépêcher. Nina est peut-être encore à l'Instruction et William en mission, mais ma mère ne va pas tarder à rentrer des échantillonnages, et mon père devrait déjà être là.

Soudain, alors que l'eau glacée me donne la chair de poule en ruisselant sur mon corps, je me coupe avec une petite entaille incrustée dans mon bracelet magnétique. Je découvre alors avec effroi que quelqu'un y a gravé quelque chose, sans mon autorisation. Là, pas plus loin qu'au bout de mon bras.

39.

— Le Juge Quinn… murmuré-je en essayant de mettre de l'ordre dans le chaos de mes idées.

Je recule encore et encore, comme pour rejeter le plus loin possible les images qui viennent de se jouer sous mes yeux. Tous ses moments perdus pendant lesquels nous avons été privés de notre père, sans savoir s'il était vivant ou mort… C'est le Juge Quinn qui était derrière tout ça.

Le Juge Quinn et Titus, me souffle une voix au fond de ma tête. Je voudrais lui trouver des excuses, il n'y en a pas. Ce sont ses bras que j'ai vus se refermer autour de mon cou, je l'ai ressenti au plus profond de ma chair. Mon esprit l'avait peut-être oublié, seulement mon corps se souvient. Les preuves sont là et elles hurlent de vérité. La trahison avive la douleur qui crève ma poitrine. Comment Titus a pu être le complice d'une chose pareille ? Son soutien et sa tendresse me drapaient comme un voile tiède, il vient subitement de se changer en un millier d'épines de glace qui me transpercent d'un seul coup. Je me maudis d'avoir été assez idiote pour avoir cru un seul instant qu'il cherchait à me protéger. Sa seule ambition a toujours été de mettre en œuvre le plan occulte de son père adoptif.

Des bottes résonnent dans le dédale de couloirs du Mémoriel. Si c'est Titus qui m'a rejointe, je jure de le tuer de mes propres mains.

Quelqu'un émerge de l'obscurité. Je frémis, la voix qui s'élève appartient au Juge Quinn. Il avance d'un pas lent, les mains jointes dans le dos, le menton conquérant.

— Je plaide coupable, dit-il avec un détachement déstabilisant. C'est moi qui me suis assuré que votre père achève sagement ce qu'il avait commencé.

Je recule dans un couloir enténébré.

— Comment… Comment vous avez su que…

— Que vous étiez ici, au Mémoriel ? Le Capitaine, ma chère, le Capitaine.

Face à mes airs déboussolés, il se sent obligé de développer :

— Quand je vous ai vu escalader le mur inter-Union, il m'a dit que vous veniez d'assister à la mort de votre frère, et qu'il comptait sur le talent de votre grand-mère pour vous rendre apte à disputer l'Épreuve. Vous connaissant, je me suis douté que tout cela n'était qu'une manœuvre pour parler à votre frère.

Me connaissant ? J'ignore ce qu'il prépare, mais je peux déjà sentir les mâchoires d'un piège se refermer sur moi. Je guette la moindre issue, quand je remarque que l'allée se termine en cul-de-sac. Je veux soudain appeler mon frère, lui saura quoi faire.

— William !

Les cris que j'ai lancés dans toutes les directions s'évanouissent dans le silence glacial du Mémoriel. Pourquoi n'apparaît-il pas sur les panneaux ? Dans la panique, je manque d'appeler Titus à l'aide, quand je me rappelle avec douleur qu'il n'est rien d'autre qu'un traître qui a démantelé ma famille.

Le Juge secoue la tête.

— Gardez vos forces pour l'Épreuve, Mademoiselle Lormerot. J'ai fait désactiver la Juge-mère, et votre frère par la même occasion. Voyez-vous, je n'ai rien contre les morts, tant qu'ils savent garder le silence. Et si vous espérez trouver de l'aide auprès des vivants, alors cessez d'espérer. Sur mes ordres, Titus vient d'embarquer à bord de l'aéronef pour rejoindre son Équipe, ce qui nous laisse seul à seul. Les ordres sont tellement plus simples quand on leur obéit, ne trouvez-vous pas ?

Je recule à mesure qu'il avance vers moi, jusqu'à ce que l'arrière de mon crâne rencontre le panneau de verre qui ferme le couloir.

— Qu'est-ce que vous voulez ? Me tuer, comme vous avez fait tuer mon frère ?

Il retire une poussière imaginaire sur le plastron immaculé de son costume, avant de jouer avec la pointe de sa moustache.

— Soyez un peu raisonnable dans vos accusations… fait-il d'un air distrait. Comment pourrais-je vous tuer, alors que vous êtes la Protectrice ?

Je prends sa réponse pour un aveu.

— Alors c'est vous. C'est vous qui l'avez fait tuer ?

Ma voix meurt quelque part dans mon larynx.

— À l'heure qu'il est, vous devriez déjà avoir rejoint les champions des Unions ennemies, à attendre le coup d'envoi de l'Épreuve, sans même savoir ce qu'il a bien pu arriver à votre frère. En tout cas, c'est ce qui aurait dû se passer si la Juge Cromber avait su dominer sa soif de vengeance.

— Répondez à la question !

Ma voix renaît, plus tranchante que du verre.

— D'habitude, c'est plutôt moi qui les pose, fait-il d'un air distrait. Le problème, Mademoiselle Lormerot, c'est que vous avez fourni à votre frère de précieux renseignements sur le drone. Je ne pouvais pas prendre le risque qu'il les révèle aux autres Juges. Pas si près du but.

— Vous n'êtes qu'une sale ordure… reniflé-je de mépris.

Quelque chose cède en moi. Si je n'avais pas parlé du drone à William, alors peut-être serait-il encore en vie. La douleur s'étend, gagne du terrain comme un incendie dévastateur qui détruira tout sur son passage.

— Gardez vos opinions pour vous, Protectrice. Je peux vous assurer que le Juge Guilford l'aurait éliminé, quel que soit le classement de l'Union au terme de l'Épreuve.

Une terrible évidence se dégage du chaos de mes pensées.

— Il n'y a jamais eu de promesse…

Il prend un air affecté, celui que Titus sait si bien faire.

— Si vous parlez de la promesse de gracier votre frère, je crains que non. La seule promesse qui vaille, c'est que l'Union ne perdra plus jamais. Plus aucune ressource ne sortira de nos frontières, une fois que nous serons rebaptisées Union Première.

— Ce n'est pas ce que voulait mon père. Pas de cette façon.

Dans ma voix, il n'y plus rien de celle que j'étais avant. L'Archiviste n'existe plus. La Protectrice quant à elle n'a jamais vu le jour. Sven Nilsson s'est trompé, il n'y a pas plus d'Abnégation qu'il n'y a de Résilience en moi. À présent, il n'y a rien d'autre que les prémices d'une sombre révolte qui gronde.

— Votre père était le premier à s'être engagé sur cette voie, dit-il calmement en caressant sa barbe finement taillée. Je l'ai encouragé, je lui ai offert les moyens de faire de son rêve une réalité.

— Après avoir fait de lui votre prisonnier, grincé-je.

— Parce qu'il avait promis de terminer ce qu'il avait commencé, réplique-t-il.

Ma mâchoire est suspendue dans l'air. Cet homme s'est servi de mon père comme il s'est servi de moi. Pour redonner à l'Union sa splendeur, il est allé jusqu'à éliminer mon frère de sang-froid.

— Dites-moi ce que vous avez fait de lui. Dites-moi si vous lui avez fait subir le même sort qu'à William.

Il secoue la tête calmement.

— Même si je le savais, pensez-vous vraiment que je vous le dirais ? Vous savez que c'est votre frère qui aurait dû se trouver à votre place, et vous à la sienne. Alors, estimez-vous chanceuse d'être de ce côté-ci des panneaux du Mémoriel.

— Vous auriez mieux fait de choisir William.

William aurait dominé sa haine pour respecter sa condition de Juge. Il l'aurait ensuite sûrement dénoncé et attendu que le Grand Bureau ne se prononce. Moi, je ne fais plus confiance en ce système qui a roué mon père de coups pour le faire parler, ce système qui a voté mon exécution et qui a diligenté celle de mon frère.

— Vous ne croyez pas si bien dire, dit-il en composant un sourire. William était celui que j'avais retenu dès le début. Reconnaissons qu'il avait tout du candidat idéal pour remporter l'Épreuve. Beau garçon, patriote, combatif, entraîné. Ça n'aurait surpris personne qu'il se qualifie à l'un des postes de champions, ce qui l'aurait tenu à l'écart d'éventuels soupçons. Pourtant, c'est vous qui lui avez ravi la place, Mademoiselle Lormerot. Remerciez votre père de m'avoir mis en garde.

Dans ma tête se rejoue le souvenir qu'il m'a retiré, où mon père a voulu décourager le Juge Quinn de choisir William.

— Alors, poursuit le Juge, j'ai épluché les rapports de vos dernières Inspections. Votre frère est un Citoyen aussi loyal qu'inflexible, avec un solide sens de l'honneur et qui respecte les règles à la lettre, voilà ce qui est ressorti de l'analyse de sa personnalité.

— William était exemplaire.

Parler de lui au passé m'est insupportable.

— Absolument, et que vouliez-vous que je fasse avec ça ? Il n'aurait jamais outrepassé la pensée des Fondateurs. Tandis que vous, Mademoiselle Lormerot, vous vous battez pour les causes justes, avec votre cœur, et non sans une certaine tendance à la provocation. Ne dites pas le contraire, c'est ce qui est ressorti de vos trois Inspections. Alors j'ai su que vous étiez la bonne candidate. Peut-être pas la meilleure, mais qu'importe, après tout, c'est le drone qui est censé faire le travail à votre place. Pour vous convaincre, il me suffisait de vous donner la force de vous battre pour une noble cause, pour quelque chose qui vous prend aux tripes. La vie de votre frère jumeau, par exemple ?

Quelle sombre ordure.

— Mon frère n'était qu'un appât pour me faire avancer… étouffé-je entre mes dents.

— Plus que ça, il était le moteur dont vous aviez besoin pour vous lancer à corps perdu dans la mission qui vous est dévolue. Celle que vous allez mener dès que l'aéronef vous aura ramenée auprès de votre Équipe. Mais vous avez raison, rendons-lui hommage, car il a largement contribué à votre succès.

Mon cœur se serre, mon estomac se retourne et je dois me retenir de lui cracher mon dégoût au visage, pour qu'il me révèle ce qu'il refuse de me dire.

— Vous oubliez quelque chose, Juge Quinn.

Il incline le visage tout en caressant sa fine barbe.

— Quoi donc ?

— L'échange de bracelets.

— Un jeu d'enfant.

Ses lèvres s'étirent en un sourire maîtrisé :

— Votre bracelet magnétique était abîmé, et je savais que la Juge Onslow vous obligerait à le remplacer par un neuf, c'est le protocole. J'ai alors demandé à inspecter moi-même votre frère, ce qui n'a fait que confirmer ce que je pensais de sa structure de personnalité, à laquelle j'aurais pu rajouter l'arrogance…

Cette fois, je me retiens de lui labourer les yeux de mes ongles.

— J'ai prétexté un défaut interne, dit-il, invisible à l'œil nu pour un simple apprenti officiel. Et bien sûr, je lui ai donné pour seule consigne d'attendre impérativement le début des sélections avant de le sceller à son poignet. Son sens de la Discipline a fait le reste.

Le Juge Quinn s'est servi des faiblesses de mon frère, comme Titus s'est servi des miennes. Je repense au regard sévère de William que j'ai dû affronter quand il m'a interdit de refermer mon bracelet juste après l'Inspection. Voilà, ce qu'il a voulu me dire quand il m'a assuré que tout était sa faute. Si seulement j'avais eu le courage de lui tenir tête… Si j'avais scellé mon bracelet à ce moment précis, alors j'aurais tué dans l'œuf le plan du Juge Quinn.

— Après ça, ajoute-t-il, le plus difficile était encore à faire, car il fallait que je parvienne à m'entretenir avec votre jeune sœur, Nina.

Entendre le nom de ma petite sœur au moment où je m'y attendais le moins ne fait que rendre plus dévastatrice encore la tempête qui menace de frapper à tout moment.

Le Juge continue ses aveux :

— Nina était là pour se faire une idée des sélections, si j'ai bien compris. Je lui ai promis de lui rendre son père, à une condition.

— Laquelle ? demandé-je, en continuant de contenir les tourbillons de haine qui ne demandent qu'à déferler.

— Qu'elle trouve le bon moment pour échanger votre bracelet avec celui de votre frère, sans en toucher un mot à quiconque. C'était peut-être la partie la plus hasardeuse de mon plan, je m'attendais à ce que l'absence de votre père ait créé d'importantes séquelles psychoaffectives chez elle, mais cette irresponsable a été plus facile à persuader que je ne l'aurais cru.

Je me revois dans la gare éventrée, William s'absentant pour prendre la direction des douches, après l'explosion revendiquée par l'Essor. Nina est allée chercher de l'eau à faire bouillir pendant que moi je suis montée dans le compartiment pour récupérer nos dernières rations.

Alors ce n'est pas moi qui ai échangé les bracelets, avec la sensation qu'on vient d'ôter le poids de la terre de mes épaules. Je ne les ai jamais échangés par négligence, je n'ai fait que les remettre à leur place…

Une question me brûle les lèvres. Quand est-ce que Nina a pu faire l'échange ? Quand ? Le Juge Quinn est peut-être en train d'essayer de me prouver sa culpabilité. En réalité, le seul responsable de la mort de frère se trouve face à moi.

— Vous l'avez manipulée… lâché-je, révulsée. Vous vous êtes servi de sa peine, en lui faisant miroiter une promesse qui n'en était pas une.

Soudain, je comprends que je veux voir cet homme mourir. Plus que ça, je veux le voir souffrir comme il a fait souffrir mon père, comme il a joué avec ma sœur, comme il a fait tuer mon frère. Je veux qu'il paie de sa vie ce qu'il leur a fait. C'est le seul moyen pour que justice soit rendue.

— Votre sœur était la cible parfaite, poursuit-il, sans savoir qu'il vient de se condamner lui-même. Jeune, ingénue, ne connaissant rien à rien. Prête à tout pour ramener son père dans son trou à rat de quartier. Sans elle, c'est votre frère William que la Juge Cromber aurait emmené face au drone des sélections. Il aurait sans conteste réussi les épreuves les unes après les autres, mais ça aurait été difficile, sinon impossible de le convaincre de violer les principes des Fondateurs, en suivant le chemin tout tracé par le drone.

— S'il n'y avait pas eu d'échange, William serait en vie, murmuré-je.

— Probablement… soupire-t-il comme si c'était pour lui un problème de résolu. À présent vous feriez mieux d'oublier tout ceci, pour vous concentrer sur l'Épreuve des Sept, Mademoiselle Lormerot. Là est votre véritable mission.

Je sens les traits de mon visage se déformer en une grimace de dégoût.

— Jamais. Je ne suis plus la Protectrice de l'Union. Je ne l'ai jamais été.

— Je sais qu'en perdant votre frère vous avez perdu toute raison de vous battre, mais vous avez encore quelqu'un à sauver, Mademoiselle Lormerot. Vous-même. Pour ça, il suffit que vous suiviez les signaux du drone que vous avez remis au Capitaine, et l'Union Juste deviendra l'Union Première.

— Que l'Union arrive première ou dernière, ce n'est plus mon problème. C'est le vôtre. Prenez l'aéronef et allez annoncer à Guilford que l'Union n'a plus de Protectrice.

À six contre sept, l'Union n'a pas la moindre chance de l'emporter.

— Pensez-vous seulement avoir le choix ? demande-t-il en extirpant un drone de mémoire de la poche intérieure de sa veste d'un blanc impeccable. Il est temps de faire table rase de tout ce que vous savez à présent. Vous allez oublier la mort de votre frère, et retrouver l'état d'esprit dans lequel vous étiez en sortant de votre base d'entraînement. Ce sera pour vous, disons, une forme de soulagement. Ainsi, tout comme votre père, vous pourrez sagement terminer le travail que vous avez commencé. Je dirais au reste de votre Équipe à quel point vous êtes bouleversée par la tragique disparition de votre traître de frère. Et si ça ne suffit pas, on vous croira désorientée après un mois passé à vous entraîner sous terre, sans horloge ni soleil pour vous repérer. Je leur dirai d'éviter à tout prix de vous rappeler la perte immense que vous venez de subir, et grâce au drone vous ferez la meilleure Protectrice que l'Union n'ait jamais connue. N'est-ce pas ce que le Capitaine voulait lorsque vous avez prétexté consulter votre grand-mère ? Une Protectrice opérationnelle ?

Ses ambitions malfaisantes ne connaissent aucune limite. Mais contrairement à lui, je n'ai plus rien à perdre, alors je tente le tout pour le tout.

— Vous avez raison, Juge Quinn, c'est ce que voulait Sven. Je peux être la Protectrice dont vous parlez, et j'intégrerai l'Épreuve sans résistance, si vous m'accordez une dernière faveur avant d'effacer mes souvenirs.

Dans son col mao majestueux, il incline la tête en signe d'écoute.

— Dites-moi où se trouve mon père. Je l'aurais de toute façon oublié d'ici quelques minutes, alors qu'est-ce que ça peut bien changer que je le sache ou non ?

Le Juge me toise longuement, des rouages tournent à l'infini derrière ses yeux.

— Si vous y tenez. Même si c'est parfaitement inutile, étant donné que vous n'en garderez pas la moindre trace… dit-il comme si j'étais ridicule. Figurez-vous que j'ai tenu parole. Une fois son devoir accompli, j'ai rendu à votre père sa liberté. Il faut croire que pour une obscure raison, il a choisi de rejoindre l'Essor plutôt que sa famille dans son quartier sinistre. Peut-être parce qu'il ne se supportait plus lui-même après tout ce qu'il avait fait.

Alors, Jonas Solt avait raison…

— Mais personne ne sait où se trouve l'Essor…

— C'est vrai, nous n'avons jamais réussi à localiser précisément leur base, mais dans les Bas Quartiers, il court la rumeur qu'elle n'est accessible qu'à ceux qui ont l'âme d'un rebelle. Je tente encore d'en percer le secret. Voilà, Mademoiselle Lormerot, vous connaissez l'entière vérité, mais ne vous y attachez pas trop, les souvenirs sont fugaces.

Il lève le bras vers moi, le drone de mémoire prêt à remplir le dédale de couloirs d'un éclair rose :

— Ce ne sera pas douloureux, vous aurez l'impression d'avoir tout oublié, comme on oublie un rêve à son réveil.

Tout n'est pas perdu, je peux encore renverser le rapport de force. Il suffit que je sois la plus rapide. Mon rythme cardiaque s'accélère.

L'attaque de l'Essor, les sélections, l'entraînement. C'est comme si tout ce que j'avais vécu jusqu'à présent n'était qu'un exercice pour me préparer à cet ultime face-à-face.

Malgré les chaînes qui me serrent les poignets, l'une de mes mains plonge dans ma poche. J'entraperçois le sentiment de toute-puissance du Juge, lorsque je saisis le drone de mémoire que Titus m'a remis. Il n'a pas bougé de ma poche, m'a accompagné tout ce temps pour me protéger. Mes doigts pianotent sur la lentille de protection que je fais sauter. L'écrin s'ouvre avec facilité, comme s'il attendait ce moment depuis toujours.

Intrigué, le Juge cherche à identifier ce que je viens de dénicher. Confiance, doute et peur, toutes les émotions passent sur son visage. Quand il identifie clairement que le disque percé d'un trou central est la réplique exacte de celui qu'il tient dans sa main, il ne peut déjà plus le lâcher du regard.

Je me satisfais de la lueur de vulnérabilité qui s'allume dans son regard.

— Qu'est-ce que… Vous ne pouvez pas faire ça, vous êtes la Protectrice !

— Je vous ai dit que vous auriez mieux fait de choisir mon frère, dis-je en sentant la lumière pulser au bout de mes doigts. Lui, il aurait eu pitié.

Il tente d'activer son drone, mais il est trop tard. Je l'entends tinter sur le sol pour rouler vers moi. Doucement je m'accroupis pour ramasser l'objet. Je l'utilise pour qu'il libère à son tour son puissant faisceau lumineux.

Je sais les ravages que peut causer un seul drone. Avec deux, je jure de lui retirer chacun de ses souvenirs, jusqu'à ce qu'il en oublie sa propre condition de Juge.

Après trois longues minutes d'une aube dévastatrice, je ramène les drones vers le sol et les ténèbres retombent sur le Mémoriel.

Le Juge n'est plus qu'une masse recroquevillée sur le sol.

— Demandez à restaurer la Juge-mère ! ordonné-je.

J'ai besoin de voir une dernière fois le visage de mon frère, d'entendre une dernière fois sa voix, avant de lui dire au revoir. Je veux qu'il sache que ce n'est pas moi qui ai brisé ses rêves. Ce n'est pas moi qui suis responsable de sa mort. C'est le Juge Quinn.

Le Juge porte ses mains devant son visage, comme s'il craignait mes coups. Son regard rempli de vide et de folie se tourne vers moi.

Je le somme une nouvelle fois de réactiver la Juge-mère dans le Mémoriel.

William le sait déjà... murmure une voix au plus profond de moi-même. C'est ce qu'il a tenté de me dire avant de me montrer le souvenir que le Juge m'a volé. Il a dit que tout était joué d'avance, dès son Inspection, car c'est le Juge Quinn qui l'a inspecté.

Dépêche-toi, bientôt ils te chercheront tous.

La mâchoire du Juge tremble comme un enfant terrorisé. L'ancienne Pia aurait eu pitié. La nouvelle estime qu'il aurait mérité la mort.

— Vous êtes la plus grosse vermine que l'Union ait portée, dis-je, révulsée. Et si j'avais sur moi une fléchette paralysante, ça ferait longtemps que je vous l'aurais plantée dans le visage.

Un grognement s'échappe de sa gorge et j'en viens à me demander s'il dispose encore du langage.

— Juge Quinn ?

L'homme suit des yeux mon regard, comme si j'appelais quelqu'un d'autre dans le couloir. Il ne reconnaît plus son propre nom. La seconde d'après, il se balance en renfermant ses bras autour de ses genoux, pour retourner à sa prostration.

— L'Union est juste, l'Union est notre Justice, dis-je en même temps que je baisse les yeux vers la pauvre silhouette vide d'âme qui habite l'uniforme de l'Union.

Avant de quitter le Mémoriel, je pose une main sur la paroi de verre épais, en jurant à mon frère de revenir.

L'aéronef que le Juge a emprunté m'attend aux portes du Mémoriel. Reste à me défaire de l'officiel qui monte la garde devant les façades noircies par la suie.

— Le Juge Quinn ! dis-je en empruntant des airs paniqués, il a fait un malaise ! Si seulement j'avais mon MédiDrone…

Je bénis mon aura de Protectrice qui fait réagir instantanément l'officiel, il file comme une flèche porter secours au Juge, même si je sais que personne ne peut plus rien pour lui. Je monte les quelques marches menant à l'appareil qui demande bientôt mes ordres.

Je tente de me rappeler les derniers mots du Juge.

Dépêche-toi, l'officiel va finir par revenir.

Je convoque mes souvenirs, tente de me rappeler tout ce que je sais sur la seule destination où se trouve ma véritable place. Accessible à tous ceux qui ont l'âme d'un rebelle, mais qui demeure introuvable dans l'enceinte de l'Union pour les Juges… Il faut que je trouve, c'est ma seule chance de sortir d'ici, d'en finir avec l'Épreuve et de retrouver mon père. Mon père… Quand il est venu me chercher, Swan a dit quelque chose à son sujet. Ce n'était pas pour me blesser, c'était au contraire pour m'aider. Il a dit qu'il fallait que je me souvienne de l'abeille de mon père, une fois le moment venu. Quand j'aurais compris que l'Essor est la seule solution.

Je finis par tenter ce qui s'impose comme une évidence :

— *Apis mellifera*, zone neutre du mur Inter-Union, dis-je distinctement.

L'abeille domestique, le symbole rebelle. Ça ne peut être que ça. Dans la zone neutre du no man's land, là où aucun Juge ni aucun officiel ne met les pieds.

Aussitôt, les ailes magnétiques de l'aéronef se mettent à tourner à plein régime, soufflant au loin les fumées noires que recrachent les Bas Quartiers. Je progresse à la verticale, perce les nuages, pour m'éloigner de tous ceux qui ont cru en moi, Emmy, Xinthia, Johanna et les autres. Non, ils n'ont pas cru en moi, ils ont cru en la Protectrice que l'Union a fabriquée de toutes pièces. Tout comme Nina et ma mère que j'abandonne, certaine qu'elles comprendront le moment venu, quand je reviendrai avec mon père.

Ce n'est pas l'Union Juste qui l'emportera sur les autres, c'est l'Essor qui vaincra. Si l'Épreuve des Sept n'avait pas existé, William serait encore en vie.

Le souffle magnétique de l'aéronef faiblit et l'appareil perd en altitude. Le no man's land de la zone neutre se rapproche à grande vitesse, et je me pose dans une jungle d'herbe noire en arrachant quantité de lianes spongieuses, dans l'ombre du mur Inter-Union.

De l'autre côté du mur, je sais qu'il est inscrit en lettres lumineuses le nom de l'abeille domestique. En face, le mur de l'Union de Vérité se dresse dans la végétation envahissante. Je fais repartir l'aéronef en lui donnant la première destination qui me traverse l'esprit, afin de ne laisser aucune trace derrière moi.

Le vrombissement des hélices a attiré quelqu'un. Au loin, j'aperçois une silhouette qui arrive à ma rencontre au pas de course. Ses contours se précisent, cette foulée m'est naturelle et je connais ses cheveux d'un blond doré qui me font dire que j'ai pris la bonne décision. Swan, l'Accoucheur. Mon ami du Quartier du Milieu.

— Swan, comment tu as su ? demandé-je sans attendre.

Il me gratifie d'un sourire et je le prends dans mes bras.

— Content de voir que tu as changé d'avis, Pia. Suis-moi, ton père t'attend. Nous avons beaucoup à faire.

REMERCIEMENTS

Je remercie toutes les personnes qui m'ont porté dans ce projet et qui ont cru en cette histoire. Des premières ébauches maladroites, jusqu'à sa correction finale.

Tout est parti de quelque chose de très simple. En fait, j'ai écrit le roman que j'aurais aimé lire.
J'y ai mis beaucoup de moi, et d'autres choses aussi.

Merci de m'avoir lu, vous qui refermez ce livre, en donnant sa chance à un jeune auteur qui sort de nulle part.

Si cette histoire vous a plu, en tant que lecteurs, vous pouvez faire quelque chose qui m'aiderait beaucoup à la faire connaître. Pour ça, il suffit de laisser un avis en ligne, si le cœur vous en dit.

A bientôt pour d'autres lectures,

Quentin

Printed in France by Amazon
Brétigny-sur-Orge, FR

19790338R00246